DU MÊME AUTEUR

Aux Éditions Gallimard

L'AMOUR ET LES FORÊTS, 2014. Prix Renaudot des lycéens 2014, Prix du roman France Télévisions 2014, Prix du roman des étudiants France Culture, Télérama 2015 (Folio n° 6059 et Écoutez lire).

LA CHAMBRE DES ÉPOUX, 2017 (Folio n° 6689).

COMÉDIES FRANÇAISES, 2020. Prix Les Inrockuptibles 2020 (Folio n° 7069).

Aux Éditions Actes Sud

DEMI-SOMMEIL, 1998 (Points Seuil n° 2444).

Aux Éditions Stock

LE MORAL DES MÉNAGES, 2012 (Le livre de poche n° 15544).

EXISTENCE, 2004 (Folio n° 5553).

CENDRILLON, 2007 (Folio n° 6690).

LE SYSTÈME VICTORIA, 2011 (Folio n° 5554).

ÉLISABETH OU L'ÉQUITÉ, 2013.

Aux Éditions Xavier Barral

PAVILLON NOIR, avec Angelin Preljocaj, Rudy Ricciotti, Michel Cassé et Jehanne Dautrey, photographies de Pierre Coulibeuf, 2006.

TOUR GRANITE, photographies de Jean Gaumy et Harry Gruyaert, 2009.

AINSI, photographies de Jean-Claude Pondevie, 2015.

PAINTED LADIES, photographies de Valérie Belin, 2019.

SARAH, SUSANNE ET L'ÉCRIVAIN

ÉRIC REINHARDT

Sarah, Susanne et l'écrivain

roman

nrf

GALLIMARD

À MJ

« Que ce soit les sentiments qui amènent les événements. Non l'inverse. »

Robert BRESSON
Notes sur le cinématographe

1

Sarah lui demanda comment il imaginait Susanne Stadler, puisque c'était le nom qu'il lui avait choisi. Qui est cette femme, finalement ? lui demanda-t-elle.

Il lui répondit qu'elle avait le même âge qu'elle, quarante-quatre ans au moment des faits, il n'avait pas modifié la date de naissance. Elle était brune et grande elle aussi, mariée et mère de deux enfants, Luigi et Paloma, de dix-sept et vingt et un ans. Les vrais prénoms, comme elle le lui avait demandé, n'avaient pas été conservés. Il avait également changé la ville. Susanne Stadler habitait Dijon.

Elle lui demanda pourquoi Dijon. Plutôt que Lens, Toulouse, Nancy, Clermont-Ferrand, que sais-je encore…

Il lui répondit qu'initialement, il avait voulu situer cette histoire dans le ventre du territoire français (si l'on peut dire), pour activer une sorte de métonymie. L'idée de l'isolement par ce point géométrique où l'on est le plus éloigné des pourtours, c'est ce que lui évoquait la situation de son héroïne et il avait cherché la ville qui par sa position géographique accentuerait cette impression. Il avait tapé

France sur Google, il avait ouvert la carte, il avait posé son curseur sur la zone où il lui semblait que devait se dérouler cette histoire, il avait cliqué dessus et le nom d'une ville était apparu : 63610 Besse-et-Saint-Anastaise. Il s'y était rendu. Il avait visité les environs. Il était parti en quête d'autres villes. Il voulait multiplier les hypothèses. On ne choisit pas une ville à la légère. Il était allé en repérages à Bourges, il était allé en repérages à Nevers, il était allé en repérages à Vichy, il était allé en repérages à Clermont-Ferrand. Il avait arpenté leurs rues, repéré des quartiers où Susanne Stadler pourrait habiter. Dans ces différentes villes, il avait localisé des immeubles répondant aux besoins de la situation telle que Sarah la lui avait décrite. Il avait noté leurs adresses, pris des photographies des façades, spéculé sur la disposition des pièces. L'appartement où logerait la famille de Susanne Stadler devait compter de grandes et de nombreuses fenêtres, afin que l'on puisse suivre de l'une à l'autre depuis la rue l'évolution des habitants dans leur logement, avec suffisamment de recul et sans trop s'exposer aux regards, comme Sarah en avait elle-même fait l'expérience. Il avait hésité entre plusieurs villes. Cela avait duré longtemps. Plusieurs mois. Il était du genre indécis. Il l'avait toujours été. Pas elle ?

Si. Sarah lui répondit qu'elle aussi.

À Bourges, un soir de novembre, une image attrapée au cours d'une promenade l'avait porté à croire que c'était bien par ce couloir mental qu'il devait s'introduire dans l'histoire qu'il se proposait d'écrire, celle de Sarah, celle de Susanne Stadler. Cette image : une jeune femme qui au fond d'un magasin de livres d'occasion, grimpée sur un escabeau, dos à la vitrine, loin du froid du dehors, mettait de l'ordre sur des étagères. Son magasin était fermé. Elle se dressait sous un ruissellement de lumière blanche provenant d'antiques néons accrochés aux solives brunes à proximité de la bibliothèque. Le reste du local était non seulement dans un désordre épouvantable, encombré de cartons, de casiers, de piles de livres, mais plongé dans la pénombre, seuls les néons du fond ayant été allumés par la jeune femme pour lui permettre de ranger ses spacieux rayonnages, en vue sans doute de la prochaine réouverture de son commerce.

Ce tableau format marine perçait de sa clarté la nuit froide et luisante de novembre. Il était resté longtemps devant la vitrine, abrité par son parapluie. La scène se donnait à savourer de l'autre côté d'une mystérieuse frontière, en lisière du réel, comme si cette femme évoluait dans un monde imaginaire, dans un rêve. Comme si déjà elle était dans un livre, dans le livre qu'il désirait écrire et pour les besoins duquel il était justement là, en bordure de cette scène illuminée, à l'épier, à la contempler. Ou comme dans le passé. Il se disait que Susanne Stadler, s'il décidait de faire de Bourges sa ville de résidence, serait une amie de cette libraire, il écrirait une scène où attirée par un livre exposé en vitrine elle passerait la porte de la boutique, pour pouvoir le feuilleter.

Sarah lui demanda pourquoi l'histoire ne se situait pas à Bourges, alors.

Il avait laissé passer du temps sans pouvoir se décider. Finalement, il était retourné à Dijon par hasard et même si cette ville déplaçait l'histoire de Susanne Stadler vers les pourtours de l'Hexagone, dans l'arrondi de la cage thoracique, la décentrant, abolissant la métonymie, Dijon s'était imposée comme une évidence, il ne saurait pas dire pourquoi. Certes, le fait qu'il se soit rendu dans cette ville une première fois lorsqu'il avait vingt ans lui procurait cette sensation de profondeur et d'intériorité qu'il recherchait. Il avait l'impression que le personnage qu'il s'apprêtait à créer venait s'enfouir ou prendre naissance dans les ténèbres de son passé à lui, à la source même de son désir d'être écrivain. Dijon était une ville située non pas seulement en Bourgogne, mais aux confins de sa mémoire, de son imaginaire. En écrivant l'histoire de cette femme, Susanne Stadler, il circulait aussi dans la sienne.

Il y manquera l'océan. Sarah lui fit observer qu'elle avait beaucoup marché, toutes ces années, au bord de l'océan, sur le chemin des douaniers, à quelques kilomètres de sa maison. C'est pendant ces promenades qu'elle avait le plus réfléchi à ses projets d'architecture, tous orientés, après sa rémission, comme il le savait, vers la contemplation, une forme d'ascèse, le rapport au paysage, le désir obsessionnel de voir.

Il le savait. En revanche, il y aura des collines. Sans promenade au bord de l'océan, certes, Sarah avait raison, mais au milieu des vignes, autour de Dijon, sur les coteaux de Marsannay-la-Côte, Gevrey-Chambertin, du Clos de Vougeot, de Nuits-Saint-Georges, jusqu'à Saint-Romain les jours où elle avait le courage de rouler. Sarah connaissait-elle Saint-Romain ? C'est un village parfait perché sur une colline, duquel la vue est admirable, où assise sur un banc dont on jurerait que c'est vous, Sarah, qui l'avez installé là, en ce point précis, tellement ce point est exact, Susanne Stadler se laissera absorber par le paysage. Là, sur ce banc exact, en plus de regarder, elle prendra des notes dans un carnet. Elle réfléchira aux romans qu'elle désirait écrire. Il y aura aussi un tableau. Sarah verra. Un tableau que Susanne Stadler aura envie d'acheter.

Sarah lui demanda s'il ne trouvait pas que ça sonnait un peu trop Duras, Susanne Stadler. Non ? Susanne Stadler. *Susanne Stadler.* Qu'en pensait-il ? Elle n'était pas fan de ce nom.

Ce n'était pas faux. Il s'en était fait la remarque plusieurs fois. Il avait d'autres noms dans son carnet. Il avait pensé, par exemple, à Susanne Sonneur.

Susanne Sonneur. Susanne Sonneur. C'est bien, Susanne Sonneur. Je préfère Susanne Sonneur.

Alors parfait, optons pour Susanne Sonneur.

Sarah lui demanda quel métier il avait attribué, *donc*, à Susanne Sonneur, puisque tel est son nom désormais.

Généalogiste. Mais, après sa rémission, elle n'avait jamais repris son activité. L'art et la beauté l'avaient sauvée, elle pensait qu'elle pouvait le formuler de cette façon, c'est pourquoi elle avait voulu, une fois tirée d'affaire, y consacrer sa vie – si tant est que l'on puisse se considérer comme tirée d'affaire quand la tumeur a été éradiquée et que l'oncologiste vous déclare, cruellement réticent, non pas guérie, on ne l'est jamais vraiment, mais seulement en rémission, comme si l'on restait en sursis, à la merci constante d'une récidive. La beauté l'avait sauvée : au début de sa maladie, une voisine prof d'arts plastiques (décédée l'année dernière) lui avait offert une monographie de Nicolas de Staël à laquelle elle s'était raccrochée comme en haute mer un naufragé à un rondin providentiel. Tant de beauté méritait qu'elle vive un peu plus longtemps mais surtout, du moins y veillerait-elle, plus voracement, de façon plus attentive, c'est ce que ne cessaient de lui crier ces tableaux, leurs couleurs, leurs visions, leur équilibre miraculeux entre abstraction et figuration, là même où elle se promettait, dans sa propre vie, de se tenir, si elle en réchappait – on devrait toujours se tenir entre abstraction et figuration, dans cette zone équivoque et troublante qui fait se rencontrer poésie, rêves, intuitions, vie matérielle. Susanne Sonneur avait acheté l'éblouissante correspondance de Nicolas de Staël, un recueil de textes de Louise Bourgeois, un livre sur l'œuvre de Nicolas Poussin, un autre encore sur celle de Chardin. Ces livres l'avaient portée, nourrie et transcendée. Ils l'avaient déplacée. Elle avait commencé à dessiner, elle qui n'avait jamais dessiné. Sa voisine l'avait encouragée. Elle s'était découvert une passion pour le stylo bille. Puisque la beauté lui avait donné la force de se battre contre la maladie et qu'aussi bien elle pourrait rechuter dans quelques mois et en mourir, à quoi bon se dilapider dans une activité certes stimulante et lucrative, mais vaine dans le fond, non essentielle ? De même que Sarah, après sa rémission, avait vendu ses parts de leur agence d'architecture à celui avec qui elle l'avait montée, pour créer une structure plus expérimentale, presque artistique, réduite à sa seule personne, de même Susanne Sonneur avait abandonné à son associée le cabinet de généalogie qu'elles avaient lancé dix ans plus tôt. Elle avait voulu mettre sa vie en accord avec les exigences – inédites, intransigeantes – apparues à la faveur de son cancer. Tout comme vous, Sarah, exactement pareil.

En reprenant sa liberté, Sarah s'était affranchie des lois et des contraintes du marché de l'immobilier. Elle s'était installé un bureau dans une pièce au dernier étage de leur maison et avait commencé à réfléchir différemment à son activité. Guidée par une longue phrase du poète Francis Ponge recopiée un matin au rOtring sur un grand mur de son bureau, Sarah avait relié sa pensée architecturale au sacré, à la nature, à l'individu et à ses aspirations spirituelles (essentiellement contemplatives) bien davantage qu'elle n'avait pu le faire jusqu'alors, astreignant ses idées de bâtis au plus grand dénuement. La phrase de Francis Ponge, extraite de « Notes pour un coquillage », qu'on pouvait lire sur la chaux blanche irrégulière du mur, était la suivante : « *Je ne sais pourquoi je souhaiterais que l'homme, au lieu de ces énormes monuments qui ne témoignent que de la disproportion grotesque de son imagination et de son corps (ou alors de ses ignobles mœurs sociales, compagniales), au lieu encore de ces statues à son échelle ou légèrement plus grandes (je pense au David de Michel-Ange) qui n'en sont que de simples représentations, sculpte des espèces de niches, de coquilles à sa taille, des choses très différentes de sa forme de mollusque mais cependant y proportionnées (les cahutes nègres me satisfont assez de ce point de vue), que l'homme mette son soin à se créer aux générations une demeure pas beaucoup plus grosse que son corps, que toutes ses imaginations, ses raisons soient là comprises, qu'il emploie son génie à l'ajustement, non à la disproportion, – ou, tout au moins, que le génie se reconnaisse les bornes du corps qui le supporte.* » Sarah ne cessait de trouver cette pensée bouleversante de justesse. Ce manifeste en une seule phrase, qui tel un coquillage de mots respectait pour lui-même à la lettre le principe constructif qu'il édictait, et duquel avait découlé pour elle un nouvel idéal architectural, existentiel, métaphysique même, c'est ce qui avait résulté en premier lieu de son cancer du sein.

D'autant plus que son opération n'était pas allée sans difficultés, et que ce désir de coquille à sa taille s'était peut-être encore accentué lors de cette ultime épreuve, puisque Sarah, puisque Susanne Sonneur avait attrapé à l'hôpital une maladie nosocomiale.

Oui. Un streptocoque était entré dans son corps, entraînant une septicémie, d'où la décision des médecins de reléguer Sarah dans ce qu'elle avait perçu comme les tréfonds de l'hôpital, presque sa cave : elle était porteuse d'une bactérie, on devait en protéger les autres patients, la mettre à l'isolement. Comble de l'ironie, c'était le 21 juin, jour du solstice d'été, qu'on avait séquestré Sarah dans les cachots obscurs du CHU. Pendant trois jours d'angoisse et de douleurs, de solitude et de colère, trois jours sans sommeil ni consolation, les médecins avaient tout fait pour la sauver.

Acharnement du sort. Susanne a frôlé la mort une deuxième fois. Bizarrement, elle se sent seule, sale et honteuse, coupable, abandonnée. Épuisée de ces souffrances physiques et psychologiques, elle appelle son mari à l'aide, hurle son ressentiment et son dégoût, mais il se défile.

Cela ne voulait pas dire qu'il ne l'aimait pas, ni qu'il était dénué d'empathie. Mais il flottait. Lorsqu'il se tenait devant elle dans la chambre d'hôpital, il était comme un nuage aperçu par une fenêtre un jour d'été. Ainsi que des avions, les phrases de Sarah le traversaient sans modifier le moins du monde son indolente physionomie de cumulus.

Susanne lui crie sa souffrance et son mari s'éloigne, prend peur. Ils sont sur deux planètes. Elle a l'impression de faire seule cette immense traversée. De ne pouvoir se raccrocher à rien. Même l'art s'absente, la beauté, momentanément, la privant de tout recours. De Staël et sa chère Louise ne lui font plus aucun effet. Plus tard, quand elle se confrontera à la dureté de son mari, Susanne se dira que ce cancer avait laissé entre eux plus de séquelles qu'elle ne l'avait d'abord imaginé. Ou que ce dernier avait offert à Susanne la chance unique d'apercevoir, si elle l'avait voulu, ce qu'il serait capable de lui faire vivre par la suite, mais elle n'avait pas saisi cette opportunité ni introduit son œil par ce mince interstice.

Sarah lui dit qu'un autre signe avant-coureur, certes plus ténu et plus ambivalent, datant de l'époque où son cancer avait été en gestation, aurait pu l'alerter également.

Deux ans et demi avant la découverte de sa tumeur, ayant palpé dans son sein gauche une masse oblongue, elle avait pris rendez-vous pour une échographie. Déjà, il avait fallu à Sarah quinze jours d'atermoiements craintifs pour s'y résoudre. Diagnostic : un simple kyste. Quand Sarah demande au radiologue si elle doit faire une visite de contrôle dans six mois, on ne sait jamais, il lui répond que ce n'est pas nécessaire, que le délai habituel de deux ans suffira, car elle n'a pas d'antécédents familiaux.

Le soir même, au lieu de se réjouir de ces résultats rassurants, le mari de Sarah lui dit, sur un ton de reproche, qu'elle l'a empêché de dormir pendant quinze jours avec cette histoire, qu'elle exagère, qu'il s'est inquiété pour rien.

— On ne m'y reprendra plus, lui avait dit le mari de Susanne, sans qu'il soit possible d'élucider si c'était une façon pudique, puérile ou pince-sans-rire de témoigner son soulagement, ou déjà une bassesse.

— Qu'est-ce que tu veux dire par là ? lui avait demandé Susanne étonnée.

— Tu vois très bien ce que je veux dire, ne fais pas l'innocente. Soit tu es malade, soit tu n'es pas malade. Se faire passer pour malade, juste pour, je ne sais pas, je trouve ça...

Le temps passe. Quelque chose comme trente-six mois.

Un jour, Sarah fait un malaise, elle tombe par terre à l'agence. Elle appelle son mari, qui la rassure au téléphone. Elle est surmenée, elle et son associé ont concouru à trop de consultations récemment, ils sont charrette en permanence, c'est normal de faire un malaise dans ces conditions. Il raccroche au bout de deux minutes.

Comme Sarah doit partir en vacances avec ses deux enfants la semaine suivante, et qu'elle est en effet épuisée, elle-même ne s'inquiète pas. Elle se dit qu'elle a besoin de se reposer.

À la plage, son maillot noir et mouillé est formel : cette grosseur est maintenant comme une bosse, elle doit bien faire trois centimètres. Comment est-il possible qu'elle ne l'ait pas vue avant. Et son mari ? Nulle abstinence entre eux, ils continuaient d'avoir des rapports sexuels réguliers, il aurait dû sentir cette boule lorsqu'il lui caressait les seins.

Mais elle était en vacances, c'était les vacances des enfants, elle s'en serait voulu d'assombrir ceux-ci et d'écourter celles-là en laissant ces tourments l'envahir, si bien qu'elle est restée sans rien faire alors même qu'en toute logique elle eût dû se précipiter chez le premier radiologue venu. D'autant qu'un ganglion était apparu. Son mari les a rejoints quelques jours plus tard, elle s'est ouverte à lui des peurs qui l'habitaient. Son mari lui a répondu qu'elle n'allait pas gâcher leurs vacances à cause d'une simple crise d'hypocondrie. Il lui paraissait évident qu'elle s'inquiétait sans raison.

Fallait-il être un éminent professeur de médecine pour comprendre qu'il se passait quelque chose de grave au contraire ?

Il était resté insensible au soupçon qu'elle pouvait être en péril. Le risque existait, et il était capable de l'éluder. Même tendrement, même amoureusement (car les vacances s'étaient très bien passées, ils avaient fait l'amour souvent), mais l'éluder tout de même. C'était cela le signe avant-coureur dont Sarah voulait parler.

Sarah n'avait pas tort. Susanne Sonneur aurait pu concevoir des doutes au sujet des qualités morales de son mari. De sa loyauté finalement. Mais a-t-on jamais envie, dans la vie, de se constituer des doutes ? Les doutes, à la première occasion, on préfère les dissiper, voir le bon côté des choses, se persuader d'avoir été trompé par des impressions fallacieuses. On aime se dire que tout va bien, que son mari est formidable. Qu'il vous protège de vos démons morbides.

Après tout, c'était son corps, c'était à elle de prendre rendez-vous chez le médecin, pas à lui.

Au terme de leurs vacances d'été, l'idée leur vient de déménager.

Ils vivent dans le même appartement, dont ils sont propriétaires, qu'ils aiment beaucoup, spacieux, place du Président-Wilson, à quelques pas du cœur historique de Dijon, depuis bientôt quatorze ans, mais tout heureux soient-ils dans ce cinq-pièces avec balcon la perspective impromptue d'un changement les excite. C'est vivifiant de modifier ses habitudes, de faire varier les impressions que nous procure la ville, juste en se déplaçant de quelques rues. Ils prennent contact avec un agent immobilier de leur connaissance et se mettent à visiter des maisons avec jardin.

Susanne est toujours en état de sidération. Elle va mourir mais elle préfère différer le déclenchement de la bataille, elle le sait, qui l'attend, et sera lourde de conséquences. Éloigner l'instant de sa confrontation avec la réalité, c'est certes une forme de déni, mais ici par excès de lucidité. Puisque je vais mourir, autant retarder le démarrage du processus hospitalier. Susanne visitait ces maisons pour mourir dedans. Elle avertissait son mari qu'il leur fallait se dépêcher, faute de quoi elle risquait de ne plus pouvoir participer à l'emprunt. Mais ces phrases le laissaient de marbre. Comme s'il les trouvait complaisantes, trop histrionnes pour être honnêtes.

Sarah lui demanda, pardon de l'interrompre, quel était le métier du mari de Susanne Sonneur. Elle avait oublié de lui poser la question.

Avocat fiscaliste. Un spécialiste de l'optimisation fiscale. Il travaille dans un gros cabinet dijonnais. Et Dieu sait qu'à Dijon, avec les grosses fortunes des vins de Bourgogne…

Elle imaginait facilement. C'était une bonne idée avocat fiscaliste.

Susanne et son mari visitent une maison qui les ravit, Napoléon III, et décident de l'acheter, bien que le prix en soit élevé. C'était un jeudi, trois mois s'étaient écoulés depuis la plage et le maillot mouillé. Alors, ce jeudi-là, Susanne se dit qu'elle ne va pas attendre les six semaines de la signature de la vente pour vérifier ses craintes, à moins de prendre le risque que cette demeure ne soit pas même le refuge où elle irait agoniser, mais d'emblée sa sépulture, un caveau Napoléon III. Elle prend son portable et devant son mari appelle sa gynéco, qui ne peut la recevoir avant trois semaines. Elle téléphone ensuite à tous les cabinets de gynécologie de Dijon. La plupart sont sur répondeur, ceux qui répondent sont débordés. Alors elle contacte le radiologue, la secrétaire lui répond qu'il n'y a pas de place, Susanne insiste, elle lui dit (elle ment) que ses parents sont médecins retraités, ils l'ont examinée la veille et sont inquiets, alors la jeune femme finit par capituler et lui propose samedi huit heures.

Cette nuit-là, son mari et elle ont fait l'amour à deux reprises. Et si lui n'avait pas argué que l'attendait le lendemain une journée épuisante, Sarah l'aurait prié de la prendre une troisième fois, après un plat de spaghettis nocturnes. Peut-être même auraient-ils ouvert une bouteille de champagne, comme de jeunes amoureux. Elle était dans cet état d'esprit. Sarah savait qu'elle allait être privée de ces précieuses ressources deux jours plus tard, aux aurores, sur l'échafaud du radiologue.

Le samedi matin, Susanne se déshabille, elle est volubile, elle parle toute seule et fait des blagues, puis finit par montrer sa grosseur à la manipulatrice. Ce qui, l'instant d'après, traverse le regard de cette dernière, ne souhaitons à personne de jamais l'apercevoir dans aucun œil médical, tout vert-de-gris soit-il : de l'effroi pur. Quelques minutes plus tard, le radiologue lui dit d'emblée : C'est quoi ce truc. Silence. Visage dur et opaque. Elle lui répond : Le kyste d'il y a deux ans et demi. Il lui prescrit un bilan d'extension, des biopsies, la cytoponction du ganglion, une IRM le lundi à huit heures quinze à l'hôpital de Dijon.

Elle va chercher le produit en pharmacie et fait faire la prise de sang.

Elle pleure.

Lui, non.

Finalement, dans les heures difficiles qui suivront, Paloma, quatorze ans, lui parlera davantage que son mari, abattu mais lointain.

Sarah lui dit qu'elle avait toujours connu son mari pudique et réservé, avare en phrases sensibles où risqueraient de se dévoiler ses sentiments (il jugeait inconvenante l'expression de ses émotions, de quelque nature qu'elles fussent), mais elle s'était tout de même attendue à un peu plus de délicatesse : il lui était apparu ce jour-là bien en deçà du niveau émotionnel minimal qu'impliquait selon Sarah la gravité de la situation. La première chose qu'il fit fut d'annuler l'acquisition de la maison avec vue sur la mer repérée le jeudi précédent, mais, lui avait-il semblé, avec davantage de tristesse qu'il n'en avait montré quand sortant de chez le radiologue elle lui avait annoncé qu'elle avait une tumeur.

Le projet d'achat de la maison Napoléon III est anéanti, son mari en informe l'agent immobilier, une liste d'attente s'était constituée en tête de laquelle il avait obtenu d'être maintenu jusqu'au samedi après-midi.

Paloma essayait de consoler sa mère. Susanne ignorait depuis combien de temps sa fille savait. Longtemps peut-être. Mais elle savait. C'était certain. Elle n'avait pas paru étonnée, juste pourfendue (comme par une foudroyante confirmation de ses soupçons), quand sa mère lui avait déclaré, en rentrant à l'appartement ce samedi-là, que de l'avis du radiologue c'était très grave. Le lendemain, Paloma a voulu qu'elles prennent un bain ensemble. Elles ne l'avaient plus fait depuis des années. Le dernier remontait peut-être à ses huit ans ? Elles se le sont demandé. À l'époque de l'enfance de Paloma, elles ne manquaient jamais leur chaude trempette dominicale. Dans la baignoire, sa fille a posé ses doigts sur la tumeur et elle lui a demandé si cela lui faisait mal. Susanne a répondu que non.

— On rajoute un peu d'eau chaude ? a-t-elle proposé à sa mère en détournant le visage vers les robinets, pour lui dissimuler ses larmes.

Sarah lui a promis que tout irait bien.

Qu'il ne lui arriverait rien, à elle, sa fille adorée.

2

Une fois la chimio terminée, et la rémission promulguée, du bout des lèvres, par un oncologiste singulièrement précautionneux, la vie avait repris son cours.

Ils étaient restés dans leur grand appartement de la place du Président-Wilson. Déménager n'était plus…

Sarah devait l'interrompre de nouveau, elle en était désolée. Mais il avait oublié qu'après ces quelques phrases de son médecin, et pour fêter la fin des traitements, elle était allée s'enfermer trois jours entiers au musée du Louvre, n'en sortant que pour aller dîner et dormir à l'hôtel. Elle avait réservé une chambre dans un établissement suranné qui l'avait toujours charmée, l'hôtel Chopin, logé au cœur du passage Jouffroy comme un repère de cambrioleurs en cavale, et déjeunait à la cafétéria du musée. Passer au Louvre ne serait-ce qu'une seule journée, elle n'avait jamais eu l'idée de le faire y compris à l'époque où elle étudiait l'architecture à Paris. Il lui avait fallu frôler la mort pour que s'impose le regret que c'eût été de disparaître en ayant si peu profité de ce lieu inouï. Elle repensait souvent à ces trois jours. D'ailleurs, ayant déjà en tête de quitter son agence, et de se consacrer désormais, en solitaire, chez elle, en Bretagne, sous les toits de leur maison, à une architecture contemplative, métaphysique, elle allait dire religieuse, de plasticienne, elle avait pris pas mal de photographies. Notamment de tableaux du XVIIIe siècle, où le rapport du bâti aux paysages était souvent envisagé par les artistes d'une façon qui l'inspirait. Il ne se passait pas une semaine sans qu'elle regarde ces photos. Elle ne lui mentait pas. Tout ce qu'elle avait produit durant les années qui suivraient avait germé dans son cerveau au cours de ces trois jours d'immersion.

Il avait oublié cet épisode, Sarah avait raison, il en était désolé. Elle avait bien fait de l'interrompre. Susanne irait elle aussi passer trois jours entiers au musée du Louvre.

Merci. Poursuivons.

Susanne et son mari étaient restés dans leur grand appartement de la place du Président-Wilson. Déménager n'était plus d'actualité. Avant ce fameux samedi funeste, l'idée avait été de faire un emprunt à deux pour acquérir une maison en centre-ville, mais ce projet n'était plus envisageable puisque Susanne ayant été atteinte d'un cancer, un emprunt eût été d'un coût exorbitant. Susanne avait aménagé en atelier la chambre d'amis donnant sur cour, c'est dans cette pièce qu'elle s'enfermait chaque matin et qu'elle se mit à dessiner, non pas, comme Sarah, des abris-coquillages, des cavités oculaires posées devant des paysages, mais des scènes inspirées des *Métamorphoses* d'Ovide, nerveuses, au stylo bille, sur des formats de plus en plus impressionnants.

Elle avait tiré une certaine somme de la cession à son associée des parts qu'elle possédait dans leur cabinet de généalogie, mais moins que ce à quoi elle s'était attendue. Leur étude ne comptait qu'une salariée, en l'occurrence une secrétaire, et comme seul réel actif le réseau qu'elles deux s'étaient constitué au fil du temps dans l'univers feutré du notariat, ce qui, finalement, même si c'était bon an mal an la garantie d'un niveau minimal de chiffre d'affaires, ne s'était pas révélé si monnayable que ça. Certes, elle eût pu obtenir de Delphine, son associée, davantage d'argent, un peu, peut-être, si elle n'avait pas été dans une forme de précipitation, acceptant sans marchander les conditions que Delphine lui offrait. Susanne n'était pas d'humeur à mégoter, elle avait hâte de dessiner, d'écrire, de vivre sa nouvelle vie. Elle n'avait pas envie non plus d'entrer en conflit avec Delphine, pas après ce qu'elle venait de vivre de si conflictuel à l'intérieur de son propre corps.

Il est vrai que Sarah n'avait pas retiré de la vente de son agence d'architecture autant d'argent qu'elle l'avait escompté. Elle n'avait pas été en position de force pour négocier, son associé prétendait n'avoir rien demandé, c'était elle qui voulait partir, diriger seul leur structure ou en devenir l'unique propriétaire n'avait jamais été son ambition.

Ce qu'elle en avait obtenu, elle l'avait versé sur son compte courant pour subvenir aux besoins quotidiens de la famille. Tout mariés qu'ils étaient depuis presque quinze ans, son mari et elle n'avaient pas de compte bancaire commun, ni réuni leurs économies respectives. En vertu d'un accord tacite (ou, soyons précis, suggéré par lui, jamais discuté), c'est Sarah qui réglait les dépenses de la vie familiale : l'alimentation, les factures de téléphone et d'électricité, le fioul pour la chaudière, les locations d'appartement et les billets de train ou d'avion pour les vacances, les vêtements des enfants et ceux de son mari, bref, tout ce qui était prosaïque et périssable – tandis que lui, plus noblement, répartition typiquement patriarcale, remboursait les emprunts pour leur maison, ses travaux d'embellissement et les terrains que peu à peu ils acquéraient, mitoyens du leur, afin de se prémunir d'une quelconque contrariété visuelle. La vue était prodigieuse. Par temps clair, de son bureau sous les toits, Sarah pouvait apercevoir la mer. Les alentours étaient peu affectés par la propagation du psoriasis périurbain qui est fréquent dans la région. Sarah était heureuse dans cette maison, cette maison l'inspirait, elle lui donnait des forces, elle l'avait beaucoup aidée dans son combat contre la maladie. D'ailleurs, quand elle y repensait, il lui semblait incompréhensible que juste avant la découverte de son cancer du sein elle se soit laissé convaincre d'en acquérir une autre, certes plus spacieuse et plus spectaculaire encore, mais qui lui était intrinsèquement *étrangère* (elle l'avait senti tout de suite) et ne serait jamais devenue *sa maison à elle* au degré de plénitude qu'avait atteint celle-ci. Sarah aimait passer ses journées réfugiée sous les toits à se projeter dans toutes sortes d'expérimentations artistiques et architecturales.

Susanne s'enfermait chaque matin dans son bureau pour travailler, elle avait écrit un premier roman qui fut refusé par la dizaine de maisons d'édition à qui elle l'avait envoyé. Aucun de ces refus ne fut motivé, ils avaient tous été portés à sa connaissance par la froideur d'une lettre type découverte dans sa boîte à lettres parmi des prospectus et des envois publicitaires. C'était d'ailleurs le même genre de courrier détestable, impersonnel et mécanique, qu'on a envie de jeter à la poubelle à peine l'enveloppe décachetée. Combien de circulaires de cette nature avaient-elles été postées le même jour à d'autres apprenties romancières, créant chez toutes la même béance de découragement ? Des centaines sans doute. Pas une seule de ces maisons d'édition ne prit la peine de souligner les qualités que pouvait contenir son texte. Il devait bien y en avoir quelques-unes, il n'était pas possible que Susanne se soit à ce point aveuglée, elle était trop lucide pour s'attribuer des qualités qu'elle n'avait pas, elle qui doutait tout le temps d'elle-même. Le dessin et l'écriture, les sensations et leur retranscription patiente et minutieuse, c'était bien le seul territoire où elle avait envie de s'établir, où elle se sentait chez elle et s'estimait posséder une légère supériorité native sur le commun des mortels (ou, disons, des aptitudes qui l'en différenciaient, la rendaient spécifique, un peu intéressante). Qu'allait-il advenir d'elle s'il se confirmait que le monde extérieur lui déniait toute légitimité artistique, rendait présomptueuse, à ses propres yeux comme aux yeux de la société, sa présence indue et obstinée sur ce territoire si *sélectif* ?

Son mari s'était déclaré impressionné par ce qu'elle avait écrit. Il avait lu le manuscrit après la réception des dix lettres de refus et partagea l'opinion de son épouse : il était choquant qu'aucun de ces éditeurs n'eût souligné la finesse de son roman, lequel était si beau et surtout si imprégné de son étonnante singularité (celle de Susanne) qu'il leur était apparemment passé au-dessus des écoutilles à ces crétins d'éditeurs, c'était la seule explication qu'il voyait. Je ne crois pas que l'on puisse dire *passer au-dessus des écoutilles*, chéri, pardon, lui avait répondu Susanne en souriant. Son mari avait rigolé. Enfin tu vois ce que je veux dire quoi, moi qui te connais je vois bien à quel point ce livre est fort, il te ressemble, il a toutes

tes manies, tes expressions, ton œil qui frise, ta façon de parler et même de marcher. Ton rythme et ta silhouette, ta légèreté. Il est donc irrésistible. Tu es gentil, avait répondu Susanne, étonnée que son mari (d'ordinaire si taiseux) puisse aller jusque-là – aussi haut ! avec autant d'emphase ! – dans l'expression d'une quelconque émotion. Il n'avait pas été aussi prévenant, ni désireux d'adoucir ses tourments, quand elle avait été malade. Quel retour fastueux à la vie ! Comme, à partir de la sixième lettre de refus (émanant de son éditeur préféré), elle avait beaucoup pleuré, perdant confiance en elle, se désolant de son absence de talent, son mari l'avait encouragée à commencer dès à présent un deuxième livre, lequel, cette fois, il en était certain, la ferait entrer par la grande porte dans le monde de la littérature.

Le mari de Sarah, lui, s'était offert à faire construire, sur leurs terres, à l'endroit où elle avait été conçue pour être érigée, sa première œuvre architecturale en tant qu'artiste. Rien n'eût pu lui faire plus plaisir, ni lui donner davantage d'espoir en l'avenir, un an après sa rémission, que la confiance qu'il avait alors manifestée à l'égard de ses ambitions artistiques.

C'était important d'insister sur ce point. L'amour de son mari avait sorti Sarah de son ornière, car elle eût pu continuer de s'enliser sans fin dans ses rêves, enfermée dans son bureau à forger des utopies, si aucune de celles-ci n'avait vu le jour. Sarah eût pu se détacher peu à peu du monde réel et s'isoler sans s'en rendre compte dans une activité stérile et illusoire de sécrétions fantasmatiques.

Il lui demanda de quelle œuvre il s'agissait. La tête enfouie, ou l'église de dentelle ?

Sarah lui répondit qu'il avait une excellente mémoire, vu qu'il n'était jamais venu chez elle. Il se souvenait des deux œuvres qui avaient été construites dans sa propriété ? Enfin, sa propriété. Ce qu'elle croyait être sa propriété…

Elle en était flattée en tout cas.

Elle lui avait envoyé des photographies. Elle ne s'en souvenait pas ? Il aimait beaucoup ces deux œuvres. Sincèrement. Elles étaient puissantes.

Elle le remerciait. Ça la touchait. Surtout en ce moment où ça n'allait pas fort.

Non, ce n'était pas l'église, l'église de dentelle serait construite plus tard et c'est elle seule qui en financerait la réalisation.

La première œuvre, c'était la tête. La tête de Francis Ponge, en volume, à facettes, constituée de deux mille deux cents triangles de métal oxydé assemblés par un ferronnier du village. De trois mètres sur quatre environ, couchée sur sa joue droite un sourire rectiligne sur les lèvres, cette tête paraissait avoir été exhumée par des archéologues, vestige d'une civilisation concise et ironique. Mais elle pouvait aussi faire songer, c'était du reste l'intention initiale, à un coquillage. Ou à une cahute africaine. Élaborée à partir des portraits de Francis Ponge scotchés dans les parages de la longue phrase serpentine recopiée au rOtring sur un mur de son bureau un matin où elle cherchait un sens à sa vie, la tête était percée de trois ouvertures : une première, triangulaire, pratiquée derrière l'oreille orientée vers le ciel (l'autre oreille écoutait les sons du sol), permettait d'y pénétrer ; une seconde, dans la nuque du poète, était destinée à faire entrer davantage de lumière ; et enfin, hexagonale, perforant la pommette gauche, une troisième offrait à l'occupant de la cahute crânienne l'échappée visuelle que Sarah entendait lui procurer, parfaitement construite, par plans successifs, à perte de vue : une clairière, quelques beaux arbres, la rivière puis la lente étendue des prairies, des haies anciennes, des vaches placides, de douces ondulations de terrain… avec au loin un château d'eau vintage, sous un ciel majeur et perpétuellement inventif.

Est-ce que Sarah aurait la gentillesse de lui parler de la pulsion scopique ?

Sa passion de regarder était celui de ses traits de caractère qui avait été le plus exacerbé par la maladie. Sur la plage, l'été de la grosseur sous le maillot mouillé, allongée sur sa serviette, elle s'était dit que ce qu'elle avait sous les yeux, elle ne le verrait peut-être plus dans deux mois. D'où, depuis sa maladie, sa hantise de mal voir, ou de façon bâclée, banale, inattentive, d'où son désir de voir mieux et plus loin, plus profondément, de manière plus véridique, par effraction pour ainsi dire, comme si elle voulait casser un code, dissiper une énigme, résoudre une équation, décrypter un rébus, déverrouiller un coffre, par ses yeux qui regardaient, qui regardaient éperdument. Comme si Sarah forait le réel avec ses yeux, ses yeux voraces vrillant les couches, forant les strates inapparentes des choses, trouant ce qui s'offrait à son regard afin de s'introduire dans le tableau, *à l'intérieur*, pour en percer le sens, en retirer de la pensée, faire affluer sensations, intuitions, idées, joie, phrases, métaphores, sentiment d'osmose avec le monde.

Ses sculptures étaient fondées sur le désir de regarder : elles indiquaient à ceux qui pénétraient à l'intérieur ce qui semblait important à Sarah non seulement d'être contemplé, d'être contemplé de cette façon, selon cet axe et ce cadrage, mais aussi peut-être bien mieux qu'elle-même était capable de le faire. Elle offrait aux visiteurs l'expérience de s'enfoncer dans les visions que proposaient ses œuvres, pour passer de l'autre côté du miroir et finalement se révéler à eux-mêmes à travers une vérité exhumée par leurs soins au bout du long chemin rétinien qu'elle les invitait à parcourir.

Sarah n'avait aucune autre ambition, même si celle-ci s'alliait à des préoccupations adjacentes qui la mobilisaient au plus haut point, écologiques, spirituelles, mystiques, religieuses même, et politiques.

Il avait un ami, metteur en scène de théâtre, qui, comme elle, était possédé de ce désir irrépressible de voir, et se définissait comme un heureux psychopathe du scopique.

Sarah adorait cette dénomination, c'était bien trouvé, elle se sentait elle-même comme une heureuse psychopathe du scopique. Elle l'avait toujours été et cette orientation de sa nature s'était accentuée après sa rémission. Une heureuse psychopathe du scopique. Elle ferait sienne désormais cette appellation, s'il le lui permettait.

Il demanderait à son ami metteur en scène.

Un an après la construction de la tête-coquillage, Sarah avait eu l'idée d'illuminer le paysage. Elle avait disposé des projecteurs dans le champ de vision de la tête de Francis Ponge, sur une distance de plusieurs centaines de mètres, jusqu'aux confins de leur propriété. Certaines de ces sources lumineuses étaient accrochées aux arbres, d'autres les éclairaient par en dessous. Elles étaient d'intensité variable, et de teintes différentes. C'était complexe, Sarah y avait travaillé tout un hiver, chaque jour, une fois la nuit tombée. Une somme d'argent conséquente, employée à acquérir du matériel, mais aussi à s'offrir les services d'un assistant, avait été investie dans cette installation. Et quand celle-ci avait été achevée, Sarah l'avait branchée à un horodateur déniché sur eBay, défectueux, en provenance d'Italie, qu'avec l'aide de l'électricien du village elle avait remis en état. Un miracle d'avoir trouvé cet appareil. Le brocanteur affirmait qu'il provenait de la fameuse église romaine San Luigi dei Francesi, et qu'il avait servi à éclairer, pendant des décennies, par tranches de quatre minutes, *La Vocation de saint Matthieu* du Caravage. C'était fort peu vraisemblable. Mais cette charmante roublardise de l'antiquaire, si elle avait permis à celui-ci de faire grimper les enchères, avait d'autant moins choqué Sarah qu'elle lui permettait de se raconter une histoire qui l'enchantait. D'autant que le tableau du Caravage, sublime mise en abyme, représentait une autoritaire irruption de lumière sur une assemblée éblouie. C'était la lumière de l'inspiration divine, apportant à saint Matthieu sa vocation, de la même façon que Sarah escomptait de son paysage éclairé qu'il apportât aux spectateurs, outre une inoubliable émotion esthétique, une révélation sur eux-mêmes, un éblouissement. Comme cet horodateur datait d'avant la création de l'euro, on devait y glisser une pièce de mille lires, ce qui avait amené Sarah à faire l'acquisition, toujours sur eBay, d'un lot de pièces de mille lires datant de 1996, l'année de naissance de Paloma.

Le visiteur devait partir seul sur un long sentier sinueux, obscur, faiblement éclairé, dont la raison d'être était de réunir les conditions mentales les plus propices à l'advenue d'une vision saisissante. La préparation de l'esprit du spectateur par le cérémonial de ce cheminement silencieux vers la tête de Francis Ponge à demi enfouie dans la terre humide de la nuit appartenait pleinement à l'œuvre. Il était primordial que pensées basses et impressions prosaïques s'évanouissent, et que s'aiguise à l'inverse le besoin de transcendance, au moyen d'une dramaturgie spatiale savamment élaborée, maintes fois mise à l'épreuve par Sarah elle-même. La pulsion scopique devait être portée à incandescence pendant le temps que mettait le visiteur, guidé par de faibles lampions, à accéder à la cahute crânienne. Une fois à l'intérieur, après être passé, en baissant la tête, par l'ouverture triangulaire, le spectateur approchait de l'horodateur la petite pièce de mille lires tenue entre le pouce et l'index et la glissait précautionneusement, de peur de la faire tomber dans l'herbe, car il faisait très sombre, dans la fente du vieil appareil. Et c'est alors qu'apparaissait, par l'orifice hexagonal, le paysage illuminé. Un choc. Ciel, arbres en ombre chinoise, nuées, lune, nuages, vaches miniatures, prairies ensevelies dans les ténèbres nimbées de brumes. Même le vent paraissait éclairé, l'humidité nocturne. Émerveillé, le visiteur devait se dépêcher d'emmagasiner les sensations que prodiguait l'image miraculeuse survenue sous ses yeux, ne sachant pas de combien de temps il disposait pour en jouir, placé d'emblée par le dispositif pervers de Sarah dans le régime de l'urgence, de la brûlure, du fatidique, avant que d'un seul coup, sans prévenir, lame immense, le paysage s'éteigne, tranchant dans un déclic la conscience du spectateur.

La nuit, de nouveau. Opaque. Immobile. Sonore. Frémissante.

Créant un manque.

Un manque cruel, diabolique, insoluble.

Qui, l'espérait-elle, poursuivrait à jamais les visiteurs, à l'égal d'un paradis perdu égaré dans la nuit bretonne tel un énigmatique vaisseau fantôme.

Il aurait adoré pouvoir le vivre. C'était exactement ce qu'il aimait.

Merci.

Elle avait toujours beaucoup regardé, elle ne pouvait s'en empêcher, c'était inscrit dans sa nature profonde. Il n'y avait aucun autre moyen pour elle de se sentir exister. En voyage, avant de quitter un paysage qu'elle appréciait, et dont elle se disait qu'elle y resterait attachée, il fallait qu'elle le regarde longtemps, intensément, longtemps, intensément, comme si elle tentait de s'y faire entrer tout entière, comme si le paysage devait l'absorber. Ce paysage se souviendra de moi, comme moi je me souviendrai de lui. Une sorte de fétichisme. De fétichisme obstiné.

Créer un moment marquant, un moment sacré, osons le mot, par les yeux.

Il fallait absolument qu'elle *voie*, elle ne pouvait pas faire autrement, c'était plus fort qu'elle. Un intérêt inépuisable pour la façon dont les êtres sont conformés et sont au monde, existent, se comportent, sont habillés, marchent, parlent, sourient, tiennent leur fourchette. Un intérêt irrésistible pour la façon dont les gens sont ce qu'ils sont et s'inscrivent dans la réalité sociale. Une propension à se laisser toucher, subjuguer par ses contemporains – jusqu'à l'horrifique délectation, l'attraction de la répulsion. Elle aimait les gens, c'était comme ça. Elle les aimait profondément. Elle en était insatiable. Il fallait qu'elle les regarde.

Sarah lui dit qu'à cet égard, elle était amenée à constater, partout où elle allait, que la plupart des individus ne regardent jamais autour d'eux, ni ne se regardent les uns les autres. C'était quelque chose qu'elle ne parvenait tout simplement pas à comprendre. Quand elle dînait au restaurant, elle se faisait parfois la remarque qu'elle seule serait capable, si soudain on éteignait la lumière, de décrire l'intégralité des personnes présentes dans la salle. Comme s'il existait en réalité deux espèces humaines parfaitement distinctes et irréconciliables, les rétiniens, et les non-rétiniens. Ceux qui n'avaient pas besoin de regarder lui demeuraient étrangers.

3

Il était vraiment dommage que Sarah ne l'ait pas autorisé à attribuer à Susanne son activité artistique, il aurait adoré pouvoir reprendre dans son roman la tête-coquillage de Francis Ponge, l'horodateur romain et le paysage illuminé, elle n'allait pas changer d'avis ?

Non. Elle préférait. Qu'il n'insiste pas. Elle ne voulait pas que l'on puisse la reconnaître.

Il n'insisterait plus.

Un deuxième roman, assez bref, écrit très vite, fut refusé par la même dizaine d'éditeurs. Ils semblaient ne pas avoir *remis* Susanne, à en juger d'après le caractère obstinément impersonnel de leur courrier. Ils auraient pu, tout de même, s'était-elle dit, lui faire savoir si ce texte-ci leur avait paru meilleur que le précédent, mais c'était trop leur demander visiblement.

Son mari n'avait pas tellement aimé ce roman. C'est peut-être ce qui expliquait qu'il ne l'ait pas vraiment consolée, ni exhortée à commencer un troisième livre – comme s'il s'était acclimaté, lui l'éternel légitimiste, au fait qu'elle n'était pas un écrivain, contrairement à ce que son amour pour elle et sa méconnaissance absolue de la chose littéraire lui avaient d'abord laissé espérer. Légitimiste : se ralliant par principe aux avis autorisés, fustigeant les licences que s'octroyaient les individus les plus ordinaires en vertu d'intuitions présomptueuses qui les poussaient à se prévaloir de compétences indues, attitude qui selon lui tendait à se généraliser en raison du pouvoir qu'avaient pris les réseaux sociaux et leur système d'intronisations parallèles éhontées, en rupture avec les instances officielles, les élites. Il s'était donc rendu sans hésiter au jugement des experts, fût-il défavorable aux intérêts de son épouse.

Deux ans s'étaient écoulés depuis sa rémission. Si le mari de Sarah ne lui avait pas proposé de financer l'illumination du paysage, il en avait, en revanche, apprécié le résultat, il fallait lui reconnaître ce revirement. C'était lui, pas elle, qui avait fait venir chez eux le plus de visiteurs – il adorait, à l'issue des dîners, leur remettant lui-même la pièce de mille lires à glisser dans la fente de l'horodateur caravagesque, leur proposer le spectacle de la nature éclairée durant deux minutes trente, l'œuvre de Sarah plaisait toujours beaucoup. Il était même parvenu à faire se déplacer, par l'intermédiaire d'une relation professionnelle influente, fait relativement rare s'étaient-ils laissé dire, le directeur d'un musée d'art contemporain. Celui-ci s'était montré si élogieux que Sarah avait pensé qu'il lui passerait commande d'une œuvre, ou l'inviterait à participer à une exposition collective, il en avait évoqué l'éventualité. Mais suite à cette visite de courtoisie, il s'était révélé aussi fuyant qu'il avait été enthousiaste quand Sarah l'avait conduit à l'intérieur de la cahute crânienne. Elle n'avait plus eu de nouvelles de lui, ce qui avait refroidi les ardeurs de son mari. Celui-ci en avait sans doute déduit que la sculpture de son épouse ne devait pas posséder la valeur artistique qu'il lui avait naïvement prêtée.

Désirant disposer lui aussi d'un lieu où s'isoler, le mari de Susanne avait jeté son dévolu sur une cave libre de leur immeuble. Il l'avait équipée de vieux meubles achetés sur leboncoin, vintage, très seventies, pour, disait-il, écouter et faire de la musique – il s'était remis à la guitare électrique – mais surtout fumer tout à son aise. Il y passait chaque soir de plus en plus de temps.

Il fallait admettre qu'il en avait fait un lieu très agréable, comme Susanne le constaterait l'unique fois où elle avait été invitée à y descendre : canapé en velours bronze, bureau administratif, fauteuil en skaï à roulettes, renard empaillé, accumulation de tapis, lustre en cristal de pacotille, bar cylindrique en métal chromé, matériel hi-fi des années soixante-dix, vinyles disposés dans une bibliothèque, affiches de concerts de Jack White et des Kills, un énorme ampli Marshall, ses trois guitares Gibson.

Il fumait de l'herbe. C'était ça la vérité. Il buvait aussi des whiskys. C'est pour cette raison qu'il se retirait chaque soir dans un ancien bûcher et qu'il y passait des heures.

Susanne mit du temps à s'en rendre compte. Elle savait que son époux fumait parfois des pétards, mais elle ignorait qu'il en était devenu à ce point dépendant. Peut-être absorbait-il d'autres substances, elle l'en soupçonnait fortement, mais n'ayant pas l'esprit inquisiteur elle n'avait jamais été tentée d'éclaircir la question, elle s'en foutait. Après dîner, il disait à Susanne : *Je reviens*, elle lui disait : *Dans combien de temps ?*, il répondait : *Non mais tout de suite, attends-moi, j'en ai pour cinq minutes*, et c'est pourquoi elle l'attendait. Au début, il remontait dans leur appartement un quart d'heure ou trente minutes plus tard. Mais, les mois passant, il était réapparu de plus en plus tardivement, donnant à son fameux *Je reviens* une coloration humoristique qui chaque fois qu'il le prononçait déclenchait chez ses enfants de féroces exclamations sarcastiques : *Oui oui, c'est ça, à demain, bonne soirée, à bientôt ! À la semaine prochaine ! Ah ah ah ! On appelle les gendarmes si t'es pas remonté dans trois jours ! On les connaît tes Je reviens !*

Au lieu de lui avouer ses intentions : *Ma journée a été dure, j'ai été confronté aujourd'hui à un grand nombre d'abrutis, ils m'ont fatigué, l'humanité m'est insupportable, je préfère passer la soirée seul, toute la journée j'attends ce moment où je vais enfin pouvoir m'enfermer dans ma cave, j'adore cet endroit, c'est mon lieu intime à moi, c'est tout mon univers, là-bas je fais ce que je veux, je me retrouve enfin, je fume, je plaque des accords sur mon synthé, je joue de la guitare, j'écoute mes vieux vinyles en buvant des whiskys, alors je remonterai dans trois quatre heures, je t'aime, ça n'a rien à voir avec toi, bonne soirée mon amour,* il lançait d'une voix sonore, depuis la porte d'entrée, pour ne pas avoir à affronter le regard ironique de ses proches : *Je reviens !*, comme quelqu'un qui en effet doit s'absenter dix minutes pour finir un truc, de sorte que Susanne, chaque soir aussi étonnamment naïve qu'elle l'avait été la veille, attendait que son mari remonte dans leur appartement pour pouvoir regarder un film avec lui ou faire l'amour. Elle lisait dans son lit. Elle zappait de chaîne en chaîne à la recherche d'une émission captivante susceptible de la tenir éveillée. Elle scrollait sur Instagram ou sur des sites de vente de meubles vintage. Elle regardait distraitement les infos. Parfois, elle allait dans son bureau pour relire ce qu'elle avait écrit durant la journée, mais en général elle préférait s'en abstenir afin de conserver pour le lendemain, une fois franchie la nuit conseillère, sa précieuse fraîcheur de regard – une leçon qu'elle tenait d'Hemingway, trouvée dans *Paris est une fête*. Du fait de l'absence de son mari en première partie de soirée, ils faisaient de moins en moins l'amour. Elle avait besoin, Susanne, de plus d'heures de sommeil que lui, et souvent l'assoupissement la surprenait avant qu'il n'ait refait surface dans leur chambre. Les premiers mois, il arrivait que Susanne, le sentant s'introduire dans les draps, se blottisse contre lui, lui passe une main sur la poitrine ou sur le ventre, ce qui pouvait entraîner une relation sexuelle impromptue, mais ces occurrences finirent elles aussi par se raréfier. En raison des substances qu'il consommait dans sa cave, il s'endormait en déclinant les avances de Susanne.

C'était surtout pendant les vacances que Sarah et son mari faisaient le plus l'amour, comme lors de ce fameux séjour à la mer où elle avait tremblé de frayeur en voyant bomber sa peau sous le maillot mouillé. Malgré tout, en dehors des périodes de congés, il ne se passait jamais une semaine sans relation sexuelle, une telle chose les eût déçus, les eût fait paniquer. Mais ça c'était avant l'installation de Sarah comme artiste indépendante, c'était avant le désir de son mari de s'aménager lui aussi un refuge intime, c'était avant sa rituelle claustration digestive dans son bûcher. Désormais, plus rares seraient les semaines avec relation sexuelle que sans (Sarah parlerait en temp utile d'une découverte qu'elle avait faite ultérieurement, qui fournissait un élément d'explication supplémentaire à cet état de fait). Mais ils continuaient de s'éprendre physiquement l'un de l'autre toutes les fois que les circonstances leur en laissaient le temps, Sarah devait aussi le souligner. Rien ne s'était émoussé. Jusqu'à leur invisible et silencieuse rupture, elle et lui continueraient de faire l'amour avec passion. Ça avait toujours été fabuleux entre eux de ce point de vue-là. Comme son mari ne parlait pas, et qu'elle s'était un peu lassée, à table, de monologuer, ils dialoguaient de cette façon. Leurs corps étaient faits l'un pour l'autre.

Susanne est assise au salon. C'est le milieu de l'après-midi, il doit être dix-sept heures. Elle vient de rentrer d'une longue promenade. Elle réfléchit. Elle réfléchit à ses dessins. Sa fille lit un livre en face d'elle, enfouie dans un profond fauteuil, une jambe posée sur l'accoudoir, le pied en l'air. Elle bat doucement la mesure. Elle est pieds nus. Elle a de jolis pieds, Susanne a toujours trouvé que sa fille avait de très jolis pieds.

— Maman, arrête avec ça.

— Quoi ma puce ? Avec quoi tu veux que j'arrête ?

— Tes doigts.

— Ah, ça ?

— Pourquoi tu te massacres les doigts comme ça ?

Susanne hausse les épaules.

— Tu avais arrêté. Et là, depuis quelques jours, j'ai remarqué, ça repart de plus belle. Mam, tu m'avais promis d'arrêter.

— Je sais ma puce, mais c'est plus fort que moi. Je suis un peu tendue en ce moment.

— À cause de ton roman ?

— De mes dessins.

— De tes dessins ?

— Oui. J'ai eu une idée. Et je n'arrive pas à savoir si elle est bonne, absurde ou complètement débile. Du coup…

— C'est souvent le propre des idées géniales tu sais ?

— Je sais. En attendant d'y voir plus clair, je m'arrache la peau des doigts.

— Tu peux me dire quel est l'intérêt ? Je ne comprendrai jamais.

— Je fais ça depuis que je suis toute petite. C'est plus fort que moi. Quand apparaît une petite languette de peau, au lieu de la couper, je la tire. Alors il en apparaît une autre, et je la tire aussi. Plus c'est écorché, plus il y a de languettes. Et plus il y a de languettes, plus je suis tentée d'en arracher, c'est sans fin.

— Tes mains sont belles, et tu les massacres. Ça saigne, là, tu vois pas ?

— Si.

— T'as l'air de quoi avec des mains sanguinolentes, une si jolie maman.

— Tu me trouves jolie ?

— Naturellement que je te trouve jolie. T'en as d'autres des questions débiles ?

— Mais tu me trouves réellement jolie, ou tu dis ça parce que je suis ta maman ? Plutôt parce que je suis ta maman, non ? Je ne crois pas que je sois tellement jolie. On ne me l'a jamais vraiment dit.

— Mais qu'est-ce que tu racontes ? Qu'est-ce que t'as ce soir, t'es pas dans ton état normal là ! C'est plus de ton âge ce genre de trucs !

— …

— En attendant, tes doigts, non, ils ne sont plus jolis, mais plus jolis du tout, ça fait chuter ta cote à mort là, si c'est ce que tu veux savoir. Ma petite maman adorée…

— Tu es mignonne. Je vais faire un effort.

— Bon, on se tait maintenant. Silence. Il faut que j'avance dans mon livre. Merci.

— Oui ma puce. Je me tais. Je continue de délirer sur mes dessins.

— Tu me diras ?

— De quoi ?

— Tes dessins. L'idée que tu as eue.

— Si tu veux. Mais pas maintenant. Un autre jour, quand j'aurai avancé.

— Quand tu sauras si cette idée est géniale ou débile ?

— Voilà.

— …

— Tu sais, c'est comme avec l'ancien canapé. Tu te souviens de l'ancien canapé ?

— Le marron tout pourri ?

— Oui. Je n'arrêtais pas de l'éplucher, tu te rappelles ? On a dû le jeter, je ne pouvais pas m'en empêcher, je passais mon temps, quand on regardait des films, à le… à en arracher des pelures. Tu ne peux pas savoir le plaisir que c'est, d'enlever la couche d'un truc. N'importe quel truc, du moment qu'il y a une pellicule à retirer. Tu ne peux pas savoir le plaisir que c'est.

— Non. Et je m'en plains pas tu vois.

— Retirer méticuleusement de minces pellicules de matière. Le kiff.

— J'essaie de lire là, au cas où tu t'en serais pas rendu compte.

— J'ai une nouvelle coque de téléphone depuis deux semaines. Pareil, je la pèle, je la pèle avec l'ongle, je retire le caoutchouc comme on pèle une pomme, elle est toute déchiquetée, tu veux la voir ?

— J'ai vu déjà. Je ne t'ai rien dit parce que je préfère que ce soit ta coque de téléphone que tes doigts, mais ça ne te suffit plus visiblement…

— De la peinture qui s'écaille sur un mur ? J'enlève, j'enlève les fragments qui se décollent. Un trou dans un pull, je l'agrandis avec le bout du doigt, jusqu'à ce qu'il s'élargisse et que je puisse y introduire le doigt tout entier, puis deux, puis trois. Les croûtes, quand j'étais petite, c'était un enfer, les plaies ne guérissaient jamais, de plaie en croûte et de croûte en plaie ça durait des semaines, mamie était obligée de me mettre des bandes. Car les sparadraps ! Les sparadraps, Paloma ! Non mais un sparadrap, quels délices que d'embêter le sparadrap, que de l'attaquer par les bords, que de le faire se replier sur lui-même, avant qu'il ne devienne une sorte de petite serpillière toute collante. Une fois, j'ai eu des points de suture. Tu imagines ! Je n'avais qu'une obsession, c'était de réécarter la plaie que fermaient les points de suture. Réécarter une plaie, empêcher une coupure de cicatriser, la rouvrir sans cesse, tu connais un plus grand plaisir toi ? Moi pas.

— Tu es complètement folle en fait ma pauvre maman.

— J'essaie juste de t'expliquer pourquoi je m'arrache la peau des doigts. Vas-y, lis ton livre.

Ah, quelle cruauté, la honte ! Ainsi avait-il remarqué qu'elle s'épluchait la peau des doigts ! Pourtant, devant lui, elle s'efforçait de s'en dispenser... mais il restait les saignements et les râpures sur le pourtour des ongles, c'est certainement ce qui lui avait permis de le deviner...

En effet.

Sarah avait cette manie, oui, elle l'avouait, mais qui n'allait pas aussi loin que chez son héroïne...

Chaque jour, après avoir passé la matinée à écrire, Susanne déjeunait chez elle d'un plat froid et simple à préparer, en compagnie d'un ou deux de ses enfants s'ils étaient là, en solitaire si elle était seule dans l'appartement. Elle préférait, du reste. Au terme de plusieurs heures concentrée dans son bureau, elle aimait que puisse se prolonger, mentalement, dans le silence de la cuisine, le tissage de son livre. C'était automatique, elle n'avait rien à piloter, les phrases dansaient toutes seules dans son esprit, elle devait prendre des notes à toute vitesse dans son carnet tout en mâchant – combien de pages de ses manuscrits avaient-elles surgi de cette façon, à l'heure du déjeuner, en trombe, comme s'il suffisait de s'éloigner de son ordinateur pour que s'enclenche la turbine à paragraphes ? Après quoi elle lisait, s'accordait une petite sieste puis une promenade. Elle était très ritualisée. C'étaient un peu toujours les mêmes aliments qu'elle glissait dans sa bouche à l'heure du déjeuner, sardines, céleri rémoulade, carottes râpées, maïs, pâté en croûte, mozzarella, et c'était un peu toujours les mêmes itinéraires qu'elle empruntait, après sa sieste, lorsqu'elle sortait pour se balader.

Elle chérissait ce quotidien comme quelqu'un qui a failli mourir. Vivre après les frayeurs d'un cancer est un cadeau inespéré. C'est puissant et tenace. Chaque jour était béni. Sarah en éprouvait une immense gratitude.

Non loin de son immeuble, Susanne empruntait la rue Sisley, s'engageait sur la longue et rectiligne rue de Tivoli, s'en détournait pour prendre à droite la rue Turgot qui la conduisait place des Cordeliers, où l'aimantait une librairie qu'elle adorait, La fleur qui pousse à l'intérieur, aménagée dans un appartement en rez-de-chaussée, sans vitrine, aux fenêtres vermillon. De l'extérieur, ce lieu ne ressemblait aucunement à un commerce, mais possédait l'aspect d'une poétique et clandestine officine d'initiés. En poussant la porte, on s'attendait à surprendre une réunion de conspirateurs et d'activistes, des activistes de la beauté. C'est dans cette librairie qu'elle avait l'habitude d'acheter ses livres, alors souvent elle y entrait pour regarder les nouveautés, récupérer une commande, laisser vagabonder ses yeux sur les rayonnages, parler avec la créatrice de cet endroit singulier, Clémence, que Susanne appréciait beaucoup. Elle y buvait un café. Après quoi elle s'orientait vers le quartier historique, arpentait les rues des antiquaires, examinait ce qui était exposé en vitrine (mais comme elle préférait le design et les objets vintage aux meubles anciens, il était rare que son intérêt soit éveillé), puis elle se dirigeait vers la place de la République. Là, souvent, elle…

Sarah lui demanda, désolée de l'interrompre, s'il allait lui faire faire ainsi, rue après rue, le tour de Dijon.

Que Sarah se rassure, il allait s'arrêter là.

Elle préférait. Il était sur le point de devenir fastidieux…

Pardon.

Ce qu'il voulait porter à la connaissance de Sarah, c'est que Susanne avait été séduite par un tableau devant lequel elle passait chaque jour, exposé dans une vitrine de la rue Chaudronnerie.

Le fameux tableau.

Voilà. Le fameux tableau.

Susanne avait été séduite, puis intriguée, puis de plus en plus fascinée par la facture et l'impact visuel de cette peinture (pour des raisons qu'il révélerait ensuite à Sarah), mais aussi, bien sûr, par ce qu'elle représentait, une minimale et mystérieuse scène de couvent. Le tableau, d'assez grande dimension, disposé sur un chevalet en fer forgé, était accompagné d'un bristol glissé dans l'angle inférieur droit du cadre doré : *Époque XIXe siècle, Louis-Philippe Restauration Charles X.* La notice était rédigée d'une écriture surannée. Aucun prix n'était affiché. Que Sarah ne se méprenne pas, ce n'était pas un tableau religieux. On aurait dit, même, un tableau cent pour cent profane, même si la scène se situait dans la galerie d'un couvent et impliquait deux religieuses. Mais celles-ci, par leur disposition dans l'architecture, mais aussi par leur attitude discrètement préoccupée (il ne voyait pas de quelle façon le dire autrement), semblaient emprisonnées dans une fiction en cours davantage encore qu'entre les murs d'une sévère institution monastique. Elles avaient l'air de guetter, d'attendre quelqu'un. Il se tramait quelque chose. C'était la représentation d'un moment décisif. Ce tableau était un plan de cinéma. Un arrêt sur image. Un photogramme. Une tension dramatique indiscutable courait sous la quiétude ecclésiastique.

Évidemment, ce qui attrapait l'attention des passants, et avait sauté aux yeux et à l'esprit de Susanne, ce n'était pas la tension dramaturgique, qui, en raison même du fait que le moment était décisif, devait être dissimulée par les moniales le plus qu'elles le pouvaient, comme on le fait généralement quand on s'apprête à commettre un forfait, ou à prendre un risque inconsidéré. Non, ce qui empoignait le regard, c'était l'imposante architecture intérieure du monastère, rigoureusement symétrique, hiératique, sévère et solennelle, tout en voûtes, en murs et en épais piliers, dans une palette restreinte qui accentuait la puissance architectonique du décor. La galerie, peinte en perspective, s'inscrivait dans l'axe exact du regard. Les voûtes occupaient le tiers supérieur du tableau, leur retombée plus de la moitié. Au sol, un carrelage à damier. De la lumière entrait dans la galerie par quatre fenêtres cintrées – dont les vitres reprenaient elles aussi des motifs de damier – pratiquées dans le mur de droite. Palette restreinte : nuances majoritaires de bruns, quelques bleus, un peu de vert. C'étaient l'autorité du bâti et la maîtrise de sa restitution picturale qui d'abord arrêtaient le regard, faisaient que l'on ralentissait le pas, que l'on revenait en arrière sur le trottoir pour examiner la peinture plus attentivement, à travers les reflets de la vitrine. Et c'est alors seulement que l'on remarquait la présence des deux religieuses. L'une regardait par la fenêtre, de biais et en léger retrait pour ne pas risquer d'être vue, l'autre attendait à côté de la grande porte d'entrée, au fond, au point précis où aboutissaient les lignes de fuite, soucieuse elle aussi de se dissimuler à tout regard extérieur. Elles demeuraient réservées, elles n'étaient pas dans l'affolement, elles paraissaient frémir. C'était dans l'apparence de la plus stricte immobilité qu'on sentait battre leur cœur à la chamade, leur esprit s'inquiéter.

À gauche, au premier plan, sur le mur latéral de la galerie, une porte fermée s'imposait par la puissance de son mystère. Par son intensité. C'était elle finalement le centre fictionnel du tableau. Elle était peinte avec un tel soin, une telle netteté, jusque dans les veines du bois (dans une manière magrittienne, comme si un fragment d'une toile de Magritte avait été marouflé sur la peinture de ce décor du début du XIXe siècle, créant une anomalie temporelle), elle était peinte avec un tel soin qu'en la voyant on ne pouvait que se demander sur quoi ouvrait cette porte et surtout de quelle suite funeste de l'intrigue elle était le fatal portail.

Le sens caché de l'œuvre réifié en porte close.

Sarah lui demanda ce que c'était que ce tableau. D'où venait-il ?

Il lui répondit qu'il l'avait repéré sur Internet en novembre dernier, après avoir tapé sur Google les mots tableau, couvent et religieuse. Parmi les images apparues ce jour-là en mosaïque, celle de ce tableau-ci l'avait immédiatement frappé.

Il n'avait plus arrêté, chaque jour, de le contempler, et de se demander s'il n'allait pas l'acheter. Ce tableau l'inspirait. Il pensait à Sarah en le regardant. Mais on n'achète pas de tableau, on n'a jamais vraiment besoin d'un tableau, pourquoi acheter soudain un tableau ? Personne n'achète comme ça un tableau sur Internet.

Mais, pardon… Pourquoi un couvent ? Et pourquoi des religieuses ?!!

Pour les besoins de son livre, il avait pas mal tourné autour de l'idée d'architecture et de sacré, mais aussi de claustration (en d'autres termes la mise en tension du rapport intérieur-extérieur), en écho à votre travail, Sarah, évidemment. La question de la vision, aussi, bien sûr, et de l'*apparition*, fût-elle mentale et intérieure, mystique. D'où découlait la question de la croyance, de l'attente, de l'ailleurs, de l'*au-delà du banal*, toujours en écho à votre démarche artistique et architecturale. Peut-être aussi que c'était juste par désœuvrement, entrant dans la barre de recherche les mots-clés et surtout les associations de mots-clés les plus incongrues, pour voir ce qui en sortirait.

Lui, il l'avouait, il rêvait d'accrocher au mur de sa chambre le portrait d'une collègue quelconque de mère Angélique Arnauld – la célèbre abbesse de Port-Royal immortalisée par Philippe de Champaigne en 1654 – à condition qu'elle en ait la granitique intransigeance, le visage livide et soupçonneux, pour veiller sur son sommeil de toute sa verticale sévérité. C'est la raison pour laquelle il tapait régulièrement sur Google tableau et religieuse.

Il devait se sentir bien coupable pour éprouver le besoin de se faire admonester, la nuit, par un esprit rigoriste et dénué d'indulgence suspendu au-dessus de son lit comme un continuel rappel à l'ordre !

Il ne viendrait jamais à l'idée de Sarah de dormir en compagnie d'un tel tableau !

Il était en effet, Sarah avait raison, un grand adepte du martinet mental !

De là à savoir d'où lui venait cette appétence pour la contrition, c'était une autre histoire, qui les entraînerait trop loin.

Un jour, à force de s'arrêter devant la vitrine de la rue Chaudronnerie pour essayer d'élucider cette scène qui l'intriguait, et à laquelle elle s'était surprise à repenser, chez elle, par flash, à différentes reprises, tandis qu'elle travaillait, Susanne avait poussé la porte de l'antiquaire. Un monsieur classique et corpulent habillé dans des teintes automnales – un vrai feuillage de marronnier de la fin du mois d'octobre – s'était avancé vers elle depuis le fond de sa boutique.

— Madame.

— Bonjour, excusez-moi, je voulais savoir…

— Oui ?

— Qu'est-ce que c'est, ce tableau ? Il est vraiment très beau.

— Lequel, les fleurs ?

— Non, pas les fleurs, non, bien sûr que non. Celui-là, le couvent.

— Ah, le couvent ! Oui, bien sûr, pardonnez-moi. Impressionnant n'est-ce pas ?

— Oui. Il vient d'où ce tableau, qu'est-ce que c'est ? Je passe tous les jours devant. Je me demandais…

L'antiquaire fit pivoter le chevalet vers l'intérieur de la boutique, afin de présenter la peinture à Susanne.

— Eh bien, c'est un tableau qui provient du prieuré de Dannemois. Dannemois, n'est-ce pas, vous êtes trop jeune pour avoir connu cette époque, mais c'est là que Claude François possédait…

— Un moulin ?

— Tout à fait, un moulin, excellente culture, c'est bien ça. Il y a à peu près, je ne sais pas, je dirais vingt-cinq ans, le curé de Dannemois est mort. Il était sans héritier. On a dû vider sa maison.

Le cœur de Susanne se contracta. Elle connaissait ce genre de situations. Il lui était déjà arrivé, d'ailleurs, de devoir retrouver les ayants droit d'un prêtre – elle en avait fouillé le prieuré de fond en comble, à la recherche d'indices.

— Une dame de la paroisse, je ne sais plus qui, c'est loin tout ça, s'en est chargée, elle a dispersé les affaires du curé. Il n'y avait pas grand-chose d'intéressant, à l'exception de ce tableau, qu'elle m'a vendu.

— Il y a vingt-cinq ans ?

— À peu près. Je pourrai vérifier les dates si ça vous intéresse.

— Et ce tableau, dans l'intervalle…

— Je l'ai gardé pour moi. Impossible de m'en défaire. J'ai vécu avec lui pendant vingt-cinq ans. Il était chez moi. Dans mon bureau. Vous ne pouvez pas savoir le nombre d'heures que j'ai passées à le regarder. Il est littéralement inépuisable.

— J'imagine. Il est magnifique. Et, sans vouloir être indiscrète, pourquoi vous vous en…

— Pour des raisons personnelles.

— Pardon. Excusez-moi. Je ne voulais pas…

— Ce n'est rien. Mais ce n'est pas de gaîté de cœur, croyez-le bien.

— Je comprends, je comprends.

— …

Susanne regardait la peinture. Elle ne pouvait en détacher les yeux. À quoi tenait la force de ce face-à-face de son esprit avec ce tableau insaisissable ?

Cette longue galerie qui débouchait, au fond, sur un jardin, un pan de ciel bleu, des nuages cotonneux, il lui semblait qu'elle traçait des lignes de fuite dans sa vie même, des lignes de fuite qui l'attiraient, qui l'*aspiraient* irrésistiblement vers un ailleurs indéfini, un *dehors* inconnu.

— Et ce tableau, qu'est-ce que vous en avez, comment dire. Qu'est-ce que vous en avez compris, à force de l'explorer ? Il se passe quoi, là, avec ces deux religieuses ? Entre elles deux déjà… mais je suis sûre qu'il existe une troisième personne. Elle est tellement mystérieuse, cette scène. Chaque jour, quand je passe devant, je me demande ce qui…

— Vous ne vous imaginez tout de même pas que je vais vous livrer le secret de ce tableau ? Sans compter qu'il est peut-être plus ineffable que ce que vous croyez. Vous le découvrirez certainement un jour, quand vous l'aurez acheté.

Susanne détourna ses yeux du tableau :

— Ah mais je ne vais pas l'acheter ! Ce n'était pas le… c'était juste par curiosité ! Non, je ne vais pas… non, vous vous trompez ! Comme je passe tous les jours devant, j'ai eu l'idée, aujourd'hui, de vous… mais c'est tout… oh là là, non !

— Vous ne voulez pas l'acheter ? Quand je vois l'état d'émotion dans lequel ce tableau vous précipite, permettez-moi d'en douter, chère madame.

— Je n'ai jamais acheté de tableau de ma vie, ça m'est complètement étranger comme démarche, ce n'est pas aujourd'hui que je vais commencer. Non, je vous assure, je ne suis pas là pour vous acheter ce tableau. Vous vous trompez.

— Vous savez, il suffit parfois d'une seule rencontre. C'est encore plus beau d'ailleurs. Ce n'est pas *un* tableau que vous hésitez à acheter, je suis d'accord avec vous, ça n'aurait aucun sens, vous n'êtes pas une collectionneuse, je le vois bien. C'est ce tableau-*ci*. *Celui-ci* précisément et pas un autre. C'est tout à fait différent. Ce sera probablement le seul tableau que vous achèterez de votre vie.

— Je ne sais pas. Combien il coûte ?

— Combien il coûte ? Ah, chère madame ! Nous verrons cela en temps utile !

— En temps utile ?

— Regardons-le. Nous sommes dans la galerie d'un couvent, peinte entre 1820 et 1840. Elle donne sur un jardin, au fond, et peut-être sur la salle capitulaire et le réfectoire, par cette porte-ci, à gauche. Regardez comme elle est bien peinte, cette porte.

D'un doigt replet orné d'une chevalière armoriée, il désignait le motif magrittien qui intriguait Susanne.

— Oui, je sais, elle m'a tout de suite attirée cette porte. Je ne sais pas pourquoi.

— Elle est puissante. Les fenêtres que vous voyez là, à droite, au nombre de quatre, donnent soit sur un jardin, soit sur le cloître, c'est difficile à dire. J'ai ma petite idée sur la question. Le peintre insiste sur la reprise de la vie après la ruine de la Révolution. De quel ordre s'agit-il ? L'habit est noir et blanc, quoique le noir soit ici un bleu sombre. Des dominicaines ? Des clarisses ? Des contemplatives sûrement, comme vous l'êtes de toute évidence vous-même, chère madame. C'est du reste un tableau pour contemplatifs. La lumière qui arrive des fenêtres, par la droite, met en valeur les ombres : calme, sobriété, sentiment d'éternité. Il y a du pittoresque, comme vous pouvez le voir dans le traitement de la détérioration des voûtes, où parfois la brique affleure parce que l'enduit s'en est allé, mais l'artiste n'en abuse pas, il y a énormément de retenue dans les intentions, c'est un travail très délicat. Voyez comme le jardin, aperçu par la porte ouverte au fond du tableau, est traité. Est-ce que ceci n'est pas charmant ? C'est presque impressionniste. Le bleu du ciel, les légers nuages blancs, le vert de la végétation, le sol de sable blanc qui reflète la lumière aveuglante, tout ça dans une manière très allusive, très suggestive, c'est très moderne. Le peintre, cela étant, n'est pas un grand peintre, mais plutôt un petit maître, car les deux femmes semblent un peu ajoutées, c'est là mon humble avis, et il pratique la peinture d'architecture grâce à la boîte optique. C'est une légère facilité, qui certes fait toujours son petit effet, mais une facilité quand même. Vous constaterez que je n'essaie pas de vous survendre cette œuvre. L'artiste se situe dans la lignée de Granet, avec une appétence pour les ruines, les lumières intérieure et extérieure, la vie religieuse après la Révolution.

— Merci, c'est très intéressant.

— Le cadre est particulièrement beau également.

Silence.

Susanne hésitait. Elle s'arrachait la peau du pouce dans la poche de son manteau. Ses yeux étaient fixés sur la peinture. Des sensations d'une grande douceur s'écoulaient dans son corps, veloutées, liquoreuses.

— Et ce tableau, il coûte…

— Compte tenu de sa richesse d'inspiration, chère madame, et de sa belle facture, il n'est pas cher. On peut dire que c'est un beau tableau, n'est-ce pas, d'assez grande dimension de surcroît, soixante-dix par quatre-vingt-dix à l'intérieur du cadre. Son prix modeste s'explique par le fait qu'il n'est pas signé. Mais aussi par ce petit manque que vous voyez là, en haut à gauche, à la hauteur des voûtes. Quelques fragments de la couche peinte, un peu craquelée dans cette zone, ont fâcheusement sauté.

— Et ce prix…

— Deux mille euros.

La zone intermédiaire, donc turbulente, où cette réponse plaça d'emblée Susanne n'impliquait pas qu'elle devait s'enfuir de la boutique en courant, ni qu'il fallait brandir immédiatement son carnet de chèques.

Elle en resta prostrée.

Cette somme était élevée, certes, mais elle était tout aussi bien envisageable, dangereusement envisageable.

— Ah, quand même…

— Vous trouvez cela cher ?

— Ben, quand on n'a pas vraiment besoin d'une chose, deux mille euros, oui, c'est cher. Non ?

— Écoutez, qu'est-ce que c'est, un besoin ? Qu'est-ce que c'est réellement ? Tout dépend de la conception que l'on s'en fait. En dehors des besoins naturels évidemment. Un week-end à Venise qui vous coûte deux mille euros, est-ce que c'est plus approprié, en termes de dépense, qu'un tableau en compagnie duquel vous vivrez durant des décennies, que vous pourrez transmettre à vos enfants ? Avec lequel vous dialoguerez à l'infini, qui vous apportera du réconfort toutes les fois que vous le lui réclamerez ? Je dirais non personnellement. On se fait souvent une idée fausse de ce que l'on doit considérer comme un besoin.

— Et vous pourriez…

Susanne regarda longuement le marchand dans les yeux.

— Quoi ?

— Je ne sais pas, je n'ai pas l'habitude de… En baisser le prix ?

— Ce tableau partira au prix affiché, parce que ce prix est juste. Et que je suis très attaché à cette peinture. Je pourrais éventuellement vous concéder une remise symbolique, parce que vous me paraissez dans une étrange connivence avec cette œuvre… et que ce sera la première que vous achèterez. Une remise de deux cents euros. Ce qui en ramènerait le prix à mille huit cents euros. Mais c'est bien parce que c'est vous.

Susanne, paniquée, prise de court, le souffle coupé, transpirante :

— Non mais je, c'est une… je n'aurais pas dû venir vous voir, oubliez tout ça, c'est une folie, pardon, mais merci de m'avoir, c'était très, c'était très intéressant, je… je vous laisse, il faut que je…

— En tout cas, si vous changez d'avis, n'hésitez pas à revenir me voir. On change souvent d'avis en la matière, croyez-moi, parfois trop tard et on s'en mord les doigts, c'est une donnée à prendre en considération et sur laquelle il est de mon devoir de marchand expérimenté d'attirer votre charmante attention. En tout cas, sachez que mon offre restera valable tant que votre peinture sera en vente.

Le *votre peinture* de l'antiquaire fut comme une flèche impressionnante, voluptueuse, qui se planta dans le cœur de Susanne, en plein dans le mille.

4

Ce serait quand, cette scène, dans l'histoire ?

Il répondit à Sarah qu'il entendait la placer au moment où dans la réalité elle avait achevé la construction de l'église de dentelle.

C'est-à-dire presque sept ans après la rémission.

Quelque chose comme ça.

Une église, un couvent, c'est logique.

Bien plus que Sarah ne l'imaginait.

Elle était curieuse de voir de quelle façon il ferait résonner ce tableau dans son histoire à elle. Sarah non plus n'avait jamais acheté de tableau. A fortiori un tableau ancien. Elle l'intriguait l'irruption de cette peinture dans le récit qu'il allait faire des péripéties récentes de sa vie.

Il regardait régulièrement les photos de l'église de dentelle. Il adorait cette œuvre. Davantage encore que la cahute crânienne.

Sculpture maudite, pourtant.

Cette construction avait contribué à sa ruine actuelle. Sarah y avait englouti la majeure partie de ses économies, en particulier l'argent qu'elle avait retiré de la vente de ses parts à son associé, lorsqu'elle avait quitté leur agence d'architecture. Elle avait été contrainte de recourir à un crédit à la consommation (ses parents s'étaient portés caution), car son mari ayant déjà plusieurs emprunts sur le dos (pour la maison, les travaux d'embellissement, l'acquisition des terres, Sarah l'avait déjà dit), il exigeait qu'elle continue de subvenir à l'entretien courant de la famille. C'était un arrangement dont ils étaient convenus, il était exclu qu'elle modifie les règles du jeu en cours de route, surtout pour se faire construire une œuvre qui n'allait rien leur rapporter. Sarah lui avait répondu que ce serait une carte de visite incomparable, qu'il y aurait forcément des articles, qu'elle se ferait un nom. Que des commandes en découleraient. Mais elle ne l'avait pas convaincu.

L'église de dentelle, c'était initialement une réflexion sur le paysage, mais une réflexion réversible (au sens où un vêtement est réversible), prenant en compte simultanément la façon dont la construction serait perçue dans le paysage et inversement le paysage depuis la construction, et qu'il y ait une identité rigoureusement superposable de ces deux approches, comme si celles-ci étaient les deux visages d'une tête bifrons. Ou les deux faces de la pièce de mille lires que les visiteurs glissaient dans la fente du vieil horodateur caravagesque pour que leur apparaisse la campagne illuminée. D'ailleurs, aussi paradoxal que cela puisse paraître (mais pas tant que ça en fait), Janus bifrons était pour Sarah la figure tutélaire de l'église de dentelle. Janus bifrons : le dieu romain du passage. Le passage du regard (par un orifice), le passage d'un ordre de la réalité à un autre ordre de la réalité (de quelque ordre qu'il s'agisse), le passage de l'intérieur à l'extérieur (et inversement), le passage du prosaïque au merveilleux, le passage du temps, le passage des saisons. Le passage vers l'*ailleurs*. Le passage qu'emprunte Alice. Le passage qui permet d'accéder à la vérité. À l'amour. Au bonheur. À l'illumination. Le pont du film de Vincente Minnelli *Brigadoon*, la bouche d'égout du *Trou* de Jacques Becker, *passages* dont il avait si bien parlé dans l'un de ses livres, qu'elle relisait régulièrement. L'épiphanie comme passage. Le *passage* – par quoi dans le fond se définit l'architecture, puisque celle-ci fait apparaître une frontière (là où il n'y avait que du vide) entre ce qui devient le *dedans* opposé au *dehors* – avait toujours été une notion essentielle à ses yeux, dont Janus bifrons était la divinité, avec un visage regardant vers le passé, et un autre vers l'avenir.

Cette œuvre – que dans ses notes préparatoires Sarah intitulait l'*Autel de Janus* – s'amusait du cliché du clocher d'église comme ingrédient quintessentiel du paysage admirable. Sarah avait eu l'idée d'ériger, dans le champ de vision de la tête-coquillage, au beau milieu du tableau illuminé par la pièce de mille lires tenue entre le pouce et l'index et introduite dans la fente du vieil horodateur caravagesque, une église, une église fonctionnant comme un signal archétypal doux à l'œil aussi bien qu'à l'esprit. Mais cette église, d'une hauteur de douze mètres, réalisée dans une résille de métal oxydé, n'obstruait pas la vue : le regard pouvait apercevoir le paysage en transparence de sa présence subtilement ironique – qui renvoyait bien sûr au sourire concis du poète qui la contemplait, pensif et amusé, sa joue droite posée contre le sol (comme s'il voulait anticiper, tel un Indien, l'arrivée délétère des cowboys, comme le font les enfants lorsqu'ils jouent). Vide, diaphane, ouverte à tous les vents, presque invisible si ce n'est par ses contours nettement dessinés et sa lugubre apparence de cage thoracique, cette œuvre évoquait la désaffection des lieux de culte dans les campagnes. Elle qui adorait, dans son travail, jouer constamment du rapport intérieur/extérieur, elle s'était amusée, là, en plus, de l'effet présence/absence.

Quand on pénétrait dans l'église, le processus était rigoureusement inversé. On se trouvait à l'intérieur d'un lieu – sans équivoque – et à la fois pleinement dehors ou disons relié à l'extérieur par un accès rétinien perpétuel et une vue à trois cent soixante degrés. Le paysage n'était donc plus cadré ou découpé, comme il l'était par l'ouverture hexagonale de la tête de Francis Ponge, mais transformé en ample travelling, en bande passante visuelle. Il était pour ainsi dire *capturé* par la construction de Sarah, capturé dans toute sa plénitude. Cet édifice tenait le paysage *en joue* tout en ne le contrariant pas, puisque le regard, depuis l'extérieur, passait au travers. Quand on pénétrait dans l'église de dentelle, lieu de culte implicite puisqu'elle reprenait la silhouette – mais rapetissée – d'une église des environs, il s'imposait comme une évidence que le culte en question n'était plus le catholicisme, mais bel et bien la nature, le paysage, l'écologie, célébrés par le principe même de cet édifice ajouré qui s'effaçait humblement devant eux et s'agenouillait – pour ainsi dire – devant la beauté de la vue. Une maison à l'écoute, regardant autour d'elle, actrice elle-même de cette fameuse pulsion scopique qui possédait Sarah, mais sachant aussi s'oublier.

S'il osait, il appellerait son mari pour obtenir de lui qu'il puisse venir visiter ces deux œuvres.

Il pouvait toujours essayer. Mais il y avait peu de chances que son mari accepte. Il avait entièrement renié son travail.

Cette œuvre avait connu un certain retentissement, mais surtout localement, par des publications et des interviews sur des chaînes de radio et de télévision régionales, permettant à Sarah de devenir une célébrité dans les environs – mais seulement dans les environs, même si un journaliste de *Beaux Arts Magazine* ami de la relation influente de son mari avait fait le déplacement jusque chez eux et consacré à l'église de dentelle une demi-page illustrée d'une photographie, son tout premier papier dans la presse nationale, le seul à ce jour. Sarah pensait que si sa vie n'avait pas, quelques mois plus tard, brusquement bifurqué, l'éloignant de ses deux œuvres construites, elle aurait fini par percer. C'était très bien parti. Elle se sentait dans une réelle accélération à ce moment-là.

Susanne avait envoyé son troisième manuscrit aux dix mêmes éditeurs, pas rancunière.

En attendant leur réponse, elle dessinait. Elle n'imaginait pas qu'il puisse lui être offert de vivre elle-même ce conte de fées raconté parfois par des écrivains lorsqu'ils évoquaient dans des interviews cette minute considérable de leur existence où un éditeur de renom, deux heures après avoir ouvert leur manuscrit, les priait d'accourir à Saint-Germain-des-Prés pour signer un contrat. Malgré tout, elle ne pouvait s'empêcher d'en rêver, son téléphone n'était plus jamais sur silencieux et elle le tenait constamment à portée de main, le surveillant sans cesse, s'en défendant cependant.

Avant d'entreprendre l'écriture d'un nouveau livre, Susanne s'était mise à dessiner, au stylo bille, l'épisode d'Actéon changé en cerf tel qu'il est raconté par Ovide dans ses *Métamorphoses*. Actéon, petit-fils d'Apollon, surprend, lors d'une chasse en forêt, la déesse Artémis – Diane dans la mythologie romaine – se baignant nue dans une rivière en compagnie de ses suivantes. Loin de détourner, ni sa route, ni le regard, comme la plus élémentaire bienséance l'eût exigé (même à l'époque !), Actéon s'attarde au contraire, épie la nudité de la déesse. Fatal désir de regarder. Prenant soudain conscience de sa présence inopportune, furieuse d'avoir été vue nue, Artémis le métamorphose en cerf. Ne le reconnaissant pas sous cette forme animale, et rendus fous par le courroux de la déesse, ses propres chiens entreprennent de le dévorer.

Susanne avait fait pas mal d'esquisses de cette scène, la fixant à différents moments de sa dramaturgie. L'esquisse préparatoire qu'elle préférait, elle l'avait exécutée, au stylo bille, sur une feuille Canson de très grand format, et le résultat l'avait enthousiasmée. Que s'était-il passé ensuite dans sa tête ? Était-ce lié au caractère obsessionnel de l'attente à laquelle la soumettaient les dix éditeurs, mais aussi au motif de la pulsion scopique qui formait la thématique centrale de ce dessin ? Toujours est-il que Susanne, une fois le dessin achevé, prit une autre feuille de même dimension, le même stylo bille et refit exactement le même dessin, spontanément, sans réfléchir ni conceptualiser cette aveugle impulsion.

Quand elle avait reçu la première lettre de refus, aussi oublieuse de son anonyme personne que toutes les précédentes, Susanne en était déjà à trois dessins strictement identiques.

Identiques mais différents dans leur troublante gémellité – une différence qui palpitait partout sur le papier, atmosphérique et unanime, mais qui ne se laissait pas capturer ni décrire, et c'est cela qui passionnait Susanne dans cette démarche qu'elle-même aurait été incapable d'expliciter. Si ce n'est que cette pratique était devenue complètement addictive, au même titre sans doute que les pétards – et peut-être d'autres substances – que son mari continuait de consommer chaque soir dans sa cave, plus absent que jamais.

Sarah présumait que c'était à ce moment-là du roman qu'allait être révélée à Susanne, par hasard, chez son notaire, l'anomalie qui l'avait tant déstabilisée, pour ne pas dire choquée, lorsque Sarah l'avait elle-même découverte ?

Tout à fait.

On y vient.

Mais, avant cela, patience, Susanne était retournée chez l'antiquaire de la rue Chaudronnerie, devant la vitrine duquel elle avait continué de s'arrêter chaque après-midi pour essayer de démêler le sens de ce tableau insaisissable – sauf qu'un beau jour, donc, elle en avait de nouveau poussé la porte, décidée à… elle ne savait pas. Ce qu'elle savait, c'est qu'elle était en train de pousser la porte de la boutique – et qu'elle était décidée. Mais décidée à quoi ? Juste dire bonjour et discuter ? S'acharner à marchander ? Évacuer, d'une manière ou d'une autre, ce désir insistant, pour ne plus avoir à se demander si elle allait dépenser mille huit cents euros chez un antiquaire (commerce non essentiel par excellence, où elle avait toujours un peu honte de céder à une impulsion d'achat), fût-ce pour acquérir un objet qui prenait chaque jour à ses yeux un peu plus d'importance ? Pour compliquer encore la situation, l'intuition lui était venue qu'elle allait écrire un roman inspiré de ce tableau. Ce serait certainement son prochain texte, si tant est qu'elle parvienne à éclaircir ce que ce tableau semblait avoir à lui dire, mais il ne lui lâcherait jamais son secret à travers les reflets d'une vitrine – elle postée dans la rue, sur le trottoir, dérangée par le bruit, et lui captif de l'œil jaloux, vénal et possessif de l'antiquaire dissimulé dans la pénombre de son arrière-boutique, il faudrait donc qu'elle puisse le contempler dans son bureau, sauf qu'elle ne souhaitait pas l'acheter. Comment faire ? En poussant la porte, elle savait qu'il allait se passer quelque chose. Elle était fébrile, presque chancelante. Ses jambes tremblaient et sa respiration s'était accélérée.

La conversation s'engagea. Cette fois, le marchand était vêtu comme un bouleau par une après-midi ensoleillée de février – flanelle grise à rayures tennis, écharpe jaune, chemise bleue. Était-elle enfin parvenue, depuis sa dernière visite, à terrasser les scrupules qui l'entravaient ? – et l'entravaient d'une façon qui lui avait paru, pardon, c'était là son humble avis, aussi infondée qu'excessive ? Vous savez, il existe toujours d'excellentes raisons de ne pas acheter une œuvre d'art, alors si l'on se met à écouter cette partie de soi-même qui toujours rechigne à se laisser dominer par le plaisir, on ne s'en sort pas ! Il ajouta que Susanne était réglée comme du papier à musique, il admirait cette ponctualité : chaque jour à la même heure, il la voyait apparaître devant sa vitrine, et s'abandonner à la contemplation de son tableau. (Il s'obstinait, elle le remarqua, à lui parler de *son* tableau.) Savait-elle, avait-elle même conscience qu'il lui arrivait de rester devant son magasin, figée, pendant quinze ou vingt minutes ? L'autre jour, il avait chronométré, elle était restée une demi-heure. Elle devait lui concéder qu'il avait eu la délicatesse de ne jamais venir l'importuner, il savait respecter le temps qu'il fallait à certaines personnes pour laisser mûrir en elles jusqu'à son éclosion la nécessité de l'acquisition. L'antiquaire marqua une pause stratégique. Il la regardait dans les yeux. Le jour de l'éclosion, lui demanda-t-il d'une voix doucereuse, était-il enfin venu ? Elle lui répondit qu'elle l'ignorait.

— Qu'est-ce qui vous fait hésiter, chère madame ? Je le vois bien, cette indécision vous met dans un état de grande souffrance. Enfin, de grande souffrance, tout est relatif n'est-ce pas… mais vous voyez ce que je veux dire. Vous êtes nerveuse et embarrassée, quand vous passez la porte de chez moi. Alors que je vous vois si sereine, si concentrée, quand vous restez statufiée devant la vitrine, à regarder votre tableau.

— C'est vrai.

— Vous doutez de votre attachement pour cette peinture ? Vous avez peur de vous tromper ? De vous en lasser ?

— Ah non, non, je n'ai pas peur de ça du tout. Au contraire même. Si je suis certaine d'une chose, c'est que jamais je ne me lasserai de ce tableau. Franchement, la question n'est pas là.

— C'est donc son prix.

— J'imagine. Et le manque d'habitude surtout. Je ne sais pas comment faire.

— Je ne suis pas sûr de bien vous suivre…

— Comment décide-t-on d'acheter un tableau ? Comment passe-t-on à l'acte ? Je ne sais pas faire. C'est difficile à expliquer. Il m'appartient déjà, en quelque sorte, puisque je viens le voir tous les jours.

— Pardonnez-moi, mais ça ne durera pas.

— Ah bon ?

— Il ne se passe pas une journée sans qu'une personne ne me demande le prix de cette peinture. Elle fascine assez le passant, la loyauté m'oblige à vous en faire la confidence. Quand ça se passe comme ça, la vente survient généralement dans un délai relativement bref, croyez-en mon expérience.

— Ah…

— Écoutez. Je vais vous faire une proposition qui ne se refuse pas. Vous ne mesurez pas, c'est pour moi une évidence, à quel point vous souffrirez le jour où vous vous présenterez devant ma vitrine, à quinze heures et des poussières, et que votre tableau en sera absent. Vous en serez foudroyée de regrets.

— …

— Allez dans votre agence bancaire, tirez mille six cents euros en liquide, apportez-les-moi, pendant ce temps j'emballe votre tableau et dans une heure c'est réglé. Si c'est en liquide, je consens à vous le céder pour mille six cents euros. Cette offre est valable cette après-midi. Cette après-midi seulement. Qu'en dites-vous, chère madame ?

Épuisée de résister héroïquement à son désir, envahie d'une puissante sensation de plénitude et d'incrédulité émerveillée à l'idée qu'elle pourrait, dans vingt minutes, ce tableau qui la hantait, en être l'inespérée propriétaire, repartir chez elle en l'emportant empaqueté dans du papier kraft et de la ficelle – elle répondit qu'elle était d'accord.

— Merci beaucoup. Je vais à mon agence bancaire, ce, ce n'est pas loin, et je reviens tout de suite. On fait comme ça ?

— On fait comme ça. Je suis très heureux pour vous. Je vous emballe votre tableau.

Susanne sortit de la boutique et se précipita vers son agence bancaire. Son compte courant était suffisamment provisionné pour que ce retrait ne fût pas problématique.

Au moment où elle allait appuyer son pouce, pour que le sas s'entrouvre, sur la pastille orange luminescente, Delphine l'appela. Susanne décrocha. C'était rare que

Delphine l'appelle en pleine journée. Elle s'écarta de l'entrée de l'agence bancaire.

Sarah lui demanda ce que Susanne faisait. Elle n'allait tout de même pas ne pas retirer son argent ?! La malheureuse !! Et son tableau ?!

Delphine lui demanda si elle la dérangeait. Susanne lui répondit que non. Delphine sortait d'un rendez-vous terrifiant avec l'héritier d'un vieux monsieur décédé trois semaines plus tôt et pour lequel un notaire de leur connaissance (elle lui en donna le nom, Joubert) l'avait mandatée pour faire une recherche d'ayants droit. Delphine demanda à Susanne une nouvelle fois si elle était certaine qu'elle ne la dérangeait pas. Comme la voix de Delphine était, elle l'entendait, altérée par l'émotion, Susanne lui répondit que non, elle l'écoutait, qu'est-ce qui se passait ? Il se passait que ce défunt, un dénommé André, l'avait littéralement charmée et attendrie par ce qu'elle en avait entrevu dans le fouillis de sa maison. Cela était arrivé tant de fois à Susanne, lui dit Delphine, qu'elle comprendrait ce qu'elle allait lui raconter et la tristesse qui en avait découlé. Comme le vieil homme avait vécu ces dernières années – et était mort – dans le dénuement affectif le plus absolu, sans famille ni ami ni voisin bienveillant ni aide sociale ou ménagère quelconque, et qu'il avait accumulé sur son compte bancaire quelque chose comme cent trente mille euros, Delphine, touchée par son univers, par ses objets, par les photos de lui – plus jeune – qu'elle avait trouvées dans des tiroirs, peinée, aussi, au cimetière, par l'étroit monticule de terre fraîche où avait juste été plantée une croix rudimentaire portant son nom et ses dates de naissance et de mort, Delphine avait, comme il leur était arrivé de le faire plusieurs fois du temps où elles travaillaient ensemble, commandé aux pompes funèbres une élégante pierre tombale, à charge pour les héritiers, lorsqu'elle les aurait localisés, de régler la facture. Susanne, bouleversée par ce qu'elle entendait, s'était éloignée de l'agence bancaire et avait pris, sans vraiment s'en rendre compte, le chemin de son appartement. Elle se rappela que son amie était encline à témoigner à l'égard des défunts la sollicitude dont ils avaient douloureusement manqué de leur vivant, en leur commandant, lorsque leurs finances l'autorisaient, des sépultures dignes de ce nom. De cette façon, elle évitait d'en laisser la responsabilité à des héritiers qui bien souvent n'avaient même jamais entendu parler du mort. La plupart du temps, ceux-ci, mis devant le fait accompli, ne protestaient pas, ou se récriaient à la mesure de ce que la décence leur permettait, c'est-à-dire brièvement, presque silencieusement, par des signes de désapprobation discrets qui ne remettaient nullement en cause les dispositions funéraires contractées par l'empathique généalogiste, mais il arrivait que certains, extraordinairement dépourvus d'humanité, grossiers de surcroît (il fallait l'alliage des deux), refusent tout simplement de régler la facture. C'est ce que Susanne comprenait qu'il venait de se passer, Delphine sortait d'un établissement de pompes funèbres où un héritier qui n'avait jamais, mais alors jamais, de toute sa vie, rencontré le défunt, s'était permis d'exiger du croque-mort qu'il oublie la commande dispendieuse de cette écervelée de généalogiste (il avait vraiment dit ça, Delphine le jurait à Susanne, *cette écervelée de généalogiste*), et qu'il lui montre plutôt ce qu'il avait de plus basique au catalogue. Il existait un tel contraste entre la sensibilité, la délicatesse du défunt, et la violence, la grossièreté de son seul héritier, et celui-ci manifestait à l'égard de son parent inconnu un irrespect si dénué de nuances que Delphine n'avait pu (c'était rare, Susanne le savait) retenir ses larmes. En effet sa voix était encore larmoyante, elle reniflait. Les pompes funèbres étaient en train d'établir une nouvelle facture pour une dalle hyper bas de gamme, elle fumait une cigarette en attendant cet horrible individu auquel elle devait faire signer maintenant pas mal de papiers (il allait toucher cent trente mille euros cet abruti, en plus du prix de la maison et des objets) alors même qu'elle n'avait qu'une envie, c'était de les lui envoyer à la gueule.

— Pardon Susanne, je suis dans un état d'émotion là... Faut que je me calme, faut que je me calme, que je respire... Ce type est tellement odieux, tu n'imagines même pas. Tu es sûre que je te dérange pas ? Tu écris ? Tu es où là ?

— Je rentrais chez moi. Je suis dans la rue. Tu as bien fait de m'appeler Delphine. Je comprends complètement. C'est atroce.

De fait, Susanne était devant chez elle, écouter Delphine parler l'avait conduite jusqu'à la porte de son immeuble, place du Président-Wilson.

— C'est dans ces moments-là que je réalise à quel point tu me manques. Tu me manques Susanne.

— C'est gentil. Ça me touche que tu dises ça. Vraiment.

— Tu vas faire quoi là ? Il est quelle heure au fait. Merde, déjà dix-sept heures dix.

— Me remettre au travail.

— T'es sur un nouveau livre ?

— Non, pas encore. Tu sais bien... J'attends les réponses des éditeurs. Je peux pas écrire tant que j'ai pas...

— Oui, pardon, c'est vrai, tu me l'avais dit, excuse-moi. Ma tête est... Toujours aucune nouvelle ?

— Depuis la dernière fois ? Non. Aucune. Je dessine en ce moment. C'est pas mal. Je suis contente. Je te raconterai. En fait, je dessine le même dessin. C'est une idée que j'ai eue…

— Tu dessines le même dessin ?

— J'en ai fait six déjà, sur de très grands formats. Ils sont tous identiques, mais différents. Non mais je te raconterai, c'est pas évident au téléphone. Faut que je te montre.

Susanne avait enfoncé la clé dans la serrure et poussait la porte de son immeuble. Elle était maintenant dans l'escalier, son téléphone à l'oreille.

— On boit un verre bientôt ? Tu peux quand, Suze ?

— Attends… je sais pas… Demain ? Je peux aussi après-demain. Je crois. Oui, après-demain aussi.

— Alors disons… disons après-demain. OK ?

— OK. Super.

— On s'appelle le matin pour décider du lieu. Faut que je te laisse, je dois rejoindre l'autre taré. Des bises ma belle, à plus tard.

— Je t'embrasse, tchao, bon courage Delphine.

Susanne raccrocha. Elle venait de pénétrer dans son appartement. Son fils était en train d'écouter du rap à haut volume sonore. Elle lui demanda de baisser le son. Il s'exécuta gentiment et lui annonça qu'il avait eu 18/20 en mathématiques. Il était fou de joie. Elle le félicita.

Elle n'achète pas son tableau finalement ? Elle laisse filer l'opportunité offerte par l'antiquaire ?

Momentanément. Cela ne signifie pas qu'elle y renonce. Elle pense que sa visite rue Chaudronnerie l'a mise en sécurité, qu'elle bénéficie d'un sursis, que l'antiquaire ne va pas vendre dans la matinée du lendemain, même au prix affiché, un tableau qu'il a promis de lui garder pour la durée de l'après-midi. Elle s'enlise dans une forme de procrastination. Rien n'est tranché. Douce suspension de la décision. Elle se dit qu'elle ira au distributeur le lendemain midi. Elle n'arrive pas à se résoudre à passer à l'acte. Elle l'aurait fait si elle n'avait pas été détournée du guichet par l'appel de Delphine, elle était alors dans un élan, un élan irrépressible, mais cet élan avait été brisé. Elle se demanda soudain comment réagiraient ses proches. Non pas qu'elle leur dût des comptes, elle était entièrement libre de dépenser son argent comme elle l'entendait, Susanne et son mari disposaient chacun d'un compte bancaire, ainsi qu'il a déjà été dit. Mais elle redoutait que mari et enfants la désapprouvent, qu'ils la fassent culpabiliser, qu'ils se moquent d'elle, qu'ils l'accusent de jeter l'argent par les fenêtres, qu'ils la trouvent bête et immature de s'enticher comme ça d'un tableau représentant deux religieuses, elle qui était censée être athée, voire anticléricale. Or, elle n'avait pas envie de se justifier. Il y avait quelque chose d'un peu, comment dire, d'un peu *sacré* dans l'attraction qu'elle éprouvait pour cette peinture. Qui concernait sa seule vie intérieure, sa seule vie littéraire, sa seule vie spirituelle. Ce tableau devait être un secret à prémunir de tout regard intrusif.

L'idéal eût été qu'elle l'achète sans en parler à personne, puis qu'elle le cache dans son bureau derrière une lourde tenture, comme l'avait fait Jacques Lacan après l'acquisition de *L'Origine du monde*. Ou qu'elle le dissimule au fond de la penderie de son bureau, dans la porte de laquelle elle percerait un orifice équipé d'une lentille, à l'exemple cette fois d'*Étant donnés*, la célèbre installation de Marcel Duchamp.

Sarah lui demanda si Susanne allait l'acheter le lendemain midi.

Il lui répondit que non. Ni d'ailleurs le surlendemain.

Non, le lendemain, Susanne irait chez leur notaire, en compagnie de son mari, comme Sarah l'évoquait tout à l'heure, parce que, donc…

Oui, parce que son mari avait projeté d'acheter, sur ses économies, jouxtant les terres de leur propriété, un atelier de menuiserie. L'artisan qui le possédait était leur plus proche voisin, il y travaillait depuis plus de trente ans et s'apprêtait à prendre sa retraite. Il leur avait construit pas mal de choses dans la maison, fenêtres, escaliers, bibliothèques, ils s'entendaient très bien avec lui, Sarah était allée jusqu'à le consulter pour des projets de constructions paysagères. Puisque l'âge approchait auquel il est d'usage, chez ceux qui n'ont pas peur du ridicule, de vouloir à tout prix se « réinventer », son mari avait décidé qu'il consacrerait ses heures de loisir à l'apprentissage de la menuiserie artisanale, voire de l'ébénisterie (quelle prétention, mon Dieu quelle prétention lorsque Sarah y songeait aujourd'hui), comme d'autres placent le sens de leur vie, du jour au lendemain, dans le *yoga du rire*.

Le mari de Susanne, lui, qu'allait-il leur inventer, comme lubie existentielle ?

La musique. Se doter d'un studio d'enregistrement. L'opportunité s'était présentée d'acquérir deux autres caves dans leur immeuble de la place du Président-Wilson, c'est ce qui lui avait donné l'envie de s'étendre, pour créer une sorte de *home studio*.

L'avocat fiscaliste qui bricole de la musique le soir dans sa cave, au secours, c'est parfait.

Il lui avait fallu, le jour de la signature, aller chez leur notaire, et comme Susanne le connaissait bien, et depuis longtemps, de par son ancien métier de généalogiste, et que l'achat de ces deux caves venait compléter, fussent-elles destinées au nouveau hobby de son mari, leur patrimoine conjugal, autrement dit l'appartement acheté ensemble la première année de leur mariage, quelque vingt ans plus tôt, elle avait tenu à l'y accompagner.

C'est ce jour-là que Susanne réalisa que son mari possédait soixante-dix pour cent de leur logement.

Soixante-quinze.

Soixante-quinze ?

Soixante-quinze pour cent pour lui, et seulement vingt-cinq pour elle.

Encore mieux. Il avait mémorisé un mauvais pourcentage, que Sarah lui pardonne. C'est ce jour-là que Susanne réalisa que son mari possédait soixante-quinze pour cent de leur logement, et elle seulement vingt-cinq. C'était écrit noir sur blanc sur l'acte de propriété qu'ils avaient signé vingt ans plus tôt, dans l'insouciance des commencements. Elle en fut sidérée. Elle ne le montra pas, pour ne pas perdre la face devant son ami notaire ni risquer de se ridiculiser par un accès intempestif d'ingénuité. Cette partition inégalitaire avait dû être portée à la connaissance de Susanne au moment de la transaction, puisqu'elle reconnaissait sa juvénile signature, à l'encre bleue, au bas du contrat. Elle avait dû considérer qu'elle était non significative, purement formelle et scripturale, indicative – non reliée à la réalité de leur amour en tout cas, à leur désir de vivre ensemble et d'acquérir un lieu à eux où naîtraient leurs enfants. Puis elle l'avait oublié, ce détail notarial – tout simplement oublié. Ce qui avait dû l'emporter, à ses yeux de jeune fille amoureuse, c'était que les 75 de son mari et ses 25 à elle s'additionnent sans défaillance arithmétique quelconque pour aboutir au sublime chiffre rond de 100 qui résumait si bien la plénitude de leur amour et la rondeur de leur avenir, d'ailleurs elle était enceinte de Paloma au moment où ils avaient signé cet acte d'achat, c'est dire. Ce notaire-là était celui de la famille de son mari, il défendait les intérêts du clan depuis longtemps, mais déjà vieux à l'époque de cette acquisition il avait pris sa retraite peu après, remplacé par cet homme que Susanne avait fini par rencontrer, quelques années plus tard, dans l'exercice de son métier de généalogiste, lorsque Delphine et elle avaient démarché tous les notaires de Dijon en vue de se constituer un réseau efficace (Delphine était juriste et Susanne avait fait des études d'histoire de l'art). De fait, pour en revenir à l'acte de propriété, ce partage s'expliquait par le fait que son mari avait fourni – en cash et par un emprunt à son nom – les trois quarts de l'apport, le dernier quart ayant été financé par Susanne grâce à l'argent que ses parents lui avaient donné. Susanne ne s'était pas méfiée, supposant naïvement qu'il était logique que l'acte notarié rende compte de cette répartition strictement « arithmétique » puisque l'argent ayant servi à l'achat de cet appartement provenait de deux sources distinctes qui ne communiquaient entre elles par aucun compte bancaire commun.

Cette situation de départ lui semblait avoir été rectifiée par les vingt années qui avaient suivi. Ne serait-ce que parce que Susanne avait injecté dans la vie familiale tout ce qu'elle avait gagné en travaillant comme généalogiste. Mais de ce rattrapage – évanescent, intestinal pour ainsi dire – l'acte notarié ne rendait nullement compte, instituant son mari comme le propriétaire très largement majoritaire de leur appartement – sans qu'il y ait eu de sa part à lui, elle en était convaincue, aucune tromperie, nulle fourberie.

C'est pourquoi elle lui en parla avec le plus grand naturel en sortant de l'étude du notaire.

Comment avait réagi le mari de Sarah, d'ailleurs, sur le moment ?

Il s'était montré, de prime abord, très à l'écoute, affirmant qu'il comprenait que cette répartition puisse la déstabiliser, mais que Sarah ne devait pas s'inquiéter, ces pourcentages n'étaient pas significatifs.

— Comment ça pas significatifs ? C'est écrit noir sur blanc ! Toi soixante-quinze pour cent, et moi seulement vingt-cinq ! Franchement, je n'étais pas au courant. Je trouve ça choquant.

— Tu sais aussi bien que moi que notre appartement nous appartient à parts égales. Ne fais pas semblant de ne pas comprendre, Susanne.

— À parts égales… Au même degré d'attachement tu veux dire.

— Exactement.

— Mais ça je le sais, merci, encore heureux. Ce n'est pas de ça que je te parle. C'est toi qui fais semblant de ne pas comprendre. Tu vas finir par m'angoisser là…

— Mais tu me parles de quoi, alors ?

— Je te parle du fait que si on se sépare, et que tu souhaites revendre l'appartement, tu récupères soixante-quinze pour cent de la somme, et moi seulement vingt-cinq. Et ça, excuse-moi, mais je trouve ça… Parce que ça ne correspond pas à la réalité de ce qu'on vit depuis vingt ans, où c'est moi, comme tu le sais, qui subviens aux besoins quotidiens de la famille, pour que tu puisses, c'est ce que j'ai compris aujourd'hui, consolider tranquille tes soixante-quinze pour cent.

— Tu ne vas tout de même pas m'accuser de…

— Je ne t'accuse de rien. C'est un fait. Un fait que j'ai découvert tout à l'heure et auquel, pour être tout à fait franche, je ne m'attendais pas. On parle, là. On discute. On ne se dispute pas. Je cherche juste à comprendre. Il n'y a aucune accusation de ma part. Juste le désir de mettre à plat la situation, et de réfléchir ensemble à ce qu'il convient de faire.

— C'était plus simple et rationnel de se partager les charges de cette façon, plutôt que de faire chaque jour des comptes d'apothicaire. De toute façon c'est théorique.

— De quoi ? Qu'est-ce qui est théorique ?

— Ces pourcentages.

— Je ne comprends pas.

— Tu les sens, au quotidien ?

— Me prends pas pour une idiote. Ils ne sont pas du tout théoriques ces pourcentages. Si on se sépare, et que l'on doive revendre, tu récupères soixante-quinze pour cent du fric, basta.

— Comme on ne va pas se séparer, cela restera pour toujours une répartition théorique. C'est bien ce que je disais. J'aurais eu le moindre soupçon que cette situation t'était défavorable, ou que tu étais lésée, tu penses bien que j'y aurais remédié depuis longtemps.

— Eh bien sache que je me sens lésée.

— Je te dis que tu as tort. Vraiment. Tu t'inquiètes pour rien. Je ne comprends même pas que tu…

— Comment tu peux justifier ça ?

— Susanne. Je viens de te l'expliquer.

— Par le fait qu'on ne se séparera jamais ? Et si on se sépare ?

— Mais pourquoi tu veux qu'on se sépare ?!

— On ne sait pas ce que l'avenir nous réserve. On ne peut jamais le prévoir. Je suis toujours partie de ce principe. La preuve, j'ai failli mourir. Tu peux très bien tomber amoureux et vouloir te barrer.

— Et toi pareil.

— Justement. Il est choquant que je ne puisse pas te quitter, à moins de faire une très mauvaise affaire. Tandis que toi, à l'inverse, tomber amoureux t'enrichirait.

— C'est là que tu vas t'apercevoir que je suis grand seigneur. Je ne te quitterai jamais. Si je suis certain d'un truc, c'est de ça.

— Mais moi ? *Moi ?* Tu trouves ça normal de me tenir enchaînée à toi par une transaction immobilière qui me serait très nettement défavorable si je rencontrais quelqu'un et voulais te quitter ?!!

— Sans compter que les terres que « nous » avons acquises ces dernières années, j'imagine qu'elles sont aussi…

— Oui ?

— Je ne m'étais jamais posé la question, qu'est-ce que je suis conne parfois. À ton nom ?

— De quoi ?

— Les terres. J'imagine qu'elles sont aussi à ton nom ?

— Ben, oui… pourquoi ? Sarah, quelle importance ? On voit bien que c'est pas toi qui te tapes toutes les chieries des démarches administratives, les emprunts à la banque, le cadastre, le notaire et tout ce merdier. On inverse si tu veux. La prochaine fois, tu t'en occupes.

— *On inverse si tu veux… La prochaine fois tu t'en occupes*… Mon Dieu… Qu'est-ce que je suis naïve parfois… Franchement, je pensais que ce qu'on avait acheté depuis qu'on était mariés nous appartenait à parts égales.

— On est mariés sous le régime de la séparation de biens. D'où les pourcentages. C'est en indivision. Chacun est propriétaire à la mesure de ce qu'il apporte.

— Tu m'as l'air de t'y connaître super bien tout à coup… Tu vois, toutes ces questions, je ne me les étais jamais posées, à l'inverse de toi… Comme quoi…

— Comme quoi *quoi* ?

— Pendant que je rêve à mes abris coquillages, et que j'ai le dos tourné sur mes chantiers de crâne et d'église de dentelle, toi tu consolides ton capital. Tu n'as pas perdu le nord ! Tu trouves ça normal que mes revenus se soient volatilisés dans l'entretien de la famille, et que les tiens t'aient servi à augmenter ton patrimoine foncier, en indivision en plus, égoïstement donc, sans que tu aies l'idée, du seul fait de cette répartition arbitraire, de me mettre à parts égales avec toi sur les actes notariés ?

— Mais on ne peut pas ! On ne peut pas, Sarah ! C'est illégal !

— C'est bien commode… On est à la limite de l'escroquerie là, excuse-moi.

— OK, sympa.

— Attends. Je ne dis pas que tu as été malhonnête. Je dis juste que…

— J'ai très bien compris, je ne suis pas idiot. Bon. Qu'est-ce que tu souhaites, alors, Susanne, puisque ce sujet a l'air de te…

— Je ne sais pas. Je ne suis pas juriste. Je peux interroger Delphine si tu veux.

— Ne va pas mêler Delphine à ça s'il te plaît, c'est déjà suffisamment humiliant comme ça…

— *Humiliant ?* Mais qu'est-ce que tu racontes ?! Qu'est-ce qui est humiliant dans ce que je…

— Ah parce que tu ne trouves pas ça humiliant d'être soupçonné par sa propre femme d'escroquerie, de malversation ?!

— Je ne t'accuse pas de malversation ! Je veux juste qu'on rectifie quelque chose qui, les années passant… Bon. Prenons rendez-vous chez le notaire et voyons avec lui ce qu'il est possible de faire. Calmement. Sans s'accuser l'un l'autre de rien.

— Si tu y tiens.

— J'y tiens.

— Très bien. Je l'appellerai la semaine prochaine.

— Pourquoi pas aujourd'hui ?

— Susanne… Y a urgence là soudain ?

— Ce genre de choses, si on ne le fait pas quand on vient d'en parler, on ne le fait jamais.

— OK. Je l'appellerai cette après-midi.

— Cette après-midi ?

— Je dois partir là. Tu fais chier Susanne. Vraiment. C'est quoi cette subite obsession qui fait que ça ne peut même pas attendre trois heures ? Je t'ai dit que j'allais le faire, je vais le faire.

— Tant qu'on y est, j'aimerais aborder avec toi une autre question.

— Tant qu'on y est ?

— Avec les sujets qui fâchent.

— Allons bon. De quoi est-ce que tu vas me parler maintenant ?

— Tu n'as pas une petite idée ?...

— Susanne... Franchement, non, je ne vois pas.

— Une chose qui revient de façon récurrente...

— Ah, ça y est. La cave. Le soir. Il faut *vraiment* qu'on en parle maintenant ? Ça ne peut pas attendre ce soir justement ?

— Je t'appelle dans ta cave vers vingt et une heures ? On fait comme ça ?

— Bon, si c'est avec cet esprit-là que tu...

— Tu ne t'occupes plus, on va dire les choses clairement, ni de moi, ni des enfants. Je ne sais pas si tu t'en rends compte. Tu remontes à plus de minuit maintenant. Deux heures la semaine dernière. Tu t'éloignes. Les enfants le sentent.

— Mais qu'est-ce que tu racontes. Les enfants le sentent... N'importe quoi. Les enfants savent très bien que je les aime.

— Là n'est pas la question. Bien sûr qu'ils savent que tu les aimes. Mais comme dirait le poète : il n'y a pas d'amour, il n'y a que des preuves d'amour. Le soir, ce serait pas mal que tu traînes un peu avec nous. Juste comme ça, pour rien, parce que c'est ça, aussi, la vie de famille. Acheter un sweat avec Luigi sur Internet. L'aider à choisir entre deux modèles. Ah, certes, c'est moins passionnant que ce que tu fricotes en bas ! L'autre soir on s'est maté un film avec Paloma, un truc sur la VOD qu'elle voulait voir, c'était très agréable. Tu as tort de ne pas partager ces moments avec nous.

— Quoi comme film ?

— Qu'est-ce que ça peut te faire ? Tu conditionnes ta présence à la qualité du programme ?

— Mais pas du tout. Juste par curiosité quoi, zut à la fin...

— Si tu prenais la décision de ne descendre qu'un soir sur deux. Ce serait envisageable, ou au-dessus de tes forces ?

— Un soir sur deux ?

— Ouh là là, à voir ta tête, ça me semble un peu insurmontable comme…

— Tu exagères. Chaque fois que tu me demandes de remonter rapidement, je remonte rapidement.

— Ben justement. Voilà. On y est. Merci. C'est toi-même qui le dis. Tu crois que c'est normal, toutes les fois que je souhaite te voir remonter rapidement, que ce soit moi qui doive te le signifier, en appuyant ma demande, pour que tu percutes ? Il faudrait que chaque soir je fasse un préambule officiel, en y mettant les formes, pour te prier de ne pas me laisser seule ? Que je quémande, c'est ça que tu veux ? J'aimerais que ça te vienne spontanément, sans que j'aie à te le « demander » justement.

— À t'écouter, on a l'impression que tu es délaissée.

— Je ne le suis pas ?

— …

— Tu devrais le sentir toi-même. Je ne sais pas, il me semble que c'est évident si on prend la peine d'y réfléchir cinq minutes.

— …

— Je trouve ça génial que tu aies ce lieu à toi. Je n'ai jamais remis ça en question. Notre indépendance est une chose importante. J'ai la chance, moi, depuis que j'ai arrêté de travailler, de pouvoir passer seule une grande partie de mes journées. Moi aussi j'ai un lieu à moi. C'est là que je crée. Je suis heureuse comme ça. Heureuse comme je ne l'avais jamais été. Donc je comprends. Mais là tu es passé de l'autre côté. Ce n'est plus seulement un lieu où tu décompresses, pour fumer un joint ou faire un peu de guitare. C'est devenu un lieu où tu nous fuis. C'est comme ça que je le sens, et c'est comme ça que le sentent les enfants. Je préfère te prévenir.

— …

— Un jour, le fossé se sera… ce sera irréversible. Paloma est en train de devenir une femme. C'est maintenant qu'il faut profiter d'elle. C'est maintenant ou jamais. Dans deux ans c'est terminé, elle partira d'ici pour vivre sa vie d'adulte. Tu t'en mordras les doigts d'avoir brûlé toutes ces soirées seul dans ta cave.

5

Susanne s'enlisa dans l'attente. Elle ne parvenait pas à détourner ses pensées de ce à quoi son mari s'était engagé vis-à-vis d'elle. Déplaire à l'autre avait été depuis toujours leur hantise réciproque, c'est pourquoi elle avait imaginé qu'il répondrait immédiatement à ce qu'il avait nommé *ses doléances*, parce qu'il serait crucial pour lui de ne pas la décevoir, mais force était de constater que ses habitudes n'évoluaient aucunement. Il n'y avait pas de conflit entre eux, de disputes. Uniquement, de loin en loin, à table, des questions formulées par Susanne sur un ton égal et doux, toujours les mêmes : *Tu as pensé à appeler le notaire ? Tu veux que je le fasse ? Tu descends, ce soir ? On n'avait pas dit que tu te restreignais ? Et si tu restais avec moi, ce soir, mon amour ?*, auxquelles il répondait par d'évasives approbations, avant que ne s'abatte son sempiternel *Je reviens* qui déclenchait chez ses enfants des salves de plaisanteries qui la blessaient bien davantage que lui.

Comme les dix lettres de refus finirent par toutes lui parvenir, et que Susanne avait envie, opiniâtre, de commencer un nouveau livre (on n'allait pas lui faire renoncer si rapidement à ses ambitions, surtout par des courriers si lapidaires), il lui fallut se mettre en situation de souveraineté, ce fut soudain comme une urgence. Elle ne parviendrait pas à écrire un nouveau livre si elle demeurait demandeuse. Elle devait arrêter de subir. On ne crée pas l'échine ployée. Elle devait se redresser. Il n'y avait aucune raison qu'elle continue de s'attarder dans une attente quotidiennement trahie, du seul fait qu'il s'attardait, lui son mari, dans la passivité, le laisser-aller et la procrastination (du moins vis-à-vis d'elle, ses caves progressaient à vive allure, en revanche). C'était à lui de souffrir, pas à elle. C'était à lui de regretter ses agissements, de se sentir minable et décevant, plutôt qu'à elle de gâcher ses soirées à attendre qu'il réapparaisse dans leur chambre – ou qu'il l'informe d'un rendez-vous chez leur notaire.

C'est alors que commença de prendre forme son idée de l'électrochoc.

C'est bien ça la chronologie ?

À peu près.

Mais encore.

Sarah lui dit qu'elle avait une amie plus âgée qu'elle, Angèle, la soixantaine, professeure de philosophie retraitée, passionnée elle aussi de paysage et de botanique, avec qui elle déjeunait de temps en temps. Elles s'étaient rencontrées lors d'une promenade le long du littoral organisée autour d'un éminent paysagiste. Sarah éprouvait une grande tendresse pour cette femme, de l'estime même. Elle en avait fait ce qu'il fallait bien appeler une confidente, elle qui s'était toujours si peu confiée. Sarah aimait lui raconter ce qu'elle vivait, lui montrer ses projets, lui faire part de ses idées, de ses questionnements, de ses angoisses parfois, qu'Angèle avait le don d'apaiser.

Comme son mari, durant les dernières semaines, n'avait diminué ni la durée, ni la fréquence de ses éclipses nocturnes, mais n'avait pas non plus sollicité de rendez-vous chez leur notaire, Sarah, ne sachant plus comment s'y prendre, s'en était ouverte à Angèle. Angèle, la troisième fois qu'elles en parlèrent, lui déclara qu'elle ne voyait aucune autre solution que l'électrochoc.

— Un électrochoc ? Qu'est-ce que tu veux dire par là ?

— Lui faire peur. Il doit comprendre qu'il peut te perdre, que tu ne lui es pas acquise, lui qui se décrit comme un amoureux inconditionnel.

— Je ne sais pas s'il est réellement aussi amoureux qu'il le prétend, mais c'est l'argument qu'il utilise pour neutraliser mon énervement sur le partage 75/25. Il dit qu'il ne me quittera jamais. Je veux bien croire que c'est vrai. Il est tout à fait capable de supporter ce calme plat jusqu'à sa mort ! Moi pas. Je n'en peux plus.

— Toi pas ?

— Ça ne me suffit pas qu'il soit gentil, peu contrariant dans le fond… et qu'on baise comme des tarés toutes les fois que j'arrive à le coincer. Le calme plat m'angoisse. J'ai besoin de plus.

— Comme quoi ?

— Comme quoi ? Intéressant… Je ne sais pas… Qu'il fasse plus attention à moi et aux enfants. Juste ça. Il nous aime, mais il ne nous voit plus. Il ne me regarde plus. Je suis transparente. Il est gentil, serviable, attentif, tout ce que tu veux, mais il ne nous regarde plus. C'est de l'indifférence en fait. À laquelle on aurait enfilé, je ne sais pas, une jolie robe, la robe de l'excellente éducation bourgeoise, mais de l'indifférence malgré tout. Il est poli et indifférent.

— Il faut lui dessiller les yeux à ton mari.

— Le truc du notaire par exemple. Je m'en fous en

fait. Vraiment. Ça m'a fait quelque chose sur le moment, j'avoue, parce que c'était inattendu, et que c'est scandaleux. Mais, en vérité, je m'en tape. Notamment parce que je sais qu'il n'est pas… comment dire… Il n'y a pas eu préméditation. Ce n'est pas du vol quoi, c'est juste comme ça…

— *C'est juste comme ça…* Qu'est-ce que tu es naïve, Sarah. Qu'est-ce que tu es naïve, c'est merveilleux. Dans toutes les bonnes familles, quand le mariage est socialement déséquilibré, on pratique la séparation de biens. Tu ne m'avais pas dit que sa mère était une aristo ?

— Si. Comtesse, un truc comme ça. C'est une conne, c'est tout ce que je sais avec certitude.

— Ils maîtrisent ça à la perfection. Je sais de quoi je parle, j'en viens.

— Peu importe. Qu'ils gardent tout, je m'en fous.

— …

— Ce que je veux dire… Je lui ai demandé de rectifier cette situation, alors maintenant qu'il m'a dit oui, je tiens à ce qu'il le fasse. C'est tout. Il est primordial que l'homme avec qui je vis sache m'écouter, et tienne ses engagements. C'est devenu une question de principe.

— Sarah, il faut que tu…

— On n'a aucun projet ensemble. Il n'en a pas besoin. C'était bien la peine de me battre pour ne pas mourir, si c'est pour vivre une vie aussi… Non ? Pendant ma maladie, j'ai eu la sensation d'être un trésor qu'on devait absolument sauver et restaurer… et maintenant que je suis guérie, on ne fait plus attention à moi. C'est justement parce que j'ai failli mourir que je veux vivre deux fois plus qu'avant. Que je veux avoir des envies, des idées, des projets… Mon mari, lui, à l'inverse, il s'est assoupi.

— Sarah, écoute-moi. Il faut que tu partes quelque temps. Qu'il comprenne de quoi tu es capable. Qu'il réalise ce que ça lui fait, de te voir partir. D'être seul. C'est impératif. Dis-lui que tu t'en vas deux ou trois mois. Ça te fera du bien, en plus, de prendre l'air.

— Et où je vais ?

— Je connais une femme, elle doit relouer une maison qu'elle a, elle m'en a parlé la semaine dernière. Si elle est toujours disponible, je te la réserve.

— Ouh là, attends, du calme, pas si vite… Tu vas trop vite là Angèle !

— Tu dois réagir, Sarah. Tu dépéris de jour en jour.

— Je sais. C'est absurde d'ailleurs. Je ne sais pas pourquoi ça me…

— C'est normal. Aucune personne sensible ne peut vivre comme ça dans un simulacre de vie amoureuse.

— Et si je… admettons que je fasse ce que tu dis… pourquoi pas. Je lui dis quoi, moi ?

— Ce que tu lui dis ? Que cette vie ne te convient plus. Il ne s'en rend pas compte, mais il ne vit plus vraiment avec sa famille. Tu lui as réclamé plus de présence et d'attention pendant des mois, il t'avait promis qu'il ferait un effort, et résultat : rien n'a changé. Alors tu t'en vas pour qu'il réfléchisse. C'est un service que tu rends à votre couple, mais aussi à lui. Il verra que son bûcher a moins de saveur quand il n'y a personne qui l'attend à la maison ! Il va le sentir le salpêtre !

— C'est lumineux. J'aurais dû prendre des notes. Je ne sais pas si je vais savoir lui…

— Crois-en mon expérience. Je les connais, les hommes. Il faut parfois…

— Et cette maison, elle…

— Elle n'est pas terrible, autant te le dire tout de suite. Mais on s'en fout, c'est transitoire.

— Quoi, attends, elle est… elle est comment ? Moche ?

— Oui.

— Vraiment très moche ?

— Elle n'est pas chère du coup. Mais sa situation est idéale, en lisière de forêt.

— Elle est meublée ? Parce que moi je n'ai pas envie de…

— Oui, je crois qu'elle est meublée. Tu n'auras pas à faire de déménagement. Juste prendre quelques affaires. Je t'aiderai. On transportera ta table à dessin ma belle.

Susanne, en qui avait éclos l'idée de l'électrochoc, l'avait évoquée un soir auprès de Delphine pour savoir ce qu'elle en pensait et son amie lui avait déclaré que dans ce genre de situation, lorsque tout est figé, que des requêtes maintes fois formulées sont invariablement négligées par un conjoint aussi inamovible qu'un bloc de marbre, la méthode radicale est la seule efficace, si on en a la force et le courage. Elles étaient au comptoir de Chez Bruno, leur bar à vin et lieu de ralliement préféré, assises sur de hauts tabourets, autour d'une bouteille de puligny-montrachet. Delphine avait en outre expliqué qu'il n'était pas possible de modifier un acte de propriété. Parce qu'ils étaient mariés sous le régime de la séparation de biens, ils étaient en indivision sur leur appartement, donc le pourcentage avait été fixé en fonction de leurs apports respectifs et celui-ci ne pouvait plus être modifié, à moins que l'un des deux ne fasse une donation de ce que l'on appelle une quote-part d'indivision. Le mari de Susanne pouvait décider de lui faire une donation d'un certain nombre de ses parts, pour rééquilibrer leur poids respectif dans l'indivision, mais cela entraînerait, Susanne devait en être consciente, des frais non négligeables. Susanne lui répondit que dans ce cas, elle refuserait. Mais elle aurait apprécié que son mari se renseigne et voie ce qu'il était possible de faire. Alors que là, depuis bientôt huit mois, il laissait filer le temps en enterrant l'urgence de ce problème de loyauté, ce qui était pour elle insupportable. Cette urgence devenait lancinante, elle avait l'impression d'être menée en bateau. Delphine lui répondit que son mari était peut-être allé interroger Figolu, qu'est-ce que Susanne en savait ? (Delphine l'appelait Figolu parce qu'il y avait toujours un paquet de Figolu sur son bureau.) Et peut-être Figolu l'avait-il dissuadé de rien entreprendre, pour des raisons fiscales principalement, alors son mari faisait le mort ? Non ? Susanne s'étonna que leur notaire, qui était quand même un ami à elle, enfin, une relation professionnelle amicale en tout cas, d'assez longue date, puisse conseiller son mari en loucedé sans exiger qu'il fasse participer sa femme à la réflexion, commentaire dont l'ingénuité déclencha un éclat de rire chez son amie juriste (la vive sonorité de l'éclat de rire s'expliquait également par l'ingestion du puligny-montrachet, cela va sans dire), mais ma Susanne, s'exclama Delphine, dans quel monde tu vis ? Bien sûr que tout notaire, dans une situation comme celle-ci, en séparation de biens, va conseiller prioritairement celui qui vient le voir en premier, a fortiori si c'est celui des deux dont le poids dans l'indivision est le plus substantiel ! Naturellement enfin ! Sans compter que leur notaire avait peut-être conseillé à son mari la donation de son vivant, par amitié pour Susanne, et que c'était son mari, réalisant ce qu'il y perdrait, qui rechignait à s'y résoudre, encore une fois Susanne n'en savait rien ! Susanne lui répondit qu'en effet elle n'en savait rien. En revanche, ce qu'elle voyait, et elle avait des yeux pour voir, *elle*, c'était que son mari, que ce soit sur le front notarial, ou sur celui de ses soirées recluses, n'avait pas avancé d'un iota en direction de sa femme, ce qui l'obligeait à prendre des dispositions radicales. Susanne leva son verre, elles trinquèrent pour la troisième fois.

— Attends, j'y pense, j'ai une collègue avocate, sa mère… Sa mère a un appartement, je crois qu'elle cherche à le louer. Elle part dans un EHPAD. Tu veux que je demande ? Elle m'en a parlé la semaine dernière…

— Je veux bien. Quoi comme appart ?

— Je crois que c'est pas terrible en même temps, mais je peux me renseigner, je l'appelle demain. C'est à Longvic.

— Longvic ? Putain, la dégringolade… C'est la zone Longvic non ? Et l'appart, il est dans quel genre de…

— Ma copine vient d'un milieu modeste, c'est un immeuble HLM des années soixante-dix je crois.

Avec l'immeuble HLM des années soixante-dix, Sarah lui fit observer qu'on allait perdre l'isolement en lisière de forêt, c'était dommage.

Il le savait. Mais on est à Dijon, la Bourgogne est une région onéreuse, la maison isolée aurait été soit à une trop grande distance de la ville, éloignant Susanne de ses enfants, entorse à la dramaturgie, soit hors de prix, entraînant une situation irréaliste, entorse à la vraisemblance. Il n'avait jamais perdu de vue que Sarah avait emménagé dans une maison lugubre, vétuste et isolée au bout d'un chemin – c'est ce qui l'avait guidé dans les recherches qu'il avait entreprises, d'abord sur Internet, grâce à Google Earth, puis en se rendant sur place, à Dijon, en compagnie d'un ami originaire de la ville, afin de dénicher l'endroit précis où s'installerait Susanne. L'appartement qu'elle avait fini par louer se composait de trois chambres, il était situé dans une résidence on ne peut plus ordinaire composée de bâtiments gris de quatre étages, ses fenêtres donnaient sur une maussade rangée de garages et un jardin rudimentaire qui descendait jusqu'au canal, au-delà duquel se profilait un dépôt pétrolier.

C'est parfait. Elle l'en remerciait.

Sarah n'oubliera jamais la matinée où elle a visité cette maison en compagnie d'Angèle. Certes, elle se situait en lisière d'une forêt, mais c'était là son seul agrément, pour le reste elle était parfaitement repoussante. Ni le jardin, envahi par les ronces et les hautes herbes, ni surtout l'intérieur, à la limite de l'insalubrité, n'étaient plus entretenus depuis des années. La propriétaire laissait les locataires se succéder sans jamais rafraîchir la maison, à charge pour eux de l'assainir s'ils en avaient l'envie et les moyens, mais c'est précisément parce que le loyer en était dérisoire que la bicoque attirait des personnes qui s'avéraient dans l'incapacité, sur les plans financier et psychologique, tant ils étaient fatigués par la vie, de rien entreprendre qui soit de nature à embellir les lieux. C'était un pavillon construit au début des années soixante, rectangulaire et blanc, anciennement blanc, plutôt gris et marron désormais, dégueulasse quoi, employons les mots adéquats. Il y avait de la moisissure autour des fenêtres et aux plafonds, les papiers peints se décollaient, tout était vieux et décati. Le toit fuyait, il devait manquer des tuiles, des infiltrations avaient détruit tout un plafond, celui de sa chambre, un moindre mal. Il y faisait froid et humide. Elle qui aimait le beau, vivait dans une maison magnifique, jouissait d'une vue somptueuse, construisait des abris-coquillages qui enveloppaient amoureusement les corps, élevaient l'esprit, enchantaient l'œil et les sens, voilà qu'elle devait projeter son corps et son esprit, son œil si exigeant, dans cet endroit qui chiffonnait ses sens.

Avant de faire visiter la maison aux enfants, Sarah passerait deux semaines, l'après-midi, aidée d'Angèle, à repeindre les chambres, la cuisine et la salle de bains, afin de ne pas prendre le risque de révulser Luigi et Paloma (elle se permettait d'emprunter leur prénom aux enfants de Susanne, pour garder secrets les prénoms des siens, elle préférait) par l'état de vétusté de leur nouvelle demeure alternative. Sarah leur acheta sur leboncoin des lits rudimentaires (la literie existante était tout simplement répugnante), ce qui l'avait amenée à pénétrer dans des foyers dévastés par des drames, minés par l'indigence et la tristesse, sans deviner que ces théâtres de la misère humaine préfiguraient ce qu'allait bientôt devenir sa vie. Quel oracle, sur la base de quelle aberrante conjecture, aurait osé le lui laisser entrevoir ? Le lit destiné à Luigi provenait d'un couple âgé « illégitime » dont les enfants respectifs n'étaient pas parvenus à s'entendre pour qu'ils s'installent dans la même maison de retraite (les raisons en étaient financières, mais aussi morales et religieuses selon toute apparence). L'homme pleurait, son amoureuse était déjà partie, il liquidait la plupart de leurs meubles car ils allaient déménager chacun dans des logements exigus, de sorte qu'il leur restait sur les bras, entre autres, le lit de la chambre d'amis, des tables de nuit et une commode (que Sarah, par charité, acheta également, tant l'homme paraissait pauvre et démuni, fatigué, désespéré). Quant au lit où dormirait Paloma, Sarah se l'était procuré dans la maison d'un médecin qui venait de décéder d'un cancer généralisé, jeune, à l'âge de cinquante ans. Sarah s'étonna que sa sœur vidât la maison de cet homme sans avoir même la décence d'attendre qu'il fût inhumé (dans la voiture, au retour, elle réalisa que l'annonce parue sur leboncoin avait été mise en ligne avant même son décès, la salope). Ainsi, et cette constatation ne manqua pas de la laisser songeuse, il avait fallu que s'impose à elle l'idée de l'électrochoc, il avait fallu qu'elle s'éloigne de sa maison, de son immense propriété, de son bureau sous les toits, de la zone de rayonnement du manifeste en une seule phrase religieusement calligraphié sur un mur blanc de sa mansarde pour que Sarah se procure la sensation surprenante, à l'âge de quarante-quatre ans, d'avoir comme écarté une tenture sur le monde, pénétré à tâtons par l'interstice ainsi apparu, et d'avoir vu se révéler soudain – alors – un univers inconnu, celui de la détresse et du malheur, de la bassesse, de la déchéance et de l'ignominie, duquel elle avait toujours été tenue à l'écart par les circonstances de sa vie.

Il était impressionné par la façon dont Sarah parlait de ce qu'elle avait traversé. Heureusement qu'il l'enregistrait.

Il serait gentil d'atténuer celles de ses épreuves qu'il répercuterait sur Susanne. Aucun lecteur n'aurait envie de se taper, le soir dans son lit, s'il la retranscrivait dans ses moindres détails, une histoire aussi sordide que l'avait été la sienne. Il devait l'édulcorer. C'est l'esprit qu'il était primordial de respecter. Ce qui veut dire qu'il y faudra du romanesque, de la même façon que l'on rajoute du beurre dans sa purée. Elle comptait sur lui. Ce qui amenait Sarah, une fois de plus, elle insistait, à lui demander des nouvelles du tableau.

Des nouvelles du tableau…

Oui, du tableau ! On n'en parle plus du tableau de Susanne Sonneur ?

Si. Justement.

Pendant plusieurs semaines, elle n'avait plus osé s'aventurer du côté de la rue Chaudronnerie. Susanne avait été, vis-à-vis de ce tableau, dans le même rapport d'évitement qu'à l'égard de la grosseur qui avait fait bomber son maillot mouillé quelques années plus tôt. Dans les deux cas, elle avait eu peur d'aller vérifier, et que sa tumeur était bien cancéreuse, et que son tableau était effectivement vendu, tout en espérant ardemment que celui-ci ne l'avait pas été et que celle-là ne résultait que de sa fertile hypocondrie.

Quelques jours avant que Susanne n'informe son mari de ses résolutions, elle s'était décidée, le souffle court, les jambes tremblantes, à se rendre rue Chaudronnerie, avec en tête la prédiction de l'antiquaire : elle ne mesurait pas le choc que ce serait le jour où parvenue devant la vitrine elle constaterait que son tableau n'y était plus : elle en serait foudroyée par un regret inguérissable. Par superstition, mais aussi pour ne pas être prise au piège de sa perverse et insidieuse indécision (dont il était acquis qu'elle ne maîtrisait pas les effets), Susanne était passée par le guichet de son agence bancaire, afin d'y retirer, en liquide, la somme de mille six cents euros, qu'elle avait glissée dans une enveloppe en papier bulle elle-même placée à l'intérieur de son sac à main fermement tenu contre son manteau rouge en laine bouclée.

Ah, son manteau rouge ! Sarah le remerciait de le faire apparaître, elle en était touchée. Elle adorait son manteau rouge en laine bouclée...

Il lui allait à merveille. Certes, l'été n'était pas encore achevé, mais il arrive que l'on doive porter de la laine mi-septembre.

N'est-ce pas ?

Certes.

Comme Sarah l'avait sans doute déjà entrevu, Susanne fut terrassée par un puissant sentiment de déréliction quand la vitrine de l'antiquaire se contenta de refléter, par dérision, sa pathétique silhouette de femme impardonnable. À la place des deux moniales se trouvait une statue en bois peint représentant saint Thomas (s'agissait-il d'un hasard malencontreux, ou bien d'une épigramme impitoyable ciselée par le propriétaire des lieux ?) dont le cruel ricanement lui parvenait à travers le reflet pétrifié de son manteau rouge.

Susanne poussa la porte du magasin et fut accueillie par un sonore *Ah vous voilà, vous !* qui résonna dans ses oreilles durant des semaines.

Que Sarah se rassure, il lui ferait grâce du long dialogue décousu qui s'ensuivit. Il en résulta les informations suivantes. Un homme s'était présenté l'après-midi de leur accord verbal pour acquérir le tableau au prix affiché. L'antiquaire déclina, déclarant que cette peinture était réservée. L'homme semblait si déçu (à proportion du fait que l'œuvre lui était devenue inaccessible, tant il est vrai qu'on ne désire jamais avec autant de ferveur que ce que l'on sait ne pas pouvoir obtenir, Susanne comprenait certainement ce qu'il voulait dire par là), l'homme semblait si déçu que l'antiquaire lui fit la promesse de l'avertir si d'aventure l'acheteur pour qui avait été réservée cette peinture se défaussait. Il connaissait l'animal (il ne voulait pas seulement parler de Susanne, il ne se le permettrait pas, mais de l'être humain en général et des amateurs d'antiquités en particulier, plus nombreux à s'empêtrer dans le parjure et l'indécision qu'on ne le supposait), et c'est pourquoi il avait laissé allumée dans son esprit l'éventualité que Susanne puisse ne jamais réapparaître, en dépit de l'engagement qu'il avait pris vis-à-vis d'elle de lui réserver son tableau (et elle de venir lui remettre en main propre une liasse de billets de banque), tant et si bien qu'il avait noté le numéro de ce monsieur. Celui-ci n'était à Dijon que pour quelques jours, mais il se ferait un plaisir de revenir dans la capitale des ducs de Bourgogne si ce tableau devait – il touchait du bois (il avait posé ses doigts sur une commode Louis XIII) – être remis sur le marché. L'homme habitait Seuilly, tout près de l'abbaye du même nom, à un pet seulement de la Devinière, la maison natale de Rabelais (on sentait que cette blague-là, l'homme l'avait faite souvent, et qu'il en abusait), à environ cinq heures de route d'ici, mais encore une fois (avait-il répété à l'antiquaire, raconta celui-ci à Susanne) il serait heureux de se voir imposer dix heures de voiture si c'était pour acquérir ce tableau qui l'émerveillait. L'homme repartait le surlendemain. Susanne devait noter qu'il eût été judicieux de conclure la vente ce jour-là, afin d'éviter au client dix heures de conduite, et à lui-même le risque de perdre cette vente une deuxième fois, mais il n'arrivait pas à se départir de l'image qui s'était gravée dans sa mémoire de Susanne se consumant chaque après-midi à heure fixe de l'autre côté de sa vitrine, en adoration devant ses deux religieuses. C'est ainsi qu'il décida de lui laisser, non pas deux jours, mais une semaine entière. Que Susanne n'aille surtout pas s'imaginer qu'un tel comportement est monnaie courante dans la profession – mais elle était tellement accablée qu'elle ne mesura pas ce qu'avait essayé de faire pour elle ce sympathique marchand, elle n'eut pas même la présence d'esprit de le remercier. Elle était si furieuse contre elle-même qu'elle eût pu se fracasser le crâne contre le bronze d'un candélabre de cathédrale qui se dressait non loin d'elle de toute sa hauteur d'homme, ce que l'antiquaire avait peut-être anticipé car il vint se placer devant l'objet contondant (comme on le fait d'ordinaire pour séparer deux voyous sur le point d'en venir aux mains), s'interposant entre Susanne et la tentation des sévices par ses soins infligés. L'homme était revenu dix jours plus tard, en voiture, pour acquérir le tableau. Celui-ci se trouvait désormais à un rot seulement de la demeure de Rabelais, si cela pouvait la consoler. (Cette plaisanterie ne la fit pas sourire.) Presque deux semaines avaient été laissées à Susanne, au lieu d'une seule après-midi, pour honorer sa parole. Il n'avait pu faire mieux. C'était il y a quatre mois. Les mots manquaient à l'antiquaire pour la réconforter.

Susanne garda le silence. L'antiquaire lui présenta une chaise Napoléon III sur laquelle elle s'assit. Elle ne pouvait rester debout. Ses jambes s'étaient ramollies. La tristesse l'engloutissait. Son exil à Longvic eût été entrepris sous de bien meilleurs auspices si Susanne y avait été accompagnée de son tableau. Que pourrait-il survenir de néfaste avec ce tableau monacal accroché au-dessus de son lit ? Comment n'y avait-elle pas pensé avant ? Comment avait-elle pu dissocier la location de ce quatre-pièces et l'acquisition de son tableau ? C'était lié pourtant ! Celui-ci n'avait pas quitté une seconde son esprit – *il l'attendait dans la vitrine* – pendant toute la période où s'était formée la nécessité de l'électrochoc ! Dans le même esprit ! Que n'avait-elle vérifié, avant de louer l'appartement, qu'elle pouvait bien acheter son tableau ? Comment réparer ça ? Comment ferait-elle pour partir de chez elle sans cette peinture ? Elle ne survivrait pas à cette épreuve. Celle-ci la broierait. Il lui fallait une protection.

C'est bien vu. Parce que c'est précisément ce que Sarah s'était dit la première nuit. Elle avait senti que cette épreuve était peut-être plus périlleuse qu'elle se l'était imaginée quand elle l'avait examinée en se mirant dans les gratifiants discours théoriques de son amie Angèle, émancipation féminine et compagnie. Cette première nuit, Sarah s'était dit qu'elle allait peut-être tout perdre, et qu'elle avait fait une énorme connerie. Elle eût aimé, à ce moment-là, en effet, se sentir protégée par un quelconque fétiche. Mais les fétiches auprès desquels elle aurait voulu se procurer force et courage étaient la tête-coquillage et l'église de dentelle, restées ancrées dans sa propriété.

Comment faire ? Comment est-ce que je peux... Il faut absolument que je..., éructait Susanne, qui se levait de la chaise Napoléon III pour tournoyer dans la boutique d'un pas nerveux et saccadé, menaçant la porcelaine. Il n'y a plus rien à faire, ma petite dame, ne cessait de lui répéter l'antiquaire, j'en suis navré pour vous, une vente est une vente, il est impossible de revenir en arrière (il abritait ses soupières et ses vases tout en lui parlant). Mais, de toute évidence, « la petite dame » ne sortirait de sa boutique qu'elle ne lui eût extorqué le nom, l'adresse et le numéro de téléphone de l'acquéreur de son tableau, c'est ce qu'il se mit à saisir avec anxiété. Comment faire ? On approchait de l'heure de la fermeture, voilà déjà trois heures qu'il tentait de la consoler, Susanne répétait en boucle les mêmes questions, il sembla au négociant qu'elle était en train de s'enfoncer dans un état voisin de la démence – elle avait refusé une vingtaine d'appels sans se résoudre à mettre son téléphone sur silencieux. Il ne savait quoi faire, il eut pitié et il prit peur, il n'allait quand même pas appeler les pompiers ! Il ne se sentait pas la force d'élever la voix pour lui dire qu'à présent ça suffisait, qu'elle devait rentrer chez elle sans faire d'histoires, tant il sentait, obscur, vertigineux, le gouffre au-dessus duquel était suspendue la jeune femme. Il le connaissait lui-même parfaitement, ce gouffre ! Quel marchand ne s'est jamais senti violenté – à un cheveu du coup mortel – par un achat vital lui échappant ? Alors il prit son téléphone, chercha un numéro dans son répertoire, appela. Il téléphonait à l'homme qui avait acheté le tableau. Celui-ci décrocha, l'antiquaire prit la parole, il était désolé de le déranger si tard, comment allait-il ? Il espérait qu'il ne lui tiendrait pas rigueur de cette démarche si peu orthodoxe, mais s'il se permettait de lui passer cet appel, c'est que venait tout juste de sortir de sa boutique, n'est-ce pas, la jeune femme, vous vous en souvenez peut-être, qui avait réservé, oui, voilà, c'est cela même, votre tableau. Elle sortait tout juste de son magasin, tout à fait. Ce qu'elle voulait ? Eh bien, je crois qu'il lui serait extrêmement agréable de revoir, une dernière fois, son, votre tableau. Une photo ? Non, non, je ne crois pas que cela sera suffisant (Susanne faisait non de la tête vigoureusement), du reste ce ne sont pas les photos de ce tableau qui manquent, non, non. De visu, parfaitement, c'est tout à fait ça, vous avez raison d'employer ce terme. De visu. Est-ce envisageable ? Elle en sera touchée, vous êtes bien aimable. Puis-je me permettre, cher monsieur, de lui donner vos coordonnées, afin que vous puissiez vous entendre sur un jour de visite ? Voilà ce que c'est que d'acheter un tableau historique, on reçoit des ambassades, on reçoit des ambassades ! Du musée du Louvre, un jour, qui sait ? Tout à fait ! On ne sait jamais ! La prochaine fois, vous prendrez soin de vous choisir un tableau moins convoité, ainsi vous aurez la paix, personne ne souhaitera l'admirer de visu, dans l'intimité de votre logis, ha ha ha. Je dois, cher monsieur, vous remercier, en mon nom propre et de la part de ma cliente, pour votre diligence. C'est rare, de nos jours. À bientôt, bonne soirée, c'est cela même, nous nous reverrons à votre retour à Dijon, mes hommages à votre dame – et l'antiquaire raccrocha.

— Je ne sais comment vous remercier, lui dit Susanne.

— Eh bien ne me remerciez pas. C'est tout naturel. À vous de jouer, à présent. Je ne sais pas trop ce que vous pourrez entreprendre, mais c'est la seule solution que je vois. Lui proposer de lui racheter votre tableau.

L'antiquaire nota sur une feuille de papier, au stylo plume, de la même écriture désuète que sur le bristol glissé dans son cadre doré à l'époque où le tableau s'exhibait dans la vitrine, le numéro de téléphone de l'acquéreur. Elle insista pour avoir aussi son adresse, prétextant que ce serait plus commode de la noter maintenant, au calme, plutôt que sous la dictée de son interlocuteur le jour où elle l'appellerait. L'antiquaire déclina. Elle insista. Il protesta de nouveau. Elle se fit larmoyante, s'effondra sur la chaise. Alors, à bout de patience, souhaitant rentrer chez lui, il ajouta l'adresse postale de l'acquéreur.

Susanne arriva place du Président-Wilson à vingt heures quarante-cinq. La maisonnée s'étonna de sa disparition inattendue. Il y avait de la panique dans l'air, mais aussi du mécontentement. Ils arrêtèrent de la harceler lorsqu'ils se rendirent compte – enfin ! – de l'état de trouble et de nervosité où se trouvait Susanne, lui demandant ce qui se passait, elle avait l'air de… ils ne l'avaient jamais vue comme ça. Elle leur expliqua que Delphine avait de gros ennuis – mais elle avait promis de n'en parler à personne. C'est la raison pour laquelle elle avait rejeté leurs appels, et elle s'en excusait platement. Elle avait tenu à rester auprès de Delphine le temps qu'il avait fallu pour la réconforter. Elle en était épuisée. Cette après-midi l'avait vidée. C'est pourquoi elle allait se retirer dans sa chambre, elle n'avait pas faim, elle voulait se reposer.

— Tu peux rester dans ta cave le temps que tu voudras, je vais dormir. À demain mes amours, bonne nuit, leur dit-elle.

Voilà de quelle façon elle s'en sortit, puisqu'elle ne souhaitait pas, bien sûr, leur parler du tableau.

Ensuite ?

Ensuite elle décida de ne pas prévenir l'acquéreur qu'elle se rendrait à Seuilly dès le lendemain, préférant le mettre devant le fait accompli.

Elle emprunta son Audi à son mari, lui déclarant qu'elle en avait besoin pour véhiculer Delphine. Il ne lui fit aucune difficulté. Il n'était pas de ces hommes qui répugnent à prêter leur automobile à leur femme. Elle le prévint qu'il était possible qu'elle rentre tard, il ne devait pas s'inquiéter s'ils étaient sans nouvelles d'elle, Delphine risquait de l'absorber tout entière.

Elle ment donc facilement, Susanne ?

Sarah appelait cela mentir ? L'excuse de Delphine ? Pour lui, c'était plus une commodité.

En l'écoutant parler, Sarah s'était demandé – justement – ce qu'elle aurait dit à son mari, elle, dans une situation similaire, et si elle eût été capable d'invoquer une excuse mensongère comme celle-ci, anodine, genre mon amie Angèle ne va pas bien du tout, afin de pouvoir s'absenter discrètement.

Et alors ? Verdict ?

Eh bien Sarah était si idéaliste que recourir à un minime arrangement frauduleux de cette nature n'était déjà plus à sa portée.

Elle se situait dans un rapport véridique à la parole, de la même façon qu'elle se situait – du moins s'y efforçait-elle – dans un rapport véridique à la création, aux formes qu'elle élaborait, aux images qu'elle montrait, aux abris qu'elle proposait aux corps. Elle aspirait à la justesse, à l'exactitude, à la perfection. À l'intégrité. Cela supposait une tension de tout son être vers l'expression d'une vérité. Ce qui impliquait qu'elle ne parvenait tout simplement pas, c'était plus fort qu'elle, à faire passer physiquement par sa bouche une phrase dont elle savait qu'elle constituait une entorse à la vérité, de la même façon qu'elle ne pourrait laisser sortir de son bureau un projet dont elle savait qu'il était inabouti – c'est-à-dire qu'il mentait. Rien ne pouvait être pire pour elle que la sensation de mentir dans son travail, par la fausseté de ses propositions. Livrer quelque chose tout en sachant que ce n'est pas bien, mais le faire quand même parce que la personne en face ne s'en rend pas compte, c'était pour elle inconcevable. Même tricher, tricher un peu, en douce, sur un projet, ne lui était pas supportable. Idem avec l'amour, ou une relation amicale. Leur vie conjugale avait fini par devenir un mensonge, elle voulait y faire revenir la vérité. Continuer de vivre de cette façon lui était devenu intolérable, en contradiction totale avec tout ce qu'elle était, c'est pourquoi elle avait décidé de s'absenter de leur foyer. Elle était incapable de tricher, de mentir. Voilà ce qu'elle pouvait objecter à l'argument du mensonge anodin parce que minime. Rien n'est anodin dans la vie, y compris ce qui est minime. Rien n'est minime, chaque détail compte. Tout allait avec tout. Sarah était entière. Elle formait un seul et même bloc. Son aversion pour le mensonge était totale et sans réserve. Elle avait fondé toute sa vie sur cette irréductible aversion.

Cependant, elle ne jugeait pas. Même, elle enviait les personnes qui telle Susanne étaient capables d'inventer de mini-baratins sans conséquence qui leur ouvraient des voies où s'élancer…

Il allait réfléchir à cette question du mensonge, il remerciait Sarah d'avoir attiré son attention sur cet aspect de la personnalité de Susanne. Il serait ennuyé qu'on puisse en déduire qu'elle était fourbe, cynique ou insincère. Ce n'était pas le cas. Elle était selon lui aussi idéaliste que Sarah, il la souhaitait comme telle en tout cas. A priori, il dirait que Susanne était à peu près dans le même rapport de vérité au langage – et à la création – que Sarah l'était elle-même, mais qu'elle avait la faculté, elle, en revanche, de mentir facilement, si ces mensonges devaient l'aider à se rapprocher de la vérité. Le but à atteindre, c'était la vérité, même s'il fallait emprunter un chemin partiellement frauduleux pour y parvenir. Par exemple, le fait que Susanne se demande, dans l'hypothèse où elle parviendrait à acquérir son tableau, si elle devait, ou pas, en divulguer l'existence à sa famille entraînait une réflexion sur le mensonge qu'il trouvait passionnante. Car Susanne aurait le sentiment de se trahir, de piétiner la vérité de son lien avec son tableau, donc avec l'écosystème mental où il prenait place, si elle prenait le risque de l'exposer aux regards de ses proches – lesquels la plongeraient instantanément dans le bain d'une situation irréversiblement mensongère, dans le sens où ils seraient incapables d'établir des liens véridiques non seulement avec l'œuvre, mais aussi et surtout entre

Susanne et cette peinture, entre le désir qu'elle en avait et ce que cette peinture représentait. Ils recouvriraient ce que Susanne était en train de vivre – et qui était si véridique, si en accord avec la vérité profonde de son être – d'une couche d'avis et d'interprétations qui transformeraient la situation dans laquelle Susanne s'était piégée elle-même en mensonge. Elle serait en porte-à-faux avec la vérité de ce qu'elle vivait. Mentir, cacher l'acquisition de ce tableau lui permettait de protéger de tout saccage une vérité précieuse pour elle.

Sarah voyait ce qu'il voulait dire.
Mais poursuivons.

Le GPS du SUV la conduisit, au cœur du village de Seuilly, au pied d'une maison de maître en pierres blanches, le long de laquelle le muret d'un jardinet servait de support à un panneau indicateur des années cinquante (en ciment, comme on n'en croise plus guère dans nos contrées) sur lequel était indiquée, flèche bleue et lettres bleues sur fond blanc : « LA DEVINIÈRE 1k.5 Maison de Rabelais ». C'était à un carrefour. En face, un mur couvert d'une prolifique vigne vierge dissimulait aux regards, aidé en cela par un portail opaque et de massives frondaisons, une magnifique propriété. De l'autre côté de la rue, une maison robuste et élégante secrètement repliée sur une grande cour intérieure inaccessible à la vue portait un numéro, le 2, qui ne correspondait pas à l'adresse. Un deuxième panneau (contemporain celui-ci, de couleur brune) indiquait l'abbaye de Seuilly, un autre encore, enfoui dans la vigne vierge, Chinon. Susanne se gara. Elle sortit de sa voiture. Il y avait d'autres demeures. Aucune de celles qu'elle avait sous les yeux ne portait de numéro. La façade de la maison de maître, fraîchement ravalée, arborait une enseigne fixée à même la pierre sous la fenêtre centrale du premier étage : COUP'OBOLE, rédigée en écriture cursive avec des lettres métalliques en relief. Sous l'enseigne, comblant le renfoncement de l'ancienne porte d'entrée, une ardoise intitulée COIFFEUR détaillait, à la craie blanche, horaires, spécialités de la maison et tarifs. Susanne se retourna, pour voir dans quelle maison pouvait bien habiter l'acquéreur de son tableau, sans doute la somptueuse propriété, avant de se résoudre à aller se renseigner au salon de coiffure. Elle en poussa la porte vitrée, qui anciennement devait être la porte-fenêtre d'une salle à manger.

À l'intérieur, tout était blanc. Dit d'une autre façon, rien ne l'était pas – y compris les sèche-cheveux et les tondeuses, ce qui jetait dans l'esprit du visiteur une sensation de délire décoratif hors de tout contrôle alternant avec le soupçon d'un trouble obsessionnel préoccupant. Susanne remarqua, posé dans un angle, un drapeau français enroulé autour de sa hampe, une hampe conclue par un pic doré et ouvragé.

Curieusement, alors que la région, sans même parler du village, lui était apparue désertique, le salon était bondé et plusieurs femmes patientaient sur un faux chesterfield blanc. Le vacarme des sèche-cheveux et les rumeurs des conversations emplissaient la blancheur des lieux d'un tumulte amplifié par l'omniprésence des carrelages et des surfaces réfléchissantes. On déambulait avec des sacs plastiques transparents sur la tête et des magazines à la main. Les bavardages étaient assourdissants, en raison même du vacarme des sèche-cheveux, mais aussi de l'âge avancé de la plupart des clientes.

Un homme vint à elle, la quarantaine, brun au teint pâle, la raie sur le côté, des ciseaux dans une main. Il était vêtu d'un pantalon marine de coupe étroite et d'une chemise ajustée bleu pâle qui révélait de légers bourrelets, ce que Susanne eut le temps de trouver – pensée éclair – paradoxalement attirant (son mari avait le ventre plat).

— Oui, madame, que puis-je faire pour vous ? Vous aviez rendez-vous ?

— Non, pas du tout, excusez-moi de vous déranger. Je cherche M. Carnet. Jean-Baptiste Carnet. Vous savez dans quelle maison de ce carrefour il habite ?

— C'est moi-même. Que puis-je pour vous ?

— Hein, quoi ? Je… Vous… Non mais je cherche, vous m'avez mal entendue, à cause de tous ces sèche-cheveux. (Élevant la voix). C'est Jean-Baptiste Carnet que je cherche ! Vous ne sauriez pas, par hasard !…

— Écoutez. Je suis Jean-Baptiste Carnet. Qu'est-ce que vous me voulez ? Dépêchez-vous, car je suis en pleine coupe et j'ai des clientes qui attendent.

Susanne le regarda longuement. Il se tenait devant elle, impassible, ses ciseaux à la main, assez bel homme ma foi malgré son physique d'extrême droite (on eût dit le porte-parole d'un parti nationaliste). Il la fixait de son regard noisette. Sa peau avait la texture et la blancheur du marbre, le désir de la toucher la démangeait, comme avec les statues. Au moment où elle sentit que le délai imparti par le coiffeur patriote était sur le point d'expirer, elle lui dit qu'elle était venue pour le tableau.

— Je suis celle qui voulait revoir le tableau. L'antiquaire de Dijon vous a téléphoné hier soir. De visu… vous voyez ?…

— Mais… vous ne deviez pas m'appeler avant ?

— J'ai préféré venir directement.

— Comment avez-vous eu mon adresse ? Il charrie tout de même le…

— Il n'y est pour rien. Je me suis débrouillée. Je voulais revoir le tableau dès aujourd'hui.

— Bon, très bien, comme vous voulez, suivez-moi. Si vous m'aviez téléphoné, on aurait pu discuter un peu. Là, vraiment, excusez-moi, je ne vais pas avoir le temps, je n'ai pas une minute à moi avec ce…

— Qu'est-ce que je fais, je vous suis ?

— Oui, suivez-moi, je l'ai mis dans le salon doré.

— De quoi ? Le tableau ?

— Évidemment le tableau. Vous n'êtes pas venue pour le tableau ? Alors…

Susanne suivit le coiffeur au milieu des clientes. Les clientes, elle ne s'en aperçut qu'en cet instant, étaient, comme il est d'usage, vêtues de blouses, mais celles-ci, par leur coupe, par leurs couleurs et par certains détails subtils, s'apparentaient aux chasubles que portaient les religieuses de son tableau, bicolores, à capuche. Le coiffeur était en train de lui expliquer, pivotant vers elle de temps en temps, que la salle principale, ici même, avec ses huit postes de travail, était blanche, mais qu'il avait voulu, pour l'épilation et les shampoings, les soins, la manucure, dans l'arrière-salle, une atmosphère plus reposante, plus historique, c'était le concept, d'où le doré. Venez, donnez-vous la peine de me suivre. *J'arrive madame Bertini ! J'en ai pour une petite minute, ne vous impatientez pas !* Voilà, c'était le concept, d'où le blanc, d'où le doré, d'où l'opposition des deux, d'où le tableau, d'où le succès, un succès qu'il n'était pas abusif de qualifier d'exceptionnel, comme elle pouvait elle-même le constater.

En effet, Susanne n'avait jamais vu autant de personnes rassemblées dans un salon de coiffure. Il y en avait partout, il en sortait de tous les recoins, ça débordait de chasubles et de caquètements, de bruits de coupe-ongles et de vrombissements de sèche-cheveux, de médisances, de ricanements. Une puissante odeur de laque emplissait l'atmosphère. Où ce replet feu follet s'était-il procuré autant de clientes, en rase campagne ? Des militantes ? Et c'est alors que Susanne pénétra dans une pièce, très certainement l'ancienne cuisine, peinte et décorée en doré, y compris les sièges à appui-tête équipés de bassines et de robinetterie. Tout était doré, aussi doré que la première salle était blanche. Jean-Baptiste Carnet venait de se poster devant un mur, Susanne s'avançait vers lui en admirant son profil d'extrême droite, un profil d'une pureté inimaginable, acéré et diaphane, dont l'heureux propriétaire devait se dire chaque matin en se rasant qu'il serait préjudiciable à la pérennité de l'esthétique indroligérienne de le laisser se diluer sans réagir dans la mixture des imprudents croisements préconisés par les islamo-gauchistes – c'est ce que Susanne eut le temps de se dire, elle le rejoignit et tourna la tête vers la source de son émerveillement : il était en train de regarder son tableau. Son tableau était accroché sur le mur doré, là, face à une rangée de casques à permanente sous lesquels étaient en train de cuire deux vieilles dames.

— Il est bien, là, non ? Qu'est-ce que vous en dites ?

— …

— Ça faisait des mois que je cherchais à mettre un truc sur ce mur. Pas évident évident non ? Alors quand je l'ai vu, dans la vitrine du broc, bing ! ni une ni deux, je me suis dit : le mur doré. J'entre, mais il était réservé. Deux mille euros, qu'est-ce que c'est ? Pour un tableau pareil ? Qu'est-ce que vous voulez mettre sur un mur comme ça ? C'est du génie, m'a dit un de mes potes. J'aurais jamais pensé à y caser deux religieuses, mais ça fonctionne à mort, c'est du génie, il m'a dit. En plus, vous avez remarqué les chasubles des clientes ? Elles sont inspirées de celles des religieuses de l'abbaye de Seuilly, tout à côté. Tout ça est d'une cohérence... Et le nom de mon salon ? Pas mal non ? Coupe au bol... obole... à cause de l'abbaye, des moines, de l'obole, le pourboire, la petite pièce pour le coiffeur... Le jeu de mots : du pur Rabelais. Il serait fier de son voisin le gars !

(Qu'est-ce qu'elle l'aimait ce tableau ! Mais qu'est-ce qu'elle l'aimait ! C'était au-delà des mots ! Quel effet cette image avait sur elle ! Encore plus que chez l'antiquaire ! Cette image avait une révélation à lui faire ! Un secret s'y trouvait tapi ! Un secret sur sa vie ! C'était certain !)

— ...

— Il est beau ce tableau non ? Certaines clientes, là, sous le casque, elles le regardent. C'est long une permanente. C'est pour ça que je l'ai mis là, c'est fait exprès, ça les change de *Paris Match*. Un peu d'élévation spirituelle quoi, même chez le coiffeur ! Quand on vient ici, comme je dis toujours, on se grandit ! Non seulement on a droit à une psychanalyse pour le prix d'une mise en pli, mais ça c'est comme partout, sauf qu'ici : retraite spirituelle en prime ! Bon, je vous laisse le regarder, prenez votre temps, vous ne me dérangez pas. Une petite permanente ? Non, je blague. Pardon. Je vous laisse tranquille avec les deux nonnes. À tout à l'heure.

Il existe ?

Qui ?

Ce coiffeur. Il existe ?

Presque.

Presque ?

Oui, presque, pas tout à fait. Ce tableau, c'était au propriétaire d'un salon de coiffure que lui-même l'avait acheté, aussi cocasse que cela puisse paraître. Certes, il allait, dans son roman, en exacerber les signes distinctifs, car son marchand était bien moins extravagant que ne devra l'être, pour l'agrément du lecteur, celui auquel Susanne allait être confrontée, mais il existait bel et bien (en un peu moins dodu, qu'il se rassure), ainsi que le drapeau français posé derrière la caisse.

Afin de voir en vrai ce tableau qu'il avait repéré sur Internet, et vérifier qu'il lui plaisait vraiment, il avait dû louer une voiture et se rendre, non loin des pistes d'Orly, dans les faubourgs d'une insipide localité. Il n'avait pris aucune décision, il voulait découvrir de quelle façon il réagirait lorsqu'il serait confronté au tableau, et négocier surtout, car il était trop cher pour lui. Il ignorait, lorsqu'il était arrivé à l'adresse indiquée, se garant devant un pavillon des années soixante-dix, qu'il avait rendez-vous avec un coiffeur. Celui-ci menait ces deux activités en parallèle, l'une virtuellement, en écoulant sa marchandise par l'entremise d'un site de vente d'antiquités en ligne, l'autre en régnant, peigne et ciseaux à la main, dans un prospère salon de coiffure d'une blancheur intégrale. Pour échapper aux fallacieux éclairages de la discrète arrière-boutique où avaient débuté les négociations, il avait prié le maître des lieux de bien vouloir installer le tableau dans le salon même, au milieu de tout ce blanc, afin qu'il pût le voir à la lumière naturelle, ce qui voulait dire aussi sous les yeux d'un nombre anormalement élevé et sonore de clientes, lesquelles, il n'avait pas manqué de le remarquer, s'étaient montrées éberluées – soudain muettes – par cette scène incongrue : a-t-on jamais vu un tableau de couvent, au somptueux cadre doré, exhibé de la sorte sur la paillasse d'un salon de coiffure, pour y être autopsié ?

Sarah lui demanda s'il avait fini par l'acheter, ce tableau.

En réalité, il préférait ne pas l'acheter, sauf à en baisser radicalement le prix, ce qui avait fonctionné comme stratégie inadvertente (s'il pouvait se permettre cet anglicisme). Vous êtes cruel, avait-il fini par s'entendre dire au moment où il s'apprêtait à franchir la porte du salon de coiffure après avoir déclaré au vendeur : Monsieur, vous n'êtes de toute évidence pas disposé à me céder cette œuvre au seul prix qui me paraît acceptable, je repars serein et le cœur léger, mon porte-monnaie est en train de me féliciter de cette décision, je suis ravi d'avoir fait votre connaissance et surtout d'avoir vu en vrai cette peinture admirable.

Bien joué.

Et Susanne ? Elle est rentrée à Dijon sans son tableau, elle, par contre ?

Que nenni, comme aurait dit le propriétaire de Coup'Obole !

S'étant éclipsée du salon de coiffure sans prévenir le maître des lieux, Susanne avait attendu l'heure de la fermeture pour réapparaître. Entre-temps, elle s'était promenée dans les environs, et avait réfléchi. Ce qu'elle allait entreprendre ne pouvait l'être que dans la plus grande discrétion, il fallait que le salon fût vide et silencieux, de sorte qu'elle s'était assurée qu'il ne restait aucune cliente avant d'y pénétrer, pile au moment, d'ailleurs, où le jovial et facétieux Jean-Baptiste Carnet allait fermer boutique, la clé était déjà entre ses doigts.

Il fut surpris de la revoir, il pensait qu'elle était retournée à Dijon depuis longtemps. Susanne lui répondit qu'elle souhaitait lui parler, ce qu'elle avait à lui dire était de la plus haute importance, est-ce qu'il pouvait lui consacrer quelques minutes ? Il parut étonné. Il lui demanda si elle souhaitait qu'ils montent dans son appartement pour boire un verre de chinon, ainsi ferait-elle la connaissance de son épouse, mais Susanne lui répondit que l'attendaient six heures de route, elle préférait régler sans s'attarder l'affaire un peu délicate qu'elle avait à lui soumettre. Vous m'intriguez…, lui dit-il. De quoi s'agit-il ? Elle lui répondit qu'elle voulait lui racheter son tableau.

— Ah ! Mais c'est qu'il n'est pas à vendre !

— Je vous en supplie. C'est très important pour moi.

— Vous me faites rire, pour moi aussi c'est important ! Vous avez vu comme il a trouvé sa place, ici, ce tableau ? Vous ne savez pas combien de temps j'ai attendu avant de le trouver…

— Mais ce n'est pas la même chose, ce n'est pas du tout la même chose.

— J'imagine bien, et alors ? Ce n'est pas parce que ce n'est pas la même chose que mon attachement pour cette peinture en est moins profond et authentique que le vôtre, enfin !

— Mais c'est vital, pour moi. Absolument vital. Je regrette amèrement de ne pas être passée à l'acte. Maintenant j'en suis absolument certaine, il me faut ce tableau. Il me le faut absolument. Il m'était destiné. J'y mettrai le prix qu'il faudra.

— Comme vous y allez.

— Combien vous en voulez ?

— Je vous répète qu'il n'est pas à vendre.

— Trois mille ?

— Madame, vous ne comprenez pas ? Je ne vous vendrai pas cette œuvre, un point c'est tout. Elle m'appartient, elle me plaît. Tenez-vous-le pour dit une bonne fois pour toutes.

— Vous en achèterez une autre ! Des peintures de religieuses, il y en a plein sur Internet ! Elles pullulent ! Si c'est juste pour édifier vos clientes pendant leurs permanentes, vous en trouverez plein d'autres, et des encore plus belles, et des encore plus grandes, et des encore plus lyriques, et des encore plus mystiques... je vous aiderai si vous voulez !

— Eh bien faites-le vous-même ! Trouvez-vous-en une autre ! On rêve !

— Mais je ne peux pas, moi, justement. *Justement.* Moi c'est spécial. J'entretiens avec cette œuvre une relation particulière, privilégiée, qui ne peut pas se remplacer.

— Qui vous dit qu'il n'en va pas de même pour moi ? Et que je ne me suis pas attaché à ce tableau, depuis que je suis entré en sa possession, à un point tel qu'il me soit devenu impossible de m'en détacher ? Ce genre de choses arrive, je ne vous l'apprends pas.

— Mais pas au point d'attachement auquel je suis parvenue, c'est impossible.

— Vous savez que chaque soir avant de me coucher, je descends voir cette peinture ?

— Vous mentez. Vous bluffez. Vous dites ça pour me faire monter le prix. Je vois clair dans votre jeu vous savez ? Vous êtes coiffeur. Vous ne pouvez pas avoir avec ce tableau la même relation sacrée que...

— Ce n'est pas en injuriant ma profession, et moi-même par la même occasion, que vous parviendrez à vos fins, chère madame, je suis au regret de vous le...

— Cinq mille euros.
— Cinq mille euros ??!! Eh bien dites-moi, vous savez donner de l'éclat à vos engouements, vous alors ! En effet, ça ne rigole pas entre cette peinture et vous !
— Je vous l'ai dit.
— Je vois ça…
— Alors ? Qu'est-ce que vous en dites ?
— Hors de question.
— Comment ça hors de question ? Ne me dites pas que vous allez refuser cette…
— Dix mille. À dix mille, on pourrait peut-être s'entendre, et encore… je n'en suis pas tout à fait sûr.
— Dix mille ?!
— Vous avez l'air étonnée. Votre « engouement sacré » n'irait pas jusque-là ? Vous n'êtes pas coiffeuse pourtant… vous me décevez, tout à coup. *Vous seriez enfermée entre les mêmes petites frontières étriquées que moi ?* Je pensais que ce tableau n'avait pas de prix… et vous voilà à négocier le tarif de ce que vous me présentez, depuis tout à l'heure, comme une sorte d'absolu !
— C'est que mon compte bancaire n'est pas sans limites, lui, à l'inverse de l'absolu comme vous dites…
— La réalité est mal faite. Ou disons qu'elle s'ajuste imparfaitement aux idéaux, comme chacun sait.
— …
— Vous vous dites, purée, qu'est-ce qu'il parle bien pour un coiffeur… Mais sachez, chère madame, que je suis titulaire d'un doctorat en philosophie, eh oui, et que c'est par amour pour mon épouse que je suis devenu artiste capillaire, pour vous servir. Vous voulez que je vous raconte mon parcours ?
— Dix mille, je ne peux pas. Vraiment. Huit mille, en revanche… peut-être que je… oui, pourquoi pas, je suis

d'accord. Va pour huit mille. Huit mille c'est déjà énorme pour un tableau qui en vaut deux mille. Faisons vite fait cette transaction et n'en parlons plus.

— Dix mille euros. C'est mon dernier prix. Je n'en bougerai pas, soyez-en assurée.

— Vous êtes cruel.

— Je ne crois pas, non. Je mets un juste prix à l'attachement qui est le mien pour cette peinture, voilà tout. Je ne vous force pas à l'acheter. La décision vous appartient, ne m'en faites pas porter le poids – sur le plan moral je veux dire. Ce serait un comble.

— …

— …

— OK. Comment fait-on ? Un chèque ?

— Et puis quoi encore ? En bons du Trésor tant que vous y êtes ! Il ne va pas falloir essayer de m'arnaquer ma petite dame.

— Un virement via mon appli bancaire ?

— Pour qu'il me soit signifié dans deux jours que le virement a été rejeté pour cause de fonds insuffisants ?

— Je vous montre mon solde si vous voulez, il est positif, j'ai largement de quoi payer. Donnez-moi vos coordonnées bancaires, je les rentre, je vous montre mon solde et je fais le virement sous vos yeux, ça vous va ?

— Ça me va. Je vais vous chercher mon RIB. Je vous emballe votre tableau ? Je crois que j'ai gardé le papier kraft et la ficelle de l'antiquaire de Dijon, je dois avoir mis ça quelque part, attendez ici quelques instants.

Susanne va acheter ce tableau dix mille euros ?

Oui.

Vous êtes cruel comme écrivain.

Elle arrivera à Dijon à quatre heures du matin. Elle s'était arrêtée sur une aire d'autoroute pour dormir un peu, avaler vite fait un sandwich industriel, boire un café et grignoter du chocolat. Elle avait aussi téléphoné à son mari, pour l'avertir qu'elle ne rentrerait qu'au milieu de la nuit, Delphine était au trente-sixième dessous, elle préférait ne pas la laisser seule pour le moment, son état l'inquiétait.

— Mais pourquoi tu ne restes pas dormir chez elle, ce serait plus simple non ?

— Oui, peut-être, je ne sais pas. Tu as raison, c'est peut-être ce que je vais faire. Je vais voir. Si je rentre à la maison, j'essaierai de ne pas te réveiller.

— Tu peux me réveiller. Si tu as besoin qu'on discute, réveille-moi.

— C'est gentil. Tu es où ?

— D'après toi ?...

— Attends, laisse-moi deviner... où est-ce que tu pourrais bien être, à vingt-trois heures... Là là c'est difficile ! Je donne ma langue au chat.

— Tu m'as l'air de très bonne humeur...

— Pas du tout. Je suis très angoissée. Je décompense au contraire ! Les enfants vont bien ?

— Ils vont bien. Paloma a cartonné à son épreuve écrite. On s'est fait livrer des pizzas.

— Cool. Bon ben je te laisse à ton pétard, profites-en bien... à toute, bisous.

Elle avait repris la route. Le tableau avait été glissé par le coiffeur sur la banquette arrière de l'Audi, suffisamment incliné pour qu'il ne bascule pas vers l'avant en cas de brusque freinage. En conduisant sur l'autoroute, où à cette heure presque aucune voiture ne circulait mais seulement des poids lourds, des poids lourds endurants, des poids lourds insomniaques, des poids lourds transfrontaliers qu'elle doublait très longuement parce que leur vitesse était sensiblement la même que la sienne, Susanne essayait de ne pas trop réfléchir à ce qu'elle venait de faire, elle était comme commotionnée, il n'était pas exclu qu'en s'abandonnant à cette impulsion effarante elle eût fait une énorme connerie, une connerie qu'une fois réveillée de son aveuglement elle regretterait douloureusement... Mais elle s'en défendait, le principal était qu'elle soit en possession de son tableau, c'était ça le principal, c'était ça le plus important, le reste on s'en fichait, qu'est-ce que c'est que l'argent ? (elle enclencha son clignotant) hein ? c'est rien... c'est rien l'argent... on s'en fout de l'argent... on ne va pas se détruire le moral parce qu'on a mis trop d'argent dans un achat, hein ma Susanne ? la vie est trop courte pour se fracasser le psychisme parce qu'on a dépensé trop d'argent dans un achat primordial... Trop d'argent... trop d'argent... est-ce la formulation appropriée ?... non, ce n'est pas la formulation appropriée... ce n'est pas tellement la formulation appropriée... l'honnêteté devrait m'amener à affirmer que la formulation appropriée serait plutôt : une somme aberrante... serait plutôt : une somme effarante... serait plutôt : une somme qui confine à la folie... Mais au nom de quoi ? mais selon quel critère ?... pourquoi folie ? pourquoi effarante ? si ça me plaît, moi, de mettre dix mille euros dans un tableau qui en vaut mille six cents, qu'est-ce que ça peut vous foutre ? hein ?!... vous pouvez me le dire ?... Eh, toi, le Polonais derrière qui je lambine depuis au moins cinq minutes ! qu'est-ce que t'en dis du fait que j'ai mis six mois de ton misérable salaire dans un tableau ancien avec dessus deux religieuses ? hein ?... tu peux me le dire au lieu d'essayer de doubler ton collègue tchécoslovaque, cet abruti, alors que t'en as même pas la puissance ?... S'il y a bien un truc que je ne comprends pas c'est les camions qui se doublent entre eux alors qu'ils roulent exactement à la même vitesse... ça fait bien cinq minutes que le Polonais est en train de doubler le Tchécoslovaque, à quoi ils jouent ces cons, c'est à croire que le Tchécoslovaque se sent attaqué dans sa virilité et qu'il va tout faire pour empêcher le Polonais de lui passer devant... putain, l'être humain, c'est quand même un drôle de truc... tu vas voir que dans trois minutes le Polonais va renoncer à son exploit et se remettre derrière le Tchécoslovaque... Non, ce qu'il faut, tu vois ma Susanne, ce qu'il faut c'est s'efforcer de ne surtout pas laisser flotter à la surface de ta conscience cette somme effarante de dix mille euros... voilà... c'est ça qu'on va faire... écoute-moi bien Susanne... cette somme effarante de dix mille euros doit être oblitérée, cette somme effarante de dix mille euros doit être torpillée comme un navire ennemi et maintenue engloutie dans les profondeurs de cette journée à oublier, pour n'en garder que le précieux butin... oui... voilà... pour n'en garder que le précieux butin, comme s'il était tombé du ciel... genre génération spontanée, genre Immaculée Conception... le tableau qui pousse à même le cuir de l'Audi, le tableau qui fleurit sur la banquette arrière de l'Audi comme une poire sur sa branche... il faut impérativement empêcher cette notion polonaise des dix mille euros de doubler ma détermination tchécoslovaque à rester obstinément devant, quitte à accélérer sournoisement toutes les fois que je sentirai que le Polonais essaie de me repasser devant avec sa pensée humiliante des dix mille euros... Le principal c'est le butin... le principal c'est le trésor, c'est de rentrer à Dijon avec le trésor à l'arrière de l'Audi (Susanne apercevait le papier kraft et la ficelle dudit trésor à la surface du rétroviseur, sur lequel elle jetait de réguliers coups d'œil pour se conforter dans la plénitude de cette sublime acquisition), quoi de plus beau dans la vie que d'avoir un trésor, rappelle-toi ton enfance et ta passion pour les trésors ! le principal c'est d'avoir sauvé les deux religieuses de l'enfer de ce salon de coiffure… était-ce imaginable, me serais-je pardonné d'abandonner comme ça lâchement mes deux nonnes sous le regard agricole de toutes ces Mme Bertini, de toutes ces Mme Morandini, de toutes ces Mme Croquis si médisantes ?… non, je ne me le serais jamais pardonné… Eh bien voilà, qu'est-ce que je disais, le Tchécoslovaque a remporté la compétition ! médaille d'or pour le Tchécoslovaque ! voilà que le Polonais renonce, il repasse derrière le Tchécoslovaque ! mesdames, messieurs nous assistons à un moment historique ! le Polonais, au bout de huit minutes d'efforts, remontant péniblement, millimètre par millimètre, la longue remorque du transporteur tchécoslovaque, finit par renoncer, vaincu… et se remet dans les roues de son rival !

6

Ne serions-nous pas parvenus à ce désastreux mercredi soir où Sarah avait invité son mari au restaurant, parce qu'elle voulait, ouvrez les guillemets, « s'ouvrir à lui d'un projet crucial pour elle » ?

Il avait négligé l'épisode de l'ordinateur oublié sur la table de la cuisine. C'était délibéré ?

Oui. Il craignait que cette péripétie ne jette un trouble inopportun dans l'esprit du lecteur.

Un trouble de quelle nature ?

Rappelons les faits, ainsi Sarah pourra-t-elle lui confirmer qu'ils correspondent à la réalité de ce à quoi elle a été confrontée.

Volontiers.

Un matin, juste après le petit déjeuner, Susanne (admettons qu'il s'agisse d'elle) doit faire une recherche urgente sur Internet, en l'occurrence prendre pour Luigi un rendez-vous sur Doctolib. Comme son ordinateur est déchargé, elle se rabat sur celui de son mari, qui, acte manqué étonnant, est parti au travail en l'oubliant sur la table de la cuisine. Quand Susanne ouvrira le MacBook Air, elle tombera directement sur une page Internet restée ouverte, une page à caractère pornographique. C'est le terme approprié ?

C'est le terme approprié. Le site en question était XHAMSTER.

Susanne en sera, quel est le substantif que Sarah emploierait ?

Abasourdie. Glacée. Froissée. Honteuse. Peinée. Désorientée. Jetée dans le vide.

Jetée dans le vide ? Pourquoi ?

Pourquoi ?! ! Il lui demandait pourquoi ???

Oui. Il lui semblait que rien n'était plus anodin que d'obéir à ses pulsions scopiques en se rendant sur ce genre de sites. Elle n'était pas de son avis, elle qui avait la passion de regarder ?

Non. Elle n'était pas de son avis. Se rendre compulsivement sur XHAMSTER n'est ni banal, ni anodin, ni anecdotique, certainement pas. D'abord parce qu'il s'agissait moins d'obéir à une quelconque pulsion scopique que de déporter un pourcentage non négligeable de sa sexualité sur la consommation obsessionnelle de vidéos, en solitaire, au détriment de leur vie sexuelle. Ensuite parce que la masse et le contenu de ce corpus vidéographique étaient de nature à déstabiliser la plus tolérante, la moins prude des épouses.

Parce que Susanne (que Sarah l'interrompe s'il commettait une erreur), après avoir pris connaissance de la vidéo affichée sur l'écran, aura la curiosité, plutôt que de refermer le laptop, ce qu'elle aurait dû faire, de se promener dans l'historique de son mari, mieux encore, de consulter ses favoris, c'est bien ça ?

C'est bien ça.

Et elle se rendrait compte, alors…

Que son mari avait archivé des centaines et des centaines de signets. La vidéo laissée ouverte sur son écran n'était donc pas la trace insignifiante d'une incursion exceptionnelle dans l'univers de la pornographie en ligne, mais bien la preuve d'une addiction, d'une authentique duplicité. Son mari se dédoublait psychiquement, il menait une seconde vie mentale et sensitive d'une ampleur abyssale, telle avait été son analyse. C'est ce qui expliquait ses rituelles claustrations souterraines. Il descendait s'enfermer dans sa cave pour se branler, c'est du moins ce que suggérait l'historique des six derniers jours, où l'écrasante prédominance des pages pornographiques, en nombre élevé de surcroît, indiquait qu'il avait passé à visionner des vidéos un temps tout simplement considérable. Son mari était-il un détraqué sexuel ? Un onaniste invétéré ? Il aimait le sexe, elle l'avait toujours su – mais elle n'aurait jamais pensé que cette appétence pour le cul pût aller jusqu'à archiver des centaines de signets tendancieux.

Son mari ne fréquentait pas d'autres femmes, n'était-ce pas là le principal ? Il ne la délaissait pas non plus, bien au contraire, même s'ils faisaient l'amour moins souvent qu'autrefois, elle l'avait signalé, mais n'est-ce pas là la pente inexorable de toute relation conjugale confrontée aux années qui s'accumulent ? De quoi se plaignait-elle ? Chacun est libre d'avoir les pensées qu'il veut, même les plus inavouables – qu'est-ce que ça peut bien faire, à partir du moment où confinées dans l'enceinte du cerveau elles demeurent sans répercussion sur la réalité extérieure ? On ne va pas se mettre à jalouser les pensées secrètes des êtres que l'on aime ! On ne sait jamais vraiment avec qui l'on vit. Celle ou celui avec qui l'on partage ses jours demeure un étranger, une étrangère, de quelque proximité que l'on puisse se prévaloir vis-à-vis de lui, ou d'elle. C'est ce que confirmaient les favoris de son mari. Ces favoris ne regardaient pas Sarah du moment que son mari continuait de la respecter.

Oui, sauf qu'il descendait s'enfermer chaque soir dans sa cave pour regarder des films de sexe, on peut trouver plus respectueux comme comportement.

Par ailleurs, et c'était là le point le plus troublant, dont Sarah s'étonnait qu'il suscitât si peu l'intérêt d'un écrivain, une étude même hâtive des favoris de son mari laissait apparaître des constantes, pour ne pas dire des idées fixes, qui chacune contredisaient en tous points le physique de Sarah, son style, le genre de femme qu'elle était. Chaque soir, son mari descendait dans sa cave pour se branler sur des images où des femmes blondes et bronzées, où des femmes aux seins volumineux, élastiques et largement aréolés, où des femmes équipées de fessiers gigantesques, où des femmes aux chattes charnues nanties de clitoris aussi protubérants que des bourgeons de glycine étaient pénétrées par plusieurs hommes, la plupart du temps bisexuels, le hashtag #DP (double pénétration) étant de toute évidence son passe-partout de prédilection.

Alors qu'elle-même était brune, était osseuse et longiligne, étroite de hanches. Alors qu'elle-même avait la peau diaphane et fine, sillonnée de veines turquoise. Alors qu'elle-même était nantie par la nature de seins quasi inexistants, de fesses plates, d'une vulve racée et élégante, concise, bien éduquée, environnée d'une luxuriante pilosité. Qu'il l'avoue, ce n'était pas vertigineux ? Farcesque ?

Sarah était une artiste et une architecte, une femme intelligente et accomplie, elle n'était ni naïve, ni jalouse, ni romantique, ni stupidement idéaliste. Mais une béance s'était ouverte dans son esprit le jour où elle avait découvert l'archétype qui hantait les rêveries masturbatoires de celui qui partageait sa vie depuis plus de vingt ans. Ce n'était plus un écart, à ce stade : c'était l'exact opposé, le contraire. Sarah était le contraire de ces poupées plantureuses que son mari dévorait des yeux le soir dans sa cave. Comment pouvait-il avoir envie d'elle, elle au singulier, si réellement il avait envie d'elles, elles au pluriel ?

Cela n'est-il pas cocasse ? N'est-on pas à deux doigts de l'étourdissement métaphysique ? Peut-on mieux illustrer qu'avec cette anecdote ces ironiques comédies humaines à quoi se résument le plus souvent nos navrantes existences, quand on se donne la peine de les examiner sérieusement ? Ce qu'il n'avait manifestement pas l'intention de faire, à rebours de sa réputation d'écrivain qui n'a pas froid aux yeux…

Il ne souhaitait pas s'attarder sur cet épisode, dont il craignait qu'il ne nuise, aux yeux des lecteurs, non seulement à Susanne, pour s'être montrée intrusive, peu magnanime et un chouia old school (pardon Sarah), mais aussi à son mari, en raison de cet éclairage indiscret sur son monde intérieur. L'intimité et la vie intérieure d'autrui sont inaliénables. L'air de rien, ils étaient en train de violer, d'aliéner la vie intérieure de cet homme.

Les lecteurs jugeront par eux-mêmes, à condition que le roman qu'il allait écrire leur en laisse l'opportunité.

Les écrivains ne se laissent dicter par personne ce qu'ils doivent mettre dans leurs livres, c'était un postulat sur lequel il avait obtenu l'accord préalable de Sarah, était-elle sur le point de l'enfreindre ?

Pas du tout. Il faisait ce qu'il voulait, elle le lui avait dit et répété plusieurs fois. Simplement, elle se permettait d'attirer son attention sur un fait dont les femmes qui liraient son livre lui seraient peut-être reconnaissantes de les avoir informées, pour une meilleure appréhension du personnage masculin.

Elle lui en avait parlé ?

De quoi ? De ce qu'elle avait découvert ? Bien sûr que non. Elle avait sa fierté. Elle s'était dit qu'elle le ferait peut-être un jour, quand il y aurait prescription sur l'indiscrétion qu'elle avait commise en explorant son ordinateur – ce qu'elle n'aurait jamais imaginé qu'elle pût faire un jour.

Voilà pourquoi il préférait passer cet épisode sous silence.

Qu'on le veuille ou non, cette découverte questionnait l'intégrité de son mari à son égard et par là même faisait mentir ou sonner faux leur vie érotique et amoureuse. Sarah avait déjà évoqué sa position sur le mensonge. Ce mensonge-là l'avait précipitée dans un gouffre de questionnements insolubles, donc d'anxiété insistante, sur la nature réelle de leurs relations. C'était aussi ce qui l'avait incitée à s'absenter de leur domicile. Sans en être la raison initiale, c'était entré en ligne de compte.

Susanne avait choisi un excellent restaurant. Pas l'étoilé dont elle aurait rêvé, parce que les dix mille euros du tableau avaient creusé dans son épargne un cratère qui l'obligeait à mesurer ses dépenses, mais un établissement de haute tenue malgré tout. Elle n'avait plus aucune rentrée d'argent, rappelons-le une nouvelle fois, et ses économies fondaient comme neige au soleil sous l'effet conjugué de la vie familiale et des frais qu'entraînait sa pratique assidue du dessin (elle en était alors à vingt et une versions identiques de la scène où ses propres chiens dévoraient Actéon métamorphosé en cerf par la déesse scopiquement insultée).

Son mari s'était vêtu, en prévision de leur dîner, d'un costume qu'il ne portait qu'en de rares occasions, noir et de coupe étroite. Susanne en avait été touchée. Elle avait perçu cette attention comme un signe de bon augure.

Sarah s'était dit que le mercredi serait le jour idéal pour inviter son mari au restaurant. Ainsi parlerait-elle à ses enfants le lendemain soir, et déménagerait-elle le samedi matin, en prévoyant le vendredi comme jour de battement.

Pendant le dîner, Susanne s'était sentie nerveuse, on le serait à moins. À l'inverse, son mari s'était montré d'excellente humeur : être invité par sa femme dans un restaurant de grand standing l'avait flatté et l'enchantait, en plus de l'intriguer. De fait, il s'était, à plusieurs reprises, déclaré impatient de découvrir la raison d'être de cette soirée sexy et fastueuse (ce furent ses propres termes), une lumière étonnante émanait de son visage, une lumière que Susanne n'avait pas le souvenir de lui avoir vue depuis leur lointaine jeunesse. Il trépignait comme un enfant. Sans doute supposait-il qu'un éditeur avait accepté de publier son dernier manuscrit, et que leur vie en serait changée à jamais.

Plus tard, tout à l'heure, prenons notre temps, chéri, lui avait répondu Susanne les trois fois où son mari l'avait pressée de lui révéler ce dont elle voulait lui parler.

Susanne fut à deux doigts de renoncer à son idée de déménagement, et de tout annuler. Était-elle bien certaine que cette initiative n'aurait aucune répercussion pernicieuse ? Elle eut des doutes. Ce n'est qu'après avoir commandé les desserts qu'elle se résolut à l'informer de ses intentions.

— Ah, enfin. Je t'écoute, lui dit-il.

Il existe, dans la vie des individus, elle en était certaine, des moments décisifs : celui-ci en fut un. Sarah avait vacillé, chancelé, hésité une dernière fois. Sa vie avait grincé sur son axe, l'espace d'un bref instant.

— Non, rien, oublie tout ça. Je voulais te parler d'une idée que j'ai eue, que je croyais géniale, mais elle est complètement absurde. Je viens de m'en rendre compte. Tu y auras gagné un bon dîner au restaurant ! À la tienne, mon amour !

— Eh bien, lui répondit-elle. Comment te dire. C'est délicat… Ne va pas, ne va surtout pas croire que…

Susanne redoutait qu'il le prenne mal, en raison de cette lumière étonnante qui émanait de son visage, ardente et juvénile, pleine de ferveur et prête à s'élancer, qui s'imposait comme la démonstration de leur entente, comme le contraire de la routine et de l'usure des sentiments. De sorte que ce visage illuminé l'intimida, parce que c'était à cette lumière qu'elle était sur le point de s'adresser, et que celle-ci était en complète contradiction avec le caractère inattendu de ce que Susanne s'apprêtait à déclarer. La lumière du visage de son mari la regardait, elle se mit à parler, elle bafouilla, les phrases qu'elle prononçait étaient boueuses, maladroites, accusatrices, les propos qu'elle balbutiait soupçonneux, torves, coupables, sans fluidité.

— Je vais, j'ai… je voulais t'annoncer, comment dire… que. J'ai loué un appartement. Je déménage samedi matin.

— …

— Voilà, c'est dit, ça va mieux tout à coup.

— …

— Tu ne me demandes pas pourquoi ?

— …

— Non ?

— …

— Non ?

— …

— Ça ne t'intéresse pas de savoir pourquoi je quitte Wilson quelque temps ?…

— …

— Eh bien je vais te le dire quand même, ne serait-ce que pour moi. C'est que j'en ai assez d'attendre que tu tiennes tes promesses.

— …

— …

— …

— Oui, parfaitement, tes promesses. J'appelle ça des promesses. C'est pas la peine de faire cette tête outrée. On a l'impression que tu...

— ...

— Parce que tu ne me l'as pas promis, peut-être ? Si ? Non ? Je te parle là !

— ...

— Tu ne vois pas de quoi je parle peut-être. Le notaire. Les caves. Tu as besoin d'un récap ?

— ...

— Tu veux que je te fasse un récap de mes « doléances » comme tu dis toujours ?

— ...

— J'attends depuis huit mois un rendez-vous chez le notaire, et que tu te restreignes sur tes caves. Je n'en peux plus de passer mes soirées seule.

Sarah sentit qu'elle se traînait dans quelque chose de salissant. Elle trouva ses propos d'une grande bassesse (ce qui ne signifie pas qu'ils l'étaient, elle s'en fit la remarque plusieurs jours plus tard), peut-être parce que c'était la première fois qu'elle se permettait de porter ses griefs sur un autre plan que celui de l'observation inoffensive (au pittoresque de laquelle son mari avait fini par s'acclimater, immunité psychologique absolue)... non seulement sur un autre plan, mais, même, soyons honnête, un pas plus loin que l'avertissement, deux pas plus loin que la menace : elle s'était mise d'emblée dans la guerre, sans s'y être seulement préparée ni en avoir, par aucun signe même minime, averti quiconque – attaque surprise totale, donc équivoque, qui pouvait être perçue comme perfide. C'est ce qu'elle comprenait que ses propos produisaient comme effet tandis qu'elle s'entendait révéler à son mari l'avance qu'elle avait prise sur leur avenir commun en ayant loué une maison dans son dos. Elle rampait dans une tranchée. Les yeux de son mari étaient d'innombrables obus explosant autour d'elle. Elle aurait aimé pouvoir se relever, s'épousseter, se tenir droite. Reprendre sa vie d'avant, déguster sereinement son dessert.

— C'est provisoire bien sûr. Le temps que tu tiennes tes engagements.

— …

— On en a besoin, je crois. Deux ou trois mois tout au plus. Moins, même, si jamais tu te décides à…

— …

— Car ne va surtout pas t'imaginer que ce n'est pas, pour moi, une épreuve… *C'est* une épreuve. Je n'en ai aucune envie figure-toi. Mais il le faut. C'est indispensable. Sinon on n'avancera jamais.

— …

— Qu'est-ce que… Tu pourrais, je sais pas, dire quelque chose quand même, non ? Réagis quoi ! Dis quelque chose ! Je parle toute seule depuis dix minutes !

Ce qui s'était révélé infernal avait été de devoir monologuer sans avoir à répondre à aucune question, à réagir à aucune objection, à déjouer aucun reproche. Sarah n'avait pas eu à consoler son mari, ni à le rassurer. Il n'avait strictement rien dit. Elle eût mille fois préféré essuyer des attaques, contrer des arguments, affronter sa colère, endurer des hurlements, recevoir des insultes. Elle aurait adoré qu'il l'insulte, ils s'en seraient peut-être sortis. Mais il l'avait seulement écoutée. Il avait laissé Sarah aux prises avec son discours, ses explications, ses évidentes difficultés. La lumière de son visage s'était éteinte, il était devenu gris, sévère, calcaire et sans clémence. Elle s'enfonçait. Il n'avait pas essayé de la faire renoncer à son idée. Il n'avait pas tenté de la convaincre qu'elle se trompait. Il n'avait témoigné aucun mécontentement. Il n'avait pas eu la générosité de fournir à Sarah l'opportunité de sortir la tête haute de cette résolution absurde qu'elle avait prise. Il l'y avait abandonnée. L'électrochoc n'avait pas fonctionné. Dans le fond, n'avait-elle pas loué cette maison dans le seul but que son mari, en contrepartie d'engagements véritables, sincères, précipités par cet électrochoc, la dispense in extremis de s'y installer ? Sarah comprit en cet instant que ce à quoi elle s'était attendue était que son mari la supplie de ne pas déménager.

— Tu as fini ? dit-il à Susanne d'une voix qu'elle ne lui connaissait pas.

— Euh, non, je ne sais pas, peut-être, tu ne dis rien. Tu ne... Tu ne veux pas qu'on...

— Tu as fini ? On peut conclure ?

— Je... Pourquoi tu le... ? Il ne faut pas le prendre comme ça tu sais, l'idée c'est pas de... au contraire même !... au contraire ! C'est par amour que je fais ça, tu sais ?

— J'en déduis que tu as fini, qu'il n'y a rien d'autre que je doive savoir ?

— Euh. Ah, si. J'oubliais. C'est un détail. Je vais prendre notre matelas. À cause de mon mal de dos... Tu n'auras qu'à en acheter un chez Confo ou chez But, pas cher, le plus bas de gamme possible, en attendant que je rapporte le nôtre à la maison, ça ne te dérange pas ?

— Je ne sais pas.

— Tu ne sais pas.

— Non.

— C'est-à-dire ? Pourquoi tu es comme ça ? Tu me fais peur là... Qu'est-ce que tu... ?

— Je répète ma question. Tu as fini Susanne ?

— L'idée c'est pas qu'on se dispute tu sais ? C'est même le contraire. Si tu ne comprends pas ma démarche, alors là, c'est quand même… Franchement, ce n'est pas tout à fait comme ça que j'avais imaginé notre discussion.

— Je considère que tu m'as tout dit. Susanne, je te souhaite…

C'est alors que son mari, avant même que n'arrivent les desserts, se leva. C'est dire si leur échange avait été synthétique. Il s'inclina poliment, raide et emprunté, tolstoïen, officier russe, salua le maître d'hôtel que cette apparence de départ impromptu avait fait accourir, franchit la porte du restaurant et disparut dans la nuit dijonnaise, laissant Susanne seule à sa table. Les deux desserts arrivèrent en cet instant, telle une morbide et ironique nature morte, allégorie de nos dérisoires existences.

Sarah n'a pas le souvenir d'avoir jamais reçu autant de violence que ce soir-là. La violence du silence. La violence du refus d'échanger. La violence de l'absentement, si elle pouvait s'exprimer ainsi. La violence de ce visage métamorphosé en absolu belligérant, l'espace d'un bref instant. La violence de la vitesse à laquelle Sarah s'était sentie répudiée, devenir une étrangère. La violence de son abandon au milieu du restaurant, en plein repas, sous le regard de toute la salle.

Étrangère : elle l'était demeurée jusqu'à aujourd'hui, *et ça datait de ce moment précis*, aucune donnée ultérieure ne l'expliquait.

Elle demanda l'addition, paya, puis quitta l'établissement sans toucher aux desserts, les laissant intacts l'un en face de l'autre sur la nappe blanche – allégorie, cette fois, de leur incompréhension réciproque.

C'est joli, absentement.

Ce néologisme lui est venu à l'instant. C'est le mot juste. Elle avait vu le visage de son mari s'absenter sous ses yeux. De présent, d'aimant, de lumineux, son visage était devenu complètement absent. Il s'était éloigné. Et ce dézoom humain l'avait glacée, cet absentement inéluctable, impossible à ralentir, malgré les phrases qu'elle lui lançait.

Susanne ne revit plus son mari. Il dormait dans sa cave, dînait dehors.

Le jeudi soir, elle parla à ses enfants. Ce fut une épreuve, d'autant que l'attitude de son mari n'avait pas été de nature à faire naître dans ses propos des accents d'enthousiasme. L'humeur n'y était pas, elle eut du mal à croire elle-même au bien-fondé de ce à quoi elle s'efforçait de rallier Luigi et Paloma, lesquels, n'ayant jamais entendu leurs parents se disputer, n'ayant décelé entre eux aucune distance ni dissension, trouvaient inexplicable que Susanne en vînt à imposer à leur père, ainsi qu'à eux par la même occasion, une solution aussi extrême – oui, il et elle voyaient mal au nom de quoi devaient leur être imposées ces fastidieuses dispositions, à moins qu'on ne leur cachât des choses, des amants, des maîtresses, d'où leur obstination à poser toujours la même question : Mais pourquoi ? *pourquoi ?* même après que Susanne eut estimé leur avoir apporté la réponse la plus complète et convaincante possible. Sa voix était éteinte et sourde, imprégnée de larmes.

Ce qui compliquait l'exercice était qu'elle refusait d'accabler son mari, auquel elle ne voulait pas nuire aux yeux de leurs enfants. C'était pour elle un point primordial, et elle espérait que son mari aurait l'intelligence d'en faire de même vis-à-vis d'elle. Certes, il eût été moins préjudiciable à ses intérêts d'expliquer à Luigi et Paloma que leur père, en passant ses soirées cloîtré dans sa cave, et en laissant se perpétuer paresseusement des arrangements financiers qu'elle lui avait signalés plusieurs fois comme injustes et scandaleux, ne la respectait pas, voire la flouait, et que s'éloigner du foyer familial était le seul moyen qu'elle avait trouvé pour le contraindre à respecter ses promesses – cependant elle s'était dit, à tort sans doute, que non seulement cela ne les regardait pas, mais que cela ne les aiderait en rien à accepter la situation. Elle voulait les laisser en dehors de ce marécage. Elle leur raconta que les couples, parfois, éprouvaient le besoin de faire des pauses, et qu'elle avait besoin, elle, en ce moment, de faire une pause, afin de vérifier à quel point le couple qu'elle formait avec leur père comptait pour elle. Rester ensemble pour rester ensemble, ce n'est pas sain, il faut toujours savoir en profondeur pourquoi on est avec l'autre. Sinon, c'est ce qu'on appelle de la routine, et la vie est trop courte pour tolérer de s'enliser dans la routine. C'est très sain, leur dit-elle, de toujours se poser ce genre de questions. Ça fouette ! Il ne peut en sortir que du bon ! Vous verrez, quand vous aurez grandi ! Vous verrez !

En prenant tout sur elle pour protéger son mari d'un éventuel revers d'estime de la part de ses enfants, et en se dispensant de divulguer que c'était lui, pas elle, qui en réalité avait besoin de réfléchir, afin de s'ajuster aux requêtes ô combien légitimes de Sarah, elle rendait sa position opaque et illisible, voire offrait à ses enfants le sentiment gênant d'être inconséquente et d'une désinvolture inqualifiable, quand leur père, à l'inverse, était constant, responsable et solidement ancré dans les intérêts familiaux.

— C'est bien joli que tu veuilles réfléchir à ta life, dit Paloma à Susanne, et que tu aies des « états d'âme » de « femme » (elle avait figuré les guillemets avec ses doigts, et l'équipe au complet de son visage avait fabriqué dans un même élan blessant une grimace éloquente et exagérée censée souligner le caractère pathétique du discours de sa mère), mais on voit bien que c'est pas toi qui vas devoir te taper une heure de bus matin et soir pour aller au lycée, ou pour voir tes potes. Putain, c'est vraiment la lose ton truc. Longvic, non mais Longvic ! T'aurais pas pu trouver plus proche non... moins craignos que Longvic ?

— Paloma, on ne parle pas comme ça à sa mère. Un peu de respect s'il te plaît. Je te respecte, tu me respectes. On parle. On est là pour ça. On a tout notre temps. S'il y a quelque chose qui te déplaît, tu le dis, mais tu le dis poliment, sans gros mots, et on en discute.

— Sans gros mots... Ça me plaît pas d'aller à Longvic, voilà, c'est tout, y a rien d'autre à ajouter. On est bien, ici. Tous mes potes sont tout près, je vais au lycée à pied, qu'est-ce que je vais aller m'enterrer à Longvic, juste parce que ma mère elle a « besoin de réfléchir à l'avenir de son couple » ? Papa, il a besoin de « réfléchir à l'avenir de son couple » ? Non, il a pas besoin, *lui*, de « réfléchir à l'avenir de son couple » (et toujours les doigts de Paloma qui deux par deux de part et d'autre de son visage accentué et sardonique ridiculisaient les phrases que Susanne leur avait dites), il sait où il en est, il sait qu'il nous aime, il est pas en plein délire, il a les pieds sur terre, on peut compter sur lui, il sait qui il est, il sait ce qu'il veut. C'est pas comme toi là avec tes trucs de... de magazine féminin...

— Paloma, ma chérie, je crois que c'est un peu plus

compliqué que ça, et que tu caricatures ce que je vous ai dit tout à l'heure, à ton frère et à toi.

— Je caricature pas. On va devoir passer une semaine sur deux à Longvic, dans un HLM pourri, oui ou non ? Oui ? Alors. Tu vois bien que je caricature pas. C'est toi qui caricatures en nous obligeant à…

— Et toi, Luigi, qu'est-ce que tu en penses ? Tu veux dire quelque chose ?

— Je sais pas, non. Je reste avec toi. J'aime bien. On aura deux endroits. Ça change. C'est l'aventure.

— Bien sûr, ça je m'en doutais… le fayot… bonjour la solidarité. Tu viendras pas te plaindre, connard, quand t'en auras ras le cul de te taper une heure de bus pour voir tes potes ou aller au lycée.

— C'est une semaine sur deux, Luigi. Ça va bien se passer, tu verras. Paloma, tu parles comme une charretière. Tu pourrais soigner ton langage. Connard, ras le cul… C'est très inélégant de s'exprimer comme ça.

— Je m'exprime comme ça parce que c'est toi qui nous fous dans un truc pourri, comment tu veux qu'on accueille cette nouvelle avec des mots élégants ? C'est élégant, Longvic ? Non, ce n'est pas *élégant*, ce n'est pas élégant *du tout*. C'est ce que tu nous proposes qui est merdique. J'emploie les mots qu'il faut au bon moment.

— Luigi, je prendrai la voiture. Papa n'en a pas besoin en semaine, il va au travail à pied. Je vous accompagnerai au lycée en voiture le matin.

— Ça nous fait une belle jambe.

— Et on y va quand ?

— Pardon, je ne t'ai pas entendu mon Luigi, qu'est-ce que tu as dit ?

— Et on y va quand, dans le nouvel appart ?

— Je déménage samedi matin. Enfin, je déménage…

c'est un bien grand mot. Disons que je m'installe là-bas samedi matin. J'emporte quelques affaires et je prépare l'appartement, histoire que vous vous sentiez bien quand vous arriverez. Je vous l'ai dit, vous aurez chacun votre chambre. J'ai acheté des lits. La semaine prochaine, vous resterez ici avec votre père. Vous viendrez la suivante, on verra comment on s'organise.

— Putain, la zone, j'en reviens pas de ce cauchemar.

— Maintenant ça suffit Paloma. Tu es à notre charge et sous notre responsabilité, c'est comme ça et pas autrement. Tu feras ce qu'on te dit.

— C'est ce qu'on verra.

— On ne verra rien du tout, tu feras ce qu'on te dit de faire. En l'occurrence, en alternance, une semaine à Wilson, et une semaine à Longvic, pendant deux ou trois mois. Trois mois, c'est pas la mer à boire. Ça t'ouvrira à d'autres réalités que ton petit univers de privilégiées et d'aristos. Ce n'est pas parce que tu portes un nom à particule que ce qui se passe dans les zones périurbaines doit te rester étranger.

— Ouais, c'est ça, c'est ça. C'est sûr que quand on s'appelle Sonneur, on peut habiter n'importe où... même dans un HLM pourri. Je préfère mon nom, franchement. Va pas te mettre à le dénigrer. D'ailleurs, on aurait dû s'en douter qu'un jour ou l'autre... c'était louche que tu ne veuilles pas...

— De quoi ?

— Porter le nom de papa. Pourquoi tu continues de te faire appeler Sonneur, et pas de Manerville ?

— Tu ne penses pas que je me suis suffisamment coulée dans le mariage, sans réserve, entièrement, pour ne pas avoir à me justifier de vouloir conserver mon nom de jeune fille ? Je suis très attachée à mon nom de jeune fille. De plus en plus de femmes gardent leur nom de jeune fille. Vous avez même le droit de choisir Sonneur plutôt que de Manerville, si vous en avez envie.

— Moi je veux. Je veux m'appeler Sonneur moi aussi. Je préfère Sonneur, c'est plus doux. Ça sonne mieux ! Ça fait moins « genre » aussi…

— T'es con. T'es trop con toi aujourd'hui, je sais pas ce que t'as.

— Paloma…

— Et papa ?

— Quoi papa ?

— Qu'est-ce qu'il en dit de ton idée magique de nous emmener en colo là où ça pue la merde ?

— …

— Hein, qu'est-ce qu'il en pense, il est d'accord ? Il a dit oui ? Et il est où, d'abord ?

— Ton père ?

— Oui.

— D'après toi ?

— En bas ?

— Je suppose.

— Et pourquoi il est pas avec nous à parler de… Appelle-le, qu'il monte, et qu'on en discute tous ensemble. J'aimerais avoir son avis. S'il me dit de pas y aller, dans la zone, j'y vais pas, je reste avec lui.

— Je l'ai fait, je l'ai appelé, il est au courant qu'on est en train de discuter. Pour le moment, il ne souhaite pas qu'on… il est un peu…

— Quoi ? Il est quoi ?

— Choqué. C'est normal. Il ne s'y attendait pas.

— Tu m'étonnes. T'as fait ça dans notre dos, c'est horrible. Comment t'as pu manigancer tout ça dans ton coin sans nous en parler ?

— C'est un peu plus compliqué que ça en a l'air, ma Paloma. Je ne vais pas vous faire entrer dans les arcanes de notre vie amoureuse, ça ne vous regarde pas.

— Bien sûr que si ça nous regarde. Il est contre donc. C'est bien ce que je pensais. Il est contre bien sûr. Ça ne m'étonne pas. Comment peut-on soutenir une idée pareille !

— Il va s'y habituer, on va parler, il comprendra, tout rentrera dans l'ordre. Je reviendrai ici dans quelques mois.

— Ça, c'est ce que tu crois. Moi, si j'étais papa, je peux te dire que...

Il ne pouvait pas savoir à quel point ça l'avait démangée de montrer à sa fille les photos des signets paternels, BBW PAWG DOUBLE CREAMPIE et compagnie, pour voir la tête que ferait Paloma à la pensée de son père se délectant de ces physionomies inflationnistes, lui qu'elle portait aux nues, dont elle avait sanctifié jusqu'au nom !

Sarah aurait-elle la générosité de porter à sa connaissance ce que signifient ces acronymes ésotériques ?

Comme s'il ne le savait pas lui-même...

Il préférait laisser planer le doute...

Quel adorable hypocrite...

BBW : Big and Beautiful Woman : grosse belle femme.

PAWG : Phat Ass White Girl : fille blanche à cul énorme.

CREAMPIE : littéralement tarte à la crème. Dans ce contexte, *creampie* désigne le sperme que l'on voit s'écouler de l'orifice sexuel, vagin ou anus, juste après la pénétration… Ici, on a affaire à une double pénétration, donc à un double écoulement.

En français, où ces nomenclatures de spécialistes n'existent pas, l'équivalent serait : tarte à la crème, tartine beurrée.

Ce qui donnerait : grosse belle femme à sacré cul doublement tartinée.

Elle, leur fille, qui surveillait sa ligne, si fière de sa minceur et de son ventre plat décoré d'une pierre bleue, elle aurait eu un traumatisme de découvrir que son père, le soir, enfermé dans sa cave, éjaculait sur ces puissants phénomènes !

On arrête avec ça.

Il ne voyait pas le rapport avec l'histoire qu'ils racontaient.

Paloma aurait peut-être compris que nul n'est parfait en ce bas monde, à commencer par ses deux parents, chacun et chacune dans son genre, et que le moins condamnable n'était peut-être pas celui auquel elle pensait.

Moins anecdotique en revanche : le soir où Sarah avait parlé à ses enfants, l'attitude de Paloma avait été moins offensive que ce que l'on percevait dans le dialogue précédent. Certes, elle avait son caractère, elle était entière et frontale, d'où le côté cash et cassant de sa réaction, en effet, ce jeudi-là, mais ce n'était pas allé aussi loin. Il faudrait atténuer un peu.

Entendu. Il le ferait.

Susanne était partie le samedi matin en emportant des vêtements, des livres, son matériel de dessin, mais aussi des objets susceptibles d'amoindrir sa solitude. Elle en avait rempli le coffre de l'Audi, elle n'avait pas arrêté de rajouter des affaires. Elle avait attendu le dernier moment pour glisser le tableau sur la banquette arrière, le plaquant contre le cuir écru des sièges grâce aux ceintures de sécurité, ainsi que l'avait fait Jean-Baptiste Carnet quand elle était repartie du salon de coiffure avec son onéreuse acquisition.

Elle avait les larmes aux yeux. L'angoisse l'étreignait.

Paloma était allée dormir chez une copine, une façon tranchante d'exprimer sa désapprobation. Luigi, serviable, affectueux, avait aidé sa mère jusqu'au moment où un coup de téléphone qu'il avait reçu l'en avait détourné. Elle avait dû lui dire au revoir à travers la porte de sa chambre, il ne s'était même pas donné la peine de l'entrouvrir, lui criant impatiemment : Oui, bisous bisous maman, bisous bisous, à la semaine pro !

Son mari, lui, avait tout simplement disparu. Où était-il allé dormir ? Il n'avait pris aucune affaire de toilette, aucun vêtement de rechange. Était-il toujours dans ses souterrains ? C'était fort peu probable, il fallait bien qu'il se douche, qu'il aille aux toilettes. De plus, elle ne l'avait pas vu sortir des caves tandis qu'elle chargeait la voiture. Il avait dû aller se réfugier chez un ami, chez un collègue ou plus probablement dans un hôtel – il avait peu d'amis, en dehors de ceux que leur couple fréquentait, et elle ne pensait pas qu'il aurait envie d'aller leur raconter que sa femme le quittait. Elle lui avait laissé plusieurs messages vocaux, envoyé plusieurs textos, mais il n'avait répondu ni aux uns, ni aux autres, demeurant dans un silence obstiné.

Elle lui disait qu'il fallait qu'ils parlent. Elle lui demandait de la rappeler. Ils pourraient boire un café. Elle était désolée si ses propos l'avaient blessé, sa décision. Elle voulait en discuter avec lui. Cette décision lui avait été dictée par l'amour. Il n'était pas concevable, au bout de vingt et un ans de mariage, de rester trois jours de suite sur un malentendu aussi total, sans l'éclaircir, sans se parler. Ça ne leur ressemblait pas. Ils avaient toujours été si complices. Que se passait-il ? C'était incompréhensible. Elle l'aimait. Elle l'aimait de tout son cœur. Il devait en être certain. C'était pour ça qu'elle s'absentait quelque temps. Elle ne voulait pas le faire souffrir. Elle souffrait de le savoir si triste. Il fallait qu'ils parlent. L'idée ce n'était pas qu'ils se séparent. Loin de là. Elle l'embrassait. Je t'aime.

Sarah fut sur le point, lors d'un énième message vocal, de lui annoncer qu'elle résiliait son bail de location, elle s'excusait de lui avoir imposé ce moment absurde et douloureux, elle ne savait pas ce qui lui était passé par la tête le jour où elle avait eu cette idée – mais au moment où ces phrases allaient sortir de sa bouche un sursaut de son orgueil la retint de les prononcer, elle pensa que ce serait céder à une pression pour le moins inacceptable, à du chantage presque, que de capituler dès à présent. Que ce serait, pour son mari, triompher d'elle à peu de frais. Elle devait tenir bon, et ne pas reculer précocement, si elle voulait qu'il tienne promesse. Il se lasserait. Il finirait par lui répondre, par refaire surface. Il faudrait bien qu'ils renouent le dialogue.

Comme Sarah l'avait signalé l'autre jour, la première nuit de Susanne à Longvic fut inquiète. Elle fit une insomnie inondée de crises d'angoisse. Elle se dit qu'elle avait fait une énorme bêtise et que son mari allait lui faire payer au prix fort ce qu'elle essayait de lui arracher par l'épreuve de cet éloignement imposé, de sorte que non seulement elle n'allait pas obtenir de lui ce qu'elle convoitait, mais en serait punie de surcroît. Manifestement, ils étaient entrés dans un impitoyable rapport de force. Jusqu'où son mari irait-il ? Elle n'aurait jamais pensé qu'il fût capable de garder le silence si longtemps… non pas qu'il fût spécialement bavard, ah ça non ! non ! il était du genre taiseux, mais de là à disparaître pendant trois jours, lui qui tout de même avait besoin de soins, de douceur, d'attentions, qu'on s'occupe de lui, qu'on lui prépare à manger, qu'est-ce que cela augurait de terrible ?… Non, mais non. Mais non, bien sûr que non, ce n'est pas possible ça, ce n'est pas possible… tu te fais des idées, c'est la fatigue… Réfléchis ! Il ne pourra jamais te vouloir aucun mal ! Il ne t'a jamais fait le moindre mal, ce n'est pas aujourd'hui que ça va commencer enfin ! Tu t'exagères la gravité de la situation, Susanne, tu t'exagères la gravité de la situation. Il est sous le choc, voilà tout. Il faut le temps que se résorbe le choc. C'est normal qu'il réagisse comme ça, tu l'as pris par surprise, mets-toi à sa place – mets-toi une minute à sa place ! – c'était d'ailleurs la raison d'être de l'électrochoc ! La surprise, c'était la principale raison d'être de l'électrochoc ! Susanne ! Oui ? Non ? Tu n'es pas d'accord ? Souviens-toi. Ne fais pas l'innocente tout à coup ! Putain, qu'est-ce que je suis angoissée, comment je vais faire… j'ai déjà pris deux Xanax… Il est quelle heure… malédiction, seulement trois heures du mat… Le mot électrochoc veut bien dire ce qu'il veut dire ! Ne fais pas semblant de ne pas t'être aperçue que le mot électrochoc abritait le mot choc ! Électro, c'est toi, choc, c'est lui ! Enfin bon, en même temps, vous êtes gentils vous tous, mais ce n'était pas tout à fait l'idée initiale ! Delphine, tu m'entends ? Chérie, Delphine ! Ouh ouh ! Ce n'était pas tout à fait l'idée initiale, d'électrocuter mon mari ! L'idée, c'était de secouer la marmotte, pas de la foudroyer. Mais, visiblement, l'électrochoc, et ça tu savais pas Susanne, tu savais pas… soit il fonctionne d'emblée comme électrochoc, et le résultat s'en vérifie dans l'instant (le mari tombe à genoux à tes pieds, tolstoïen, officier russe, pour, vaincu, en larmes, implorer ton pardon éternel : *c'est ce que tu pensais qu'il ferait*), soit le choc est tel que le sujet en est comme propulsé en dehors du système solaire, il change de galaxie. Non, non, tu délires ma Susanne, tu délires, il va réapparaître… non mais qu'est-ce que tu racontes… en dehors de la galaxie, non mais n'importe quoi, tu racontes vraiment n'importe quoi cette nuit… demain quand tu te réveilleras il y aura six SMS de ton mari sur ton smartphone.

Une nuit atroce.

Le lendemain, lorsqu'elle sortit, vers dix heures, de la mare de sommeil inamical, fétide, où elle avait fini par sombrer à force de sucer des Xanax, Susanne ouvrit les rideaux et découvrit une vue qui raviva ses tourments de la nuit : paysage industriel, triste et sans attrait, presque d'arrière-cour, quasi d'arrière-cuisine, auquel elle n'était pas encore habituée, elle qui en centre-ville vivait dans un contexte urbain travaillé depuis des siècles pour être plaisant à l'œil, tel un décor de théâtre.

Sarah voyait, par la fenêtre de sa chambre, dans les hautes herbes, au milieu de ce qui, à une époque, avait dû tenir lieu de jardin au taudis où elle avait échoué, la carcasse rouillée d'une GS, un hors-bord hors d'état de naviguer, des dizaines et des dizaines de bombonnes d'eau en plastique dont elle ne s'expliquait pas la présence, amassées contre un mur en parpaings. Poutrelles métalliques, machine à laver bonne pour la casse, tuyaux en plastique complétaient le décor. Une décharge à ses seuls yeux réservée. Le temps était maussade, accentuant la désolation du paysage.

Le premier jour, Susanne s'efforça de rendre son appartement chaleureux. Elle remisa à la cave les meubles les plus désespérants et se félicita d'avoir apporté des luminaires, parce que Susanne, à l'inverse de son mari, accordait une importance considérable à la lumière. À la lumière d'une façon générale (d'où son regret que ce matin-là le ciel fût terne, éteint et nuageux, tout eût été différent s'il avait fait soleil), mais aussi à la façon dont les intérieurs étaient éclairés. Elle apportait un soin extrême à la disposition des sources lumineuses. C'était primordial, comme si chaque pièce était une scène de théâtre et qu'elle devait en régler les éclairages en fonction du climat qu'elle souhaitait y créer, de la luminosité requise et de l'humeur du moment. Il était d'ailleurs troublant, elle s'en rendait compte seulement aujourd'hui, à Longvic, en réfléchissant à l'aménagement de son appartement, que le *texte dramatique* tout comme la *cellule d'habitation* soient désignés par un seul et même mot, le mot *pièce*, comme quoi… Elle n'aimait pas les afflux excessifs de soleil ou de lumière directe, de sorte qu'elle tirait toujours partiellement les rideaux (intervalle minutieusement calculé), nécessitant un apport de lumière électrique à toute heure. Heureusement qu'elle s'était permis d'emporter, au dernier moment, telle une voleuse, quelques lampes, pour se confectionner une atmosphère plus à son goût.

Sarah aimait ce qu'il disait sur la lumière. Quiconque a la passion de regarder, de *voir*, se préoccupe forcément de lumière. Parce que si l'on voit vraiment, l'une des premières choses que l'on voit, c'est la lumière. Celui qui regarde

– qui *pense* à regarder – passe son temps à attirer l'attention des autres sur la lumière. Son mari lui disait souvent, sur un ton humoristique : Mais arrête un peu avec ta lumière ! Qu'est-ce que c'est que cette manie de parler sans cesse de lumière ! En vacances, Sarah faisait stopper la voiture sur le bas-côté et ordonnait à toute la famille de descendre pour admirer la lumière. Regardez comme la lumière est belle, mais regardez un peu comme elle est sublime ! disait-elle à son mari et ses enfants.

Exactement comme lui. Ils étaient pareils.

Susanne retira des murs les « tableaux », en l'occurrence des Van Gogh et des Modigliani dans des cadres dorés, mais aussi un baromètre et des souvenirs de voyage, coquillages, icônes slaves et cuivres du Mont-Saint-Michel. À la place, pour dissimuler leurs traces laissées sur les murs, et afin de ne pas avoir à endurer cette funèbre exposition de clous et de quadrilatères fantomatiques, elle disposa sur les cloisons, avec de la patafix, une demi-douzaine de ses dessins d'Actéon dévoré par ses propres chiens sous le regard renversé d'Artémis, la déesse scopiquement insultée. Ce qui, Susanne en convint elle-même une fois l'installation terminée, conférait à cet appartement sans poésie un caractère bohème et atelier d'artiste qui n'était pas superflu. Mais ces dessins pouvaient aussi mettre en évidence, aux yeux d'autrui, une forme de démence, démence que ses enfants, lorsqu'ils viendraient, pourraient constater, portant soudain sur la santé mentale de leur mère un regard atterré. Qu'est-ce que je fais, je les laisse là, ou bien je les enlève ?… tu les laisses là Susanne ces beaux dessins, ou bien tu les enlèves ? qu'en diraient tes enfants s'ils les voyaient… je n'en sais rien, je me laisse quelques jours, je verrai bien… ils ne vont pas m'emmerder avant même d'arriver ! je suis ici chez moi, je serai seule ici toute une semaine, si j'ai envie de vivre avec… avec combien déjà ? un, deux, trois, quatre, cinq, six, sept, huit… si j'ai envie de vivre avec huit dessins tous identiques sur les murs, qu'est-ce que ça peut leur foutre ? C'est très joli, j'aime ça, voilà qui est quand même bien plus agréable que quand je me suis réveillée ce matin ! tu reprends du poil de la bête ma Susanne ! tu reprends du poil de la bête ! Allez hop, à présent, je m'occupe des religieuses !

Susanne déballa son tableau, prenant soin de ne pas déchirer le papier kraft afin qu'il puisse lui servir de nouveau quand la pénitence de son mari aurait assez duré et qu'elle retournerait place du Président-Wilson. Elle plia le papier kraft comme si c'était une nappe, fit une pelote de la ficelle et rangea le tout dans le tiroir d'une commode en mélaminé. Alors seulement elle osa poser ses yeux, avec crainte, redoutant qu'il ne la déçoive, sur le tableau : une délicieuse secousse se produisit en elle – dans son corps, dans sa poitrine, *directement*, sans passer par le cerveau.

Oui, ce tableau, c'était comme si Susanne, quand elle le regardait, buvait un breuvage, une tasse de fiction, un bol d'énigme, dont chaque gorgée s'écoulait en elle comme le fait le thé tiède, réchauffant les entrailles, les remuant. Toutes les fois qu'elle posait ses yeux dessus, un précipité se produisait entre cette scène de couvent si mystérieuse et ses organes reclus dans les ténèbres de sa personne, quelque chose se mettait à grandir en elle pour la remplir, presque au point d'en faire éclater les coutures. La proximité d'un éblouissement ? Comment s'expliquer ce phénomène, l'emprise que ce tableau exerçait sur son corps ? Fallait-il qu'il s'adresse à son inconscient pour actionner cette étrange érection intérieure ? Susanne se sentait sur le seuil d'une impérieuse résolution d'elle-même lorsqu'elle se laissait faire par ce tableau, passive et attisée, tendue vers un urgent dénouement, de la même façon qu'on se laisse caresser par son amant pendant les préliminaires.

Susanne atteindrait-elle un jour l'orgasme, ou devrait-elle se contenter toujours de ces voluptueux préliminaires ? La libération du sens, l'orgasme de l'élucidation de cette peinture et de son lien étroit avec sa propre énigme lui seraient-ils accordés un jour ?

Elle alla chercher dans l'une de ses valises un mètre, un marteau et un crochet X à trois pointes, mesura le tableau, se rendit dans la chambre, observa longuement le mur où elle entendait le suspendre, face à son lit. Elle mesura la largeur du mur avec le mètre, fit une croix au milieu ainsi qu'à la hauteur où il serait avantageux pour le tableau d'être accroché. Après quoi elle prit marteau et crochet X et enfonça chacune des trois pointes dans le placo. Une fois cela réalisé, elle alla dans le salon récupérer la peinture, et, sa joue collée à la cloison pour faire entrer l'anneau du clou dans la saillie du crochet, guidant le lourd objet de ses muscles bandés, ajustant la trajectoire, un peu plus à gauche, un peu plus à droite, elle fit descendre délicatement l'anneau dans le crochet, afin de les accoupler.

Voilà. Son tableau était installé. Susanne alla s'asseoir sur le lit, dos contre le mur, et le regarda de nouveau.

Il s'agissait de la galerie d'un couvent. Une lumière agréable y pénétrait, à droite, par quatre croisées hautement verticales, tombant par flaques sur le sol en damier. Lumière parfaite, très réussie. Deux religieuses : l'une en léger retrait de la première fenêtre, de face, guettant dehors, guettant discrètement, de peur d'être aperçue ; l'autre au fond du tableau, à la confluence des lignes de fuite, en retrait de la porte d'entrée ouverte sur le jardin, de profil, aussi soucieuse que la première de rester inaperçue, prête à accueillir celui ou celle qui doit venir. Car il est incontestable que quelqu'un doit venir, on sent que c'est imminent, que les deux moniales ne vont pas attendre comme ça durant des heures, la peinture l'exprime on ne peut plus clairement – il est des choses que la peinture en tant que langage sait établir sans la moindre équivoque, d'où la tension dramatique indiscutable qui serpente sous l'apparente quiétude ecclésiastique. On dirait que la religieuse en vigie près de la porte du fond attend de celle au premier plan le signal convenu entre elles deux au moment où apparaîtra la tierce personne qu'elles attendent et qu'il leur faudra introduire clandestinement à l'intérieur de l'édifice pour ensuite – cela paraissait évident – lui faire emprunter la porte intense au premier plan, la fameuse porte magrittienne dont Susanne se demanda, pendant le reste de la journée, allongée sur son lit les yeux fixés sur le tableau, où et sur quoi elle débouchait.

Pour le moment, l'identité de la tierce personne – la personne qui doit venir – lui demeurait farouchement énigmatique. Elle ne voyait pas qui cela pouvait être. En revanche, à la fin de la journée, elle avait déjà une idée assez précise du caractère et de la personnalité des deux religieuses, en l'occurrence sœur Clotilde et mère Rosalie, l'abbesse du couvent.

Susanne n'était pas venue à Longvic pour rien. Son prochain livre s'ouvrait déjà en elle.

7

Dans les jours qui ont suivi, Susanne s'est persuadée qu'il fallait laisser tranquilles Luigi et Paloma. Ses enfants devaient s'acclimater à cette nouvelle organisation, il ne servirait à rien de leur téléphoner sauf à courir le risque de devenir le réceptacle de leur mécontentement, et de se laisser attendrir. Curieusement, et ce fait l'étonna sans aucunement l'inquiéter, elle ne reçut de message d'aucun des trois (elle se dit qu'on s'était peut-être enfin donné la peine de comprendre quelque chose d'important la concernant : une grande première), ce qui fut de nature à la consolider dans son envie de mutisme. Et puis elle ne voulait pas avoir d'échos, pas maintenant, pas si tôt, de ce que son mari pouvait leur raconter au sujet de la situation qu'elle leur avait imposée, de peur de s'en trouver fragilisée – le silence acharné de son mari était déjà en soi un tourment suffisant. Lors de cette semaine en solitaire, elle devait absolument se constituer une carapace, autrement dit se forger une confiance et des certitudes sur le bien-fondé de cette initiative risquée et quitte ou double qu'elle avait prise, d'où son désir de consacrer le plus de temps possible au roman qu'avaient commencé de lui inspirer les religieuses de son tableau. Elle ne se sentirait jamais aussi forte que réfugiée dans la pensée d'une œuvre en cours, protégée par sa forteresse, elle le savait. De surcroît, en femme habituée à la problématique de la charge mentale, elle voulait éviter de se mettre en situation de devoir piloter, de loin, en capitaine du foyer, ce qui allait devenir le quotidien de sa famille lors des trois prochains mois. Son mari et ses enfants seraient tout à fait capables, Susanne les connaissait, de faire peser sur elle à distance le fardeau des questions domestiques ! Ils devaient absolument se débrouiller sans elle et s'entendre collectivement pour que les choses se passent au mieux. Voilà une expérience qui peut-être, même, leur ferait le plus grand bien finalement, une sorte de stage !

Ce n'est pas seulement ses enfants que Sarah avait tenus à distance. Elle n'avait pas non plus répondu aux messages de son amie Angèle, ne serait-ce que pour ne pas laisser filtrer dans leurs échanges son aversion pour la maison où cette dernière l'avait incitée à s'installer. Si des phrases dites à sa meilleure amie formulaient la détestation que lui inspirait cet endroit, cette détestation deviendrait irréversible, elle serait gravée dans le regard d'Angèle et ça Sarah n'en avait pas envie.

Il comprenait ?

Il comprenait, c'était limpide.

Qu'avait-elle fait pendant ces heures de solitude ? Susanne réfléchissait à son roman, prenait des notes, passait des heures allongée sur son lit à scruter son tableau, mais Sarah, à quoi avait-elle employé ses premières journées ?

D'abord, elle était retournée chez elle, à une heure où elle savait qu'il n'y aurait personne, pour en ramener la débroussailleuse, afin de faucher les hautes herbes. Sarah ne supportait plus le spectacle de ce terrain en friche. Des herbes, des ronces et des broussailles, elle avait fait un tas qu'elle avait brûlé au fond du jardin. Le spectacle de ce grand feu – ainsi que ses crépitements, la chaleur sur sa peau – lui avait permis de retrouver des sensations anciennes qui sans qu'elle l'eût anticipé lui avaient fait le plus grand bien. Elle était aussi allée à la déchèterie, où elle s'était débarrassée, en plusieurs voyages, des bombonnes d'eau en plastique, des poutrelles, des tuyaux et de tout ce que le jardin pouvait contenir d'immondices.

À l'exception de la GS et du hors-bord…

À l'exception de la GS et du hors-bord. D'ailleurs, une fois les herbes fauchées et le terrain débarrassé des détritus, ces deux épaves l'avaient charmée, en vérité. La GS rouillée, par bien des aspects, n'était pas sans lui rappeler la tête couchée de Francis Ponge, Sarah était même allée jusqu'à se demander si elle n'allait pas la déplacer à un point précis du jardin d'où il serait agréable de regarder la forêt, afin de faire de la carcasse un confortable refuge d'observation. Il suffirait, grâce à une rallonge enterrée, d'électrifier l'ancienne automobile, pour que les phares illuminent la forêt, que la radiocassette fonctionne, que l'habitacle soit éclairé. Un paysan des environs pourrait tracter la GS jusqu'à l'endroit qu'elle aurait choisi, à proximité duquel il serait peut-être amusant (le mot est mal choisi), il serait peut-être percutant (c'est mieux) de disposer le vieux hors-bord, telle une sculpture. Car un hors-bord hors d'usage rangé dehors le long d'un mur s'accuse comme ruine et encombrant, il agace l'œil, on a envie de s'en débarrasser, tandis qu'exposé au milieu d'un jardin, où il a bien fallu qu'un être humain ait l'intention inexplicable de l'y placer, il acquiert le statut de curiosité, presque d'œuvre d'art : on voit le hors-bord tel qu'on ne l'avait jamais vu, sur une mer d'herbe. L'embarcation regarderait la berline qui elle-même regarderait la forêt : Sarah avait fait plusieurs esquisses de cette installation, elle s'y voyait déjà, elle papoterait le soir avec Angèle dans les sièges de la GS en sirotant du vin blanc au son de tubes eighties (des cassettes retrouvées au grenier), admirant la forêt à travers le pare-brise (elle mettrait dans les phares des ampoules de différentes couleurs). Sarah avait planté des piquets aux emplacements que viendraient occuper les deux ready-made, mais la flemme ou une forme de scepticisme devenu en peu de temps l'amère fatalité de son séjour ici l'avaient retenue d'aller plus loin dans la poursuite de cette envie non essentielle, complètement fantaisiste pour tout dire. En vérité, elle aurait dû s'y risquer, le délire de cette installation surréaliste l'aurait peut-être mieux prémunie de la dureté des événements qui allaient suivre. Prendre si peu le réel au sérieux qu'on installe ostensiblement, au milieu d'un jardin, incongrus et irrévérencieux, tels des pieds de nez, une GS rouillée affublée d'un hors-bord hors d'usage, c'est encore le moyen le plus efficace de dévaluer d'entrée de jeu chacun des missiles que ce même réel vous envoie, ciblés, pour vous atteindre, pour vous détruire. Quand ils pénètrent dans une zone aérienne dominée par l'humour et la dérision, les missiles se transforment en mouettes, mais Sarah ne le savait pas encore à l'époque dont il est maintenant question.

Elle n'avait aucun projet ?

Si. Elle s'était mise à réfléchir à une commande que lui avait passée l'influente connaissance professionnelle de son mari, celui-là même, sans doute s'en souvenait-il, qui avait fait venir chez eux le directeur du fameux musée d'art contemporain.

Il s'en souvenait.

Une commande ? Quoi comme commande ? Elle n'avait pas l'air d'avoir tellement envie de lui en parler.

Si, c'est pas ça. C'est que non seulement elle avait été incapable, pendant des semaines, d'y travailler convenablement, mais une fois qu'elle fut enfin parvenue à faire émerger une idée satisfaisante, la commande avait été annulée, sous la pression de son mari probablement.

Une quinzaine de jours avant son déménagement, cet homme l'avait conviée dans sa propriété percheronne pour lui montrer l'emplacement où il avait envie que Susanne lui construise un abri estival, pour s'y prélasser, y boire l'apéritif, contempler les étoiles. Baiser, aussi, très certainement, l'homme ayant épousé récemment une femme de trente ans de moins que lui. L'endroit, au bas d'une prairie plantée d'arbres fruitiers, au bord d'une mince et sinueuse rivière, était d'une grande beauté. La vue, vaste et variée, sur un paysage de bocages, de collines, de bois, de parcelles bordées de haies traditionnelles était inépuisable. On avait l'impression qu'il n'y avait aucune habitation à des kilomètres à la ronde, alors même que la propriété était entourée de hameaux (ainsi que Sarah l'avait constaté lorsqu'ils étaient arrivés en voiture), ce n'était donc en vérité qu'un somptueux trompe-l'œil – situation théorique qui passionnait Sarah. Elle avait pris beaucoup de photos. La zone où il lui était proposé d'ériger cette construction était intime et dégagée tout à la fois. Le mot lové lui était venu à l'esprit, le refuge qu'elle bâtirait serait lové au bas de la prairie, elle avait noté le mot lové dans son carnet pendant la visite. Ils avaient fait l'aller-retour dans la journée parce que leur hôte ne les avait invités qu'à déjeuner – son mari n'était qu'une connaissance professionnelle après tout, cela lui fut rappelé à cette occasion pour le cas où il se mettrait à aspirer impudemment au rang d'ami (ils sont comme ça les gens puissants).

Sarah n'avait pas eu le temps d'y réfléchir avant son déménagement, ce n'est qu'après s'être installée dans sa maison lugubre, et l'avoir arrangée du mieux qu'elle le pouvait, qu'elle avait commencé à produire des esquisses. Elle avait du mal à travailler. Son bureau sous les toits lui manquait, la vue, ses objets, la phrase talismanique de Francis Ponge, mais aussi la concentration qu'elle y trouvait en abondance dès qu'elle en passait la porte (comme si la concentration (de même que l'inspiration) n'était pas dans son cerveau, mais dans la pièce où elle travaillait, éternellement à disposition). Elle était agitée, incapable de rester assise. Elle allait dans la cuisine, ouvrait le frigo, prenait un truc à manger, revenait s'asseoir, crayonnait trois crobars, se levait de nouveau, arpentait la pièce, regardait par la fenêtre, tirait les rideaux, mais rien ne s'enclenchait en dehors d'intuitions ou de pistes conceptuelles qu'elle abandonnait au bout de dix minutes. Elle n'allait pas bien, c'était le moins que l'on puisse dire. Pourquoi ? À cause du silence opiniâtre de son mari, qu'elle ne savait comment interpréter, qui commençait à l'angoisser ? À cause de ses enfants, dont elle sentait qu'elle était en train de se couper ? Elle ne voulait pas empiéter sur la suite de l'histoire, mais sa fille refusait de mettre un pied dans cette maison, son fils y rechignait. Comment travailler dans ces conditions ? Symptôme indiscutable de son malaise, elle vibrionnait nerveusement d'une idée à une autre sans se résoudre à se fixer sur aucune, hésitant constamment, même, entre abstrait et figuratif, se levant le matin avec la certitude que cet abri devait être abstrait et se couchant le soir avec celle qu'il devait être figuratif. C'est dire si elle pataugeait. S'il était figuratif, quel serait-il ? Elle avait pensé à une noix, car la prairie était plantée de noyers. Une noix ? C'était elle la noix oui ! Et pourquoi pas une pomme tant qu'on y était ! La noix, le côté cervical de sa coque lui plaisait qui renvoyait à la tête de Francis Ponge, mais pour le reste Sarah demeurait sceptique, n'allait-on pas plutôt la prendre pour une pastèque, une fois construite ? Elle avait dessiné des noix, stylisé des noix, essayé de transcender des noix durant des jours, sans résultat. Ce n'est qu'ensuite que lui était revenu à l'esprit le mot lové. Lové car l'abri qu'elle allait construire serait lové au creux du vallon, au bas de la prairie en pente, le long de la rivière. Lové car la rivière était comme le serpent qui de lové se déroule pour sinuer dans l'herbe au milieu des arbres. Une nuit, elle se réveilla en sursaut, se leva, alluma la lumière et pieds nus s'installa à sa table à dessin, où elle traça l'esquisse primale de *Lover*, la construction-sculpture qu'elle allait proposer à l'influente, à la concupiscente connaissance professionnelle de son mari. Lover pouvait se lire comme le verbe lover, se lover, ou comme le mot anglais *lover*. Il s'agissait d'une cabane en bois autour de laquelle s'enroulait le long cylindre flexible et vigoureux d'un serpent surgi de la rivière : se glissant jusqu'à la cabane, il grimpait sur sa façade et franchissait son toit pointu, avant de redévaler derrière et de disparaître de nouveau dans les herbes, s'enfonçant par moments dans la terre pour en resurgir un peu plus loin. Le fuselage du reptile, d'un diamètre de quatre-vingts centimètres, serait réalisé en résine époxy laquée d'un vert vif et acide. Il s'agirait d'un anaconda stylisé dont la constriction déformerait la construction (Sarah aimait la proximité de ces deux mots, elle en jouerait), le dessin de la cabane montrait qu'elle pliait et se déformait sous la pression musculaire du serpent, de la même façon que le sentiment amoureux serre le cœur. Il y aurait eu quelque chose de doux et d'affectueux, mais aussi de ludique, de joyeux, d'enfantin presque, dans ce spectacle de l'accouplement d'une maison et d'un reptile. Malheureusement, à cause de son mari, ce projet était resté à l'état d'esquisse.

Coup dur.

Sarah n'avait-elle jamais eu peur de perdre pied, ou la raison ?

Pas tellement. Elle était plutôt solide en dépit de son hypersensibilité. Perdre l'espoir ou le moral, oui, perdre goût à la vie, les circonstances l'y avaient parfois acculée – mais la raison, non, certainement pas.

Elle sentait bien que c'était ce vers quoi le livre qu'il s'apprêtait à écrire allait entraîner Susanne. Pourquoi pas. La dureté de ce que Sarah avait vécu l'autorisait. Mais elle s'était, pour ce qui la concernait, toujours sentie à l'abri d'un incident psychologique.

Le jeudi après-midi, Susanne appela son mari, qui ne décrocha pas. Elle lui laissa un long message pour le prévenir qu'elle irait chercher les enfants à Dijon le lendemain soir. Elle en profita pour lui dire qu'elle ne comprenait pas son mutisme. Si ça continuait, ce qu'elle devait endurer en raison de son silence allait bientôt être bien pire que les souffrances qu'il prétendait recevoir d'elle du fait de son éloignement, il fallait coûte que coûte qu'ils en parlent, elle se tenait à sa disposition pour un café. Après avoir raccroché, elle s'en voulut de lui avoir adressé ce qu'il interpréterait comme des reproches supplémentaires (aggravant les charges qui déjà pesaient sur elle), elle aurait dû en rester aux contritions de circonstance. Il était tout de même insensé que ce soit elle qui se voie imposer la pénitence à laquelle elle était censée le soumettre lui ! Voilà que c'était à elle de devoir se faire pardonner ! Quelle habile inversion des torts !

Après quoi elle appela Paloma, qui rejeta son appel dès la deuxième sonnerie, ce qu'elle n'avait encore jamais fait avec sa mère – au pire elle décrochait pour lui dire qu'elle était occupée et qu'elle la rappelait dans quatre minutes, ou alors elle laissait sonner dans le vide, sachant pertinemment (à sa génération et aux suivantes, on sait ce genre de choses dès la naissance) ce que peut avoir de mortifiant un rejet d'appel.

Susanne se contenta de dire à sa fille, d'une voix blanche : Paloma de Manerville, c'est maman, rappelle-moi, c'est pour voir comment on s'organise demain soir, je viendrai vous chercher vers dix-huit heures, ton frère et toi. J'espère que tout va bien, bisous.

Mais elle ne se faisait aucune illusion sur ses chances que Paloma la rappelle. De fait, sa fille ne la rappellerait pas, ce qui eût été inconcevable ne serait-ce qu'une semaine plus tôt.

Alors Susanne téléphona à Luigi, qui, lui, décrocha immédiatement, enfin un être humain. Il avait l'air heureux d'entendre sa maman, elle lui demanda si tout allait bien, il lui répondit d'une façon évasive comme quelqu'un qui n'a pas du tout envie d'aborder au téléphone une question qui nécessiterait des heures et des heures d'excavation, ce qui stressa Susanne. Alors elle enchaîna en lui disant qu'elle viendrait les chercher, lui et sa sœur, le lendemain vers dix-huit heures, est-ce que ça allait dix-huit heures, ce n'était pas trop tôt ? Non, ça va, c'est parfait, lui répondit-il. Est-ce qu'il pourrait prévenir sa sœur d'être là ? Elle n'arrivait pas à la joindre. Luigi lui dit, hésitant, mal à l'aise, qu'il était peu probable, d'après ce qu'il avait compris, que Paloma accepte de venir. Comment ça ? demanda Susanne. Qu'est-ce que c'est que cette histoire ? Silence. Qu'est-ce que c'est que cette histoire ? répéta Susanne. Luigi répondit que Paloma, la veille, durant le dîner, leur avait dit qu'elle refusait catégoriquement de mettre un pied dans cet appartement. Et qu'a dit votre père ? demanda Susanne. Que Paloma devait y aller. Que c'était important pour leur mère de voir ses enfants. (Susanne fut touchée de cette attention, à laquelle elle ne s'attendait pas. Cela lui mit du baume au cœur en dépit de ce qu'elle était en train d'entendre.) Et ? Donc ? Qu'a répondu Paloma ? demanda Susanne. Elle n'a pas obtempéré ? Maman, tu es sûre que…, répondit Luigi. Oui, je suis sûre. C'est important. Il faut que tu me racontes. Qu'a répondu Paloma, Luigi ? Qu'elle n'en avait rien à foutre. Qu'elle n'irait pas, que c'était une question de principe, que tu n'avais pas à imposer ça à papa, que c'était scandaleux, que ça se faisait pas, ce genre de choses. Et votre père n'a pas insisté ? Pour ?… demanda Luigi. Ben, pour qu'elle vienne ! Pour qu'elle vienne, enfin ! Qu'elle obéisse ! Non. Il n'a pas insisté. Il était content, même, je suppose, content de cette victoire ? osa demander Susanne – mais Luigi ne tomba pas dans ce piège grossier. Je te rappelle qu'elle a vingt et un ans, préféra répondre Luigi. Et ? Donc ? demanda Susanne. Ben, elle est majeure, elle fait ce qu'elle veut. OK. Je te rappelle qu'elle est en prépa et qu'elle vit encore chez nous, répondit Susanne, qu'elle est à notre charge, à ma charge même serait-il plus équitable de dire, et qu'elle ne peut pas, comme ça, être du côté de la vie familiale ou au contraire s'en dissocier en fonction de ce qui l'arrange. C'est trop facile ! Bon, on ne va pas épiloguer là-dessus trois heures, enchaîna Susanne. Dis à ta sœur d'être là demain à dix-huit heures quand je viendrai vous chercher.

La différence entre elle et Susanne, c'est que Sarah avait sa propre voiture, une 106 blanche sur la carrosserie de laquelle avaient proliféré des algues et du lichen à force d'être exposée la nuit à l'humidité sans être jamais lavée ni entretenue, tandis que son mari, lui, en effet, roulait dans un SUV Audi. Lorsqu'il avait fallu transporter le matelas, l'opération s'était révélée rocambolesque puisqu'il avait été difficile de le faire entrer dans le petit habitacle, elle avait dû rabattre la banquette arrière et rouler le coffre ouvert.

Pourquoi lui parlait-elle de la voiture ?

Pour rien, juste pour l'image de la 106 venant chercher ses enfants le lendemain à la maison. Elle se revoyait arrêtant sa vieille voiture devant la façade de leur immense maison, fébrile, anxieuse. Elle avait coupé le contact, ouvert sa portière qui grinçait, et était sortie de l'habitacle pour marcher jusqu'à la porte d'entrée.

Pour la première fois, sa 106 lui avait procuré une drôle de sensation, elle lui était apparue comme l'indice ou la prémonition d'un déclassement, alors même que Sarah l'avait considérée jusqu'alors comme l'attendrissante et pittoresque seconde automobile d'un couple aisé. Il y avait eu quelque chose d'un peu snob, même, durant toutes ces années, à rouler dans cette épave.

Le mari de Susanne allait-il lui laisser la jouissance du SUV ad vitam aeternam ? Cela semblait peu vraisemblable. Qui payait la voiture, lui ou Susanne ?

Il n'avait encore rien décidé à ce sujet. Peut-être la lui réclamerait-il à un moment ou à un autre, cette voiture était réputée lui appartenir parce que Susanne l'utilisait rarement et que c'était lui qui la conduisait lorsqu'ils roulaient en famille, mais en même temps il allait au bureau à pied, on verrait ça plus tard. Toujours est-il que c'est bien au volant du SUV Audi que Susanne était allée chercher ses enfants le vendredi à dix-huit heures, ainsi qu'elle en était convenue la veille avec son fils.

Bien entendu, Paloma n'était pas là. Luigi avait préparé un sac avec ses affaires, elle l'aida à le compléter parce qu'il se révéla lacunaire lorsqu'elle en vérifia le contenu, ils établirent une sorte de check-list qui lui serait utile toutes les fois qu'il viendrait passer une semaine à Longvic. Susanne avait pris son temps afin de laisser à Paloma celui d'apparaître avant le moment où Luigi et elle franchiraient le seuil de l'appartement pour se rendre ensemble dans ce nouveau logement qu'il allait découvrir. Quand tout fut bouclé et qu'il n'y eut plus aucune raison de s'attarder (Susanne était retournée dans son bureau pour y prendre un carnet oublié dans un tiroir), elle demanda à Luigi s'il savait si sa sœur avait décidé de ne pas être là ce soir parce qu'elle refusait obstinément de venir avec eux à Longvic, ou si elle était en retard. Qu'est-ce qu'on fait, on l'attend ? Je l'appelle, ou bien on peut partir ? lui demanda-t-elle parce qu'il restait silencieux. On peut partir, lui répondit Luigi. Je l'appelle pas ? Non, c'est pas la peine, lui répondit Luigi. C'est pas la peine ? Il lui fit non de la tête, alors Susanne lui dit : Je l'appelle. Elle s'empara de son téléphone, ça sonna dans le vide, elle fit une sorte de grimace embêtée qui n'échappa pas à Luigi. Oui, Paloma de Manerville, c'est maman, je suis là à l'appartement, comme on avait dit. Il est dix-neuf heures dix, on avait dit dix-huit heures. Bon. Manifestement, tu n'as pas l'intention de venir avec nous, ça aurait été correct et sympathique de… je sais pas, de prévenir. Je ne comprends pas. Je ne comprends pas ton silence. On s'est toujours parlé toutes les deux, qu'est-ce qui se passe ? C'est incompréhensible. Il faut qu'on se voie, il faut qu'on parle. Ça ne peut plus continuer comme ça, c'est… c'est extrêmement désagréable ce silence. Si tu ne veux pas venir à Longvic, très bien, mais dans ce cas on en parle, tu t'expliques. Tu es majeure, tu es libre de tes décisions, mais tu vis avec nous, tu vis à la maison, tu es censée, tout de même, je ne sais pas, te… te conformer aux arrangements familiaux non ? Ce n'est pas correct ni très respectueux. Bon, pardon pour ce message trop long, buvons un café demain, il faut qu'on parle, tu ne peux pas rester dans ce silence. Je t'embrasse.

C'est en effet ce que Sarah avait commis l'erreur de lui déclarer.

Ce message eût nécessité un peu plus de réflexion, parce qu'il risquait de fixer pour l'avenir les positions respectives de l'une et de l'autre. Les phrases qu'elle avait laissées ce jour-là sur sa messagerie n'étaient pas plus affectées par la colère de se voir ainsi outrageusement défiée, désobéie, qu'imprégnées par l'impudeur d'une mère blessée qui dit à sa fille qu'elle l'aime et que son comportement lui procure une douleur indicible. Ce long message avait sinué entre les deux et prenait acte du fait que la mère avait perdu sa fille – et que la Terre ne s'était pas arrêtée de tourner pour autant. Il eût bien mieux valu que Sarah se mette en colère ! Son message, en définitive, avait comme libéré sa fille de toute obligation à son égard, il avait relativisé la gravité de la situation en réduisant celle-ci à une simple absence d'explication et de café partagé. C'est ce que Sarah s'était dit durant la nuit qui avait suivi, une nuit épouvantable. Elle pensa que conjuguée à son silence l'absence de Paloma aurait justifié une longue lettre où chaque terme et chaque émotion aurait été soigneusement dosé pour donner de l'abîme qui s'était ouvert une plus juste mesure que ne l'avait fait ce simple message vocal arraché à l'imperfection du moment présent – message bâclé, banal et contingent où n'avait pu transparaître aucun des sentiments profonds qui accablaient Sarah. Elle qui avait un sens aigu du sacré, ou se l'était toujours imaginé, elle en avait cruellement manqué ce jour-là, car si un événement de ces dernières années aurait exigé d'être sanctuarisé, d'être transcendé par le soin qu'elle aurait mis à l'extirper de l'ordinaire, à l'isoler de tout le reste comme quelque chose de la plus haute importance, c'était bien celui-là : la façon dont elle réagirait confrontée à une opposition à ce point belliqueuse de sa fille.

Lorsque Sarah avait laissé ce message, elle avait marché dans la pièce en se rapprochant d'une fenêtre, comme pour aller puiser de la clarté dans la lumière qui arrivait du dehors. Mais aucune lumière n'avait su donner la moindre grâce ou rareté à ses phrases. Luigi, elle s'en était rendu compte lorsqu'elle avait rempoché son iPhone, avait écouté, embarrassé, ce que sa mère avait dit à sa sœur, appuyé contre un mur. Il ne bougeait pas. Il avait l'air ennuyé, il aurait aimé ne pas vivre ce moment et pouvoir s'en éloigner dès à présent – pour être déjà dans son avenir, un avenir bien à lui et radieux, loin de ces turpitudes. Il était, comme elle, un grand idéaliste, elle l'avait toujours su.

Sarah ne s'est pas dit qu'elle pourrait se rattraper en lui écrivant une belle lettre ?

Si. Mais elle n'en a pas eu le temps, car, comme il le savait, sa fille lui a envoyé un SMS quelques heures plus tard, glacial et lapidaire, qui lui disait OK pour un café, quand, où ? sans bonjour ni au revoir, auquel Sarah a immédiatement répondu en lui proposant un rendez-vous dans une brasserie du centre-ville le lendemain en fin d'après-midi.

C'est vrai.

Sans doute avait-elle obéi à un ordre de son père, qui devait vouloir éviter que Sarah puisse l'accuser de lui avoir arraché sa fille, ou de la manipuler.

À Longvic, après que Susanne lui eut montré sa chambre, c'est Luigi qui s'était approché d'une fenêtre, comme s'il avait voulu lui dissimuler l'expression de son visage. Il avait longuement regardé dehors. Elle se tenait au milieu de la chambre, attendant qu'il se retourne. Il ne se retournait pas. Ça avait duré longtemps. D'interminables minutes. Elle ne se sentait pas le cœur de l'enlacer par-derrière en posant tendrement sa tempe contre la sienne, comme elle l'eût fait à Wilson du temps de l'amour et de la cohésion familiale, se surprit-elle à penser. Ce logement qu'elle leur imposait mettait entre elle et eux comme une distance infranchissable qui l'empêchait, là, en cet instant, de toucher son fils, comme si Susanne, là, en cet instant, craignait de mériter une forme de répulsion et que Luigi eût pu se retourner et la gifler, si elle avait l'impudence de le toucher.
Elle lui parla depuis le milieu de la chambre.
— Alors, ça te plaît ?
Silence.

Susanne ne savait quoi ajouter, elle eût voulu s'enfuir, et que ce moment n'existât pas.

— Tu sais, c'est pour seulement quelques semaines, ça ne va pas durer.

Il aurait pu répondre qu'il le savait, mais il resta silencieux.

— Du coup, on s'en fout si c'est moins joli qu'à la maison. Il faut le prendre avec légèreté, on campe ici trois mois et on se tire !

Silence. Il continuait de regarder dehors.

— Bon, malgré tout, j'ai fait un effort tu as vu, j'ai un peu décoré. Qu'est-ce que tu en penses de mes dessins ? Tu me diras ce que tu en penses ? (Elle parlait d'une voix blanche.) C'est une idée que j'ai eue il y a quelques mois, faire et refaire toujours le même dessin, à l'identique, sans chercher à faire différent, au contraire, mais en…

Elle s'arrêta. Elle n'avait plus de force. Ni pour parler. Ni pour s'avancer. Ni pour sortir de la pièce. Ni pour attendre qu'il rompe enfin ce silence mortifère, ne serait-ce que par un faible soupir. Il aurait fallu mourir, là, sans douleur, d'une extinction subite, disparaître.

— C'est quoi ? dit-il.

— Quoi mon chéri ? De quoi tu parles ?

Cette phrase qu'il avait dite l'incita à s'avancer vers lui, mais sans oser le toucher, pas encore, pas déjà.

— Là, de l'autre côté du canal.

— Ah, ça ! Ce sont des usines, des installations pétrochimiques. Comment tu trouves ?

— *Comment je trouve ?*

— Oui, non, ça te plaît pas en fait ?

— C'est chelou comme question !

— Ça te plaît pas. C'est normal mon chéri, ça ne plaît à personne les gazomètres et les installations pétrochimiques, ne t’inquiète pas. C’est juste que ta maman, comme elle vit ici maintenant, elle a juste essayé, pour son confort mental, de trouver ça beau. Et le pire c’est qu’elle y est parvenue figure-toi.

Cette phrase, elle eût pu la prononcer sur le ton de la plaisanterie (Susanne riant d’elle-même, essayant de dérider Luigi), mais elle l’avait dite avec une infinie platitude, ce qui la rendait très étrange. Étrange comme l’était cette conversation, étrange comme l’était son installation ici, étrange comme l’était sa vie entière en vérité – c’est la pensée amère qui lui explosa soudain au visage.

— C’est moche, tu as raison. C’est le pire paysage qu’on pouvait espérer. C’est de l’industrie. Voilà. C’est sinistre l’industrie, c’est bien connu. Si ça se trouve, même, c’est toxique. On va s’empoisonner. Mais je n’ai rien trouvé de mieux mon chéri.

— C’est pas grave. C’est pour trois mois tu m’as dit. Alors on va pas en faire toute une histoire, il suffit de fermer les rideaux.

Il se retourna. Il sembla à Susanne qu’il avait mûri de quatre ans pendant le temps qu’il était resté de dos face à la fenêtre.

Ce soir-là, ainsi que les suivants, Luigi dînerait sur une seule fesse. Il n’avait pas oublié ce détail au moins ?

Non, ce détail de son récit l’avait frappé. Luigi ne parlait pas, il semblait ne pas comprendre ce qu’il faisait là, il avait l’air très mal à l’aise, comme s’il était en couple avec sa mère et que ce logement putride en lisière de la ville, de l’entendement et des convenances les acculait à une proximité malsaine, se révélait bassement incestueux. C’est difficile à exprimer, mais ce sont les sensations que le corps de Luigi, à table, mécanique et subtilement réfractaire, lui transmit ce soir-là. Il n'était pas vraiment assis sur sa chaise, il avait une fesse dans le vide, Susanne ne lui avait jamais connu cette façon de s'asseoir. Il lui montrait par là que les conditions requises pour une détente complète de sa personne n'étaient en rien réunies, et ne le seraient probablement jamais. Il se débattait avec le fait qu'il était seul dans ce quatre-pièces avec sa mère, sans sa sœur ni son père, sans en comprendre le sens ni la finalité.

Elle lui avait, à dix-sept ans, refait un utérus, où elle voulait le forcer à retourner, c'est ce que Susanne avait l'impression que Luigi ressentait. Le ventre de sa mère reconstitué dans la chaufferie de la ville, de l'autre côté de la rocade, dans ses dépendances, près des intestins, pour on ne savait quelle funeste gestation familiale.

C'est cela même. Un cauchemar.

Le lendemain, Susanne demanda à Luigi s'il préférait l'attendre à l'appartement et continuer de réviser son contrôle de maths, ou s'il l'accompagnait en ville – elle avait rendez-vous avec Paloma au Grand Café. Luigi lui répondit qu'il venait avec elle, il irait réviser dans un bistrot. Que souhaitait-il qu'ils fassent ce soir, rester à la maison ou aller au cinéma ? Elle avait acheté du saumon au marché, elle pourrait lui préparer un bon dîner. Il lui répondit qu'il préférait rester à la maison, il regarderait une série dans sa chambre, il avait besoin de se reposer. Comme tu veux, mon p'tit loup.

Quand elle arriva au Grand Café, Paloma était déjà là. Elles s'embrassèrent. Ce fut froid et sans effusion. Pourtant, Susanne s'était efforcée d'imprimer de la chaleur à son apparition, mais sa fille avait pris trop d'avance dans ses résolutions pour qu'il soit réaliste de la rattraper, faisant sonner forcément faux tout signe d'amour et de complicité destiné à la faire revenir à ses anciens sentiments. Susanne s'assit et lui demanda ce qu'elle voulait boire.

— Un Coca, lui répondit Paloma.

— Moi je vais prendre un thé, tu sais quels thés ils ont ici ? Non, bien sûr que non, qu'est-ce que je suis bête, ça commence bien… tu dois te dire… Mais en même temps tu es venue ici plusieurs fois avec ta grand-mère, tu aurais pu savoir… Qu'est-ce que tu me racontes, Paloma de Manerville, ça va ? Où est-ce qu'il est le serveur, si tu vois le serveur tu l'appelles, j'ai la salle dans le dos… tu me diras que je pourrais l'apercevoir dans le miroir, mais c'est plus simple si c'est toi qui lui fais signe. (Factice, tendue et volubile comme elle l'était (au moins était-elle lucide sur son état), Susanne se rappela le matin où elle avait montré sa poitrine à l'apparitrice à l'œil vert-de-gris, et s'était abandonnée à un torrent de phrases aussi superficielles qu'irrépressibles, exactement comme aujourd'hui, pour noyer son angoisse.) Alors, quelles sont les nouvelles ?

— Mauvaises.

— Mauvaises ? Fichtre !

— Ce n'est pas drôle. Je ne vois pas ce qui te fait rire là-dedans.

— Je sais ma chérie, pardon. C'est nerveux. Que se passe-t-il, c'est ton père ?

— Tu me demandes ce qui se passe ou j'hallucine ?

— Exactement. Tu m'as bien entendue.

— …

— Oui. Ce ne serait pas plutôt à vous de vous demander comment je vais ? Qui est-ce qui est partie, et qui vit dans un logement sinistre, pour sauver la famille, c'est lui peut-être ? Non, ce n'est pas lui. Ton père, il est resté à Wilson, il attend que ça se passe, il n'aurait qu'un signe à faire pour que je rentre, et il le sait très bien. Alors qu'il ne vienne pas se…

— Attends. C'est toi la victime maintenant ?! Non mais on rêve ! *C'est toi la victime ?* C'est ça que tu dis ?

— Je n'ai pas dit ça.

— Non, mais tu le penses.

— Je pense surtout qu'il n'y a pas de victime, c'est une mauvaise façon d'aborder les choses…

— Comme par hasard. Une mauvaise façon d'aborder les choses… Pour toi, je fais toujours tout mal de toute façon, contrairement à ton petit génie là… l'autre fayot.

— Mais qu'est-ce que tu racontes Paloma ? Enfin ! Je t'ai toujours énormément estimée, arrête avec ça, c'est ridicule.

— Eh bien voilà, ça continue. Je suis ridicule… Tu ne t'en rends même plus compte tellement c'est entré dans ta façon de faire avec moi, c'est ouf.

— C'est faux surtout.

— …

— Ce qui est faux, aussi, Paloma, c'est de penser que ton père est une victime, ou que je le suis moi-même. Nous sommes deux adultes face à leurs responsabilités. On est dans une forme de négociation où chacun prend sa part et avance selon ce qu'il est prêt à mettre sur la table. Pour le moment, c'est moi qui ai fait le plus de sacrifices, en m'éloignant de notre maison et de mes enfants, pas lui.

— Comment tu parles… j'y crois pas ! Une négociation ? Papa, il est au bord du suicide, et toi tu parles de *négociation* et de je sais pas quoi qu'on *met sur la table* ? Non mais tu t'entends ? mais tu te rends compte de ta… de ta froideur calculatrice là, de ton inhumanité ? T'es humaine là tu penses ? Tu veux profiter de sa faiblesse pour lui extorquer quoi, au juste ? C'est pas très clair… Qu'est-ce que t'attends, en vrai ? Ça me rend folle. Putain, je sais pas ce qui me… On comprend rien à ce que tu cherches là, mais vraiment rien.

— Parce que je ne te l'ai pas expliqué, Paloma. Ton père, lui, il sait très bien ce que je cherche, ne t'inquiète pas.

— Ah ouais ? C'est quoi alors ? Et c'est pas la peine de prendre ce petit sourire méprisant là…

— Ça ne te regarde pas. Et mon sourire n'était…

— Ça ne me regarde pas ? Ah parce que tu crois que la situation, là, elle ne me regarde pas ? J'y crois pas… Je m'occupe de papa tous les soirs, je lui remonte le moral, je lui fais à manger, je le soutiens comme je peux alors qu'on est en plein concours blanc et *ça ne me regarde pas* ? Non mais tu réalises ? Tu crois pouvoir t'en tirer en disant juste que ça ne me regarde pas ? *Ça ne te regarde pas ma chérie, retourne jouer dans ta chambre.* (Paloma avait dit cette phrase en imitant sa mère avec mépris.) Non, je ne retournerai pas jouer dans ma chambre, je suis en âge de savoir. Ce que tu imposes à papa, tu nous l'imposes à nous aussi, on est tous concernés, on est dans la même barque Luigi, papa et moi. *Ça ne me regarde pas…*

— Ah oui ? Et moi, juste pour savoir, je suis dans quelle barque, d'après toi ?

— Hein ?

— Oui, moi, je suis dans quelle barque, puisque vous êtes tous les trois dans la même ?

— Ben, je sais pas moi, c'est pas à moi de savoir, elle est relou ta question… J'imagine que tu es dans ta propre barque, dans ton petit canoë à une place qui vogue vers on ne sait où ?

— Il ne serait pas plus juste de dire qu'on est tous les quatre dans la même et unique barque et qu'il nous revient collectivement de trouver une solution, en y mettant chacun du sien ? En restant unis et solidaires, même si j'ai pris un logement en attendant ?

— À moins qu'il y ait deux places dans ton petit canoë, ce qui ne m'étonnerait pas en fait, tu es tellement tordue...

— Je vais faire comme si je n'avais rien entendu.

— Ouais, c'est ça... Enfin bon, c'est pas papa qui nous a plantés un matin à l'improviste pour aller se foutre dans un autre appart qu'il avait loué en douce un mois plus tôt. Et où en plus tu voudrais nous forcer à aller une semaine sur deux !!!

— Écoute Paloma, on en parlera un jour à tête reposée, je te le promets. Je t'expliquerai, je te donnerai les raisons de mon départ, mais pas là, c'est trop complexe, il faut attendre que les choses s'apaisent. Il faut attendre que les choses s'apaisent. D'accord ? Ce que j'aimerais, moi, en attendant, ce que j'aimerais de tout mon cœur, ma puce, c'est qu'on se...

— Je suis pas ta puce. C'est fini tout ça. Arrête de m'appeler ma puce. Tu m'appelles plus ma puce OK ?

— OK. Je t'appellerai plus ma puce, si c'est ça que tu veux.

— Exactement.

— Ce que j'aimerais, en revanche, c'est qu'on se réconcilie.

— Moi qui pensais que tu... Je me suis plantée, une fois de plus...

— Une fois de plus ? Une fois de plus *que quoi* ? Et tu pensais que je quoi ?

— ...

— Je découvre un truc là. On est ennemies ? On était ennemies ? Parce que moi, si c'est ça, tu vois, je n'étais pas au courant. Je n'étais pas au courant qu'on était ennemies. Mais on n'est pas ennemies toutes les deux, si ? Réponds.

On n'est pas ennemies, Paloma, on ne l'a jamais été ! Qu'est-ce qui se passe ? On ne s'est jamais engueulées en vingt et un ans ! Pas une seule fois ! Pourquoi on s'embrouille là, qu'est-ce que je t'ai fait ? Qu'est-ce qui se passe là ? Je t'aime, moi, Paloma de Manerville.

— Tu me demandes sérieusement ce que tu m'as fait ?

— Oui.

— Sérieux ?

— Oui. Je ne vois vraiment pas ce que…

— Papa, je l'ai jamais vu dans cet état, il est dévasté, il peut à peine travailler, je me demande même s'il s'en remettra un jour tellement il est… détruit… par ce qui lui est tombé sur la gueule. Comment c'est possible de faire autant de mal à quelqu'un ? Par-derrière en plus, comme un coup de poignard dans le dos, sans que personne s'y attende. Tu lui annonces ça l'air de rien, au restaurant, juste avant le dessert. Tu t'attendais à quoi en faisant ça ? Qu'il te dise ah super, très bien, d'accord, pars vivre ta vie quelque temps loin de la maison, tu reviendras quand ta lubie sera terminée ? Oui ?

— Euh, c'est pas exactement de cette manière que je raconterais les…

— Eh bien c'est comme ça que nous on les vit. Voilà. C'est dit. C'est important la façon dont les gens perçoivent et vivent les trucs qui leur arrivent, non ? Ou pas ?

— …

— Ou pas ?

— Si.

— Ou alors la seule chose qui importe, pour toi, c'est ta petite vie, ta petite liberté, tes petits projets, tes petites lubies, tes petits dessins, tes petits romans, ton petit épanouissement personnel, sans tenir compte des dégâts que ça peut faire sur les autres ?

— Non. Non. Pas du tout. Mais, Paloma, je…

— Papa, c'est quelqu'un de bien, de pas dissimulé contrairement à toi, il serait incapable de faire du mal à personne, et il faut que ça tombe sur lui. Je l'avais jamais vu pleurer, il a fallu attendre ma vingt et unième année et la… la… l'égoïsme… la sauvagerie de ma mère pour…

— Sauvagerie ?! Ciel !!

— … la sauvagerie de ma mère pour voir mon père pleurer… Tu sais l'effet que ça fait de voir son père pleurer ? de voir son père pleurer pendant des heures ? pendant des jours ? et de pas pouvoir le… tu sais l'effet que ça fait sur des enfants ? J'ai pas l'impression, à voir ta… Je te le pardonnerai jamais. *Mais alors jamais.*

Paloma se mit à pleurer.

Susanne la regarda sangloter, puis elle finit par attraper son poignet. Du pouce, elle lui caressa doucement la peau, tandis que Paloma écartait ses larmes du bout des doigts. Elle se laissa faire quelques instants, lui laissant entrevoir la perspective d'une réconciliation, mais soudain elle retira son bras et chercha un mouchoir en papier dans son sac.

— Je vais rentrer à Wilson, Paloma.

— Tu vas quoi ?

— Rentrer. Je vais revenir à la maison. Je ne savais pas que ton père… Je n'arrive pas à l'avoir au téléphone. On va arrêter là l'expérience. Je me suis trompée. Ce n'était pas du tout dans mon…

— Euh, pardon, je voudrais pas me mêler de… mais ça va pas être possible là…

— De quoi faire ?

— Euh, eh bien, de… je sais pas… *rentrer* ? C'est pas ça que tu viens de dire, que tu voulais *rentrer* ?

— Si.

— Et… pardon… Tu crois vraiment que tu vas pouvoir rentrer, là, sourire aux lèvres, après ce que tu lui as fait ?

— Et pourquoi pas Paloma, puisque ton père…

— On est en plein délire là…

Paloma, qui s'était arrêtée de pleurer, parlait bas. Sa voix tremblait encore. Elle regardait sa mère les yeux rougis. Elle se moucha bruyamment.

— Faudrait savoir. Si je lui manque tant que ça, à ton père, et qu'il pleure toute la journée, je ne vois pas pourquoi je ne pourrais pas rentrer. En tout cas ce n'est pas à toi d'en décider.

— Ah mais moi je ne décide de rien ! Ouh là là ! Je te vois pas du tout rentrer, c'est tout ! Après, si tu veux essayer, c'est pas moi qui vais t'en empêcher !

— De toute manière je n'avais pas prévu de rentrer si tôt, ça tombe bien. On a tous besoin de réfléchir. Moi aussi j'ai besoin que ton père réfléchisse. C'est précisément pour ça que je suis partie. Qu'il réfléchisse, ton père, c'est très bien.

— On a fini ?

— Euh, je ne sais pas, oui, non, on n'a même pas… Tu ne veux pas rester un peu, qu'on boive un…

— Si on a fini, je préfère y aller. Salut. Bon week-end.

Paloma se leva brusquement, ramassa son sac et sortit du Grand Café.

— Paloma ! PALOMA ! Non, reste ! Attends !

Elle avait crié ça au moment où sa fille passait la porte.

L'avait-elle entendue ? Choisi de passer outre ?

Sarah ne le saurait jamais.

Leur rendez-vous n'avait duré qu'un quart d'heure. Susanne voulut rejoindre Luigi au café où il était censé s'être installé pour réviser, mais elle ne l'y trouva pas. Elle lui téléphona et tomba sur sa messagerie. Elle lui expliqua que son rendez-vous avec Paloma était terminé, qu'il la rappelle quand il serait prêt à rentrer à Longvic, en attendant elle allait faire les magasins, elle l'embrassait.

Il ne la rappela pas. Toutes les fois qu'elle lui téléphonait, elle tombait sur sa messagerie. Elle appela Paloma, qui rejeta son appel à la deuxième sonnerie. Elle appela son mari, qui laissa sonner dans le vide sans lui répondre. Elle rentra à Longvic et passa une soirée affreuse. Elle savait que Luigi était retourné à Wilson. Ce n'est que vers minuit qu'il consentit à lui envoyer un SMS. Il dormait chez son copain Arthur. Ils avaient décidé de réviser ensemble. Il lui téléphonerait le lendemain. Il lui souhaitait une bonne nuit. Il l'embrassait.

Cette première semaine-là, il reviendrait dormir le dimanche soir, le lundi soir, le mardi soir, le mercredi soir – il annulerait au dernier moment la nuit du jeudi au vendredi. Il semblait toujours mal à l'aise dans la maison lugubre où avait emménagé sa mère, il dînait sur une seule fesse, comme s'il lui fallait rétracter, par cette nuance de son attitude, la promesse que sa présence effective semblait faire à Sarah : je suis assis en face de toi, certes, mais ne va surtout pas croire que je sois là, je ne suis pas là en vérité et cette situation étrange et mensongère ne va pas pouvoir durer, semblait lui déclarer la fesse en partance.

Elle allait le chercher en voiture là où il la prévenait, une heure plus tôt, qu'il se trouvait, soit près du lycée, soit chez un copain. Le secteur où se situait la maison lugubre n'était desservi par aucune ligne de bus, cela rendait l'organisation compliquée, Luigi ne pouvait pas improviser, il était tributaire de sa mère pour le ramener chez eux. C'est de cette façon que leur accord a commencé de s'émietter. Sarah avait encore en mémoire le calendrier de ses défections, elle savait précisément quels jours elle lui avait concédé, peinée, la mort dans l'âme, de ne pas venir la rejoindre.

Les semaines qu'il passait à Longvic, la perspective de leur soirée intensifiaient Susanne – de sorte qu'elle écrivait bien mieux durant les périodes où Luigi dormait chez elle. Si la gêne des premiers soirs s'était atténuée, il était évident cependant qu'il ne se sentirait jamais chez lui entre les murs de ce logement.

Un soir, à table, tandis qu'était évoqué ce que ferait Luigi après son bac (l'année suivante), et que sa mère lui demandait s'il avait toujours le désir d'intégrer une classe préparatoire aux grandes écoles d'ingénieur (l'école Polytechnique était censée être son grand rêve, idée arrogante du comte de Manerville, son grand-père paternel), il lui dit, après avoir longuement hésité, comme s'il craignait de trahir un secret, qu'il avait envie d'aller faire ses études en Angleterre. Susanne en fut très étonnée, elle n'avait jamais entendu son fils dire à quiconque qu'il souhaitait partir étudier outre-Manche.

— Je ne savais pas que tu… Où en Angleterre ? Tu as déjà une idée ou bien…

— Oxford.

— Oxford ?! Rien que ça ?! Ben dis donc, on ne se refuse rien !

— …

— Mais, tu… Tu en as le… tu as tes chances ? Pardon Luigi, je n'y connais rien… Tu es un élève brillant mais Oxford c'est quand même…

— D'après mon prof de maths, oui, j'ai toutes mes

chances. Il m'y encourage. Il y croit à mort. Du coup moi aussi.

Elle simula de se réjouir de cette nouvelle. Ce n'était pas l'idée en soi des études en Angleterre qui l'assombrissait, mais le fait qu'elle n'ait pas été au courant, et qu'il ait fallu une question qu'elle aurait pu ne pas poser, d'apparence anodine, au détour d'une conversation flottante, pour en être informée.

Sarah était-elle partie depuis si longtemps, l'avait-on à ce point effacée de la vie familiale que des projets de cette importance aient déjà pu germer, croître, s'affirmer, presque fleurir, sans que personne ait jugé utile de lui en parler ? Sa famille filait-elle à toute vitesse désormais, resplendissante, comme délestée d'un poids, tandis qu'elle-même s'enfonçait chaque jour un peu plus dans le marasme et la noirceur, isolée dans un sinistre taudis ?

— Oxford, c'est vraiment ça qui me fait rêver, je ne pense qu'à ça, surtout si ici…

Il s'arrêta de parler et la regarda droit dans les yeux.

— Quoi ici ? Ici où ? Si ici quoi ? Qu'est-ce que tu veux dire par là, Luigi ?

— Ben tu vois quoi, à Dijon… Je vais pas te faire un dessin…

— Non, je ne vois pas.

— Si tout fout le camp quoi, si vous vous séparez ! Je préfère encore me… être loin… qu'au milieu des bombes.

— Mais qui te dit qu'on… mais qu'est-ce que tu racontes Luigi, on ne va pas se séparer enfin ! Qu'est-ce que c'est que cette histoire ? Qui t'a dit qu'on allait se séparer, c'est ton père ?

— Mais pas du tout ! Je suis assez grand pour comprendre tout seul, c'est pas la peine d'essayer de m'embrouiller !... Qu'est-ce qu'on fout dans cet appart pourri, si tout va bien ? Tu peux me le dire ?

— Eh bien tu te trompes. C'est provisoire. C'est passager. C'est juste le temps de... de régler quelques affaires, c'est tout. Ne va pas prendre des décisions qui vont orienter toute ta vie juste parce que tes parents, qui par ailleurs s'entendent très bien, s'aiment, se respectent, ont décidé de se... de réfléchir quelque temps.

— ...

— Hein mon Luigi, d'accord ?

— De toute manière c'est pas la raison principale. J'ai juste envie d'aller à Oxford, ça m'attire, c'est tout.

— Et... qu'en dit ton père ?

— Il trouve ça génial comme idée, il m'encourage à mort lui aussi. Il est allé voir mon prof de maths la semaine dernière.

— Il est allé voir ton prof de maths sans moi ? Il aurait pu m'en parler tout de même. Tu m'apprends ça au détour d'une phrase... Vous décidez ça tous les deux dans votre coin ?

— Ben non, tu vois bien, puisque je t'en parle !

— Enfin bon, il a tout de même fallu que je te tire un peu les vers du nez. Et, comment dire, je ne voudrais pas casser l'ambiance... surtout si tout est déjà décidé en fait, ce qui m'a tout l'air d'être le cas...

Petite pause. Aucune réaction de Luigi, qui attendait, très concentré, en regardant le sol, ce qu'allait dire sa mère...

— ... combien ça coûte, c'est cher ? Oxford, les droits d'inscription, vivre là-bas, c'est combien, c'est dans nos moyens ? Je ne me rends pas compte. Qu'a dit ton père là-dessus ?

— Qu'il n'y avait aucun problème de ce côté-là, qu'il avait les moyens de me financer des études en Angleterre. Qu'aux États-Unis, ce serait une autre paire de manches, mais qu'en Angleterre, il avait largement de quoi payer. C'est vraiment cool.

— Ah bon ? Première nouvelle ! Ton père a des fonds secrets destinés à financer les études de ses enfants ?! Moi qui pensais qu'il avait de gros et de continuels problèmes d'argent, je suis heureuse de l'apprendre ! répondit Susanne en se levant de table pour débarrasser les assiettes, froissée.

— Et si on regardait un film ? lui proposa Luigi. Ça te dit ?

— Si tu veux, lui répondit Susanne d'une voix éteinte. Quoi comme film, tu as une idée ?

— Oui, mais ce serait mieux sur ton ordi, l'écran est de meilleure qualité. Je vais le poser sur la table basse, nous on se mettra dans le canap.

— Tu veux un dessert, ou tu as fini ?

— J'ai fini.

— Il est où ton ordi ?

— Dans ma chambre.

— Je vais le chercher alors, j'ai une idée de film, ça va te plaire ma petite maman. Je t'aime !

Bien vu. Il est exactement comme ça mon Luigi. Imprévisible et déstabilisant. Tendre et lointain tout à la fois, simple, modeste et d'une sophistication intellectuelle hors du commun, d'où Oxford, où il irait faire ses études effectivement.

Une fois dans la chambre, Luigi poussa une exclamation. Alors Susanne le rejoignit, pour voir ce qui se passait. Son fils était devant le tableau.

— Mais qu'est-ce que c'est que ça ?

— Hein ? Ah, ça ? Tu vois bien, c'est un tableau. Il est beau non ?

— Mais d'où est-ce que ça sort ? Me dis pas qu'il était dans l'appart.

— Hein ? Si, pourquoi ? Si, il était là. Tu sais, c'est pas moi qui suis venue avec, tu penses bien !

Luigi s'était approché, il avait retiré ses lunettes et regardait attentivement la peinture.

— Il te plaît ?

— S'il me plaît ? Mais c'est pas qu'il me plaît, j'adore !

— …

— Dans cet appart pourri, meublé n'importe comment, avec que des merdes partout, il y a cette merveille dans ta chambre ? J'y crois pas. C'est impossible. Rien va avec ce tableau ici. C'est à toi ?

Luigi se retourna et regarda sa mère, qui secoua doucement la tête en lui souriant.

— C'est toi qui l'as acheté ? Allez, maman, dis… avoue…

— Mais non je te dis ! Enfin, pourquoi j'achèterais comme ça un tableau ! Surtout en ce moment ! J'ai d'autres soucis en tête !

— Justement. Tu serais pas venue à Longvic juste pour pouvoir kiffer ton tableau toute seule, égoïstement ?

— Pfff, t'es bête…

— Je suis sûr que ce tableau t'appartient. Rien que le fait que tu aies aménagé la petite commode, là, juste en dessous, comme une sorte d'autel… avec le napperon blanc parfaitement disposé, tes Pléiade, la petite lampe de chevet que tu adores, les bougies… tout parfaitement symétrique… Je te connais par cœur maman, t'aurais jamais fait ça s'il t'avait pas appartenu…

— Je te dis que non. Ce tableau ne m'appartient pas. Mais si tu veux, quand je partirai d'ici, je l'emporterai.

— Comme ça tu me feras croire que tu l'avais pas acheté ! Pas bête !

Susanne éclata de rire.

— Mon Luigi, je crois que tu vas être reçu à Oxford haut la main !

— Ah bon ? Pourquoi tu dis ça, je vois pas du tout le rapport là pour le coup.

— Je te dirai un jour. En tout cas je suis heureuse que tu l'aimes. J'ai une passion pour ces deux religieuses. C'était quand même la bonne surprise de ce logement.

Luigi la dévisagea d'un air sceptique.

— Qu'est-ce qui te plaît, Luigi, dans cette peinture ?

— L'architecture. On voit un lieu et ce lieu a une âme. Il est beau, imposant. On a envie d'y être. C'est rare les tableaux qui sont le portrait d'un lieu. Ce tableau est le portrait d'un lieu, et ces deux religieuses en sont comme les deux yeux, le regard…

— …

— Les voûtes, la hauteur des voûtes, l'épaisseur des murs, la lumière, le sol en damier, c'est hyper impressionnant. Ça m'a fait comme un coup de poing dans le ventre quand je suis tombé dessus en entrant dans ta chambre. J'y étais jamais allé en fait dans ta chambre.

— Oui, je sais.

— Ensuite, je pourrais pas dire pourquoi, mais ces deux religieuses…

Il regardait pensivement le tableau.

— … Elles me font quelque chose…

— …

— Elles se tournent le dos, elles sont distantes de, je sais pas, huit, dix mètres ? mais elles sont ensemble, elles se parlent par la pensée, elles ont la même intention, c'est bizarre. Elles ne se parlent pas, mais elles se parlent quand même. Elles se comprennent. Elles partagent le même cerveau, comme un partage d'écran. Est-ce qu'elle a la bouche fermée cette religieuse ? (Luigi retira ses lunettes et s'approcha de nouveau tout près de la toile.) Oui, elle a la bouche fermée. Elles pensent ensemble.

— C'est beau ce que tu dis.

— Elles sont en alerte. Elles attendent. Tout est calme, silencieux. C'est le matin. C'est le printemps. C'est typiquement une lumière du matin, une lumière de printemps. Mais, dans leur tête, ça va à toute vitesse, elles ont peur. Le contraste est frappant.

— Mais encore… Continue… Vas-y, qu'est-ce que tu vois d'autre ?

— De quoi peut avoir peur une religieuse ? C'est ça qui est bizarre. Une religieuse, elle craint Dieu, le châtiment de Dieu, mais à part Dieu, qu'est-ce qu'elle peut craindre ? Des bandits ? Un loup ? Qu'il arrive quelque chose à quelqu'un qu'elles attendent ?… Tu le sais ?

— Non, justement. C'est bien ça qui m'ennuie. Je piétine.

— C'est quoi, cette porte ?

— Je ne sais pas non plus. La porte de la salle capitulaire peut-être ? Ou bien du réfectoire.

— Du réfectoire ? dit Luigi. Non, non. Elle a l'air plus… moins anodine. Elle a l'air de mener dans un lieu important. Elle a quelque chose de sacré. Elle a un sens. En tout cas, comme elle est peinte, ça ne peut pas être la porte de la cantine.

— Ça c'est sûr !

— Tu as vu, à la réunion des voûtes, tout en haut, dans le quart supérieur du tableau ? On dirait un crâne. Regarde, c'est ouf non ?

— Où ?

— Là. Ça, toute cette zone. Les contours des voûtes.

Ce demi-cercle. Puis, à l'intérieur du demi-cercle, d'autres portions de cercle, comme des arcades sourcilières, la bordure des orbites.

— Ah oui. Tiens, c'est drôle, je ne m'en étais jamais aperçue. Tu as raison, c'est comme la partie supérieure d'une boîte crânienne. C'est dingue ça ! C'est la peinture d'un crâne en fait !

— Oui. C'est la peinture d'un crâne. Ce tableau, en réalité, c'est la peinture d'un crâne. Regarde, si je trace une ligne ici, et que j'occulte tout ce qu'il y a en dessous, tu as un crâne, une tête de mort. C'est une tête de mort. Ce crâne fait toute la largeur du tableau, et occupe un petit quart de sa hauteur. Du coup, la scène, en dessous, le reste du tableau, c'est comme si c'était…

— Une image mentale.

— Exactement, mon cher Watson.

— Si je m'attendais à ça. Tu es trop fort mon Luigi.

Silence des deux, absorbés dans la contemplation de l'œuvre.

— Tiens, tu as vu qu'il s'écaille ton tableau ?

— Oui, je sais.

— Il est abîmé, là, sur le côté. Il y a des éclats de peinture qui manquent. Enfin, pas trop, ça va.

— Ça me démange de les…

— De les quoi ?

— Tu sais bien, de les enlever.

— Ah oui, ta vieille manie des choses que tu…

— Oui, que j'arrache. Moi, quand quelque chose commence à se défaire, à s'émietter, il faut que je défasse, que j'émiette encore plus. C'est plus fort que moi.

— Il faudrait que tu le fasses restaurer ce tableau, c'est dommage… Une fois que tu l'auras acheté à la vieille dame à qui tu loues cet appart merdique bien sûr… (Clin d'œil de Luigi à sa mère.)

— Bien sûr… Je te tiendrai au courant des négociations !

— Bon, on va voir le film ? Les deux religieuses, leur peur, le sens de leur attente, c'est une question qu'il faudra creuser. C'est comme avec les équations mathématiques, quand on sèche, il faut s'éloigner du tableau noir et revenir un peu plus tard, pour que tout s'éclaircisse. Notre cerveau va travailler pour nous pendant le film !

En effet, Luigi et elle avaient passé des moments fabuleux de cette nature, mais ils n'avaient pas été si fréquents, et ils se raréfièrent rapidement.

Cela commença, un jour, par une demande pressante de Luigi de le laisser dormir chez un ami, parce que ce serait compliqué de s'organiser sinon, ils avaient beaucoup de travail. Cette excuse devint récurrente. La deuxième semaine qu'il devait passer dans la maison lugubre, c'est-à-dire un mois après l'emménagement de Sarah, il ne vint que quatre nuit au lieu des sept prévues. La troisième semaine, quinze jours plus tard, il ne vint que deux nuits. La quatrième semaine, quinze jours plus tard, il annonça à Sarah qu'il préférait décaler d'une semaine, pour des raisons (lui laissa-t-il entendre) sentimentales. Ayant peut-être senti que l'argument sentimental fonctionnait à merveille, il s'y référa constamment, dans les semaines qui suivraient, pour ne passer chez sa mère que deux nuits, puis une seule, puis plus du tout. Soit qu'il fût réellement amoureux, mais Sarah ne saurait jamais de qui, soit qu'il le simulât, c'était probable, pour obtenir d'elle qu'elle le dispensât de lui rendre visite.

À compter du 8 décembre, son fils renonça à venir dormir dans la maison lugubre. Il n'y revint jamais.

Depuis leur entrevue éclair dans la brasserie du centre-ville, Sarah n'avait plus eu aucune nouvelle de Paloma.

Quant à son mari, il continuait de garder le silence en dépit des appels réguliers qu'elle lui passait, et des messages qu'elle lui laissait. Sarah avait envisagé de se rendre dans leur maison à l'improviste, ou de l'attendre à la sortie du travail, pour qu'ils s'expliquent – mais elle s'en sentait de moins en moins la force à mesure que le temps passait. Elle n'avait plus entendu le son de sa voix depuis qu'il lui avait dit, se levant soudain de sa chaise, tolstoïen, officier russe : « Susanne, je te souhaite », laissant aux mois qui allaient suivre le soin de terminer sa phrase : « de bien profiter du reste de ta vie ».

8

De quel côté du lit dormait Sarah ?

Tiens, pourquoi cette question ?

S'il devait y avoir un jour une adaptation de son roman au cinéma (il touchait du bois), il ne voulait pas laisser la responsabilité de ce choix à la personne qui réaliserait le film, c'est ce qu'il s'était dit l'autre jour en s'endormant. Il lui paraissait primordial d'indiquer de quel côté du lit dormait Susanne, afin qu'à l'écran, dans les scènes où ils seraient couchés, elle et son mari soient véridiquement situés, et pas selon le bon vouloir d'un chef opérateur. Les romans ne l'indiquent jamais, et de ce fait nous laissent entièrement libres d'attribuer au personnage auquel on s'identifie le côté qu'on occupe soi-même dans le lit et c'est très bien. Mais dans le cas d'une adaptation cinématographique, le cinéaste l'impose au spectateur. C'est un pouvoir indu. Il préférait ne pas abandonner cette décision au libre arbitre d'un tiers.

Imaginez Antoine Doinel à droite dans le lit, ce n'est plus la même scène. C'est une question très importante.

Vous avez raison.

Alors ?

À gauche. Comme Antoine Doinel.
Et vous ?

Moi ?

Oui, vous ! Vous ne voulez pas le dire ?

Si. Pourquoi pas. À droite.

Ah, parfait ! On pourrait vivre ensemble, alors, si on le voulait ! On n'aurait pas à négocier, à rechercher un compromis ou à tirer à la courte paille ! C'est déjà ça !

En effet...

Est-ce que c'est impératif, chez vous ?

De quoi ?

De dormir à droite. Ou c'est juste le hasard, une habitude. Vous pourriez dormir à gauche ?

C'est impératif. Je ne pourrais pas dormir à gauche.

Pourquoi ?

Pourquoi ? Mais c'est intime !

Et alors ? Allez, dites !

Non, non, Sarah, c'est trop intime. Je ne peux pas.

Bon…

Et pour vous, c'est impératif ?

Oui.

Elle ne parviendrait tout simplement pas à s'endormir si on l'obligeait à dormir à droite, elle se sentirait en déséquilibre, en conflit avec le principe du sommeil pour ainsi dire. C'est aussi pourquoi elle avait du mal à parler quand dans la rue elle ne marchait pas à la gauche de la personne avec qui elle cheminait. Elle devait coûte que coûte être à gauche de ses interlocuteurs mais aussi par rapport à la configuration des lieux où elle prenait place. Par exemple, quand elle entrait dans un café, elle s'orientait toujours vers la droite, afin d'être à gauche dans la salle lorsqu'elle serait assise et regarderait vers l'extérieur. À l'inverse, au cinéma, elle allait toujours à gauche, afin d'être à gauche face à l'écran. Regarder un film en étant à droite lui serait difficile, elle aurait du mal à trouver la concentration nécessaire et à rentrer dans le film.

Elle n'était pas complètement dénuée de folie, à ce qu'il voyait, même si elle prétendait le contraire !

S'il appelait ses tocs de la folie, alors il pouvait la considérer comme une parfaite aliénée, car elle en était généreusement pourvue, ainsi qu'il s'en était lui-même aperçu.

Mais était-ce vraiment de la folie, ou une façon de l'endiguer au contraire, de l'encager ?

Non, ce n'était pas de la folie, Sarah avait raison. Il le prétendait d'autant plus volontiers qu'il partageait avec elle un certain nombre de ces tocs, auxquels il faudrait en ajouter d'autres qui lui appartenaient en propre.

Par exemple ?

Par exemple ?

Oui, allez, un peu de courage ! Mettez-vous un peu à nu, monsieur l'écrivain !

Il avait marqué le positionnement de son bureau en collant sur le parquet, à l'emplacement des pieds, du chatterton noir, comme le font les régisseurs sur les plateaux de théâtre. Son bureau était placé dans la pièce avec une telle précision qu'il serait incapable de travailler s'il s'asseyait un matin sur sa chaise et s'apercevait que le meuble avait été bougé ne serait-ce que de quelques centimètres – par la femme qui faisait son ménage par exemple. Il en avait fait la détestable expérience à deux ou trois reprises avant de se résoudre à coller ces marques sur le sol.

Un jour, il avait passé toute une après-midi à essayer de retrouver la place exacte de son bureau, il n'était pas question de se remettre au travail avant d'y être parvenu, il avait cru devenir fou. Toutes les fois qu'il se rasseyait et essayait d'écrire il n'y arrivait pas, il sentait bien que quelque chose avait changé qui l'empêchait de se remettre dans l'énergie de son roman. Il ne captait plus les bonnes ondes, l'antenne qu'il était avait été manipulée, elle était mal orientée. Il avait dû avoir recours à de vieilles photographies – pêchées dans la bibliothèque de son iPhone – pour retrouver l'emplacement originel de sa table, au demi-centimètre près, avant que les phrases ne se remettent à couler.

C'était un sacré toc qu'il avait là !

Que Sarah se rassure, par conséquent : il était mal placé pour se moquer des siens.

Mais revenons à nos moutons.

Bien volontiers.

N'est-ce pas à cette période, vers le début du mois de décembre, que Sarah avait pris l'habitude de rôder autour de leur propriété ?

Si. Mais ces veillées contemplatives avaient été précédées par de nombreuses nuits blanches.

C'est-à-dire ?

Elle se mit à tendre l'oreille. La nuit, elle attendait que le bruit d'une voiture se matérialise, qu'elle se gare devant chez elle, qu'une portière claque, que des pas se fassent entendre sur le dallage, avant que l'amusant carillon des années soixante-dix ne retentisse dans la maison sépulcrale.

Considérant qu'il était allé trop loin dans la cruauté, son mari prenait sa voiture en pleine nuit et se précipitait pour la consoler.

C'était absurde et complètement irrationnel. Mais une forme d'incrédulité continuait de palpiter dans son esprit qui lui interdisait de considérer sa position de femme réprouvée comme irréversible.

Certes, il passait très peu de monde sur le long chemin

désolé qui conduisait jusque chez elle, puisque au-delà de la sienne il ne desservait que deux autres maisons. Mais chaque fois que le bruit d'une voiture lui parvenait, elle ne pouvait s'empêcher d'espérer que c'était son mari qui venait la chercher.

Des nuits entières à attendre que le bruit d'un moteur fasse irruption dans l'obscurité de sa chambre.

Un soir de début décembre où Susanne se sent triste, elle décide de prendre sa voiture et de se rendre place du Président-Wilson.

Pour quoi faire ? Elle ne le sait pas. Elle n'a aucune intention. Elle est très angoissée, elle veut juste se rapprocher de sa famille et s'exposer comme à une flamme au rayonnement de son foyer. Elle souhaite sentir ce soir qu'elle n'est pas seule en dépit de ce que pourrait lui laisser penser la solitude de l'existence qu'elle mène depuis bientôt trois mois dans son logement fonctionnel de Longvic. Oui, non seulement elle a bien une famille, mais aussi un appartement, elle ne les a pas inventés, son imagination n'est pas en train de la manipuler, *famille et appartement existent* – elle se surprenait parfois à en douter – et c'est précisément devant l'immeuble où elle vivait jusqu'à une date récente qu'elle s'apprête à se rendre, avec l'espoir d'apercevoir par une fenêtre son mari et ses enfants.

Peut-être, se dit-elle en conduisant, peut-être sonnera-t-elle à l'interphone, articulant seulement : « C'est maman », mais elle sait qu'elle n'en aura jamais le courage.

Si elle était d'une nature intrépide, si surtout il y avait en elle un peu moins de honte (native, ancienne, circonstancielle et à l'état latent), elle utiliserait ses clés, ouvrirait la porte, s'introduirait dans l'appartement comme si de rien n'était et apparaîtrait dans la cuisine en plein dîner, disant à son mari et à ses deux enfants, sur un ton aussi naturel que désinvolte : « C'est moi », ou bien : « Je suis de retour », ou encore : « Bonsoir mes amours. Ne faites pas attention à moi, j'ai déjà dîné. Je vais dans ma chambre, j'ai besoin de me reposer, on parlera plus tard si vous voulez, à tout à l'heure », phrases que Susanne se murmure à elle-même en conduisant. Elle finira par se dire qu'il n'y a pas lieu de se reprocher trop sévèrement de n'avoir pas la témérité d'apparaître dans la cuisine pour les leur asséner, tellement la scène lui paraît insoutenable rien qu'à l'imaginer.

Qui à sa place prendrait le risque d'entreprendre pareille visite sachant que deux des trois attablés nourrissent à son endroit des sentiments rancuniers, de la colère ?

Personne.

À moins d'être d'une bêtise, d'une brutalité extraordinaire.

À moins de ne pas être de ces personnes qui se sentent irréversiblement démunies, donc instantanément vaincues, à la seconde même où débute un conflit.

À moins de ne pas craindre le regard de ses enfants, où Susanne ne manquerait pas de discerner le brûlant reproche de cette initiative impromptue compte tenu de l'état de leur père.

À moins de prendre le risque d'hypothéquer, par cette navrante imprudence, ce qui se résoudrait immanquablement avec le temps et la patience.

Susanne se dit qu'elle n'est pas capable d'endurer ce soir un conflit avec son mari, ni d'assumer d'être apparue à l'improviste en rouvrant douloureusement ses plaies, en voie de cicatrisation.

Elle conduit en réfléchissant à tout cela.

Il y a des encombrements à cette heure-ci, les gens vont

au restaurant, au cinéma ou rentrent chez eux, ça roule mal, c'est énervant ce trafic.

Sa journée a été marécageuse, elle piétine dans l'exégèse de son tableau. C'est ce qui la rend vulnérable. Elle se sent immensément fragile. Elle est au bord de s'écrouler ce soir.

La peinture lui résiste, elle n'en retire chaque jour que des débuts d'idées qui ne la mènent nulle part. La seule chose dont elle dispose, c'est la première phrase de son roman, dont Susanne ignore qu'elle est aussi le titre et l'incipit d'une pièce de théâtre mondialement connue d'un dramaturge scandinave qui ne l'est pas moins : « Quelqu'un doit venir », bel incipit et phrase parfaite – c'est incontestable – mais depuis qu'elle l'a écrite aucune autre ne lui est venue si ce n'est cette question qu'elle s'adresse à elle-même continuellement : « Mais qui ? *Qui est-ce qui doit venir ?* »

Elle n'en a aucune idée.

Plusieurs hypothèses flottaient dans son esprit depuis plusieurs jours, à commencer par la rumeur selon laquelle un homme de basse extraction, appelé Thibault Lambert, envisagerait d'enlever de ce couvent une religieuse, Béatrice, follement éprise de lui mais destinée par ses parents, des aristocrates désargentés, à un parti plus avantageux. Préférant voir leur fille prendre le voile que de la savoir dans une union infâme et mener une existence déshonorante, ils l'ont envoyée dans le couvent dont la galerie est reproduite sur le tableau.

Ou bien, variante de cette même hypothèse, Susanne hésitait entre les deux, on aurait averti la mère supérieure qu'une supposée parente de Béatrice, une vieille tante, s'apprêtait à lui rendre visite, mais qu'en fait de vieille tante il s'agirait de son amant travesti en aïeule, ainsi que mère

Rosalie pourrait facilement le vérifier en étant attentive à la façon dont elle cheminerait dans le jardin pour rejoindre l'entrée du couvent, lui avait suggéré son indic. C'est pourquoi l'abbesse regarde attentivement par la fenêtre, afin de démêler si la personne sur le point d'apparaître a bien l'attitude et le maintien d'une authentique vieille dame, toute grande, robuste et hommasse qu'elle pût être, ou si se dissimule sournoisement, sous cette apparence de décrépitude, le vil et bas amant de Béatrice, avec, dans son panier en osier, non pas une barrette de beurre, des confitures de son verger et un délicieux jambonneau, mais bien un pistolet destiné à menacer les deux religieuses afin qu'elles le conduisent jusqu'à la cellule inaccessible où a été confinée Béatrice.

À ce moment du récit, on entendrait mère Rosalie dire à sœur Clotilde :

— Ça y est, sœur Clotilde ! La voilà, je la vois apparaître ! Elle vient de pousser la petite grille, elle s'approche !

— Et alors, ma mère, qu'en pensez-vous ?

— C'est difficile à dire pour le moment. Attendez quelques instants.

— J'attends, ma mère, j'attends. Il y faut un examen attentif, vous avez raison.

— …

— Prenez votre temps.

— Pardon, sœur Clotilde ?

— Je disais, prenez votre temps !

— …

— J'attends. Je ne suis pas pressée !

— …

— Il fait frisquet ce matin !

— …

— …

— Je pense qu'il s'agit d'une authentique vieille tante.

— Ah, tant mieux ! Vous me voyez rassurée !

— Elle m'a l'air assez mal en point, d'ailleurs, pour vous dire la vérité.

— Ah, zut, la pauvre !

— Nous aurions largement le temps d'aller dire une messe pour nos infortunés pécheurs avant qu'elle n'atteigne l'entrée du couvent, tellement l'arthrite la fait marcher lentement. Elle a l'air de compter chaque gravillon de l'allée, et sa langue pourrait aisément nettoyer ses chaussures de la poussière du chemin, tant elle est lente et courbée.

— Vous voulez que j'aille la chercher, et que je laisse la charité prendre le pas sur la prudence, pour l'aider à venir jusqu'à nous ?

— Non, pas encore. Le mot courbée est faible, je devrais dire plutôt cintrée. Elle fait comme une entrée de tunnel avec sa colonne vertébrale.

— Vous avez raison de vous méfier, ma mère. Ce jeune amant me semble suffisamment dissimulé pour pousser dans des extrémités éminemment trompeuses la pratique du travestissement et de la pantomime ! Ce serait proportionnel aux sentiments qu'on nous dit qu'il éprouve pour sœur Béatrice, des sentiments aussi étendus et retentissants que le sont pour nous les cieux divins et la miséricorde du Seigneur !

— Oui, sœur Clotilde. Nous nous devons à la plus grande vigilance. Ces mécréants ne s'embarrassent d'aucun scrupule dans l'élaboration de leurs stratagèmes, pourvu qu'ils parviennent à leurs fins. Et je vois dans cet habile simulacre, s'il devait s'avérer tel, un double péché, le moins excusable des deux n'étant pas celui de vouloir retirer sœur Béatrice d'entre les mains du Seigneur où la Providence l'avait sagement placée, mais de donner des vieilles dames un tableau à ce point sarcastique et mordant. Car, s'il s'agit bien de lui, le perfide amant n'a progressé que de deux mètres depuis que l'on se donne la peine de déterminer s'il s'agit d'une satire de vieille tante, ou bien d'une authentique aïeule. Si satire il y a, le châtiment frappera ! La miséricorde divine ne peut tolérer pareil affront !

— D'autant que nous ne sommes plus si loin de l'âge où commence le décompte méticuleux des gravillons !

(Il est vrai que la nonne postée près de la porte d'entrée est légèrement courbée.)

— Parlez pour vous, sœur Clotilde ! Je suis encore, moi, dans la Fleur de l'Âge !

— Pardonnez-moi, ma mère. Je parlais d'abord pour moi, et pour l'ensemble de mes sœurs plus âgées, et Dieu sait si l'humidité des murailles entre lesquelles la bonté infinie du Seigneur nous tient généreusement recluses pour nous protéger des turpitudes du monde extérieur fait grincer nos vieilles ossatures, passé un certain âge ! Vous, ma mère, on pourrait vous appeler sans offense la Chèvre de Dieu, tellement votre Silhouette nous fait sentir, contenus en vous, les bonds et les cabrioles que vous pourriez faire, si seulement les rigueurs de la contrition desserraient leur métallique étau !

— Taisez-vous donc, sœur Clotilde, ou je vous jette dans la cellule voisine de celle de notre pécheresse sœur Béatrice, pour prix de ces impertinences ! Chèvre de Dieu ! Où avez-vous la tête ce matin ! Préparez-vous plutôt à subir la fulgurante métamorphose de l'arthritique vieille tante en ravisseur déterminé à obtenir de vous le chemin des geôles ! Je vois d'ici votre émotion quand surgira sous vos narines le canon de son pistolet !

— Ne devrions-nous pas prévenir le jardinier ?

— Si, je le crois. Vous avez raison. Une telle lenteur ne

peut exister que dans l'intention de faire vivre sous nos yeux bien crédules, pour les abuser, le fallacieux spectacle d'une lenteur essentielle. Cette lenteur est trop théorique pour être honnête ! Personne ne marche ainsi dans la réalité, toute vieille tante centenaire et rhumatismale que l'on soit !

La veille, Susanne avait écrit ce long dialogue. Elle avait beau y avoir passé la journée, et leur trouver des qualités d'esprit et de tournure, ces pages lui déplaisaient, son roman s'égarait avec ce kidnapping inspiré de *La Duchesse de Langeais*. Jamais elle n'aurait acheté dix mille euros une peinture représentant deux religieuses à ce point ridicules !

Ses deux nonnes devaient se trouver du côté de la beauté et de l'amour, de la grandeur métaphysique ! Elles étaient là pour tracer un chemin de lumière et de libération de soi ! Elles devaient secourir, orienter vers son salut cette mystérieuse personne qui doit venir, lui ouvrir un espace où s'abriter, où se réconcilier avec elle-même ! Pas l'inverse !

Le sacré quoi.

Pardon ?

Ce qu'il manque à cette première hypothèse infertile de Susanne, c'est le sacré.

Susanne regarde une femme qui elle-même regarde par une fenêtre, mais sans qu'elle puisse déterminer quels sont le sens et l'objet de cette imprégnation rétinienne.

Ce regard de la moniale est la condition du sacré en même temps que sa porte d'entrée.

Or ce regard est opaque.

Susanne ne parvient pas à le déchiffrer.

C'est sur ça qu'elle bute.

Non ?

Si. Exactement. C'est sur ça qu'elle bute. Vous avez raison Sarah. Doit régner dans l'histoire que Susanne voudrait écrire cet impérieux sentiment du sacré qui lui a fait acquérir son tableau.

Susanne vient de se garer aux abords de la place du Président-Wilson. Il est un peu plus de vingt heures trente, il fait froid et humide, la lune s'est absentée du ciel, l'obscurité est épaisse. Elle traverse l'esplanade circulaire, contourne le bassin où la nuit les jets se taisent, se dirige en direction de son immeuble. Les cinq hautes fenêtres de son appartement sont illuminées.

L'immeuble, limpide et élégant, presque précieux, aussi précieux qu'un coffre à bijoux, date du XVIIIe siècle. Il ne compte que deux étages surmontés d'une toiture en ardoise percée de verticales mansardes. Insulaire, le bâtiment est bordé d'un côté par une ruelle et de l'autre par l'un des boulevards qui aboutissent à la place en étoile. L'appartement de Susanne est au premier étage, la hauteur sous plafond est impressionnante, les cinq croisées sont des portes-fenêtres donnant sur un balcon filant (pour trois d'entre elles, celles du milieu) et sur deux balcons esseulés de part et d'autre de ce dernier. De délicates dentelles de fer forgé les sécurisent. Les persiennes, à quatre pans, percées de minutieuses claires-voies, sont peintes en gris mais s'écaillent, ce à quoi Susanne avait l'intention de remédier depuis longtemps – elle se promit de le faire cet été.

L'espace central de la place du Président-Wilson, un grand jardin ceinturé d'une chaussée où tournoient les voitures, est constitué, sur ses pourtours, d'une double rangée d'arbres, au-delà de laquelle sont proposés des étendues de gazon, des allées sablonneuses puis au centre un bassin. Placés sur différentes orbites autour de celui-ci, on trouve des bancs de bois, des bancs de pierre. C'est sur l'un de ces bancs, sur l'orbite la plus proche de la chaussée, donc de son appartement, entre deux arbres, que Susanne s'est assise, intimidée, frigorifiée, pour regarder la façade de l'immeuble.

On voit bien que l'appartement où elle a vécu jusqu'à une date récente, magnifique, est meublé avec goût (par ses soins principalement), quoique Susanne ne l'eût pas exactement illuminé comme il l'a été ce soir par ses enfants et son mari, anarchiquement et sans la moindre science des éclairages. Les cinq croisées flamboient, quelque chose de fastueux émane de ce premier étage qui contraste avec le rez-de-chaussée et le second, où dans chaque cas une seule fenêtre éclairée signale la présence des occupants. Certes, le jeune couple qui vit au rez-de-chaussée n'allume généralement que la pièce où il se trouve et éteint derrière lui lorsqu'il la quitte, tandis qu'au second dépérissent deux retraités qui n'ont besoin que de la clarté du téléviseur et de deux lampes de chevet pour s'assurer l'un l'autre qu'ils sont toujours en vie (elle les aime bien ces deux vieux...), mais tout de même – se dit Susanne – ce soir le contraste est exagéré, on a la sensation d'une arrogante et dispendieuse déclaration de principe claironnée par l'étage noble à destination des ascètes qui l'environnent.

Pour le moment, elle n'aperçoit aucune présence humaine dans l'appartement, ils doivent encore se trouver dans la cuisine et y achever leur dîner. La fenêtre de la cuisine donne sur la ruelle, sans recul suffisant pour en apercevoir l'intérieur.

Sarah y était déjà allée une première fois, une semaine à peine après qu'elle fut partie de sa maison – elle avait peut-être omis de le lui raconter, il lui semblait important de le faire figurer dans le livre.

Volontiers. Il l'écoutait.

Au début, l'idée l'avait excitée de profiter pleinement de cette subite, entière et surprenante liberté qu'elle avait eu le cran et le culot de s'octroyer. Mais elle n'avait pas tardé à constater combien dîner et s'endormir seule peut faire aussi beaucoup souffrir. Sarah n'était pas habituée à la solitude, elle qui n'avait passé aucune soirée en solitaire depuis vingt et un ans – son mari cloîtré dans son bûcher et tardant à réapparaître dans leur chambre, elle n'appelait pas ça de la solitude. C'est pourquoi, un soir, elle était allée devant sa maison à l'heure du repas, pour établir un contact rétinien avec ses enfants. Elle voulait s'en remplir les yeux, ses yeux en étaient affamés. Ce fut comme un besoin irrépressible. Elle avait garé sa voiture à bonne distance de la bâtisse et s'était dissimulée derrière le tronc d'un chêne centenaire auquel faisaient face, par de nombreuses fenêtres, les pièces de vie du rez-de-chaussée. Et ce soir-là elle avait vu et perçu, éclatante, insupportable, leur solitude à eux aussi et leur tristesse. Il y avait une raideur des silhouettes et un silence pesant et obstiné de leurs trois têtes, c'était indubitable. Ils ne se parlaient pas. On eût cru des mannequins dans une vitrine éclairée. Des poupées immobiles. Une atmosphère figée, morbide, artificielle, telle qu'il n'en avait jamais existé chez eux où l'ambiance était généralement joyeuse : l'absence d'elle faisait un vide, créait un manque et un malaise dont il n'était pas possible de ne pas s'apercevoir. Et cette déploration atmosphérique, qui eût pu la flatter, ou la réconforter, la fit souffrir au contraire, et elle décida de ne plus renouveler l'expérience jusqu'à ce soir glacial de décembre, plus de deux mois plus tard, où elle revint errer autour de sa propriété.

Une demi-heure après que Susanne s'est assise sur le banc de pierre face à la façade de son immeuble, attendant qu'un signe de vie se manifeste dans l'espace illuminé de son appartement, voilà que la silhouette de Luigi apparaît dans le salon, suivie de celle de Paloma.

Où est son mari ? Resté dans la cuisine ? Descendu dans ses caves ?

À présent, Luigi et Paloma sont assis, le premier sur le canapé, la seconde dans un fauteuil. Susanne les voit distinctement par les trois portes-fenêtres qui donnent sur le balcon central.

C'est un spectacle d'une grande banalité, dont Susanne connaît de l'intérieur l'immuable liturgie quotidienne, mais il est pour elle ce soir éminemment vital et émouvant.

Le frère et la sœur scrollent sur leurs téléphones. Ils sont immobiles, absorbés par ce qu'ils lisent. Autour d'eux, malgré les illuminations, la pièce semble endormie et comme absente à elle-même. Luigi et Paloma paraissent posés dans un décor, un lieu factice et onirique. Ils pourraient être n'importe où et partout ailleurs, ce qui les entoure n'a pas l'air de les toucher contrairement à Susanne qui en cet instant a une conscience aiguë de son appartement et de ce qu'il représente pour elle à présent qu'elle en est exclue. Elle sait qu'ils likent des stories, visionnent des vidéos, pianotent des commentaires. Cela nécessite peu de gestes, seul l'index de la main droite est sollicité. Susanne est trop loin pour distinguer les sourires que répercutent sur leurs visages vidéos, mèmes, photographies tordantes au gré de leurs glissements sur les réseaux sociaux.

Oh, qu'ils semblent tranquilles !... On dirait que je les vois en rêve...

Il est neuf heures à l'horloge de gare vintage accrochée au mur du salon (achetée dans une brocante à Gênes douze ans plus tôt), on en perçoit les grosses aiguilles depuis le banc de pierre où Susanne est assise. Ses enfants ne se doutent de rien. Ils ne parlent pas.

Soudain, Luigi et Paloma tournent la tête de son côté. Ils ont simplement tourné la tête et scrutent la nuit dans sa direction. Elle a peut-être aimé, pensé et espéré trop haut. Regardé trop fort. Susanne tressaille. Elle a peur d'être découverte. Et cependant ils ne peuvent pas la distinguer, elle est dans l'ombre des grands arbres. Mais déjà ses deux enfants ne regardent plus dehors, ils reprennent leur position initiale et continuent de scroller sur leur smartphone. Elle ne saura pas ce qui a attiré leur attention dans les parages de sa présence figée et invisible.

L'immobilité a recommencé.

Seul leur index qu'à cette distance elle ne peut pas apercevoir s'active sur les écrans.

Les deux silhouettes de ses enfants.

Sublimées par les lumières.

Il lui semble les voir pour la première fois.

Elle se dit qu'il faut ajouter quelque chose à la vie ordinaire – son départ de chez elle ? son isolement ? – avant de pouvoir la comprendre. Regarde, ma Susanne, regarde bien : tu verras quelque chose de la vie. Tes enfants sont à tes côtés jour et nuit des années durant, et tu ne les aperçois véritablement qu'au moment où ils semblent séparés de toi pour toujours.

Luigi et Paloma sourient en silence.

Si, de là où elle est, elle peut les voir sourire ! Elle les voit sourire ! Que c'est beau !

Que Susanne est contente de voir ses deux enfants sourire ! De pouvoir contempler leurs dents blanches depuis la nuit où elle s'est ensevelie !

Luigi montre son écran à Paloma sans se lever. Elle rit de nouveau. Elle se passe une main dans les cheveux. Susanne connaît ce geste et elle l'adore. Oh, comme elle l'adore, ce geste ! Pourquoi tu ne le refais pas, ma Paloma ? Allez, sois mignonne ma puce, refais ce geste, fais-le pour moi, pour ta maman qui t'aime ! Passe-toi encore la main dans les cheveux !

Paloma refait ce geste, elle se passe de nouveau la main dans les cheveux, comme si Susanne avait été entendue, et son cœur soudain s'emballe.

Mais voici que le père, son mari, entre à son tour dans la pièce et porte la main à sa bouche.

De la fumée s'échappe d'entre ses doigts et de ses lèvres. Il fume dans l'appartement. Sans doute un pétard. À cette heure, normalement, il est enfermé dans sa cave.

Les trois se regardent. Ils se parlent. Le père est debout et les enfants assis. On sent le silence autour d'eux. Ils ne savent pas que quelqu'un les regarde.

Elle voit tout distinctement. Si seulement elle pouvait voir dans son tableau, dans sa vie, dans son avenir, comme elle voit maintenant dans son appartement !

Son mari file une tafe de son pétard à Paloma. Elle le place dans sa bouche avant de le considérer d'un air déçu. Susanne ignorait qu'elle fumait. Le père se marre puis va écraser le mégot dans le cendrier.

Susanne commence à avoir froid. Malgré les gants, ses doigts lui font mal. Il n'y a personne dehors par cette soirée glaciale. De rares automobiles empruntent la chaussée circulaire, roulant lentement comme si la rue était inondée, pénétrant sur la place par une avenue pour en ressortir par une autre, absentes, fantomatiques. Il semble à Susanne que ce sont les mêmes deux trois voitures qui tournoient sans fin tels des spectres cherchant une issue pour s'extirper du labyrinthe de notre monde, un monde inondé de passé, de souvenirs, de défunts, de regrets.

Le père se dirige vers ce qu'elle sait être la chaîne hi-fi. Il se baisse vers ce qu'elle sait être le meuble où sont serrés les vinyles qu'il n'a pas descendus dans sa cave. Il choisit un disque qu'il pose sur la platine. Il tourne le dos à la place et au banc de pierre où Susanne est assise, c'est dire s'il faut connaître les lieux pour deviner la nature de ces gestes. Mais déjà une confirmation de ce qu'il vient d'entreprendre se manifeste dans la subite métamorphose de l'indolence où semblait s'être coulée Paloma. D'un bond, elle se précipite hors de son fauteuil et se met à danser au milieu du salon.

Elle ondule du bassin et mouline des bras au-dessus de sa tête. C'est lascif, c'est sexy. Son ventre pâle et la pierre bleue de son nombril réfléchissent la clarté du salon, elle est vêtue de noir, son ventre est comme une bande de peau diaphane et éclatante. Jamais Paloma n'a dansé sur un disque placé par son père sur la platine familiale. Il a vraiment fallu que celui-ci, généreux, très conciliant, choisisse une musique que leurs goûts notoirement opposés supposaient insupportable à ses oreilles de puriste pour que sa fille se mette ainsi à danser.

A-t-elle jamais vu son mari se préoccuper de faire à ce point plaisir à ses enfants ?

Susanne a-t-elle, par son départ, libéré un espace où son mari s'est réjoui de s'engouffrer, trouvant à son rôle de père des délices insoupçonnés ?

Ou bien s'est-il mis à kiffer Cardi B, à en apprécier les voluptés vénéneuses, au crépuscule, en compagnie de sa fille ?

Paloma, tout en dansant, tend la main vers Luigi pour l'inviter à la rejoindre. Celui-ci refuse d'un geste aussi pudique que belliqueux. Qu'est-ce qu'il est timide cet enfant. Il se blottit au fond du canapé, refusant même de regarder sa sœur se trémousser. Alors Paloma se tourne vers leur père et par des gesticulations d'encouragement telles qu'en adressent les entraîneurs de foot à leurs joueurs depuis le bord du terrain l'engage à l'imiter. Ce qu'il ne tarde pas à faire, dansant devant sa fille, tournant autour d'elle et réciproquement, au grand étonnement de Susanne.

Ils paraissent si heureux.

Luigi soudain se redresse, comme électrocuté. Il tend la face vitrée de son smartphone vers le père et sa fille. Les deux accourent tout en continuant de danser, Paloma électriquement, son mari en atténuant ses sautillements parce qu'il semble lire ce qu'il y a d'écrit sur l'écran. Alors tous trois éclatent de rire tout en parlant, ils se disent des phrases, Paloma continue d'imiter les sulfureuses chorégraphies de Cardi B – ses bras sont des serpents sous amphétamines – tandis que Luigi se renfonce dans le canapé pour poster un commentaire. Son mari s'est remis à danser, mais sur ce mode parodique qu'elle lui connaît et qu'il a l'habitude de produire en fin de soirée pour faire rire la compagnie.

Si seulement Susanne pouvait écrire avec la même imparable évidence, d'une façon aussi modeste et lumineuse !

Que les images se mettent à exister comme aperçues derrière une vitre illuminée, allégoriques !

Paloma, de ses petits poings féminins, tape sur la poitrine de son père en riant, pour qu'il arrête de faire le clown. Puis elle se précipite vers la platine, ce doit être la fin de la chanson. Mais le père intervient pour changer lui-même le disque, c'est un maniaque, personne n'est autorisé à manipuler son matériel hi-fi. Ils échangent quelques mots pour décider de la musique qu'ils vont mettre ensuite.

Parce qu'elle a chaud d'avoir dansé, Paloma vient ouvrir la fenêtre du milieu pour aérer la pièce et rafraîchir son corps. Susanne la contemple. Son cœur en est comme caressé. Que tu es belle, ma fille, ce soir ! Paloma regarde dehors machinalement, son regard glisse sans la voir sur la silhouette de Susanne tapie dans l'ombre des deux grands arbres. Si elle s'était donné la peine de fouiller l'obscurité (mais pourquoi aurait-elle éprouvé le besoin de le faire ?), la clarté des réverbères lui aurait permis de détecter la présence d'un être humain recroquevillé sur le banc de pierre sous les fenêtres de son immeuble, de l'autre côté de la chaussée. Elle se serait alors demandé s'il s'agissait d'un sans-abri. Sans doute aurait-elle appelé les deux autres pour qu'ils regardent à leur tour. Leurs yeux se seraient posés sur elle. L'un d'eux l'eût peut-être reconnue. C'est peut-être ce qui aurait pu lui arriver de mieux. On l'eût peut-être secourue. Mais déjà Paloma se retourne et s'avance dans la pièce vers son père.

Sarah se demande si c'est comme ça chez elle tous les soirs, ou si un événement particulier explique et justifie cette soirée gaie et insouciante.

A priori aucun. Ils sont heureux et vivent leur vie et leur soirée, tout simplement.

Ils ne pensent pas à elle, elle le voit bien.

Elle n'existe plus. Elle leur est complètement sortie de l'esprit.

Comment peut-on disparaître aussi vite de la vie de ceux que l'on aime ?

C'est comme si elle était morte de son cancer et qu'elle avait eu la faculté de revenir les voir vivre une fois décédée.

Ils ont fait disparaître Sarah de leur vie aussi sûrement que l'eût fait la maladie si elle s'était révélée fatale.

Ce que la situation présente lui enseigne, c'est qu'ils n'auraient pas souffert bien longtemps. Elle en est rétrospectivement soulagée. Car durant sa maladie, ce qui la terrorisait le plus n'était pas de mourir, mais d'abandonner sans défenses son mari et ses enfants, qui avaient tant besoin d'elle.

Si elle se dirigeait vers la maison et frappait à la porte, et qu'ils l'ouvraient, la verraient-ils ? Ou bien était-elle morte à leurs yeux au point de ne plus même leur apparaître ?

— C'est qui ? crierait Paloma à Luigi qui serait allé voir qui avait frappé.

Sous les yeux de Sarah, Luigi aurait ouvert la porte d'entrée et regarderait dehors, passerait devant elle pour sortir de la maison et scruter l'allée par où l'on arrivait jusque chez eux, avant de revenir à l'intérieur :

— Je sais pas ! Y a personne ! Tu es bien sûre qu'on a frappé ? Tu perds la tête ma vieille.

Susanne veut le vérifier en téléphonant. Elle le sait bien qu'il ne faut pas, parce que les vexations visuelles sont plus cruelles et redoutables encore que celles qui nous parviennent par des phrases. Mais elle ne peut s'en empêcher. C'est comme une sorte de vengeance. Ils l'ont bien mérité, par l'amnésie manifeste de leur attitude insouciante, même si elle sait que cette vengeance où elle va les piéger la fera souffrir elle et pas eux – ce qui est pour le moins curieux comme conception de la rétorsion.

Appeler qui ?

Peu de solutions s'offraient à Sarah. Son mari ne répondait plus au téléphone depuis qu'elle était partie, de même que Paloma ces dernières semaines.

Susanne sort son téléphone et appelle Luigi. Elle voit qu'il est vingt-deux heures dix à l'horloge italienne accrochée au mur du salon, vingt et une heures cinquante-trois à celle de son téléphone, la vieillerie avait pris la fâcheuse habitude de raccourcir le temps – il est vrai que le temps passe toujours plus vite en Italie…

Une image de film fantastique lui vient à l'esprit tandis que dissimulée derrière le tronc du chêne centenaire Sarah s'apprête à téléphoner à Luigi. Un organisme à quatre têtes, rose clair, étrange et extensible comme du latex, à la chair tendre et malléable. L'une des têtes vient à disparaître, tranchée net par un coup de hache. La cruauté ennemie est impitoyable. En accéléré, on voit l'organisme se reconfigurer, comme pétri, modelé et réparé par des mains invisibles. Souffrant d'abord de cette sanglante décapitation, cicatrisant jusqu'à disparition totale de toute trace d'ablation, l'entité organique modifie globalement sa complexion initiale – dans un rapide fondu enchaîné d'images de synthèse – de sorte qu'une fois la guérison atteinte on a le sentiment que la bestiole n'a jamais eu que trois têtes. Son harmonie et ses proportions sont de nouveau parfaites quoique altérées, elle n'avait peut-être jamais été aussi équilibrée en réalité, le latex a dévoré lui-même ses propres sutures, c'est tout lisse. Par conséquent, il ne peut pas y avoir de souvenir d'une quatrième tête, le principe même d'une quatrième tête est exclu, il n'y a jamais eu de quatrième tête, la bestiole a repris le cours de sa vie sous une forme qui ne se connaît aucun autre passé que celui qu'elle est en train de se créer, insouciante et joueuse.

Assise frigorifiée dans l'ombre des deux grands arbres, ayant retiré son gant droit, Susanne appuie, à la surface de l'écran, dans l'indigente colonne des favoris, sur le troisième prénom de la liste, Luigi.

Luigi est toujours sur le canapé, où son père l'a rejoint pour lire *Le Monde*. Paloma a retrouvé le fauteuil où elle s'était déjà roulée en boule au début de la soirée. Entretemps, la fenêtre a été refermée, à cause du froid.

Dans l'oreille de Susanne, la tonalité de la sonnerie. Sous ses yeux, Luigi qui lève la tête vers son père et sa sœur. Il était en train de scroller et il a vu apparaître le mot Maman sur son écran. Étonnement. Que faire ? Le père a baissé le journal sur ses cuisses. Paloma a levé le visage vers son frère. Leurs lèvres remuent. Les trois têtes pivotent de l'une à l'autre au rythme enlevé et saccadé des phrases, des questions, des hésitations qu'ils s'échangent, tels des oiseaux qui pépient. Pourquoi Susanne appelle-t-elle ce soir ? Est-ce qu'on ne devrait pas décrocher, tout de même ? Ne serait-ce que pour vérifier ce qu'elle veut ?

Ça continue de sonner dans l'oreille de Susanne. Elle est suspendue à la décision qu'ils vont prendre. Elle les voit s'agiter. Atermoiements. Le père tourne la tête vers Luigi, puis vers Paloma.

Et s'il était arrivé quelque chose de grave ? Dans ce cas elle rappellera, ou elle enverra un texto. Elle fait chier, on passait une bonne soirée, il faut toujours qu'elle vienne foutre sa merde, pitié, non, tu l'appelleras demain si tu veux. C'est maman, quand même. Tu fais chier Luigi. Va décrocher dans ta chambre alors. Mais par pitié laisse-nous tranquilles.

Les sonneries n'ont pas encore fini de s'égrener que déjà Susanne voit le visage de son mari disparaître derrière son quotidien et le regard de Paloma se détourner du visage de son frère, pour replonger dans son smartphone. Ainsi sa cause est-elle entendue : on ne lui répondra pas. Il n'y a pas eu de discussion. C'était une évidence, à l'unanimité.

Ils ont repris leur activité initiale comme si de rien n'était.

Le téléphone continue de sonner dans l'oreille de Susanne ainsi que dans l'appartement illuminé où sous ses yeux dissimulés dans la nuit et le froid mari et enfants l'éludent sans états d'âme, ignorant qu'ils sont épiés.

Déclenchement de la messagerie.

Salut, c'est Luigi, laissez un message, salut !

Biiiip !

Euh, c'était maman… Bon eh bien je t'embrasse, rien de spécial, c'était juste comme ça, pour dire bonsoir, mais tu dois être occupé, on se rappelle mon amour, bonne soirée, bonnes équations, bisous bisous.

À partir de ce jour, Sarah revint chaque soir se cacher derrière le tronc. Sa propre vie se déroulait sous ses yeux comme sur un écran de cinéma, mais elle n'avait pas la possibilité de s'immiscer dans les images pour infléchir la narration. Elle était condamnée à la fonction de spectatrice. Sa vie était devenue une fiction écrite par d'autres, une fiction où des personnages qu'elle ne connaissait pas n'arrêtaient pas d'apparaître, dont elle était privée des dialogues.

Sarah n'aurait su quel nom donner à sa vie dans la maison lugubre, une vie qui n'était pas sa vie réelle. Le mot expropriation lui venait à l'esprit. Le mot transitoire. Elle vivait dans un état transitoire d'expropriation. D'attente. De suspension. Comme mise à la consigne, en attendant qu'on la reprenne. La maison lugubre était semblable au casier d'une consigne de gare où Sarah avait la sensation d'avoir été oubliée. À partir du jour où elle avait commencé de contempler la vie de sa famille par les fenêtres de sa maison, son seul territoire n'avait plus été que son monde intérieur.

Plus les jours passaient, plus il semblait que la vie devenait radieuse et virevoltante dans l'appartement de la place du Président-Wilson.

On était loin des marionnettes statiques et endeuillées de sa première visite.

Son mari n'allait plus jamais dans son bûcher. Ils avaient souvent des invités. Ils avaient changé les meubles de place et bousculé les éclairages, oui, même les lumières étaient différentes ! Sarah ne reconnaissait plus sa maison, sa maison était en train de se modifier sous ses yeux, ses apports et ses marques en étaient peu à peu effacés.

Elle venait tous les soirs désormais. Elle s'asseyait sur le banc de pierre et surveillait les fenêtres illuminées, elle s'était acheté une bouteille thermos qu'elle remplissait d'un thé corsé, pour se tenir éveillée. Il y avait parfois des invités dans l'appartement, des personnes qu'elle n'avait jamais vues, et sa fille et son mari circulaient parmi ces présences une cigarette et un verre à la main. Ils riaient. Sa fille se passait la main dans les cheveux. Elle était devenue la maîtresse des lieux, leur gardienne. Un soir, elle la vit embrasser un garçon sur le balcon. En revanche, il était plus rare que Luigi se mêle aux convives, parce que réfugié dans sa chambre il travaillait d'arrache-pied dérivées et intégrales pour atteindre aux exigences oxfordiennes. Elle l'apercevait à son bureau face à la fenêtre, il regardait dehors de temps en temps mais rarement vers le bas, mais jamais vers sa mère statufiée sur sa glaciale assise de pierre. C'était toujours vers le ciel que Luigi portait les yeux. Toujours vers le firmament. C'était un rêveur, comme Susanne l'était elle-même.

Quand il sembla à Susanne, vers le 20 décembre, qu'on approchait du terme de la période de réflexion évoquée au restaurant, terme qui de surcroît voisinait avec les fêtes de Noël et du Nouvel An, elle envoya un texto à son mari pour lui annoncer qu'elle rentrait dans trois jours. Ainsi dîner, sapin, cadeaux de Noël et retrouvailles coïncideraient-ils, il l'en voyait ravie, rien ne pouvait la réjouir davantage qu'un dénouement de cette nature, sous de festifs auspices, lui avait-elle écrit. Son mari n'avait pas répondu à ce message bouteille à la mer dont elle-même ne croyait pas qu'il pût aborder à aucun rivage indulgent compte tenu de son silence obstiné des derniers mois. Le soir, Susanne vit pénétrer dans son immeuble, vers vingt heures trente, une bouteille de champagne à la main, une rousse à la chevelure ample et frisée qu'elle avait déjà repérée parmi les invitées récurrentes. Sauf que ce soir-là elle fut la seule à appuyer son doigt sur le bouton de l'interphone.

Elle roulait dans une Mini dernier cri cette petite pute. Elle l'avait garée à brève distance du chêne centenaire, le parfum de la créature était parvenu aux narines de Sarah tandis qu'elle entendait ses pas menus et maniérés remuer le fin gravier, un jus vieux rose et épicé.

Elle puait le poudrier.

Il n'y avait qu'eux deux dans l'appartement, comme Susanne s'en rendrait compte rapidement puisque durant l'apéritif, son mari sur le canapé et la femme rousse dans le fauteuil de Paloma, seules deux flûtes s'étaient tendrement entrechoquées dans les lumières modifiées du salon sans qu'aucune silhouette supplémentaire ne vînt troubler cette cristalline intimité : on avait dû prier les enfants d'aller passer la nuit chez des potes. Puis les deux tourtereaux – dont à ce stade et à cette distance il était difficile d'estimer l'étendue de la proximité – passèrent dans la salle à manger pour y dîner. Susanne trouva le temps long durant les presque deux heures qui suivirent, d'autant que la douleur se mêla d'augmenter son ennui : le froid lui dévorait l'extrémité des doigts à travers les gants, tellement la bise était glaciale, mordante.

Un dîner comme tant d'autres, à deux, à bavarder, à boire des verres de vin et à manger des plats que son mari rapportait de la cuisine, serviable et emprunté.

Il avait donc cuisiné ? Où avait-il appris ? Il s'était offert un livre de recettes ?

Un dîner abstrait et inaudible, sans odeur, sans saveur dans la bouche, auquel elle assista d'un œil lointain et impatient depuis un banc de pierre dans la nuit.

À la fin du dîner, les deux se levèrent de table puis disparurent des pièces donnant sur la place.

Se seraient-ils repliés dans la cuisine pour y boire un café, un déca ?

Vers vingt-trois heures, salon et salle à manger s'éteignirent.

Un court moment de distraction, voire de demi-sommeil, avait-il privé Sarah du moment où son mari avait éteint les lumières ?

À peine prenait-elle conscience que les lumières s'éteignaient qu'elles étaient déjà éteintes, sans qu'elle pût dire comment.

La meuf partait déjà ?

Quelques instants plus tard, un épais tumulte d'ombres se propagea en remous derrière les vitres de la chambre parentale plongée dans l'obscurité, on tirait les lourds rideaux de velours rouge. Puis ceux-ci se mirent à rougeoyer comme de la braise à la fin d'un feu, son mari avait allumé les lampes de chevet.

Ils n'allaient pas baiser dans le noir.

Sarah allait-elle rester là à les épier ? Avait-elle vraiment besoin de savoir si son mari allait passer la nuit entière avec la meuf, ou à quelle heure il allait l'expulser du matelas conjugal ? Rien à foutre, la chose était entendue, ils couchaient ensemble, que lui fallait-il de plus ? S'infliger la souffrance d'assister à leur heureux réveil ? Les regarder partager leur œuf à la coque depuis l'observatoire du tronc centenaire, après une nuit blanche et glaciale ?

Sarah décida de quitter les lieux au moment où elle se mit à entendre les rires de la créature. Ces rires lui semblèrent d'une emphase incontestablement suspecte, son mari n'allait pas aimer ça du tout, elle le connaissait, il en percevrait immédiatement toute la facticité, ces sonorités n'étaient que de grossières contrefaçons. La meuf était décidément aussi artificielle que son parfum poudré, sa Mini énervante, ses talons hauts et sa chevelure de cantatrice imbue d'elle-même.

Alors elle s'éloigna.

Mais, préoccupée, pensive, subitement inspirée, Sarah fit volte-face au bout d'une dizaine de mètres, s'agenouilla, ramassa un silex sur le chemin et revint vers la coquette et brève automobile, dont elle fit le tour en appuyant la pointe de son caillou préhistorique sur la carrosserie, la scarifiant, y laissant une profonde inscription ondulatoire dans des grincements de violoniste alcoolisée.

Oh, Sarah ! Vous, entreprendre une chose pareille ? Mais vous ne me l'aviez jamais dit ! Vous avez vraiment fait ça ?

Oui. J'ai vraiment fait ça. J'en ai un peu honte, c'est pourquoi je ne vous l'ai jamais raconté, mais je peux vous dire que sur le moment, ça m'a fait un bien fou.

Une fois de temps en temps, j'avoue, quand je me laisse dominer par mon idéalisme, et que mes déceptions sont aussi carnassières que celles d'un enfant outrageusement trahi, je suis capable de rétorsions cent pour cent enfantines, en mode j'arrache la tête de la poupée de ma sœur.

Je ne suis pas certain que Susanne fera la même chose, si tant est qu'elle ait vu la rousse garer son automobile. D'autant qu'elle ne peut pas avoir entendu, elle, en plein Dijon, depuis son banc de pierre, les frauduleuses vocalises de sa concurrente.

C'est vous qui voyez.

Je verrai.

Ayant relancé son mari deux jours plus tard, ayant aussi écrit à Luigi et Paloma pour les informer de son imminent retour (et leur demander s'ils avaient l'un et l'autre une idée de ce qu'ils souhaitaient comme cadeaux de Noël), textos dont personne ne prit la peine d'accuser réception (Luigi se contentant d'un cœur enflammé), Susanne téléphona à son mari. Il décrocha, miracle, mais pour lui déclarer qu'il n'était pas prêt à la voir réapparaître à Wilson : il avait encore besoin d'un peu de temps.

— Mais c'est moi qui avais besoin de temps, pas toi ! N'inversons pas les rôles !

— Il faut croire que les rôles se sont inversés d'eux-mêmes durant ton absence, puisque c'est moi, maintenant, qui ai besoin de temps pour réfléchir. Je ne suis pas prêt.

— Eh bien quitte la maison, si tu as besoin de réfléchir, et laisse-moi rentrer chez moi ! C'est ce que j'ai fait non ? Celui qui réfléchit part réfléchir à l'extérieur. Chacun son tour. Je peux te filer le plan d'une excellente location.

— Susanne, enfin, je ne vais pas quitter l'appartement alors que c'est toi qui es partie ! Je n'ai rien demandé moi ! C'est le monde à l'envers !

— Je t'ai toujours dit que je rentrerais une fois que j'aurais réfléchi. C'est bon, j'ai réfléchi, je rentre. C'est chez moi après tout.

— Susanne, ne complique pas les choses s'il te plaît. On a pris nos marques, les enfants et moi. Ça n'a pas été facile, c'est moi qui te le dis, et pour aucun de nous trois. On a morflé. On s'en remet tout juste. Tu ne réalises pas, je crois, ce que tu nous as fait endurer.

— Moi ? Mais je, j'ai accueilli les enfants chez moi, j'ai été tout le temps disponible pour les…

— On a encore besoin de temps.

— On ? ON ? Comment ça *on* a encore besoin de temps ? Qu'est-ce que les enfants viennent faire dans cette histoire ? Les enfants n'ont rien à faire dans cette histoire, tu n'as pas à faire intervenir les enfants dans cette histoire, de quelque façon que ce soit. C'est une décision qui nous appartient en propre, aucunement aux enfants. C'est nous qui décidons de l'avenir de notre couple. Pas les enfants. Les enfants, eux, pardon, n'ont pas leur mot à dire.

— Si tu veux. Mais je me dois de prendre en compte ce qu'ils ressentent. C'est moi qui vis avec eux. Moi seul peux en juger. Et c'est aussi à la lumière de ce qui est bon pour eux que je prendrai ma décision. C'est pour ça que j'ai besoin de réfléchir encore un peu. Ton retour, en l'état actuel des choses, après ce qui s'est passé, me semble prématuré.

— Tu parles comme un livre maintenant ? Toi qui ne disais jamais rien avant !

— La Terre tourne, la vie bouge, les choses changent, les personnes évoluent. Qu'est-ce que tu veux que je te dise ?

— Si tu t'inquiètes pour les enfants, dis-toi que le mieux qu'il puisse leur arriver, c'est de retrouver leur mère.

— C'est de ça que je ne suis pas certain. Est-ce qu'il ne faudrait pas plutôt les en protéger ? Si je prends l'exemple de Paloma, Luigi c'est un peu différent… mais si je prends l'exemple de Paloma, il me semble que…

— Mais comment peux-tu dire des choses pareilles ! C'est atroce !

— Écoute, on ne va pas parler de ça au téléphone, tu as raison. Pardon, c'était une très mauvaise idée.

— Mais si, au contraire, c'est une excellente idée, parlons ! Ce que je conteste, c'est que… comment oses-tu m'asséner comme ça des…

— Non, pas au téléphone. Je ne le souhaite pas. Tu m'as appelé, j'ai décroché juste pour te dire que ton retour était prématuré, puisque c'était cette information que tu souhaitais obtenir, pas pour avoir une conversation de fond.

— Je n'appelais pas pour obtenir quoi que ce soit, et surtout pas une *information* comme tu dis, mais pour te dire que je rentrais chez moi ! Que je rentrais chez moi !

— Je disais, tu m'as coupé, qu'on n'allait pas se lancer maintenant dans une grande conversation. Tu sauras en temps utile quelles sont mes…

— Mais enfin, qu'est-ce qui nous arrive, comment a-t-on pu en arriver là ? Qu'est-ce qui se passe ? C'est quoi ce cauchemar ? La dernière fois que l'on s'est vus, tu étais amoureux ! Tu souriais ! Tu étais radieux ! Tu avais mis ton costume noir ! Je ne t'avais jamais vu aussi heureux !

— À qui le dis-tu.

— D'un claquement de doigts, tout s'est éteint, notre bonheur, notre amour, notre vie de couple ! Qu'est-ce qui s'est passé ?

— C'est à moi que tu poses la question ? Susanne, sérieux ? C'est à moi que tu poses la question ?

— Oui, c'est à toi que je pose la question. Car je ne suis pour rien dans tout ce qui se passe depuis que je suis partie. Rien de ce qui se passe depuis mon départ n'était contenu dans ma décision, ni dans mes intentions. Absolument pas. C'est toi qui as fait prendre ces proportions, ces orientations, à ce qui n'était, au départ, qu'un... Ce n'est pas du tout comme ça que je voyais les choses. Je voulais te faire réfléchir. Tu aurais pu le voir comme un caprice sans conséquence. C'était une erreur, je me suis trompée, je m'excuse, je n'aurais pas dû, je suis désolée. Voilà. C'est dit. Tu es content ? Maintenant, j'aimerais pouvoir rentrer chez moi.

— Un caprice sans conséquence...

— Exactement.

— Tu voulais que je réfléchisse ? Tu devrais être contente, je n'avais jamais autant réfléchi de toute ma vie, ton plan a dépassé tes prévisions les plus optimistes ! Oui, j'ai réfléchi, j'ai avancé, tu l'as dit toi-même tout à l'heure, à présent je parle comme un livre. Ce n'est d'ailleurs pas le seul point sur lequel j'ai changé, ni la seule chose que je fais différemment.

— Je pourrais savoir à quoi tu fais allusion là ? C'est quoi soudain ces sous-entendus pernicieux...

— Tu le sauras bien assez tôt.

— Assez tôt ?

— Susanne, je dois te laisser.

— Attends. On n'a pas parlé de l'essentiel !

— Ah bon ? Et qu'est-ce qu'on fait depuis dix minutes ? J'ai décroché juste pour te dire que ton retour était prématuré, par pure faiblesse je me laisse entraîner dans une conversation filandreuse avec toi – vois comme je m'exprime bien à présent, comment ai-je pu négliger ce pur plaisir pendant autant d'années ? – et maintenant tu me déclares qu'on a omis d'aborder l'essentiel ?

— Noël.

— Quoi Noël ?

— Qu'est-ce qu'on fait pour Noël.

— Toi je ne sais pas ce que tu as prévu, ça ne me regarde pas, je ne veux pas m'immiscer dans ta vie privée. Pour ce qui me concerne, je fête Noël chez mes parents. Après quoi on part au ski.

— Vous partez au ski ? Qu'est-ce que c'est que cette histoire ? Qui part au ski ?

— Eh bien, Luigi, Paloma, ma mère et moi, de qui crois-tu que je parle ? Des Bertin ?

— Vous avez prévu ça quand ?

— Avant-hier. Paloma et Luigi en avaient envie. Il y a longtemps qu'on n'est plus allés à la montagne. Après ce qu'on a vécu ces derniers mois, on mérite bien cette consolation.

— Pourquoi les enfants ne m'en ont rien dit ?

— Ah mais ça je n'en sais rien Susanne ! Tu me poses de ces questions ! Je ne sais pas ce que tu trafiques avec tes enfants moi ! S'ils ne te parlent pas, qu'est-ce que tu veux que j'y fasse ? C'est ton problème, pas le mien !

— Est-ce aussi sûr que ça ?

— De quoi ?

— Que ce soit mon seul problème, et que tu n'y sois pas pour quelque chose.

— Moi ? Aucunement. Je t'assure. Tes enfants sont entièrement libres. Qu'est-ce que tu veux que j'y fasse s'ils se sentent mieux avec moi, ici à Wilson, qu'avec toi dans ton HLM ? À ce propos, il paraît qu'on fait cuire des hydrocarbures sous tes fenêtres, et qu'on y respire des émanations toxiques.

— Des émanations toxiques, n'importe quoi ! Je ne sais pas qui t'a raconté ça.

— Luigi. Mais peu importe. En tout cas, ce n'est pas faute de les avoir encouragés. Vois comme j'ai été fair-play. Mais je ne vais pas non plus les forcer, ils sont grands maintenant…

— Je peux être là, le soir de Noël, non ? Quand même ! C'est une fête familiale Noël ! Pourquoi je ne pourrais pas venir ?

— Mais tu plaisantes ou quoi ? C'est la meilleure celle-là ! Chez mes parents ?!! (Il éclata d'un rire mauvais.) Je peux te dire que le dernier endroit où tu pourras réapparaître, si tu y parviens un jour, c'est bien chez mes parents ! Après ce qu'ils savent que tu… Me quitter du jour au lendemain pour aller vivre ta vie en femme indépendante et libérée, en flibustière comme dit ma mère ? Ma vieille, si une chose est sûre, c'est que tu n'es pas près de les revoir mes parents !

— Ma vieille ? *Ma vieille ?* Comment tu me parles, là ? C'est quoi ce… Attention, tu ne vas pas te mettre à mal me parler ! Ça va pas être possible ça.

— Qu'est-ce que tu es susceptible ! Donc, non, pour répondre à ta question, mon tendre amour, ma petite Marguerite Duras, tu ne peux pas passer la soirée de Noël avec nous, ni d'ailleurs le déjeuner du lendemain, puisque ma sœur, qui passe le réveillon la veille chez ses beaux-parents, nous y rejoint pour la dinde. Le lendemain matin à l'aube, nous partons à Courchevel, où un client me prête un chalet.

— …

— À ce propos, j'aimerais récupérer l'Audi.

— Quoi ?

— Luigi ne te l'a pas dit ? Je lui avais pourtant demandé de te…

— Il ne m'en a rien dit.

— Il aura oublié. J'ai besoin de l'Audi. Tu pourras me la déposer à l'occasion ?

— Tu peux toujours te gratter.

— C'est quoi ce… Attention, tu ne vas pas te mettre à mal me parler ! Ça va pas être possible ça. (Il venait d'imiter Susanne, répétant au mot près les phrases qu'elle venait de lui dire.) Ah ah ah ! Susanne, mon amour ! (Il riait aux éclats, léger et éperdu.) Ah ah ah ! *Tu peux toujours te gratter !* Qu'est-ce que tu me fais rire parfois ! C'est pas grave ! J'en louerai une ! Je ne vais pas me battre avec toi pour une simple voiture ! Ouh you youille… qu'est-ce que tu m'as fait rire Susanne… C'est tout ? On a fini ?

— Non, on n'a pas fini, on n'a pas fini du tout. Je dirais même qu'on vient tout juste de commencer, tu vois, parce que tout ce que tu viens de me dire nous fournit une abondante matière à discussion. À commencer par le fait – moi aussi je peux parler comme un livre, il n'y a pas que toi qui saches parler comme un livre, tu ne m'impressionnes pas… quand je suis en colère moi aussi je me mets à parler comme un livre –, à commencer par le fait qu'il ne me paraît pas possible de me priver, ainsi que mes enfants, d'un repas de Noël avec eux. Tu proposes quoi ?

— Ah mais je ne sais pas moi Susanne ! Tu es drôle ! Je ne vais pas organiser ton planning, ta vie et tes repas enfin ! Tu me demandes quand tu peux organiser un dîner de Noël ? Mais je ne sais pas ! Quand tu veux !

— Quand je veux, quand je veux… Noël c'est dans trois jours…
— Écoute, je dois te laisser, appelle Luigi et Paloma pour voir s'ils acceptent de venir dîner chez toi après-demain, je n'y vois pour ma part aucun inconvénient, débrouillez-vous. Salut.

9

On ne parle plus de Delphine ? Elle a disparu du récit ?

J'avais cru comprendre que vous aviez arrêté de voir votre amie Angèle, je me trompe ?

Non. C'est exact.

Pour quelle raison ?

La honte.

La honte de m'être trompée. La honte d'avoir imaginé que m'éloigner de notre maison suffirait à amener mon mari à concéder des remords. La honte des répercussions que cette seule idée sotte avait entraînées, disproportionnées.

Car l'erreur que j'avais commise s'était matérialisée en *vie nouvelle*, et une vie misérable de surcroît, appelée à perdurer, à l'opposé de l'astucieuse situation transitoire imaginée avec la complicité de mon amie Angèle justement – c'était un désastre et bien évidemment je ne souhaitais en donner le spectacle à personne, pas même à elle. Je suis une femme anxieuse. Mon activité psychique principale, depuis l'enfance, consiste à déjouer la crainte que mon avenir ne soit une catastrophe. C'est la raison pour laquelle j'ai besoin de croire que je suis heureuse quand je me réveille le matin et que l'avenir, à force d'efforts et de ferveur, de droiture, de concentration intellectuelle, exaucera mes espoirs. J'ai toujours été comme ça, du plus loin que je me souvienne. C'est peut-être la condition de ma réussite, mon carburant de prédilection. D'ailleurs, jusqu'à mon déménagement, si je fais abstraction du bûcher et de la cupidité de mon mari, je crois pouvoir dire que j'ai été récompensée par l'existence à la mesure de ce que je pouvais en attendre – y compris durant ma maladie, puisque des décisions majeures que je n'ai jamais regrettées en ont découlé. Il m'est difficile d'admettre une situation d'échec, ou d'en donner la sensation aux autres, ou alors c'est le gouffre assuré, se profile la spirale de ma ruine. Je ne peux pas perdre la face ou m'exhiber dans un début de déchéance, c'est impossible, mon cerveau ne sait pas faire. Pour affronter l'adversité, il faut que je sois seule à en connaître la nature et l'étendue – c'est pourquoi je suis si secrète quand d'autres, à l'inverse, ont besoin de leurs amis pour déverser sur eux leurs inquiétudes et y puiser le courage de combattre. Révéler mes infortunes m'affaiblit, me désarme, et accélère le processus de délitement. Je sais très bien raconter la grâce, je ne trouve plus les mots ni le ton juste quand il s'agit de dire les peurs et les angoisses. Les rares fois où j'ai eu la faiblesse de le faire, j'ai senti que mes interlocuteurs étaient mal à l'aise, qu'ils avaient envie de s'enfuir. Sans doute cela nécessite-t-il un doigté que je n'ai pas et sans lequel toute confession devient obscène ou impudique, moi-même je me dégoûte instantanément et mets des jours à m'en remettre. Donc, pour en revenir à votre question, accueillir Angèle chez moi et lui décrire la situation dans laquelle je me trouvais en ce point exact de l'histoire, lui raconter l'humiliation de ces soirées passées dissimulée derrière le tronc d'un arbre à épier l'intimité de ma famille : impossible. D'autant que se lirait dans les yeux de mon amie la culpabilité de m'avoir si mal conseillée, pire encore : la pitié de constater, navrée et impuissante, la gravité de la situation dont j'étais prisonnière. Non. Je ne voulais pas qu'Angèle me serve de miroir. J'avais besoin, en me levant le matin, de me dire que ce cauchemar allait bientôt prendre fin. Et ce cauchemar ne s'achèverait-il jamais que ma vie n'en serait pas déplorable pour autant. Je me réinventerais. Je ferais de nouvelles rencontres. Tout irait bien. Mais pour cela, il fallait éradiquer de mon entourage tout cerveau ayant eu connaissance de mes splendeurs passées.

Je comprends.

Pourtant, vous vous êtes confiée à moi.

C'est différent. On ne se connaît pas. Je ne vous croise pas au supermarché. Vous ne m'accompagnez pas dans ma vie quotidienne. Vous n'existez pas pour moi en tant que personne. C'est à l'opinion publique que je m'adresse quand je m'adresse à vous, c'est à votre écriture que je m'en remets, parce que j'en apprécie la sensibilité et la finesse, que votre univers me plaît et que vos livres sont beaux. Quand je vous ai écrit, en août dernier, j'en étais arrivée à un tel point de déréliction (ce qui n'est pas encore tout à fait le cas là où nous en sommes de l'histoire que nous récapitulons de concert), il m'a semblé qu'il fallait en faire un récit, parce que mon cas était si extrême, absurde et désespéré qu'il en devenait édifiant, presque drôle par moments.

Mais vous aviez d'autres amis, à part Angèle. Votre couple fréquentait d'autres couples. Que sont-ils devenus ?

Ah, ça, c'est autre chose, ce sont eux qui se sont effacés, et tant mieux. J'étais devenue une femme infréquentable à leurs yeux, ils se sont tous ralliés à mon mari, mais je n'ai pas eu l'impression qu'il avait tellement continué d'avoir des relations avec eux lui non plus.

Elle en avait aperçu quelques-uns, de ces couples, à travers les fenêtres de sa maison, dans les soirées que son mari s'était mis à organiser, mais c'étaient surtout des personnes qu'elle n'avait jamais vues qu'il invitait – elle ne savait pas trop pourquoi, ni qui elles étaient, ni d'où elles venaient. La bourgeoisie provinciale est terrifiante, surtout celle que le pedigree aristocratique de son mari les conduisait à fréquenter. Ces gens ont des antennes intégrées à leur patrimoine génétique qui leur permettent de détecter dans la minute la déchéance où les circonstances de la vie vous ont fait choir (avant même que vous ne le déceliez vous-même, il est là leur talent), des circonstances qui bien sûr n'adviennent que dans la vie de ceux qui le méritent, d'une manière ou d'une autre, pensent-ils. On aurait dû s'en douter, elle avait le rire gras, je ne sais pas si vous aviez remarqué de quelle façon grossière elle se comportait à table, quand on tient sa fourchette comme Sarah tenait la sienne étonnez-vous qu'on aille louer un pavillon sordide dans le dos de son mari pour partir s'y installer sans même le prévenir, et en abandonnant lâchement ses mômes. Il paraît que le ciel leur est tombé sur la tête, s'ils s'attendaient à ça… franchement, les pauvres, du jour au lendemain, sans aucun signe avant-coureur… elle vit comme une clocharde maintenant paraît-il. Elle m'a toujours paru bizarre et décadente cette femme, vous aviez vu l'abri de jardin en forme de crâne qu'elle avait fait construire sur leur terrain ? Une tête de poète à ce qu'on m'a dit, un crâne chauve et sinistre, c'était d'un goût, mais d'un goût ! Je l'ai jamais sentie Sarah, trop prétentieuse, malsaine, dissimulée, comme quoi il faut toujours se fier à son instinct...

C'est ce que l'on vous fait désormais sentir en vous croisant dans la rue. Soudain on est pressé, on a une course urgente, alors on vous adresse de loin un salut pointu en mimant un téléphone avec le pouce et l'auriculaire. Une de ces « amies » lui avait dit, devant la boulangerie du centre-ville : « Mais qu'est-ce que tu as bien pu lui faire, à ton mari, pour qu'il réagisse comme ça ? », sous-entendu : il a vraiment fallu que tu te rendes coupable d'une vilénie impardonnable pour qu'il se mette, lui si gentil et mesuré, à te renier avec autant d'inflexibilité. Une autre lui avait balancé : « Je ne sais pas comment tu t'es débrouillée pour te retrouver dans cette situation. À moi ça n'arriverait jamais. » Sympa. C'est dire si la machine à spéculations, pour ne pas dire à bassesses, devait aller bon train dans leur milieu huppé. Des individus que l'on voit régulièrement, et avec un certain plaisir, des années durant, et dont on pense qu'ils méritent le nom d'amis (même si l'on sait que ce ne sont pas des amis cruciaux, mais seulement de sympathiques relations sociales, c'est déjà ça), et du jour au lendemain vous n'existez plus à leurs yeux, et le plus étonnant c'est que vous n'en éprouvez vous-même aucune souffrance, comme si tout ceci n'avait jamais été que du vent, de la barbe à papa.

Quand il fut acquis, après Noël, que les enfants de Susanne...

Noël, pardon, il fallait qu'ils parlent de Noël quelques instants. Ils ne pouvaient pas passer Noël sous silence, en faire l'ellipse.

Aucun problème. Il l'écoutait.

Sarah avait dîné au restaurant avec son fils la veille du réveillon. Luigi lui avait offert, en remplacement de celle qu'elle avait épluchée, une coque de téléphone incorruptible – ce cadeau l'avait fait sourire et touchée. Paloma n'avait pas pris la peine de lui envoyer ne serait-ce qu'un simple SMS de courtoisie en réponse à l'insistante douceur des siens ou pour accuser réception des messages vocaux suppliants qu'elle lui avait laissés le 23, le 24, le 25, silence total. Pareil pour les vœux de bonne année. Le soir de Noël, elle était allée le passer en Alsace chez ses parents où elle avait retrouvé sa sœur, son beau-frère et ses neveux. Elle les avait prévenus qu'elle viendrait seule et leur avait déclaré en arrivant qu'elle ne voulait pas s'exprimer sur ce qui lui était arrivé. Ses parents savaient par leurs petits-enfants que Sarah avait quitté le domicile conjugal, mais depuis qu'ils l'avaient appris ils n'étaient jamais parvenus à l'avoir au téléphone, leur fille faisait la morte. Les dernières personnes à qui elle avait envie de raconter de quelle façon elle avait saccagé toute seule et de sa propre initiative ce qu'elle avait de plus précieux au monde étaient précisément ses parents. L'ambiance avait été d'une lourdeur phénoménale, d'autant que Sarah avait passé la majeure partie de son temps à sangloter dans sa mansarde d'adolescente, sans doute décompensait-elle, d'où sa décision d'écourter son séjour. Elle était retournée dans la maison sépulcrale la veille des fêtes de fin d'année qu'initialement elle avait prévu de passer en Alsace en compagnie de ses parents, de voisins, d'amis d'enfance. Le 31, elle s'était procuré l'amère consolation de regarder une nouvelle fois *Opening Night*, son film préféré. Ça lui avait fait du bien, elle pouvait toujours compter sur Cassavetes, il ne l'avait jamais laissée tomber. Elle s'était endormie avant minuit, pour n'avoir pas à s'entrevoir dans le miroir impitoyable du passage à la nouvelle année. Elle ne s'en sentait pas la force.

Lui aussi il adorait *Opening Night*. Décidément.

Il n'y a pas de hasard. Tout se tient.

Il était d'accord avec Sarah.

Quand il fut acquis, après Noël, que ses enfants ne reviendraient plus à Longvic, et qu'elle-même ne saurait pas avant un temps indéterminé à quel moment elle pourrait retourner dans son appartement de la place du Président-Wilson, Susanne décida de louer les deux chambres de Luigi et Paloma, et de vivre en colocation.

Elle commençait à avoir des problèmes d'argent, étant en train d'épuiser son pécule. Trouver deux personnes avec qui partager le loyer de son quatre-pièces était la seule solution, même si renoncer à sa solitude n'était pas pour la réjouir, elle redoutait d'avoir à partager son intimité. Elle passa une annonce sur leboncoin et reçut des dizaines d'appels. Elle invita huit personnes, huit femmes, à visiter l'appartement, après quoi elle en choisit deux en fonction des affinités qu'elle avait senties, le choix ne fut pas difficile, les deux élues s'imposèrent au premier coup d'œil (ç'avait été la deuxième et la septième visite).

Pour une fois, il allait laisser Sarah choisir les prénoms, si elle était d'accord.

Que proposait-elle ?

Il fallait qu'elle change les vrais prénoms, donc qu'elle invente, alors disons Fabienne pour la première, et Brigitte pour la seconde.

Fabienne et Brigitte. Parfait.

Non, pas Brigitte. Ça ne va pas.
Aurore. Voilà. C'est mieux. Aurore.
Elle avait toujours adoré ce prénom.
Aurore lui convenait-il ?

Allons-y pour Aurore.

Et Marine à la place de Fabienne. Fabienne c'est un peu trop vieillot. Marine et Aurore.

Aurore pour la délurée, et Marine pour la miraculée ?

Exactement.

C'est peu après leur arrivée, vers le 20 janvier, que Susanne perdit le sommeil. La présence de ces deux femmes acheva de lui rendre inhospitalier son appartement, d'autant qu'elle avait dû décrocher du mur les huit dessins indistincts. La promiscuité la gênait, Susanne était bien trop indépendante pour ne pas être importunée par leur présence, toutes cordiales et attachantes fussent ces deux femmes. Elle entendait tous les sons, même leur silence elle l'entendait, elle l'écoutait, il envahissait son cerveau. Elle n'était plus chez elle. Il lui était devenu impossible de dormir.

C'était lié à la présence de ses colocatrices, certes, mais surtout à ce qu'elle se mit à penser de sa situation. Attention, il fallait nuancer. Les premières insomnies étaient apparues durant son séjour chez ses parents, consécutives à la souffrance que constituaient pour Sarah les vacances que son mari passait à la montagne avec ses enfants et leur grand-mère paternelle, cette salope de comtesse hautaine et médisante. Aucun n'avait jugé judicieux de lui envoyer le plus petit selfie affectueux. Ils se trouvaient à Courchevel, dans un chalet que les stories Instagram de Paloma montraient fastueux, ils savaient la détresse de Sarah et pas un n'avait eu assez d'empathie ou d'humanité pour lui adresser ne serait-ce qu'un simple message. Comme s'ils se l'interdisaient mutuellement, par crainte qu'elle n'exploitât la première ouverture pour s'immiscer dans leur intimité, gagner du terrain, les menacer de sa présence. Voire débarquer. Elle ne comprenait pas ce silence obstiné, c'était d'une violence psychologique insoutenable. Elle commença de se fracturer intérieurement.

Susanne se sent sous l'emprise de ce silence. Tout se fissure à l'intérieur d'elle-même. Elle ne sort pratiquement plus de sa chambre. Elle passe ses journées à interroger son tableau. Le sommeil s'est absenté. Elle ne mange quasiment plus.

Lente et longue destruction psychique.

Jusqu'alors, y compris lorsqu'elle se tenait des heures entières derrière le tronc du chêne centenaire à assouvir cet impérieux désir de *regarder*, Sarah ne s'était jamais dit qu'elle pourrait être chassée un jour de son foyer. C'était un mauvais moment à passer, et un moment qu'elle consentait à endurer avec d'autant plus de courage et de dignité qu'elle l'avait elle-même déclenché, d'où le plaisir que représentaient malgré tout ces longues factions contemplatives, nocturnes – en attendant de pouvoir reprendre sa place dans cette maison qu'elle était momentanément condamnée à regarder de l'extérieur. Même la rousse frisée et sonore, elle ne la prenait pas au sérieux, son mari ne pourrait que s'en lasser. Elle se sentait, ainsi que Sarah l'a déjà dit, comme oubliée à la consigne, mais sans en être terrifiée pour autant, on finirait bien par venir la récupérer.

Mais à partir de début janvier, tout fut un peu différent, elle commença à sentir la présence d'une authentique muraille de verre entre elle et sa maison, entre elle et sa famille, entre elle et son avenir, entre elle, même, et son propre présent – muraille matérialisée par le silence où on la tenait prisonnière. Sa propre vie, dans ce silence, n'était qu'une vie d'emprunt, une vie qu'on lui prêtait en attendant de lui restituer la vraie, de la même façon que les garagistes vous prêtent un véhicule pendant que le vôtre est en réparation. Sauf que le garagiste, un beau matin, prétend ne pas vous connaître, et n'avoir jamais eu à réparer aucune voiture vous appartenant, et il avise celle qu'il vous a prêtée l'avant-veille comme si c'était la première fois qu'elle lui apparaissait. Cette voiture pourrie est la vôtre, jamais il ne vous l'a prêtée, qu'est-ce que vous lui racontez là ? et qui êtes-vous d'abord ? et de quelle Volvo me parlez-vous ? Mais enfin monsieur vous plaisantez ? Je suis venue avant-hier ! Vous m'avez prêté ce vieux véhicule en attendant de me restituer le mien dont la boîte d'embrayage était morte ! Madame, je ne vous ai jamais vue. Cette carcasse que vous me montrez ne vient pas de chez moi ! *Elle est à vous !*

Ce que Sarah vivait était aussi affolant que cette triviale allégorie qui venait de lui passer par la tête afin qu'il se représente la tournure pour ainsi dire irréelle voire fantastique que se mettaient à prendre les événements.

Comme la salle à manger était devenue une pièce de vie commune, et qu'il était exclu pour Susanne de ne pas travailler dans le plus strict isolement, elle avait acheté chez Emmaüs une petite table en bois et écrivait – ou du moins essayait-elle – enfermée dans sa chambre, n'en sortant que pour prendre ses maigres repas, de préférence aux heures où ses colocatrices n'étaient pas encore rentrées. Les premiers jours, il avait bien fallu néanmoins qu'elle se montre, si bien qu'elle avait eu avec Aurore et Marine des échanges qui leur avaient permis de faire connaissance. Susanne était restée évasive sur sa situation, leur déclarant qu'elle préférait ne pas en parler. Elles se montrèrent dès lors vis-à-vis d'elle aussi discrètes et délicates que possible, vigilantes même, tant sa fragilité les avait frappées.

C'est ce que Marine et Aurore lui diraient quelques mois plus tard. Il est incontestable qu'elles prirent soin d'elle, sans se montrer non plus envahissantes.

Elles étaient des compagnes idéales.

Il est vrai que l'une des deux, Marine, la miraculée, était elle-même aussi pudique et discrète que l'était Sarah et avait traversé, elle le leur raconta un soir, des événements d'une particulière gravité.

Il voulait qu'elle en parle ?

Oui, bien sûr.

C'était important, il avait raison. Ce qu'avait vécu et raconté Marine l'avait fait beaucoup réfléchir à sa propre situation.

Marine, un matin d'hiver, en pleine semaine, était partie en randonnée, seule, du côté de Marseille, dans le secteur des calanques. Marine habitait dans la région PACA à l'époque, elle avait pris un jour de congé pour se changer les idées. Elle n'allait pas très bien, mais sans savoir exactement jusqu'à quel point, ou alors ne le savait-elle que trop mais évitait-elle d'envisager les résolutions qui auraient dû en découler – cette diffuse incertitude étant d'ailleurs à l'origine de ce que Marine s'apprêtait à affronter. Elle s'était garée au démarrage du sentier de randonnée, il n'y avait aucune autre voiture stationnée, et elle avait commencé sa promenade, qui devait durer la journée. Le temps était gris, il faisait assez frais, la pluie menaçait. Sans être hostiles, les conditions n'étaient pas de nature à inciter quiconque à se balader du côté des calanques.

Elle marchait, pensive, regardant le sol et les cailloux, et soudain : vacarme, surprise, falaise fendue, moment massue s'abattant sur sa personne, black-out.

Marine se réveille, trois semaines plus tard, à l'hôpital de la Timone, en réanimation. Elle avait été plongée dans un coma artificiel, en raison de ses nombreuses et gravissimes blessures. Heureusement, la colonne vertébrale n'avait pas été endommagée. Elle restera un an à l'hôpital, puis huit mois dans un établissement de rééducation, à Granville, en Normandie.

Un affaissement de terrain s'était produit, exceptionnel, à l'endroit où elle était en train de cheminer. Cela s'était joué à vingt secondes près. De gros blocs et des cailloux s'étaient détachés de la paroi rocheuse, tombant sur elle et la fauchant, brisant ses jambes, sa hanche, ses côtes, ses bras, les clavicules, la laissant disloquée et comme morte, inconsciente.

Un promeneur que la Providence avait jeté sur ce même chemin l'avait découverte et secourue. Un hélicoptère avait été envoyé. Aucune autre personne n'avait emprunté le sentier ce jour-là.

Il avait fallu la conjonction de deux hasards miraculeux – la falaise et le randonneur – pour créer l'événement auquel Marine avait réchappé et qui constituait la solution à laquelle elle savait que sa vie aspirait.

Qu'est-ce que Sarah voulait dire par là ?

Que Marine, en entreprenant cette randonnée, savait qu'il allait se produire quelque chose de terrible. Elle en avait le pressentiment mais aussi le désir, un désir sourd et latent. Elle y allait pour ça. Pour que survienne un accident qui la dispense de faire des choix. En marchant, elle savait qu'avant la fin de la journée, d'une manière ou d'une autre, un événement bouleverserait son existence et que ce serait bien. Elle attendait. Elle était prête. Elle cheminait sereinement. On sait, on sent ce genre de choses. Personne n'en parle jamais, c'est une sorte de tabou, mais souvent les accidents n'adviennent que parce qu'ils sont secrètement souhaités. Comme une échappatoire. Comme un interrupteur que le destin actionne. Il lui fallait un désastre corporel, elle avait besoin de se modifier par la douleur, par une épreuve initiatique qui l'oblige à se déplacer, à revenir à l'essentiel, comme une sorte de reset.

Et c'est alors que la falaise s'était écroulée, comme sous l'effet d'un divin dynamitage.

C'était quoi, la situation de Marine, pour qu'elle en vienne à appeler la catastrophe de tout son être ?

Elle se sentait tiraillée entre deux hommes. Le premier avec qui elle vivait depuis trois ans, qu'elle croyait aimer et ne jamais pouvoir quitter, le second qui était son amant et pour lequel elle éprouvait une puissante addiction corporelle. Amoureux d'elle, il attendait qu'elle se sépare de son compagnon. Elle ne savait quoi faire. Aucun de ces deux hommes ne serait jamais en mesure de la rendre vraiment heureuse, cette paire de valets était ce qu'elle avait dans son jeu à ce moment-là mais vivre sa vie consiste-t-il à toujours se satisfaire de ce qui vous tombe sous la main au hasard de la distribution des cartes et des rencontres inopinées en soirée, toute difficile que puisse être la décision de l'admettre et d'en tirer les conclusions qui s'imposent ? Il leur manquait à chacun l'essentiel, la réunion adultérine des deux n'entraînait aucune sorte de complétude, un petit quelque chose de fondamental continuait de faire défaut. Ce n'était pas à ce genre de liaison qu'elle avait rêvé à l'époque pas si lointaine où elle se promettait encore une vie extraordinaire, ni à ce genre de métier. Même la ville où elle avait échoué lui déplaisait, Aix-en-Provence, elle qui aimait la pluie et les marées. Mais c'était devenu sa vie et ces deux hommes étaient bien plus que convenables, elle n'avait rien à leur reprocher, pas plus qu'à son métier ni à la localité ensoleillée où tout le monde l'enviait de s'être implantée. Il était donc impossible pour Marine de se mettre comme ça brutalement au pied du mur en évinçant ses deux amoureux, en donnant sa démission et en déménageant vers le nord, pour plonger du jour au lendemain dans le grand vide et l'inconnu. Personne ne fait ça, ça ressemblerait à du saccage. (Comme ces paroles de Marine avaient parlé à Sarah ! N'avait-elle pas, elle, à l'inverse de Marine, pris ce type de décision radicale, et celle-ci n'avait-elle pas été un saccage en effet ?) Il n'en demeurait pas moins indéniable qu'au lieu de se hisser avec efforts dans la petite nacelle instable et turbulente de la meilleure partie d'elle-même (pour s'élever dans les airs), Marine s'était enlisée peu à peu dans une médiocrité onctueuse et suave, marécageuse, réconfortante, ainsi que le sont au cerveau les séries dont elle était devenue dépendante en croyant nourrir dignement son esprit – alors même que les séries fournissaient en sucre sa paresse, sa capitulation et son désir de n'en rien savoir.

Les changements réclamés par son subconscient étaient si radicaux que leur mise en œuvre ne pouvait résulter de la seule volonté humaine de Marine, il fallait l'intervention d'une force de frappe extérieure, la falaise.

— Et qu'est-ce qui s'est passé, entre la fin de ta rééducation et ta venue ici ? Déjà c'était quand tout ça ? Tu nous as pas dit. Il y a longtemps ? demanda Aurore quand Marine eut terminé de raconter son histoire. Vous voulez encore du vin ?

— Je veux bien, merci. Presque deux ans. C'est assez récent.

— Ah ouais ! C'est dingue, mais t'as aucune séquelle en fait ! La meuf, elle se prend une falaise sur la tronche, et deux ans plus tard elle trinque avec nous comme si de rien n'était. Susanne, un verre ? (Elle lui fit non de la tête, posant ses doigts sur l'orifice du verre.) T'es genre une warrior quoi. Je m'en serais jamais rendu compte si tu nous avais pas…

— Non, j'ai des séquelles, va pas croire. Plein, même ! J'ai mal en permanence, je boite un peu, il y a des gestes et des mouvements que je ne peux plus faire, ce qui rend la pratique du sport difficile. Je ne parle même pas de la douche et encore moins de la baignoire.

— T'inquiète ma belle, je viendrai te frotter le dos, c'est quand tu veux !

— Je fais un peu de vélo, le vélo ça va… mais pour le reste c'est compliqué. Mon corps est tout raide maintenant, j'ai des tiges de titane partout. Je suis aussi souple qu'une vieille dame !

— Ben ça se sent pas tu vois. Je te mate là et je te trouve hyper sensuelle au contraire.

— C'est gentil...

— Et tu es venue à Dijon, tu m'as dit, pour..., demanda Susanne.

— Prendre la tête d'une recyclerie.

— Ah oui, voilà, c'est ça, une recyclerie.

— C'est ce que je voulais. J'étais déjà dans l'associatif avant mon accident. Je m'en foutais pas mal de l'endroit où j'allais atterrir, alors j'ai regardé les annonces dans toute la France. Après ce qui m'est arrivé, il n'y a plus grand-chose qui me fasse peur. Je serais allée m'enterrer en Haute-Marne s'il avait fallu !

— Bon, n'exagérons rien non plus, il vaut quand même mieux être dans le coma qu'en Haute-Marne ! dit Aurore en riant.

— Peut-être pas quand même... Je suis tombée sur une annonce, j'ai postulé, c'était à Dijon, ils m'ont répondu, je suis allée passer des entretiens, j'ai été prise. C'était il y a quinze jours. Du coup, j'ai regardé sur leboncoin pour me trouver un logement, j'en ai trouvé un qui me convenait, j'ai appelé, je suis venue le visiter et j'ai été prise là aussi dis donc ! Je ne sais pas ce que j'ai en ce moment, je devrais jouer au loto ! Merci Susanne, tu m'as sauvé la mise. Je ne sais pas comment j'aurais fait sinon.

— Je n'ai pas hésité une seconde. Dès que j'ai ouvert la porte.

— Euh, attendez là les meufs, je sais pas... si je vous gêne, dites-le ! Non ? Je suis tombée sur un nid de LGBT ou quoi ?

— Mais toi aussi Aurore. Toi aussi dès que tu as... D'ailleurs, c'est toi que j'ai choisie en premier, tu étais la deuxième visite, et toi Marine la septième, j'en avais pris que huit au total. Vous deux, j'ai su au premier coup d'œil que vous viendriez vivre ici. Je suis heureuse de vous avoir avec moi.

— Oh non ! Susanne, tu vas pas te remettre à pleurer ! Tu nous avais promis, non ! Mais qu'est-ce qui t'arrive ce soir, c'est l'histoire de Marine qui a rouvert tes plaies ? Tiens, un mouchoir, et puis du vin, donne-moi ton verre, ça va te faire du bien.

Voilà. Très bien. C'était plutôt dans cet esprit que Sarah avait accueilli ses deux colocatrices, et pas en mode farouche ou claquemurée H24 dans sa chambre. Même si elle y passerait de plus en plus de temps, c'est vrai, à mesure que se creuserait son désespoir.

Peut-on dire qu'Aurore était une femme excessivement sexuée ?

C'était ainsi que selon elle la plupart des hommes la percevaient (de même qu'un pourcentage élevé de femmes, avait-elle ajouté avec espièglerie le soir où elles en avaient parlé, embarrassant Sarah qui avait succombé à son charme dès le premier regard...). Pourtant, il ne lui serait jamais venu à l'esprit de dire d'Aurore qu'elle était une femme éblouissante, elle n'était pas sans défaut physique ni ne paraissait réunir les qualités que le glamour mondialisé suppose indispensables pour subjuguer la libido d'autrui, d'où son léger étonnement de l'entendre se décrire comme constamment poursuivie par le désir des hommes. Mais en effet Sarah s'était sentie bousculée elle aussi par une aura assez vive le jour où elle avait ouvert la porte de sa maison et que le corps d'Aurore lui était apparu, mais une aura dont Sarah avait supposé – à tort – qu'elle était de nature à être perçue et appréciée par très peu de personnes, comme si ce magnétisme s'adressait à elle seule – comme si Sarah était la seule à pouvoir la trouver belle et que c'était précisément pour cette raison que cette fille lui plaisait (au moins elle n'avait pas les goûts de tout le monde, elle restait une artiste, elle détectait la beauté là où personne ne la voyait). Eh bien pas du tout ! Quiconque croisant Aurore percevait son animalité sophistiquée et se l'appropriait comme à lui seul destinée. C'est justement ce qui expliquait qu'elle soit sans cesse entreprise par le désir des autres : chacun se sentait autorisé à l'assaillir par le caractère unique et personnel de ce qu'il sentait à son égard. Dans le fond, décider qu'elle serait sa colocatrice et le lui laisser entendre avant même qu'elle n'ait eu le loisir de prononcer la moindre phrase avait été une façon aussi frontale et explicite de lui manifester son désir que le faisaient habituellement les hommes en lui demandant de coucher avec eux, ce qui bien sûr n'avait pas échappé à Aurore.

J'adore. J'adore ce que vous dites sur Aurore.

Elle était petite et boulotte (les sites de son mari l'étiquetteraient *chubby*), brune aux yeux bleus et à la peau transparente parsemée de taches de rousseur. Les incisives se chevauchaient, les dents du bas dansaient allègrement, ce qui donnait envie d'y balader sa langue, allez savoir pourquoi. Épais et presque opaques, un peu roses, taillés dans un bel arrondi, ses ongles étaient du quartz, ce qui mystérieusement rendait ses mains déjà parfaites d'un érotisme irrésistible. Sarah allait s'arrêter là, sinon il allait croire que son attirance pour cette femme n'était pas seulement esthétique, mais terrestrement sexuelle !

Ce n'était pas le cas ?

Non, ça n'allait pas jusque-là. Ou du moins ne l'a-t-elle jamais envisagé d'une façon aussi claire, en dépit des avances qu'Aurore lui a faites.

Tiens, elle ne lui en avait jamais parlé. Intéressant. Cela lui donnait une idée pour la suite, une minute, il allait la noter.

Quoi comme idée ?

Il le lui dirait le moment venu.

L'attraction qu'exerçait Aurore sur ses contemporains des deux sexes résultait du caractère dénudé, à fleur de peau, de sa présence. Dénudé comme le serait un fil électrique. Quand elle apparaissait, on voyait luire le cuivre électrifié de sa capacité à jouir, de sa disposition à l'amour, au don de soi, aux sentiments extrêmes. On se prenait le jus quand on posait les yeux sur Aurore. Son visage était si expressif qu'il en était comme mouillé, mouillé de vie et de vitesse, et cette humidité imagée évoquait fatalement celle de son sexe. Un amant lui avait dit un jour qu'elle avait une chatte à la place du visage, qu'elle suintait le sexe par tous les pores de sa peau. D'où la licence que s'octroyaient les hommes d'être à ce point entreprenants avec elle. Cette fille était complètement *là* – elle était *là* comme très peu de personnes parviennent ou consentent à l'être, tout du moins dans leur vie sociale.

On voyait tout. Elle en était troublante. On la sentait entière. On la sentait éperdue. On la sentait sans calcul ni perversité.

Quelques mois avant son arrivée dans la maison lugubre, le 29 décembre 2017 pour être précis, l'un des meilleurs amis d'Aurore, en dépression, s'était suicidé. Il s'était jeté d'un viaduc après avoir passé la journée chez sa sœur. Personne n'avait rien décelé d'inquiétant dans son comportement. Il était rentré chez lui, il s'était couché, puis il avait repris sa voiture à quatre heures du matin pour aller se balancer dans le vide. Aurore avait été dévastée par cette nouvelle. Le soir même, se sentant incapable de rester seule, elle avait fait venir chez elle un ancien voisin, pour qu'il lui tienne compagnie. Au cours de la soirée, il lui avait dit que cela faisait des années qu'il avait envie de lui faire l'amour, qu'il rêvait de savoir comment c'était avec elle, alors Aurore lui avait dit : « Ben OK, vas-y, sers-toi. » Même les soirs de deuil et d'affliction, les hommes ne pouvaient s'abstenir de lui imposer leur désir, c'était plus fort qu'eux, elle s'était déshabillée et ils avaient fait l'amour. À un moment de la nuit, il lui avait dit qu'il devait partir pour rentrer sa chatte (elle n'avait d'abord pas compris cette phrase, elle avait cru un instant qu'il parlait de sa chatte à elle qu'elle venait de lui offrir et qu'elle aurait peut-être mieux fait de laisser sagement dans sa culotte s'était-elle dit lorsqu'elle avait percuté que le gars, après avoir joui deux fois dans la sienne, et abondamment, se cassait de chez elle pour mettre sa chatte chérie à l'abri des intempéries, son putain d'animal domestique), il s'était barré et elle n'avait plus eu de nouvelles de lui, jamais plus, aucun message, rien.

Le lendemain, le 31 donc, en fin d'après-midi, n'ayant pas le cœur à faire la fête, elle était allée sur un site de rencontres, où elle avait branché un type d'une cinquantaine d'années avec qui elle avait dialogué durant des heures. Elle avait fini par lui proposer de venir passer chez elle la nuit du Nouvel An, et ils avaient dormi ensemble. C'était un mathématicien de haut niveau, enseignant chercheur à l'université, violoniste virtuose de surcroît. Elle n'avait pas tardé à tomber amoureuse de lui. Mais, après un mariage de vingt-quatre ans, il aspirait à la plus grande liberté sexuelle possible. Il vantait les vertus du polyamour, prônait l'anarchie sentimentale, se refusait à hiérarchiser ses relations féminines simultanées, tenant à les mettre toutes sur le même plan. Ce qu'il éprouvait pour Aurore était prétendument trop fort, il refusait de se laisser submerger. Il avait peur, il se protégeait, il voulait contrôler pleinement son existence. Ils passaient beaucoup de temps ensemble, elle était de plus en plus amoureuse de lui, mais pour ne pas le perdre elle lui laissait la liberté sexuelle dont il avait besoin et qu'il réclamait de pouvoir conserver en dépit de l'intensification de ses sentiments à son égard – il avait fini par l'admettre, sans pour autant consentir à classer ses liaisons en plaçant symboliquement celles-ci en file indienne derrière la reine Aurore. Il voyait beaucoup de femmes, en particulier des filles d'une vingtaine d'années rencontrées sur les réseaux sociaux et qui cherchaient l'initiation sexuelle auprès d'hommes mûrs et expérimentés. Il y en a beaucoup. C'est ce qu'Aurore découvrirait avec stupeur. Les femmes de quarante ans sont peu inscrites sur ces applis.

Quelques mois après leur rencontre, ils devaient partir en vacances en Italie, mais dix jours avant leur départ il y était allé seul parce que son père, qui vivait à Rome, était tombé malade, et il avait demandé à Aurore non seulement de ne pas le rejoindre, mais de ne pas l'appeler non plus, ni même de lui écrire. (Le cœur de Sarah avait battu plus fort en entendant cette phrase. Elle aussi était confrontée à l'intransigeance d'un homme qui prétendait avoir besoin d'être seul. « Respecte-moi ! J'ai besoin d'être seul ! » avait été le dernier SMS reçu de son mari.) Il avait réclamé du silence et de l'éloignement, ce qu'il éprouvait pour Aurore l'envahissait, elle prenait trop de place dans sa vie. Il lui avait dit qu'avec les autres filles, lorsqu'il les prenait, il fallait qu'il pense à ne pas débander. Avec Aurore, c'était l'inverse, il était incapable de rendre son sexe moins dur, il n'avait jamais connu ça avec personne et ça lui déplaisait au plus haut point. Il détestait ne pas pouvoir contrôler ses érections.

— C'est bizarre de dire ça, avait dit Marine. Ça devrait être le contraire ! Se barrer parce que la femme avec qui tu baises te fait trop bander ? Mais c'est le rêve ! Tout homme rêve de vivre ça un jour, non ? Chelou le mec !

— J'en suis pas revenue moi non plus... J'avais toujours pensé que les hommes quittaient les femmes quand elles arrêtaient de les faire bander. Mystère.

— Je suis d'accord avec Marine, avait dit Susanne. Il n'était pas un peu tordu ton mathématicien de génie ?

— Si. Un peu. Sans doute.

Aurore était partie quelques jours à Bordeaux pour tenter d'apaiser son chagrin, et le copain chez qui elle séjournait lui avait déclaré qu'il la désirait. Aurore avait décliné, lui disant qu'elle n'avait plus de besoins sexuels depuis des semaines – depuis que son amoureux était parti en vérité. Le lendemain, elle lui avait présenté une fille avec qui ça avait matché tout de suite, elle les entendait faire l'amour à travers la cloison et comme elle devait traverser leur chambre pour sortir de la sienne, elle les voyait baiser, c'était cool. Les deux lui avaient demandé plusieurs fois, en pleine action, tournant leur visage vers elle, si elle ne voulait pas les rejoindre, ils en avaient terriblement envie, et Aurore leur avait répondu NON.

Aurore voulait sortir du désir des autres, elle se sentait prisonnière du désir des autres, le désir des autres était incessant, il ne se passait pas une journée sans qu'elle soit confrontée au désir et à l'expression du désir des autres à son égard. Le désir des autres l'asphyxiait. Elle avait l'impression que son rapport au réel avait été depuis toujours dominé et structuré par le désir d'autrui, et la plupart du temps manifesté par des personnes qui ne la connaissaient pas, qui se fondaient uniquement sur son physique, sur ce qu'elle dégageait. Elle aurait voulu être aimée pour ce qu'elle était intérieurement, pour sa personnalité, pour sa culture et son intelligence, mais elle devait se rendre à l'évidence qu'elle séduisait rarement de cette façon. Certes, c'est ce qu'elle avait connu avec son mathématicien auroro-priapique, qui appréciait son cerveau et les qualités de son cerveau autant qu'il raffolait de sa chatte et des qualités affolantes de sa chatte, mais il avait disparu au bout de peu de temps et elle n'avait plus eu de nouvelles de lui. Les hommes sont d'une lâcheté…

— Quand je pense qu'il y a des meufs que personne ne regarde jamais, qui n'éveillent de désir chez aucun homme et qui en souffrent, qui se sentent seules et délaissées, et moi je me plains d'être trop désirée et regardée ! Le monde est mal fait. Qu'est-ce que je ferais pas pour qu'on me lâche la grappe cinq minutes avec le sexe. Vous ne pouvez pas vous imaginer, les filles.

Cette phrase innocente avait transpercé le cœur de Susanne comme une lance inattendue.

Silence.

Aurore avait vidé son verre de vin sans se rendre compte du malaise qu'elle avait créé.

— Et t'es venue faire quoi, au juste, en Bretagne ? avait enchaîné Marine. On est loin de Toulouse là ! Ça fait une trotte !

— Un mec. Un mec que j'ai rencontré dans une teuf et avec qui une histoire a commencé. Il devait rentrer chez lui, ici, dans le coin, après sa semaine de vacances à Toulouse. C'était un déchirement. Alors j'ai demandé à ma boss si je pouvais pas aller faire une vacation par ici, elle s'est renseignée et le lendemain elle m'a dit oui.

— Eh bien, quel sens de l'improvisation ! avait dit Sarah, qui se remettait à peine de ce qu'Aurore leur avait raconté de sa vie sexuelle.

Aurore avait rouvert une pièce fermée depuis longtemps, depuis longtemps oubliée, et dont l'odeur puissante et enchanteresse venait de l'assaillir, éveillant chez Susanne de douloureux souvenirs, douloureux d'être révolus, la renvoyant à sa jeunesse. Elle pensait bien sûr à la séduction, à la naissance du désir, à la peur de ne pas plaire autant qu'on est séduite, aux premières fois avec un homme…

— Quel goût du risque, aussi…, ajouta Marine. Tu le connais depuis quand en fait ?

— J'ose à peine le dire ! répondit Aurore en éclatant de rire.

— Ben, si… dis ! Au point où t'en es de toute façon !

— Je suis là depuis combien de temps déjà ?

— Deux semaines ? répondit Sarah. Trois ? Je sais plus.

— Un peu plus de deux semaines.

— Bon, donc, je le connais depuis deux semaines *plus* sa semaine de vacances à Toulouse *plus* la semaine qu'il m'a fallu pour venir ici, donc depuis quatre semaines.

— Et ça se passe bien ?
— Si ça se passe bien ?
— Oui.
— Je crois. Oui. Très. On s'entend bien.
— Tu as l'air d'en douter.
— Je sais pas, on verra. Je suis pas certaine qu'il s'intéresse tellement à moi. Vous lui demanderez s'il sait quels sont mes écrivains préférés. Je ne crois pas qu'il sera capable de vous répondre. Il est vrai que Tarjei Vesaas, il y a plus simple à mémoriser comme patronyme.
— Qui ?
— Tarjei Vesaas. Un écrivain norvégien. Tu connais pas ? Toi non plus Sarah ?
— Si. Bien sûr. *Les Oiseaux*. J'adore. Je suis contente que tu l'aimes aussi. Marine, c'est bête, mon exemplaire est resté chez moi, sinon je te l'aurais prêté. Du vin ?
— Volontiers. Ce que je veux dire, c'est... Est-ce que c'est pas seulement un réciproque et fantastique plan cul ? J'en sais rien. J'arrive pas à y voir clair. J'ai parfois l'impression qu'il ne voit pas plus loin que...
— Tu nous le présenteras ?
— Si vous voulez. J'hésite à le faire venir ici.
— Pourquoi ?
— D'après vous ?
— ...
— ...
— Je voudrais pas... C'est petit ici...
— Moi j'aime bien. Tu peux. Ça me dérange pas, dit Sarah.
— De quoi ?
— Vous entendre. J'aime bien. Tu peux. C'est mon côté voyeuse.
— Tu es voyeuse ? Toi ? J'y crois pas...

— Voyeuse par l'ouïe, en l'occurrence ! Tout mon travail repose sur le désir de voir. J'ai toujours adoré entendre les couples faire l'amour. Par exemple dans les hôtels.

— Moi pareil, dit Aurore.

— C'est encore plus puissant que de voir. On se fabrique ses propres images, les corps sont idéalisés, ça ne peut pas être déceptif. On est dans la pulpe de l'image, quand on entend un couple faire l'amour. On est à l'intérieur de la fanfare. On ne la voit pas mais on jouit de ce qu'elle produit au maximum de ce qui est possible.

— Et toi Marine ?

— Moi ?

— Oui, toi ! Qu'est-ce que tu en dis ? Tu es rouge comme une tomate là, que peux-tu dire pour ta défense ?

— Mais c'est intime comme question ! Vous ne croyez tout de même pas que je vais…

— Ben tiens ! Bien sûr !

Susanne réalisa qu'elle n'avait plus fait l'amour depuis cinq mois, mais aussi qu'elle n'avait connu aucun autre partenaire sexuel que son mari depuis vingt et un ans, chose à laquelle, en femme fidèle, comblée et amoureuse, il ne lui était jamais arrivé de songer.

Sexe et jouissance avaient disparu de son existence lorsqu'elle avait quitté le domicile conjugal. Elle les avait évacués comme choses futiles et accessoires, de peu d'importance au regard de ce qui se jouait d'essentiel par ailleurs. Si elle ne s'était pas caressée une seule fois depuis qu'elle était arrivée à Longvic, il était plus surprenant encore qu'elle ne s'en soit pas même aperçue. Il avait fallu l'irruption de cette jeune femme pour que déferle en elle la douleur de sa sexualité abolie, de son corps oublié et banni.

Si son mari s'obstinait à ne plus vouloir d'elle, Sarah serait peut-être amenée à devoir refaire sa vie avec un autre homme ? Il lui faudrait alors en trouver un, mais de quelle façon, par quel moyen ? Elle qui depuis deux décennies ne s'était plus souciée de vérifier, dans l'œil des hommes qu'elle rencontrait, si elle éveillait encore leur désir, par quel miracle referait-elle jamais l'amour ?

Avait-elle fait l'amour pour la dernière fois de sa vie la dernière fois qu'elle et son mari l'avaient fait ?

Aurore, ce fut comme une déflagration. Toutes les vitres derrière lesquelles Susanne s'était tenue ces derniers mois pour s'abriter de son amère lucidité avaient volé en éclats et elle s'était retrouvée à respirer l'air du grand large, à laisser le vent des aventures lui caresser le visage.

Maintenant, quand elle sortait faire ses courses, et qu'elle voyait de loin la silhouette d'un homme agréable marcher dans sa direction, Sarah essayait de détecter si elle attirait son attention – ce qui n'était jamais le cas. Ainsi qu'Aurore l'avait déclaré sans se douter des ravages que provoquerait cette simple observation, il y avait bien d'un côté les femmes qui se plaignaient d'être constamment sollicitées, et de l'autre, bien plus nombreuses, toutes celles qui n'éveillaient jamais la plus petite sympathie rétinienne, groupe auquel Susanne découvrait à quarante-quatre ans qu'elle appartenait.

10

Susanne ne dormait plus. Elle ne mangeait quasiment plus. Elle avait perdu l'appétit après avoir perdu le sommeil. Elle maigrissait. Son tableau demeurait silencieux. Elle passait des heures dans sa chambre à le scruter. Aucune phrase ne lui venait.

Elle n'avait plus d'argent. Elle arriverait sous peu au bout de ses réserves. Le loyer de ses deux colocatrices ne couvrait pas, évidemment, l'intégralité de ce que Sarah versait chaque mois à la propriétaire de la maison sépulcrale, charge à laquelle s'ajoutait le remboursement de l'emprunt contracté deux ans plus tôt pour l'église de dentelle. Elle ne voyait pas comment elle allait s'en sortir. Le silence de son mari, de ses enfants, la violentait. Elle ne comprenait pas ce silence qui perdurait et même semblait s'intensifier à mesure que les jours s'accumulaient. Faudrait-il qu'elle se mette en quête d'un travail ? Jusqu'alors, elle s'était imaginé qu'elle pourrait bientôt rentrer, que les portes de sa maison se rouvriraient, et que son mari subviendrait à ses besoins comme il subvenait aux besoins de leurs enfants depuis que Sarah avait quitté le domicile conjugal (ils étaient mariés, il lui devait soutien et solidarité), mais la perspective de son retour paraissait chaque jour plus incertaine. Oui, elle devrait sans doute bientôt se mettre en quête d'un travail. L'ironie de son destin avait voulu que ce fût au moment où son mari la délaissait que pour la première fois de son existence Sarah se trouvait avoir des problèmes d'argent, et devenait financièrement dépendante de lui. Quelle sinistre ironie !

Sur les conseils de sa libraire, à qui elle avait demandé, avant de partir à Longvic, de lui recommander des fictions se déroulant dans des monastères, Susanne avait lu *Lélia*, le roman de George Sand, où l'héroïne racontait :

« Un jour, je me sentis si lasse d'aimer que je cessai tout à coup. Il n'y eut pas d'autre drame dans ma passion. Quand je vis avec quelle facilité se rompait ce lien funeste, je m'étonnai d'avoir cru si longtemps à son éternelle durée.

Je voulus me livrer sans réserve à l'incurie de cet état d'épuisement qui n'était pas sans douceur. Je me retirai dans la solitude. Un vaste monastère abandonné et à demi renversé par les orages des révolutions s'offrit à moi comme une retraite imposante et profonde. Il était situé dans une de mes terres. Je m'emparai d'une cellule dans la partie la moins dévastée des bâtiments. C'était celle qu'avait jadis habitée le prieur. On voyait encore sur le mur la marque des clous qui avaient soutenu son crucifix et ses genoux habitués à la prière avaient creusé leur empreinte sur le pavé, au-dessous du symbole rédempteur. Je me plus à revêtir cette chambre des austères insignes de la foi catholique : une couche en forme de cercueil, un sablier, un crâne humain et des images de saints et de martyrs élevant leurs mains ensanglantées vers le Seigneur. À ces objets lugubres qui me rappelaient que j'étais désormais morte aux passions humaines, j'aimais à mêler les attributs plus riants d'une vie de poète et de naturaliste : des livres, des instruments de musique et des vases emplis de fleurs. »

Des traits épais et répétés, verticaux, au feutre noir, avaient été inscrits en marge de ce passage.

Putain c'est bien écrit ça. Si je pouvais écrire comme ça un jour...

George Sand décrivait un monastère comparable à celui de son tableau, et Susanne identifia dans la religieuse en faction devant la croisée aux verres de couleur une projection possible de l'héroïne qu'avait créée la romancière, « cœur malheureux, égaré par une vaine richesse de facultés, flétri avant d'avoir vécu, usé par l'espérance et rendu impuissant par trop de puissance peut-être ».

Susanne ne s'était-elle pas elle aussi retirée du monde et de la décevante société des humains en raison d'un cœur trop exigeant, usé par l'espérance ? À cause d'un cœur rendu impuissant par trop de puissance ? À bien des égards, elle s'était reconnue dans le personnage de Lélia.

Elle fit de ce livre luxuriant, trop verbeux à son goût, et dans les longueurs duquel elle aimait à s'égarer, son unique livre de chevet. Il y avait dans ce roman autant de phrases majestueuses et somptueusement superflues qu'une forêt séculaire compte de chênes et c'en était à la fois impressionnant et monotone, éminemment ennuyeux. C'est précisément la raison pour laquelle Susanne avait choisi ce livre pour l'accompagner dans ce qu'elle sentait être, elle était lucide, une période nouvelle de son existence. Elle ne désirait rien tant que s'enliser dans une matière profuse et inconnue qui se refermerait derrière elle à mesure qu'elle avancerait dans son obscurité. Elle avait besoin de se perdre. Elle voulait se cacher. Elle voulait découvrir à l'intérieur d'elle-même et dans les plis du présent des clairières reculées où elle n'était encore jamais allée, où elle se sentirait protégée des exactions du réel. Où personne ne la retrouverait. Sand l'y aidait. Les livres trop clairs dans leur propos, trop parfaits dans leur dessin l'angoissaient, la laissaient nue et démunie. Alors elle lisait *Lélia* comme on s'enfonce dans une forêt et enfouissait son esprit dans cette matière épaisse et ténébreuse qui en soi était aussi magnifique qu'elle était défectueuse dans ses fonctions narratives. N'importe quelle phrase que Susanne lisait en ouvrant son Folio lui donnait une leçon d'écriture, mais aussi parfois de vie. Comme elle, Lélia avait perdu le sommeil. Elles ne savaient plus ce que c'était. La nuit n'avait plus pour elles deux qu'une atmosphère avare et desséchante.

Combien d'heures Sarah parvenait-elle à dormir, la nuit, à cette époque ?

Elle ne s'en souvenait plus. Trois ou quatre peut-être. Il lui arrivait de ne pas fermer l'œil de la nuit. Ce qui la pénalisait dans ses entretiens d'embauche. Le matin, elle avait une tête de décavée. On la regardait bizarrement. Elle le sentait.

Elle reçut un appel de sa banque. Elle répondit par mégarde, parce qu'elle pensait qu'il s'agissait d'une personne auprès de qui elle avait postulé pour un emploi. La voix aigre et discordante qui se mit à lui parler portait un nom qu'elle entendait pour la première fois. La conseillère clientèle auprès de qui Sarah avait souscrit l'emprunt destiné à financer l'église de dentelle avait changé d'agence, c'est ce qu'elle apprit ce jour-là et elle s'en désola, cette dernière ne se serait certainement jamais adressée à Sarah sur ce ton. La nouvelle s'appelait Sydney (gloups), elle lui déclara que son découvert venait de franchir le plafond autorisé, elle lui demanda si elle attendait des rentrées d'argent. Il fut rappelé à Sarah que huit euros lui seraient facturés désormais pour chaque opération et qu'elle aurait droit à dix opérations seulement par mois. Sydney était de plus en plus cassante à mesure que Sarah multipliait les esquives, mais de toute façon il avait été d'emblée explicite qu'elle n'allait pas s'en sortir comme ça, qu'on n'était pas là pour faire de la littérature, que toute phrase alambiquée destinée à embrouiller Sydney ne serait pas considérée comme acceptable, et que la seule réponse possible aux questions qu'on lui posait était d'expliquer par quel moyen elle allait s'y prendre pour résorber son découvert. Sarah comprit qu'elle avait déjà été informée par sa banque qu'elle était en situation de « débit persistant » et que des agios lui étaient appliqués depuis la date déjà lointaine où quarante-cinq jours de découvert consécutifs avaient été constatés, ce que Sarah ignorait. Il est vrai qu'elle n'ouvrait plus ses relevés bancaires. D'abord parce qu'elle n'en avait pas envie. Ensuite parce qu'elle les recevait chez elle et que Luigi ne lui avait plus apporté son courrier depuis leur soirée de Noël. D'une voix doucereuse, la charmante Sydney lui demanda si elles pouvaient se voir, elle avait son agenda sous les yeux, mardi dix heures ?

— Impossible.

— Quand, alors ? Quelles sont vos disponibilités ?

— Je ne sais pas, je ne pense pas qu'il soit nécessaire que l'on se rencontre.

— Vous croyez en avoir le choix ?

La délicieuse Sydney lui fit observer qu'on ne décelait dans ses mouvements bancaires récents aucune rentrée d'argent, seulement des débits, certes modestes et peu nombreux, ainsi que le remboursement de son emprunt, ce qui signifiait que son découvert allait continuer de se creuser inexorablement si aucune mesure immédiate n'était prise.

— Néanmoins, vous ne voulez pas que l'on se rencontre pour essayer de trouver une solution, si je comprends bien.

— C'est cela même. Vous m'avez parfaitement comprise.

— Dans ces conditions, je vois mal comment je peux ne pas transmettre votre dossier à notre service contentieux, lui dit l'aimante Sydney.

— Je vais m'arranger. Laissez-moi jusqu'à demain. Je vous rappelle demain, promis.

Ayant approché son œil d'un détail du tableau qu'elle voulait agrandir, espérant que se révélerait un passage jusque-là inaperçu vers le cœur secret de l'œuvre, Susanne aperçut distinctement, à la lueur rasante des bougies disposées sur la commode, les craquelures de la couche peinte. C'était une sorte de puzzle arachnéen et minutieux, aux milliers de pièces lilliputiennes, telles qu'en accusent la plupart des tableaux anciens. Craquelures irrésistibles serait-il approprié de préciser compte tenu du toc infernal de Susanne, toc que la proximité des craquelures réveilla en sursaut. La belette détraquée logée dans l'hémisphère droit de son cerveau fut prise de violentes convulsions, Susanne en frissonna, mais elle avait autre chose à faire cette nuit que de se préoccuper de juguler l'appétit compulsif de la vicieuse et insistante belette, rendors-toi ma chérie, maman ne veut pas arracher de trucs ce soir, elle voudrait rester concentrée sur son travail, on ne pèle rien aujourd'hui ma chérie, non, *non*, on n'épluche pas le tableau ce soir, on n'épluche pas le tableau maman te dit. Malgré les avertissements que Susanne s'adressait à elle-même, son regard se déplaça, en haut à gauche, vers le petit manque de peinture, parcelle pentagonale de la forme d'une maison enfantine, et elle le regarda longuement. On voyait la teinte tabac de la toile. Le toit pointu désignait, telle une flèche, une petite lacune supplémentaire qu'elle n'avait jamais remarquée, une dizaine de centimètres plus haut, triangulaire celle-ci, minuscule, dont elle se demanda si elle était apparue depuis qu'elle avait acheté l'œuvre, ou si c'était l'atmosphère polluée, humide et corrompue du salon de coiffure – la laque ! – qui l'avait fait apparaître. La laque ! Mais oui, la laque ! La vapeur d'eau ! Ce n'est pas pour rien que dans les salles de musée on pose sur le parquet ciré – à la cire d'abeille ! à appliquer à genoux avec un chiffon doux ! – des sismographes permettant de mesurer le taux d'humidité ! Des hydrographes quoi, vous m'aviez comprise, ne soyez pas pénibles – la petite aiguille hystérique gratouillant nerveusement le papier millimétré qui se déroule derrière la vitre de l'appareil de mesure, au pied des chefs-d'œuvre, se dit Susanne en avisant le manque triangulaire, microscopique, en haut à gauche, au-dessus de la parcelle pentagonale. Mais qu'est-ce que j'ai ce soir. Susanne, calme-toi. Il est quelle heure ? déjà quatre heures ? Putain, quelle nuit merdique. Concentre-toi sur ce qui se passe dans le monastère. C'est qui ces deux religieuses. Réponds d'abord à cette question et ensuite peut-être que tu dépiauteras un bout du tableau, en récompense. Les gaz à effet de serre des sprays et des aérosols détruisent la couche d'ozone située à cinquante kilomètres de la croûte terrestre, alors imaginez ce qu'endure le délicat glacis d'un tableau du XIXe siècle accroché dans un salon de coiffure, exposé aux crachotements des vaporisateurs, aux incessantes projections de mortier capillaire, à la fumée des teintures cuisant dans des casseroles, aux vapeurs de cire chaude, aux caniculaires turbulences atmosphériques des sèche-cheveux, aux caquètements des vieilles dames, aux vibrations des coupe-ongles ! Ça tient bien, ou ça tient mal ? La couche peinte, elle est solidement amarrée à la toile couleur tabac ou bien si je tousse fort, ou si je tape dans mes mains, un bout tombe. Non. Bien sûr. Bien sûr que non Susanne. Il faut une intervention plus vigoureuse. Avec l'ongle ? Ça s'enlève facilement, une particule de couche peinte, si j'y glisse l'extrémité de l'ongle ? Rien qu'une ! Allez, Susanne, arrête un peu avec tes peurs, c'est juste pour voir, c'est pas ton toc, ton toc il est sous les verrous, il peut pas s'évader, c'est comme un test au contraire, pour s'assurer de la solidité du tableau ! Allez, c'est rien ! Si je retire ce minuscule fragment, personne ne s'en rendra compte, pas même le tableau ! Il y a déjà un manque, j'agrandis juste son périmètre !

Elle glissa l'ongle de l'auriculaire sous la couche peinte du tableau et en détacha une particule, qui tomba sur la commode entre deux bougies. Elle eût préféré que l'opération fût mécanique et froide, à valeur de vérification scientifique effectivement, mais force fut d'admettre qu'elle en retira un plaisir profond. Un plaisir insensé. La belette compulsive exultait. Alors, n'y tenant plus, Susanne s'octroya une brève prolongation de cette extase démoniaque et détacha un second fragment, qui vint rejoindre le premier sur le meuble.

Elle prit une petite coupelle de restaurant chinois et les y plaça. Pour déplacer plus aisément les écorces de couche peinte, elle avait humidifié avec sa langue la pulpe de son index. On eût juré deux débris de coquille d'œuf un jour de pique-nique.

Après avoir abrégé brutalement sa conversation avec Sydney, qui suspicieuse voulait fixer dès à présent l'heure à laquelle, le lendemain, elles se parleraient, Sarah sortit prendre l'air et réfléchir dans son jardin. Il faisait froid, elle s'assit sur le capot de la GS et téléphona à Luigi. Quinze minutes d'atermoiements lui avaient été nécessaires pour trouver le courage d'appuyer son doigt sur le prénom de son fils. Toute mortifiante et humiliante fût-elle, c'était la seule solution. Elle ne voyait pas comment faire autrement, sauf à recourir à Angèle, mais elle ne lui avait plus parlé depuis des mois, n'y aurait-il pas quelque indécence à se rappeler au bon souvenir de son amie pour lui demander de l'argent ? Il n'y avait rien de pire pour Sarah que de demander de l'argent, ou de se voir demander de l'argent, cela revenait au même. Elle refusait d'introduire entre elle et les autres la question de la dette, dans un sens comme dans l'autre. Les relations humaines devaient rester vierges de toute considération financière, c'est d'ailleurs la raison pour laquelle elle avait tenu à conserver un compte bancaire séparé de celui de son mari, et c'est aussi pourquoi elle était partie croupir dans la maison sépulcrale, parce que son mari laissait planer au-dessus de leur couple une question financière irrésolue qui dénaturait leur relation amoureuse. Le plus logique, en même temps, puisqu'ils étaient mariés, ne serait-il pas de faire appel à son mari ? Pas le courage. Pas la force. Pas le temps non plus, puisqu'il était fort peu probable qu'il lui réponde. Or, la pétulante Sydney avait été on ne peut plus claire : si le lendemain son compte bancaire n'était pas renfloué, il serait clôturé, Sarah n'aurait plus aucun moyen de paiement et le dossier de son emprunt partirait en contentieux. Est-ce que ça retomberait sur la gueule de son mari, même s'ils étaient mariés en séparation de biens ? Oui, puisque Sarah possédait vingt-cinq pour cent de sa maison. Ah ça ce serait drôle ! La banque hypothéquerait la maison, des huissiers débarqueraient chez eux, son mari serait menacé de saisie ! Ce n'est pas ça qu'il faut faire ? Si, ça ce serait drôle, un huissier viendrait signifier à son mari un matin à six heures qu'il devait emporter la télé, le home cinéma, son matériel hi-fi ! Voire que la maison allait devoir être vendue aux enchères pour cause d'impayés de son épouse ! Excellent ! Là je peux te dire qu'elle rappellerait la marmotte ! Elle sortirait de son silence, on l'entendrait !

Luigi décrocha. Cela fit plaisir à Sarah. Elle ne l'avait plus eu au téléphone depuis Noël et ces dernières semaines leurs SMS s'étaient espacés. Mais c'était surtout de son fait à elle, Sarah n'ayant plus eu le cœur de lui dissimuler, par des textos insouciants, qu'elle s'enfonçait dans la tristesse et la désolation.

Elle lui demanda de ses nouvelles. Luigi lui répondait de façon aimable mais comme intimidée, pudique, gênée, comme s'il s'était déshabitué à parler avec sa mère.

Il lui parlait assis sur une seule fesse.

Exactement. C'était tout à fait ça. Il lui parlait assis sur une seule fesse.

Il lui dit qu'il passait son temps à travailler, pour obtenir mention très bien au bac et décrocher Oxford, c'était plus que jamais dans ses intentions. Son dossier serait excellent. Il ne cessait de décrocher des 18, des 19 et même des 20/20 aux contrôles et épreuves de bac blanc. En maths tout du moins. Les autres matières, c'était une autre histoire, mais dans aucune il ne descendait en dessous de 14.

— C'est bien, c'est merveilleux, je suis fière de toi mon Luigi. Tu vas y arriver à décrocher Oxford, j'en suis certaine.

— On verra bien…

— C'est quand déjà le dépôt des dossiers ?

— En mai. Après, faut être sélectionné. Sur dossier. D'où l'importance des notes tu vois. Si t'es pris, s'ils veulent de toi, c'est sous réserve de l'obtention du bac avec mention. Généralement très bien. C'est pour ça que je me défonce. Je ne fais plus que ça. Je ne vois pratiquement plus personne.

— Mais mon Luigi, quand même, je sais pas, tu es sûr que c'est une bonne idée de te couper comme ça du monde ?

— Je ne veux plus voir personne. Ils me font tous chier.

— Qui, tous ? De qui tu parles ?

— Tous.

— Au lycée ? À la maison ? Luigi, je n'aime pas te voir comme ça te… Non, ce n'est pas bien, il faut que tu voies du monde, que tu sortes, que tu t'amuses. Luigi ! Tu m'inquiètes là. Tu n'étais pas comme ça avant ! Qu'est-ce qui se passe mon fils ?…

— Rien, mais rien je te dis, t'en fais pas, ça va, tout va bien ! Tu ne peux pas savoir combien faire des maths me rend heureux. Y a rien d'autre qui me rende aussi heureux. T'inquiète, vraiment, tout va bien.

— On t'embête, au lycée ? C'est ça ? Tu as des ennuis ?

— Maman. C'est bon. Stop. T'inquiète. Tout va bien je te dis.

— Et ça se passe bien vous trois ? Paloma, papa, tu les vois, quand même, non ? Eux, tu les vois ?

— À peine. Je me débrouille pour dîner seul avant qu'ils rentrent. À l'anglaise, à dix-sept heures trente. Je prends de l'avance sur ma future vie, je m'habitue aux mœurs de la perfide Albion !

— Je vois ça.

— Comme ça Marianne je la vois pas. Je préfère.

— Marianne ?

— Oui, Marianne. Tu sais bien.

— Non. Je sais pas. Je vois pas. C'est qui Marianne ?

— Rien, laisse tomber. Je croyais que... Putain... vous faites chier, c'est pas possible... tu comprends maintenant pourquoi je veux plus parler à personne, vous êtes relous tous. On avance un pied et on saute sur une mine, vous faites chier. Bon, allez, c'est bon, on raccroche, j'ai du boulot moi.

— Non, attends mon Luigi, attends, j'avais quelque chose à te demander.

— Si c'est au sujet de la meuf... ne compte pas sur moi. Vivement que je foute le camp en Angleterre.

— Non, sois tranquille, ce n'est pas au sujet de la meuf comme tu dis. J'ai un service à te demander.

— Vas-y, c'est quoi ?

— Non mais attends, juste une question et après je te jure on parle d'autre chose. Cette Marianne comme tu dis, elle ne vit pas chez nous tout de même, rassure-moi.

— Hein ? Mais ça va pas la tête ! Il manquerait plus que ça !

— Bon. Très bien, tu me rassures. C'est déjà ça. Tu m'as fait peur tout à coup. Mais alors, c'est quoi le problème ?

— Elle bouffe à la maison un soir sur trois. Ça me gave. C'est une nouvelle associée paraît-il. Associée mes fesses. Il me prend vraiment pour un enfant de huit ans ton mari. Bon, allez, je te laisse, salut.

— Non, attends Luigi ! Attends ! On n'a pas parlé du principal !

— Bon ben vas-y, c'est quoi ?

— C'est délicat. J'ai un peu honte de te demander ça...

— Attends. Au point où on en est...

— Je sais mon amour, je sais, pardon, c'est de ma faute,

je m'en veux tu sais, mais ça va bientôt s'arranger, ça va bientôt s'arranger, j'en suis sûre, t'en fais pas.

— Bon, c'est bon là, j'ai compris, tu m'énerves, où est-ce que tu veux en venir ?

— Tu sais, l'argent que tes grands-parents te versent chaque mois depuis ta naissance…

— Oui ? Et ?

— Tu sais combien il y a sur ce compte ?

— Non, pas vraiment. Vingt mille, quelque chose comme ça. Peut-être vingt-cinq. Je sais pas. Tu veux que je regarde ?

— Luigi, vraiment, je suis désolée de te demander ça. C'est très embarrassant. Mais, tu crois que tu… tu serais d'accord pour me les prêter ?

— Que je te… Tu veux que je ?… *Que je te prête de l'argent ?*

— Oui, un peu, pas tout bien sûr, juste une partie, juste quelque temps, je te le rendrai. Je te le rendrai bien sûr, t'inquiète pas mon amour. C'est juste le temps de trouver une solution.

— Mais pourquoi ?

— Pourquoi ?

— Oui, pourquoi tu me demandes ça ?

— Non mais c'est…

— C'est ?

— …

— Qu'est-ce qui se passe ? Tu as besoin d'argent ?

— Oui. C'est… pardon, je… tu ne peux pas savoir comme j'ai honte de te demander ça, si j'avais su que, c'est pas possible… Mon Dieu c'est pas possible… demander ça à son propre fils…

Sarah se mit à pleurer.

— Mais maman qu'est-ce qui se passe ? Qu'est-ce que tu as ? Tu pleures ?

— …

— Mais bien sûr maman ! Enfin, comment tu peux penser que je… Bien sûr que je vais te le prêter ! Je te le donne même ! Il est à toi, j'en ai rien à foutre de ce pognon des Manerville ! Mais qu'est-ce que c'est que cette merde ? T'as plus d'argent ? Mais c'est quoi ce bordel, comment tu fais pour vivre ? Mais qu'est-ce que vous avez branlé, papa et toi, je comprends rien. Il te donne pas d'argent ? T'as plus d'argent ? Mais moi je pensais que tu avais de l'argent, que tu avais toujours tes économies, ou que papa t'en donnait ! Qu'est-ce qui se passe ? Pourquoi personne me dit rien. Maman ! Non mais c'est pas possible. Quelle merde, mais pourquoi tu reviens pas ? Reviens, maman, s'il te plaît, et arrêtons les conneries. Tu veux que je parle à papa ?

— Non, surtout pas. Merci mon Luigi. Tu ne peux pas savoir comme ça me touche ce que tu dis. Je reviendrai bientôt, je te le promets. Bientôt. Je t'en donne ma parole. Ah là là, pardon, pleurer devant son fils comme une, si c'est pas malheureux…

— Maman, ma petite maman, ne pleure pas, arrête de pleurer s'il te plaît, bien sûr que je vais t'aider, je veux pas que tu souffres moi, tu comprends ? L'idée que tu sois malheureuse me…

Luigi était au bord des larmes. Il les retenait, par délicatesse. Pour ne pas achever d'humilier sa mère. Il était assez fin pour savoir qu'il valait mieux minimiser la gravité de sa situation.

— Je sais, ne t'inquiète pas. Excuse-moi, ça y est, c'est fini, je ne pleure plus. Tout va bien, je ne pleure plus, regarde, c'est fini, maman va mieux, pardon, heureusement que tu es là. Pleurer comme ça devant son fils, à mon âge, pardon… C'est toi le plus humain dans cette famille, ça je l'ai toujours su. Tu es une belle personne mon Luigi, je suis fière de t'avoir comme fils. C'est seulement un mauvais moment à passer, tout va s'arranger. Tout va s'arranger, crois-moi.

— Tu es sûre ?

— Certaine.

— Comment tu veux qu'on fasse ?

— Pardon, je me mouche. Merde, qu'est-ce que j'ai fait de mon… Ah, il est là.

— Ça me fait drôle de t'entendre te moucher. J'avais oublié. Il n'y a que toi qui te mouches de cette façon. Ça me rappelle mon enfance.

— Luigi, tu es mignon.

Quelle belle personne, Sarah, votre fils.

En effet. À qui le dites-vous.

C'est cette nuit-là qu'Aurore ramènera son amant dans l'appartement.

Elle n'était pas absolument certaine que ç'avait été cette nuit-là.

Il aimait bien l'idée que ce soit durant la nuit ayant suivi cette éprouvante conversation. Susanne en est comme éventrée. Elle est à vif. Dévaster son fils comme elle l'a fait la dévaste elle-même.

Elle ne dormait pas. Elle avait entendu la porte de la maison claquer, puis des voix dans le salon. La voix d'Aurore, mais aussi celle d'un homme. Les deux parlaient bas. Un éclat de rire se fit entendre, masculin, puis des mots, puis un *chut* amplifié par un nouvel éclat de rire, féminin celui-ci, qu'on tentait d'endiguer. La porte de la chambre d'Aurore fut refermée. Sarah attendit. L'excitation monta. Elle savait ce qui allait se produire.

Une vingtaine de minutes plus tard, des halètements se firent entendre, cadencés, s'amplifiant régulièrement, au cœur desquels miroitaient de loin en loin des plaques de gémissements. Elle dut se retenir de jouir, c'était d'une puissance à laquelle elle ne s'attendait pas. Les plaintes d'Aurore étaient d'une suavité confondante, elle en était, Susanne, comme caressée, des doigts conclus de quartz venaient se poser sur ses cuisses et remontaient vers sa chatte en lui griffant la peau. Le lit grinçait de plus en plus, les gémissements s'accentuèrent, Susanne coula, elle sentit du liquide se répandre entre ses doigts, cela ne lui était arrivé qu'une seule fois, avec son mari, un jour où ils avaient été particulièrement sulfureux – ils n'avaient plus renouvelé l'expérience, celle-ci avait été si puissante et aventureuse qu'ils en avaient été terrifiés, comme s'ils ne savaient pas vers quel territoire inconnu elle pourrait bien les mener.

Il projetait un peu ses fantasmes, là, monsieur l'écrivain !

Elle trouvait ?

Oui. Elle avait été excitée, elle en convenait volontiers, c'est pourquoi elle lui avait raconté cette scène, mais il ne fallait pas exagérer !

Le lendemain soir, elles se croisèrent dans la cuisine. Sarah en fut gênée. Elle ne savait comment réagir, quelle figure faire, après ce qui s'était passé de si intime durant la nuit. Aurore, que l'embarras de sa colocatrice paraissait amuser, lui demanda si elle en avait bien profité.

Aurore la regardait droit dans les yeux, avec aplomb, profondément.

Ce soir-là, Sarah fut incapable de s'endormir. Pas seulement en raison des avances d'Aurore, dont elle savait qu'elle ne serait jamais à même de répondre (pas assez intrépide, pas assez joueuse, pas assez insouciante, bien trop pudique), mais aussi parce que avec l'aide de Luigi elle était parvenue à transférer sur le sien l'intégralité de ce qui sommeillait sur le compte que lui avaient créé ses grands-parents de Manerville à sa naissance, à savoir vingt-trois mille euros, ce dont elle avait informé Sydney en lui envoyant un mail. Cette nuit-là, Sarah n'avait plu su si elle n'aurait pas préféré être privée de compte en banque, plutôt que d'avoir détourné les économies de son fils. L'idée même d'une mère demandant à son enfant de la sauver du désastre économique en cassant son cochon de porcelaine était éminemment dégradante. Certes, il ne pouvait y avoir de plus belle preuve d'amour et de confiance que celle-ci. Peut-être, plus tard, Sarah et Luigi s'en souviendraient-ils avec une indicible émotion ? Mais ce storytelling réconfortant destiné à amoindrir sa culpabilité ne fonctionnait qu'à moitié, elle avait honte et cette honte se révélait insubmersible.

Susanne s'approcha du tableau et fit sauter un éclat de couche peinte avec l'ongle de son auriculaire. La particule tomba sur la commode. Elle en fit sauter une deuxième, puis une troisième, agrandissant la clairière, trouvant un plaisir immense à cette action et des attraits esthétiques inattendus à cette trouée mortifère. Susanne avait attaqué une zone de son tableau dont elle pensait qu'il n'était pas préjudiciable à sa beauté de le priver, il ne s'agissait après tout que de la maçonnerie des voûtes du monastère, maçonnerie dégradée de surcroît puisque après la Révolution la plupart des biens ecclésiastiques avaient été pillés, abandonnés. Susanne y prenait un plaisir profond, un plaisir dont le mérite était d'atténuer son angoisse, qui s'était faite paroxystique cette nuit-là. Elle attaquait l'enduit des briques des voûtes du monastère, mais aussi, tout aussi bien, le crâne humain que ces mêmes voûtes figuraient, ainsi que Luigi le lui avait fait remarquer le soir où il avait découvert le tableau dans sa chambre. De l'ongle, Susanne faisait sauter compulsivement les écorces de toile peinte qui toutes tombaient en pluie de grêle sur le plateau de la petite commode liturgique, entre les bougies. Elle passa la nuit à arracher son tableau. Elle contournait les motifs les plus cruciaux, portes, fenêtres, silhouettes, à la façon des enfants qui grignotent leur biscuit autour du centre en confiture. À la fin, ne subsisterait-il que les deux moniales sur leur fond couleur tabac, telles des décalcomanies sur une peau bronzée ?

Un présent immobile, stagnant, dans lequel Sarah s'enfonçait, répétitif et entêtant.

Souvent encore Lélia essayait de se soulager en poussant des cris de douleur et de colère. Les oiseaux de nuit s'envolaient effrayés ou lui répondaient par des gémissements sauvages. Le bruit répété de voûte en voûte ébranlait ces ruines chancelantes et des graviers, croulant du haut des combles, semblaient annoncer la chute de l'édifice sur sa tête. Oh ! Elle aurait voulu alors qu'il en fût ainsi ! Elle redoublait ses cris et ces murs, qui lui renvoyaient le son de sa voix plus terrible et plus déchirante, semblaient habités par des légions de damnés, empressés de lui répondre et de s'unir à elle par le blasphème.

Lélia s'approche de la fenêtre, l'ouvre, regarde par-delà le canal les installations pétrochimiques plongées dans la pénombre, signalées par de ponctuelles loupiotes et d'épars lampadaires. Elle regarde longuement la nuit étale et morne, hideuse et silencieuse, l'horizon aplani, le ciel vide et absurde, inutile, inhabité, puis ramène son regard vers l'indigente plate-bande de gazon, au pied du bâtiment, deux étages plus bas. Sauter, l'idée lui en traverse l'esprit un bref instant, mais cela ne lui apporterait qu'une jambe brisée, ou bien un handicap irréversible qui aggraverait sa situation sans lui procurer ce que la falaise avait apporté à Marine de providentiel. Alors elle se met à hurler. Lélia pousse un long et puissant hurlement de douleur et de colère pour tenter d'endormir ses tourments, des oiseaux de nuit s'envolent effrayés, un autre lui répond par des gémissements sauvages que Lélia propulse elle-même dans l'atmosphère nocturne de Longvic en imitant le son strident d'un volatile des forêts profondes. Puis elle ferme la fenêtre et revient se poster devant le tableau.

— Susanne, ça va ? C'est toi qui as crié ? Qu'est-ce qui se passe ?

— …

— Susanne ?

— …

— Tu veux qu'on parle ?

C'était Marine derrière la porte, inquiète et empressée.

— Non, ça va ma chérie, rendors-toi, retourne dans ta cellule, lui dit Lélia d'une voix froide. Prie, c'est tout ce que je te demande. Agenouille-toi et prie.

— Pourquoi tu parles comme ça ? Mais qu'est-ce que tu… C'est quoi ce ton de voix ? Susanne ! Arrête avec ça, tu me fais peur là !

— Quand j'aurais un orgueil insensé, je n'en aurais pas

encore assez pour me croire un ange. Si j'étais un ange, j'aurais un sentiment si net de ma mission en ce monde que je m'immolerais pour l'expiation de quelque faute dont j'aurais le souvenir ou pour accomplir quelque bien sur cette terre infortunée, par le sacrifice de mon orgueil et l'enseignement des éternelles vérités dont j'aurais la certitude.

— Mais Susanne, je ne comprends rien, qu'est-ce que tu racontes ? Tu n'es pas dans ton état normal là. Je peux entrer ? Susanne, j'entre. Ouvre-moi !

— Surtout pas ! Je te l'interdis ! Vade retro, Satana ! Il y a longtemps que je m'égare dans un dédale plein de bruits confus et d'ombres trompeuses. Il faut que je m'enferme dans une cellule, que je me cherche sous des ombrages mystérieux, jusqu'à ce que je me sois retrouvée. Et alors, dans un jour de puissance et de santé, je prendrai un parti. C'est alors que je vous consulterai avec la déférence qu'on doit à l'amitié.

— Susanne, j'appelle un médecin, d'accord ?

— Je vais très bien. Je n'ouvrirai à personne, n'insiste pas, Marine. Ou je vais me fâcher, mais ce qui s'appelle me fâcher. Me fâcher ! Tu ne sais donc point qu'en ce monastère, nul n'est autorisé à pénétrer ? Mécréante ! Misérable !

Susanne, tout en parlant avec Marine, était en train de détacher, avec l'ongle de l'auriculaire, des craquelures de la toile tabac du tableau. Cette tentation se révélait chaque nuit plus impérieuse et Susanne y cédait avec une volupté toujours plus puissante.

Sarah exhuma d'un tiroir son carnet de croquis et à la suite des esquisses de sa cabane-sculpture *Lover* entreprit de dessiner, de mémoire, l'oreille de Luigi, qu'elle avait toujours trouvée spéciale et adorable et qui était devenue la seule partie de son corps avec laquelle elle communiquait.

Les dessins qu'elle se mit à accumuler étaient comme des échos à la quasi-totalité de ceux qui peuplaient déjà son carnet puisque tous ses projets, d'une manière ou d'une autre, depuis sa rémission, découlaient de la phrase de Francis Ponge sur la nécessité de se sculpter des coquilles à sa taille. L'épais serpent vert vif de la cabane imaginée pour la concupiscente relation professionnelle de son mari semblait vouloir convoiter le pavillon auditif qui essaimait quelques pages plus loin, s'y introduire ainsi que le ferait une phrase et communiquer une information au cerveau. Les dizaines de noix que Sarah avait stylisées à son arrivée dans la maison sépulcrale n'étaient pas non plus sans faire songer aux volutes cartilagineuses de l'organe sensoriel.

C'est durant cette période que Sarah, la nuit, ne trouvant pas le sommeil, se mit à travailler au *Pavillon filial*. C'était une haute, troublante maison-sculpture au frontispice aveugle et contourné dont l'entrée était semblable à l'obscure ouverture d'un terrier se prolongeant en étroit corridor.

Ce n'était donc que ça ? Ce que la lecture forestière de *Lélia* enseignait à Susanne, c'est que Susanne était Lélia, c'est que Lélia était la religieuse représentée sur le tableau ? C'était donc la raison pour laquelle Susanne poussait la nuit des cris de colère qui réveillaient ses voisines ? Elle n'était pas capable de dépasser cette lecture ? Le livre qu'elle rêvait d'écrire devrait se limiter à raconter sa propre histoire ? Ce tableau représentait Susanne après qu'elle eut quitté mari et enfants, fatiguée de cette vie monotone, égarée par la richesse de ses facultés, poussée dans des excès d'idéalisme par un cœur trop puissant ? Oui ? C'est ça ? Tu as acheté, en te ruinant, et avant même que de le vivre, sorte de flagrante prémonition, un tableau figurant ce que tu es précisément en train de traverser ? Ce tableau te représente recluse dans un logement détérioré de la banlieue dijonnaise, cloîtrée dans une cellule où il n'est pas jusqu'à la vue sinistre, jusqu'au crâne humain, jusqu'au tableau religieux qu'on ne retrouve dans le roman de George Sand ? Le crâne des voûtes de la galerie identifié cet automne par Luigi est donc le memento mori devant lequel se mortifie chaque soir dans sa cellule la religieuse représentée sur le tableau ? C'est donc ça ? Tu es, Susanne, la religieuse de ton tableau, morte aux passions humaines, et à la vie terrestre ? Ce tableau te représente *toi* ? C'est *toi-même* que tu as reconnue, sans le savoir, et dès le premier jour, dans la silhouette de cette moniale immobile, de cette moniale en alerte, de cette moniale frissonnante de perplexité ? Elle ne comprend pas ce qui lui arrive, exactement comme toi. Elle guette par les carreaux un message de ses enfants, elle attend de les voir réapparaître dans son existence, elle regarde par la fenêtre si son mari ne s'est pas enfin décidé à répondre à ses SMS. Les croisées métaphorisent l'écran du téléphone. C'est une exacte inversion des nuits que tu as passées à scruter la façade de ton immeuble, assise sur ta glaciale assise de pierre. Là, cloîtrée dans sa propre vie, enfermée dans un espace qui est avant tout une absence d'avenir, la meuf regarde par les fenêtres de sa solitude si justement cet avenir ne va pas s'éclaircir, si sa famille ne s'est pas mise en route pour rejoindre cette solitude et par là même la dissiper. Ce qui veut dire, ma Susanne, que si tu avais été capable de démêler le sens de ce tableau durant les longues heures que tu as passées, postée devant la vitrine, à le scruter, tu aurais saisi qu'il racontait ce que tu t'apprêtais à vivre ? C'est ça ? Il aurait fallu que tu sois assez perspicace pour comprendre que ce tableau t'avait frappée uniquement parce qu'il t'adressait un avertissement ? La vie t'avait envoyé un message crypté ? Ce qu'il aurait fallu faire, c'est ne pas l'acheter, mais rester vivre chez toi ? Toi qui défends depuis toujours la théorie selon laquelle il faut savoir déchiffrer le monde sensible et les signes que le destin nous envoie comme on résout un rébus ! Cet énigmatique arrêt sur image était donc en réalité un arrêt sur image de la puissante angoisse qui est la tienne ce soir !

Mazette ! On va loin là ! Elle est en forme Susanne ce soir ! Mazette ! Elle est en forme Susanne ce soir ! À ta santé ma vieille ! Putain, j'ai plus rien à boire, qu'est-ce que je fais, je sors de ma chambre pour me faufiler jusqu'à la cuisine, ouvrir le frigo, boire une gorgée de la bouteille de blanc d'Aurore ? Je n'ai même plus les moyens de m'acheter du vin blanc. Si c'est pas malheureux. Enfin si, je pourrais toujours m'acheter de la piquette à trois euros la bouteille, mais je suis comme Lélia moi, j'ai le goût hautain ! le palais dédaigneux ! Et puis je n'ai pas envie de croiser les deux saintes, elles sont là ce soir, je les ai entendues, elles me fatiguent, elles parlent tout le temps, mais qu'est-ce qu'elles ont donc de si intéressant à se raconter ? Bon. Concentration. Le tableau. C'est donc toi Susanne sur le tableau. Qui attends. Qui attends. Qui attends que ta famille réapparaisse par les carreaux à losanges. La belle affaire. Te voilà bien avancée. Pourtant, si tu observes attentivement le regard de la religieuse, approche-toi ma Susanne, allume la lumière, son regard est certes expectatif, mais il est serein, apaisé, céleste, plein d'intériorité... Tu trouves que ton regard ce soir il est serein, céleste et apaisé ? Regarde-toi dans un miroir ma pauvre. Il n'est pas, MAIS ALORS IL N'EST PAS DU TOUT SEREIN, CÉLESTE ET APAISÉ CETTE NUIT TON REGARD ! Ça alors, mais ce serait pas Delphine, au fond, la moniale près de la porte, de profil, profil bas, dans une attitude de contrition, le regard orienté vers les dalles, accablée par le poids du remords ? Mais si ! Bien sûr que si ! C'est Delphine près de la porte ! Celle-là même, de porte, par laquelle elle t'a invitée à pénétrer en enfer, mais après toi ma chère, je t'en prie, je n'en ferai rien, donnez-vous la peine d'entrer dans l'horreur ! Ça alors, elle a morflé Delphine, voûtée et tout, profil bas, dans l'attente de la fessée, non mais tu vas te prendre une de ces fessées toi à m'avoir trouvé cet appartement à Longvic, où me voilà confinée avec deux saintes, une miraculée et une espèce de sainte Thérèse d'Avila de la chatte ! La meuf, sa chatte, elle fait des miracles, elle guérit de l'impuissance, tu plonges ta bite dans la chatte à sainte Thérèse et elle reste dure pour l'éternité ! Priapique ! Ton doigt, tu l'y trempes, il devient le meilleur doigteur du département ! Un doigt de marbre, pour l'éternité ! Comme sur le tableau, là, merde, de qui déjà ? avec le doigt pointé vers le ciel ! De Léonard ! Ah ah ah ! Salut Delphine, ça gaze ? Tu vois moi ça baigne, je suis en forme, sauf que je ne dors plus, mais tant que ça ne m'empêche pas de penser ! Le problème c'est que ça multiplie le nombre de minutes que l'on doit vivre, ça en fait un paquet c'est moi qui te le dis, c'est super long la vache, alors j'écaille mon tableau, mais c'est pas gênant regarde, c'est juste sur les côtés, dans les zones où c'est pas grave qu'il n'y ait plus de vision.

Plus Susanne se heurtait aux murailles de son impuissance, incapable d'écrire quelque phrase que ce fût, plus il lui était difficile de ne pas écailler son tableau, où s'étalaient maintenant les flaques de larges lacunes qui à l'instar de tumeurs cancéreuses agrandissaient chaque jour davantage le territoire mutique de la toile couleur tabac, au détriment de la clarté iconographique de l'œuvre. Plus Susanne ne voyait rien, si l'on peut dire, et s'effaçait elle-même de la réalité sociale, moins son tableau lui donnait quelque chose à regarder, tel était le processus dans lequel elle s'était curieusement engagée. Bientôt, elle n'aurait plus sous les yeux qu'une toile unie entourée d'un somptueux cadre doré ? Un monochrome de couleur brune datant du début du XIXe siècle ?

Sarah, elle, avait continué à prendre des rendez-vous pour des boulots, même si son compte en banque avait été renfloué ?

Oui. Elle répondait à des annonces, téléphonait à des personnes qu'on lui recommandait d'appeler.

Pour quels types de boulots ?

Toutes sortes. Vendeuse, caissière, serveuse. Femme de ménage, une fois. Mais, pour être honnête, elle ne s'était pas présentée au rendez-vous, elle ne se sentait pas en état de faire le ménage chez les autres, elle qui avait cessé de le faire chez elle, Marine y pourvoyant. Une fois, elle avait passé un entretien pour un poste de manutentionnaire dans un hypermarché. Mais elle n'avait pas été choisie. Dommage, ça lui aurait plu, elle s'était dit que la fatigue de la journée, une vraie fatigue physique à déplacer et vider des cartons, à remplir des rayonnages, à accomplir mille fois le même geste mécanique lui aurait peut-être permis de renouer avec le sommeil. Deux ou trois couples que le sien fréquentait lorsqu'il était encore uni n'auraient qu'à lever le petit doigt pour lui procurer un emploi, elle hésitait à leur téléphoner, ce serait encore le plus simple, mais comme ils ne la saluaient plus lorsqu'ils se croisaient dans la rue, la durée et même le caractère a priori définitif de sa répudiation les en dispensant sans autre forme de procès, elle savait qu'ils prendraient un malin plaisir à l'humilier si elle les sollicitait, sans lui donner pour autant le travail qu'elle se serait abaissée à venir quémander auprès d'eux. Les gens riches sont sans générosité aucune. Ils sont même d'une nocivité dont il est difficile de les soupçonner avant d'y être confronté. C'est ce qu'elle avait découvert à la faveur de cette épreuve.

Mais pourquoi ne s'est-elle pas mise en quête d'un travail qualifié, dans une agence d'architecture ?

L'avenir n'existait plus. Elle régressait, elle s'enfonçait à l'intérieur d'elle-même comme dans une sorte de forêt sombre en effet, comme il l'avait très bien exprimé en attribuant à Susanne la lecture addictive de ce récit domanial de George Sand. Elle obtenait cette sensation d'oubli d'elle-même en travaillant sur le *Pavillon filial*.

Elle eût été incapable de se présenter dans une agence d'architecture avec son book et son CV flamboyant. D'autant qu'elle était assez connue, dans la région, comme architecte, et qu'après avoir dirigé elle-même une structure relativement réputée elle aurait eu honte de se présenter à ses anciens confrères sous un jour aussi peu avantageux, en postulant pour un emploi d'exécutante. Elle était devenue une ruine. Elle avait perdu quinze kilos. Il faudrait qu'il se représente cela distinctement lorsqu'il mettrait en scène Susanne dans son roman.

Qu'est-ce qui s'est passé, ensuite ?

Ensuite ?

Oui, Sarah, ensuite. Qu'est-ce qui s'est passé ? Elle ne le lui avait jamais clairement raconté, c'était flou.

Puisqu'il insistait. Ainsi apprendrait-il la vraie raison de son hospitalisation. Pourrait-elle avoir un verre d'eau ?

Juste de l'eau ? Du vin, une bière ?

Non, juste de l'eau.

Voilà.

Merci.

Une nuit, ce fut d'ailleurs la dernière qu'Aurore passerait en ce lieu, Sarah l'entendit pénétrer dans la maison sépulcrale en compagnie de son petit ami. Marine était partie dormir chez une copine – elle apprendrait le surlendemain qu'elle en avait été priée. Sarah était en train de dessiner lorsque Aurore avait fait son apparition, elle en était à la phase de son projet où elle tentait d'établir ce qu'on eût pu appeler un relevé de façade si la nature de cette œuvre ne rendait pas le terme de façade incongru. Sur une feuille Canson d'assez grand format, Sarah avait, au rOtring, fixé le dessin définitif des différentes faces du *Pavillon filial*. L'oreille se tenait verticale, abstraite de la boîte crânienne, démunie de tout contexte, comme une idée ne reposant que sur elle-même, en latex de couleur rose. C'est cette matière tendre et moelleuse que sculpterait Sarah pour donner à l'hélix, à la scapha, à l'anti-hélix, à la fosse triangulaire, à la conque, au tragus, à l'anti-tragus et au lobule de l'organe de Luigi l'aura qu'aurait ce temple aux proportions ensorcelantes. Ayant escaladé l'édifice, s'étant frayé un passage dans la charnelle épaisseur de l'ouverture en forme de haricot, le visiteur cheminait, accroupi, presque rampant, dans un conduit obscur et étouffant où là encore il devait triompher de la résistance malléable des parois caoutchouteuses pour enfin déboucher sur une salle en éventail, fermée, opaque, dont Sarah imaginait qu'elle serait tapissée d'un nombre élevé de baffles diffusant des paroles, phrases, musiques et conversations entendues par son fils en son absence, pendant le temps qu'elle avait passé loin de lui. Aucune ouverture sur l'extérieur, seulement sur un paysage sonore.

Ce soir-là, elle effectuait, devant son ordinateur, le report des cotes sur le dessin de l'oreille de Luigi, quand elle avait entendu la porte claquer, des rires et des exclamations retentir dans la maison.

Il y avait quelque chose de si déclamatoire, et de si peu retenu dans leur comportement, bien loin des précautions que l'on prend dans une colocation pour ne pas importuner ses voisins, que Sarah saisit immédiatement le sens à peine dissimulé de ces joyeux débordements.

Ils étaient les lubriques prolégomènes à la longue nuit collégiale qui allait suivre.

Ensuite ?

Elle eut peur. Elle était terrorisée. Que se passerait-il si Aurore l'invitait à les rejoindre ?

Elle s'allongea sur son lit, attentive au moindre bruit. Elle écoutait. Le silence s'était fait. Elle entendait des voix de temps en temps. Ce dont elle ne tarda pas à acquérir la conviction, sans même le vérifier en ouvrant la porte de sa chambre pour jeter un œil dans le couloir, c'est qu'Aurore avait laissé la sienne ouverte, sans doute pour que les sons lui parviennent mieux, mais aussi pour que Sarah puisse venir les regarder, si l'ouïe n'y suffisait plus, et surtout pour qu'il soit explicite qu'elle était autorisée, mieux encore, qu'elle était encouragée à venir se joindre à eux, si l'envie lui en venait.

Elle ne dut pas attendre longtemps pour entendre les premiers soupirs d'Aurore lui parvenir par le couloir, grâce à la porte ouverte, mais aussi à travers la cloison.

Sarah avait fermé les yeux, pour voir mieux. Elle écoutait, à l'affût de la plus petite inflexion du comportement sonore d'Aurore. L'oreille de Luigi paraissait tout ouïe elle aussi, comme si tout se mélangeait, comme si tout tournoyait dans cette maison en emportant dans une même spirale affolante le réel et l'imaginaire, le passé et le présent, le sensitif et l'inanimé. Comme la première fois, la mélodie d'Aurore se mit à affleurer au milieu des soupirs et des halètements, mélodie à la cadence s'accélérant jusqu'à la plainte étirée, longue et continue, interrompue, longue et continue, entrecoupée de courts silences pendant lesquels on percevait seulement les ressorts du matelas, comme si Aurore descendait au fond d'elle-même afin de se mirer dans un fantasme et reprendre de l'élan, alors elle rejaillissait à la surface de l'espace sonore pour faire entendre un hurlement qui à lui seul eût pu précipiter Sarah dans un orgasme immédiat si ce soir-là elle avait entrepris de se caresser, ainsi qu'elle l'eût certainement fait en d'autres circonstances, par le passé, dans une chambre d'hôtel par exemple.

Et c'est alors qu'elle entendit Aurore l'appeler.

Sarah ! Sarah ! SARAH, VIENS !

Ensuite ?

Sarah s'était habillée en toute hâte avant de sortir en claquant violemment la porte de sa chambre. Elle était en colère. Contre elle-même. Contre son étroitesse. Contre Aurore et son insultante liberté. Contre sa décision, à peine l'avait-elle prise, de s'être ainsi enfuie. Il lui était intolérable de demeurer une minute de plus dans cette maison. Elle avait pris sa vieille 106 algueuse et elle avait roulé. Elle avait roulé vers le rivage. Elle voulait voir l'océan.

Elle s'était réveillée à l'hôpital. Elle ne se rappelait pas ce qui s'était passé, on le lui avait seulement raconté. Ce dont elle se souvenait, en revanche, c'était s'être demandé si à l'instar de Marine avant sa randonnée dans les calanques elle pensait que pesait sur sa personne la promesse d'un accident providentiel qui viendrait tout remettre à plat et apporter une solution à l'impasse de son existence. Il ne lui semblait pas qu'elle avait répondu oui à cette interrogation. Toujours est-il qu'à un croisement un 4 × 4 à qui elle avait refusé la priorité l'avait percutée violemment.

Combien est-ce qu'il y a de carreaux sur le sol ? Peut-être faudrait-il compter les carreaux, ma Susanne ? Peut-être le peintre a-t-il fait passer un message crypté, arithmétique, par le nombre de carreaux ?

Un fragment du tableau était resté collé sur le bout de son doigt, Susanne le regardait, c'était une toute petite écorce de peinture. Alors, sans réfléchir, elle plaça le minuscule quadrilatère sur le bout de sa langue, et le garda longtemps contre son palais, les yeux fermés, tentant d'en percevoir le goût, le goût ancien, le goût sacré, la lumière intérieure, la vision.

Que de savoirs devait receler ce débris de couche peinte ! Peut-être toute la vision interne de l'œuvre se trouvait-elle tapie dans sa formule chimique, comme une sorte d'ADN ? se demanda Susanne, debout devant son tableau, agitée, à quatre heures du matin.

Sœur Clotilde ? Oui ma mère ? Puis-je vous demander un service, mon petit ? C'est de confier la lettre que voici au gardien, et de lui demander de bien vouloir la porter, dès ce matin, à l'adresse indiquée sur ce billet. Tenez. Lorsqu'il aura mémorisé le billet, il faudra que vous l'avaliez, sœur Clotilde. Que je l'avale, ma mère ? Mais pourquoi ?

Avale un autre fragment, ma Susanne, prends avec ton doigt mouillé une autre écorce et place-la sur ta langue comme une hostie microscopique, peut-être que le corps de ton tableau te parlera de l'intérieur, t'apportera sa vérité et sa lumière ? L'eucharistie ! Ceci est mon corps, mange le corps du tableau !

Mais je ne pourrais pas plutôt en faire une boulette et le jeter dans la haie ? Ou bien le déchirer en confettis ? Je préfère que vous l'ingériez. C'est de la plus haute importance que cette adresse et le nom du destinataire ne demeurent connus que de vous seuls, le gardien et vous-même.

Mange encore une écorce, son goût est si ténu ! Il faudrait que j'en avale davantage pour que le goût s'affirme d'une façon plus spécifique. Le goût du début du XIXe siècle. Comment le palais peut-il sentir la saveur d'un objet, avec d'aussi petites portions ?

Est-ce que je compte les demi-carreaux, ou pas ? Si je dois compter les carreaux, qu'est-ce que je fais avec les demi-carreaux ? Bon, note ici le nombre de demi-carreaux, dans cette colonne, oui, celle-ci, voilà, tire un trait vertical, applique-toi un peu Susanne, tu fais n'importe quoi cette nuit, on n'arrivera à rien sans un peu de discipline ! Tu crois que Champollion est parvenu à déchiffrer les hiéroglyphes sans un minimum de méthode ?

Vous reprendrez bien, ma chère, un petit copeau d'image ? Mais avec plaisir ! Eh bien donnez-vous la peine d'humecter délicatement l'extrémité de votre index et prélevez donc dans cette charmante coupelle de sauce soja trois ou quatre fragments de peinture à l'huile, en provenance directe de l'époque Charles X, vous m'en direz des nouvelles. Bien, ma mère, je mangerai le billet, si telle est votre volonté. Délicieux ! Mais vraiment délicieux ces fragments de matière picturale ! Il est possible que je souffre plus que vous ne le pensez. Mais il est certain que je ne souffre pas lâchement et qu'il n'y a rien de puéril ni de présomptueux dans la détermination que j'ai prise.

Reprends encore quelques écorces, ma Susanne, l'inspiration te vient, la lumière se fait, tu commences à voir ! C'est un miracle ! Tu vois la religieuse écrire sa lettre dans l'isolement de sa cellule, et tu entends ce qu'elle se murmure à elle-même en l'écrivant ! Tu l'entends, ça y est ! Tu la vois et tu l'entends !

Souviens-toi de tes cours d'histoire de l'art, Susanne ! Les iconophages ! Oui, les ICONOPHAGES ! Si la contemplation n'y suffit pas, il faut manger le tableau bien sûr ! Mais comment n'y avais-tu pas songé plus tôt ? Intensifier par son incorporation ce que le tableau a à te dire ! le faire advenir dans ta pensée comme une vision intérieure, comme une présence immanente, mais par la digestion ! Oui ! Par la digestion ! Quel médiateur plus intime que l'intestin ? L'œil ne reste-t-il pas extérieur, toujours ? Lacan lui-même le dit ! L'image est à l'extérieur de toi, l'œil d'une certaine façon est à l'extérieur de toi, et même quand il prend place au fond de ton œil le tableau reste extérieur et lointain, distinct de ton âme, c'est pour ça, oui, c'est pour ça !

Mange le tableau, Susanne ! Je vois la religieuse dans sa cellule en train de rédiger sa lettre ! Ça y est, je la vois ! Je vois le petit meuble avec dessus le sablier, le crâne ! Le crucifié au mur ! Le petit prie-Dieu recouvert de velours rouge ! Mange encore quelques écorces !

La religieuse signe et cachette sa lettre ! Je la vois qui rejoint la galerie du monastère, elle emprunte de longs couloirs, descend des escaliers, elle donne la lettre à sœur Clotilde ! C'est un miracle, ça marche, ça marche, mange encore des écorces, ma Susanne, mange encore des écorces, il en reste plein !

Souviens-toi de ce texte hagiographique byzantin de la fin du VIe siècle que ton professeur à l'École du Louvre vous avait fait découvrir, consacré à saint Côme et à saint Damien, tu l'avais adoré ce texte ! Une dame de Constantinople avait été guérie d'un mal intérieur après avoir ingéré une potion dans laquelle avait été dissoute une représentation des deux saints ! Elle avait été plusieurs fois guérie par leur intercession ! Alors la femme avait fait peindre saints Côme et Damien sur un mur de sa maison, elle passait des heures à les contempler, elle ne s'en rassasiait pas, comme toi avec ton tableau, exactement comme toi avec ton tableau ! Elle les vénérait ! Elle vénérait sa peinture ! Chez elle ! Mais, une nuit, tu t'en souviens ? atteinte dans ses organes internes, la femme avait été prise de douleur sans rémission, elle se roulait sur son lit, sa souffrance ne s'arrêtait pas, elle n'avait jamais été aussi violente ! Mais par quelle absurdité ne t'es-tu pas souvenue de ce texte avant cette nuit ? Toi aussi, comme elle, tu es à deux doigts de te rouler sur le sol de douleur ! Ta douleur n'a jamais été aussi insoutenable que cette nuit ! La douleur de ton impuissance ! De cette cruelle rétention cérébrale ! Qui t'enferme dans une cellule chaque jour plus rétrécie ! La femme était en grand danger, comme tu l'es toi-même cette nuit, alors elle s'était traînée hors du lit, elle avait gagné le lieu où étaient peints sur les murs ces très sages saints, et elle avait gratté l'enduit de ses ongles, jeté cette raclure dans de l'eau et bu le mélange ! Et elle avait été aussitôt guérie, les douleurs avaient pris fin par la visitation des saints ! *Elle avait été aussitôt guérie !* La présence des saints sur les murs était encore trop extérieure pour opérer une guérison ! D'où l'ingestion ! D'où l'idée d'une fusion organique avec l'image ! Le corps et les organes internes, Susanne ! Les organes internes, mais bien sûr ! L'ingestion comme paradigme de la vision ! *L'ingestion comme paradigme de la vision, mais comment n'y as-tu pas pensé plus tôt !* L'œil ne se borne pas à regarder, il mange ! Et à l'époque byzantine, les dévotes allaient jusqu'à gratter les portraits des saints pour recueillir des poudres thaumaturgiques ! *Elles ne se contentaient pas de les manger des yeux, elles se les incorporaient !* Et les iconodoules, tu t'en souviens Susanne de ton cours sur les iconodoules, ces prêtres qui raclaient la couleur des images et mêlaient cette poussière picturale à l'hostie et au vin, pendant le rite eucharistique ?! Le grattage comme acte sacrificiel ! Faire advenir le sens et la vision, la vérité intérieure, par l'ingestion !

TU VOIS, MAINTENANT ! SUSANNE, ÇA Y EST, TU VOIS TOUT ! TU ES DANS LE COUVENT !

Gratte, ma Susanne, gratte ton tableau, gratte-le bien, mange ces raclures ! La religieuse en faction devant la croisée espère la réponse à sa lettre, elle guette l'arrivée du gardien et sœur Clotilde l'attend à la porte pour réceptionner l'enveloppe et la porter à la religieuse en faction devant la fenêtre ! Ça y est, JE VOIS, JE LE VOIS, JE VOIS LE GARDIEN, JE VOIS TOUT ! JE VOIS ENFIN ! Le gardien arrive, il descend de cheval, son cheval est noir, sa moustache rousse est tombante, je vois la cour du monastère, il marche vers la porte !

Dehors, une route, une route qui mène à un village, un village entouré de basses collines. C'est le printemps, Luigi avait raison. On entend les cloches sonner à l'église du village. Dix coups, il est dix heures, Luigi avait raison, c'est le matin, un beau matin de printemps, ensoleillé et doux.

Susanne voit tout maintenant, le plan du monastère lui apparaît de la façon la plus limpide, c'est comme une vue aérienne. En s'élevant encore un peu plus, elle voit apparaître un large et sobre fleuve – au tracé sans fantaisie – qu'avale une ville à quelques kilomètres du monastère et au milieu de laquelle, souveraine, se dresse une cathédrale. Des lignes à haute tension raturent les champs, Susanne identifie des échangeurs routiers, une centrale nucléaire le long du fleuve. C'est drôle, s'élever dans les airs et prendre de l'altitude la rapprochent du temps présent ! Lorsqu'elle dézoome visuellement, elle zoome temporellement sur notre époque ! Et inversement, plus elle se rapproche de l'architecture et des deux religieuses, plus elle se rapproche de l'époque où cette situation a eu lieu, où cette situation a lieu, même, serait-il plus juste de dire, car cette scène est au présent, c'est Susanne qui se déplace sur la flèche du temps.

Vide la petite coupelle, avale ce qui reste de coquilles !

Croque les débris de l'icône, avale-les ! Ce qui se passe est phénoménal !

Gratte ! Gratte ton tableau avec les ongles, mange-le et sa lumière adviendra en toi !

Mais qu'est-ce que c'est que ce bordel ? C'est quoi cet autocar qui vient de s'arrêter dans la cour du monastère ! Putain, des Japonais ! Mais barrez-vous putain ! Qu'est-ce que vous foutez là bordel !

Et arrêtez de me photographier je suis pas une attraction !

Et qu'est-ce qu'elle fout la religieuse à signer des autographes !

Elle est maintenant dans sa cellule, elle dédicace un livre, les Japonais font la queue devant sa table, il y a une file d'attente interminable ! La religieuse se prend pour la romancière à chapeau, elle demande son nom à chaque personne qui se présente à elle pour obtenir une dédicace, c'est quoi ce bordel !

Elle signe puis tend le livre à une petite Japonaise. Sur la couverture, Susanne a le temps d'apercevoir qu'il est écrit *La Mangeuse de tableau.*

Nous ne sommes pas d'accord sur l'âge du monde, voilà tout, dit la religieuse à chacun des touristes.

Mais barrez-vous, les Japonais ! Qu'est-ce que c'est que tous ces autocars de touristes dans la cour du monastère ?! Où vous vous croyez ?! Vous ne voyez pas qu'il est en train de se passer quelque chose de la plus haute importance ?! Qu'une lettre est sur le point de parvenir à la religieuse ! On ne voit qu'elle, elle est tendue et elle attend, immobile, frissonnante, derrière les vitres à losanges, que la réponse à sa lettre lui parvienne, et vous avez fait fuir le gardien ! Arrêtez de la photographier, mais où vous vous croyez ! Vous pensez que vous avez le droit d'immortaliser cette pauvre religieuse en faction devant la haute fenêtre, ainsi que cette autre, voûtée, au fond, à qui le gardien doit remettre la réponse à la lettre ? Vous avez fait fuir le gardien, il était en train de descendre de son cheval, un cheval noir, une moustache rousse, vous l'avez fait fuir avec vos autocars pleins à craquer, et tous ces appareils photo en bandoulière ! Vous avez fait fuir le gardien ! Il ne se passe plus rien maintenant ! La cour est vide !

Putain, j'ai mal au cœur, ils m'ont donné envie de gerber ces touristes importuns. Je me sens mal tout à coup, tout était sur le point de s'éclaircir et voilà que tout est de nouveau obscur. Il reste encore quelques minuscules particules de couche peinte sur le tableau, mange-les, Susanne, enlève-les et mange-les, déguste-les, c'est ta dernière chance, après ça il n'en restera plus, fais repartir le film, fais repartir le film ma Susanne, tu voyais tout, c'était trop bien, pourquoi tout s'est arrêté comme ça ?

Aurore !

AURORE !

Susanne se précipite hors de sa chambre et surgit brusquement dans celle d'Aurore sans même frapper à la porte, elle allume la lumière, Aurore se redresse, elle dormait profondément, ses yeux ont du mal à s'ouvrir, elle a le visage froissé par le sommeil, Susanne fond sur son lit et en arrache la couette.

Marine vient de surgir dans la chambre.

— Qu'est-ce qui se passe, Aurore ? C'est quoi ces cris, qu'est-ce que vous faites ?

— C'est Susanne, je sais pas ce qu'elle a, elle est en plein délire.

— Quoi, comme l'autre nuit, quand elle a hurlé par la fenêtre ?

— Non. Bien pire. Je ne sais pas, elle me fait peur là. Il faut faire quelque chose, elle dit qu'elle veut voir ma chatte, elle va pas bien du tout là, appelle vite les pompiers, c'est urgent.

— *Elle veut voir ta chatte ?* Mais qu'est-ce que tu racontes, enfin…

— Appelle les pompiers Marine !

— Quoi ? Les pompiers ? Déjà qu'il y a les Japonais, vous voulez faire venir les pompiers en plus ? Vous les avez vus, les Japonais ? Mais vous les voyez pas nom de Dieu tous ces Japonais qui sont en train de nous mitrailler, vous êtes contentes ? On était tranquilles ! J'écoutais les religieuses ! Et ces touristes ont tout détruit ! Et vous voulez en plus faire venir les pompiers ?

— Susanne, de quels Japonais tu parles, il n'y a pas de Japonais ici enfin !

— Il n'y a pas de Japonais ? Il n'y a pas de Japonais ? Attention à toi la disloquée ! Je ne plaisante pas ! J'ai envie de vomir vous pouvez pas savoir, j'ai jamais eu autant envie de vomir, tout se passait bien, je voyais tout, je comprenais tout, le savoir était en moi, un savoir infini, et tout s'est arrêté d'un coup, c'est fini, je ne vois plus rien ! Je veux voir la chatte d'Aurore, c'est la seule solution, c'est le seul salut poss…

Et c'est alors que Susanne expulsa, sur la couette blanche d'Aurore, en trois jets éruptifs, une substance verdâtre et brune, pas tout à fait liquide, où erraient des reflets bleus.

Aurore se précipite hors de son lit, nue, dissimulant son sexe avec une main, avant d'enfiler une culotte et un pull.

Marine, dans l'encadrement de la porte, est en train de composer le 18.

Aurore l'a rejointe.

Susanne considère effrayée la flaque de vomi sur la couette blanche d'Aurore.

— Mon tableau ! J'ai rendu mon tableau, c'est pas possible, non ! Marine, Aurore, venez, aidez-moi, vite, non, c'est pas possible ! Il faut le refaire ! Non, pas mon tableau ! Je dois reconstituer mon tableau, aidez-moi, je dois absolument le refaire, c'est pas possible ! Mon tableau adoré, aidez-moi !

Susanne plonge ses doigts dans la soupe picturale et essaie de la remettre en ordre, d'y faire renaître une forme et un dessin, comme si la flaque épaisse pouvait redevenir peinture. Susanne sanglote, elle murmure la même phrase déchirante, mon tableau, non, c'est pas possible, qu'est-ce que j'ai fait, mon tableau adoré, non.

— Allô oui, bonsoir, c'est pour une urgence, une urgence psychiatrique, c'est ma colocatrice, venez vite, elle est en plein délire, c'est extrêmement grave, je vous donne notre adresse ?

— Mon tableau, non, mon tableau adoré !

Sous le regard d'Aurore et de Marine, Susanne est en train de réavaler son tableau, elle s'en barbouille le visage en remettant dans sa bouche par poignées dégoulinantes le mortier verdâtre et brun, très légèrement bleuté.

11

Susanne avait été conduite aux urgences du CHU de Dijon par les pompiers. Ils avaient dû lui faire une piqûre pour la calmer.

— Mais qu'est-ce que vous foutez, où vous voulez m'emmener ? Non mais vous vous êtes vus, avec vos déguisements ridicules ! Enlevez-moi ces déguisements, mais où vous vous croyez ? Regardez ! Mais regardez-moi enfin ! Je ne vais pas parfaitement bien ?

Elle prétendait n'avoir besoin d'aucun secours.

Elle ne voulait pas abandonner son tableau, il était hors de question qu'elle renonce à le reconstituer, elle avait du boulot, ce serait l'affaire de quelques heures, allez oust, foutez-moi le camp d'ici les bouffons, leur disait-elle en désignant la flaque de vomi.

— Barrez-vous ! Vous voyez bien que la religieuse est sur le point de recevoir une lettre de la plus haute importance, de la main même du gardien !

Marine avait suivi avec sa voiture le véhicule du SAMU. Aurore était restée à l'appartement. Elle était traumatisée. Toutes les fois qu'elle se rappelait au souvenir de Susanne en apparaissant dans son champ de vision, celle-ci hurlait et voulait la dévêtir, les pompiers devaient la maintenir fermement par les épaules.

— Demandez-lui de nous montrer son œil de sanglier ! Tout est là ! Oui, tout est là ! La vérité de tout ! Dans son œil de sanglier ! disait-elle en montrant la chatte d'Aurore du doigt, les yeux exorbités.

Au CHU, Susanne avait été reçue par un urgentiste, qui l'avait examinée. Il lui avait de nouveau prescrit des calmants, ceux, légers, administrés par les pompiers ne s'étant pas révélés suffisants. L'urgentiste n'avait pas tardé à faire venir le psychiatre de garde du CHU et celui-ci, devant la confusion de Susanne, avait demandé à Marine de lui parler de son amie.

Marine lui avait raconté ce qu'elle savait. Susanne ne dormait plus, ne mangeait plus depuis des semaines. Elle avait beaucoup maigri. Elle était devenue terriblement mélancolique, morbide. Elle avait, à plusieurs reprises, tenu des propos incohérents. Une nuit, elle s'était mise à hurler de douleur à sa fenêtre, et elle avait imité le cri d'un oiseau nocturne. Quand elle était allée jusqu'à sa chambre pour savoir ce qui se passait, Susanne lui avait dit, sans lui ouvrir la porte, des phrases indéniablement délirantes qui indiquaient qu'elle ne s'appartenait plus. Elle avait parlé de monastère. Elle l'appelait sœur Marine. Elle se prenait manifestement pour quelqu'un d'autre. Une religieuse ? La nuit, il arrivait que Marine fût réveillée en sursaut par des vociférations de Susanne qui l'accusait de respirer dans son sommeil, Susanne l'appelait la disloquée, elle se faisait insulter. Elle et l'autre colocatrice s'en étaient parlé plusieurs fois mais n'avaient pas jugé opportun de s'ouvrir à Susanne des inquiétudes que son comportement suscitait chez elles, elles avaient eu tort, Marine en convenait volontiers. Elles auraient dû réagir. Pendant la journée, les rares fois que Susanne sortait de sa chambre, ses agissements étaient à peu près normaux, c'est ce qui sans doute les avait retenues d'intervenir, si tant est que l'on puisse qualifier de normales l'apparence et les manières d'une personne qui s'était à ce point laissé altérer par d'obscures tergiversations intérieures. Susanne était devenue méconnaissable, tant du point de vue corporel que comportemental. Il n'y a pas longtemps, elle avait entendu Susanne, mais Marine ne savait pas s'il n'était pas déloyal de porter cette anecdote à la connaissance du corps médical… elle avait entendu Susanne se faire jouir derrière la porte de sa chambre, juste après avoir eu une conversation avec Aurore, leur colocatrice. Celle-ci, hilare, secouant vivement la main l'air de dire *ben dis donc elle y va fort*, s'en était amusée, mais elle, Marine, n'avait trouvé ça ni normal ni amusant. Cette subite désinhibition l'avait alertée. D'ailleurs, si elle devait en croire Aurore, c'était pour voir son sexe que Susanne avait débarqué cette nuit dans sa chambre et arraché sa couette. Enfin, toujours cette nuit, Susanne avait mangé un tableau qui lui appartenait, auquel elle accordait le plus grand prix. Marine n'avait été autorisée à l'approcher qu'une seule fois, un soir où Susanne s'était attardée sur la passion qu'elle éprouvait pour cette œuvre. Elle essayait d'en tirer un roman.

— Qu'est-ce que vous entendez par *manger* ? *Manger un tableau !?* Je ne comprends pas.

De toute évidence, elle avait raclé la couche peinte du tableau et l'avait ingérée, d'où le vomi sur la couette blanche d'Aurore. Pendant que les pompiers examinaient Susanne, Marine, en douce, était allée dans sa chambre et en avait été abasourdie : au mur, au-dessus de la petite commode, dans son beau cadre doré, le tableau n'était plus qu'une toile unie, un monochrome de couleur brune. Elle avait bel et bien mangé l'image de sa peinture. Elle l'avait intériorisée.

L'examen de Susanne et son entretien avec Marine conduisirent le psychiatre de garde du CHU à préconiser une hospitalisation au centre psychiatrique de la Chartreuse. Il établit un certificat médical en ce sens et en informa Susanne.

— Vous ne comprenez donc rien mon cher ami. C'est au monastère qu'il me faut aller, avant qu'il ne soit trop tard ! À l'hôpital… À l'hôpital psychiatrique… mon Dieu… et pourquoi pas à l'asile tant qu'on y est ? C'est au monastère que je veux aller. Au monastère. Il n'est peut-être pas trop tard. Je vous indiquerai la route. Dépêchons-nous ! Chaque minute que nous consacrons à cette vaine discussion scolastique est une minute de perdue ! Imaginez que la lettre tombe entre des mains malveillantes ! Oui, la lettre, la lettre enfin ! Ne faites pas cette tête ahurie, vous savez très bien de quoi je parle. Ce n'est pas parce que le tableau est sur le lit d'Aurore que tout est détruit. Tout est là, disait Susanne en désignant son œil, tout est là, dans mon œil. Et le reste est dans l'œil de sanglier d'Aurore. Demandez-lui, elle le sait très bien… elle fait son innocente mais elle le sait très bien. Pourquoi vous pensez qu'on se bouscule au portillon ? Hein ? C'est un secret de polichinelle. Tout le monde veut voir la chatte d'Aurore. Je vous le dis à vous, parce que vous m'êtes sympathique, là se trouve la vérité de tout. On est un certain nombre à le savoir, ajouta-t-elle dans un chuchotement.

Le psychiatre avait jugé que Susanne avait besoin de soins en raison de troubles mentaux susceptibles de la mettre en danger, mais constaté qu'elle n'était pas en état de consentir à son hospitalisation. Il fallait que ce fût à la demande d'un tiers. Par exemple son mari, puisqu'elle était mariée.

— JE VOUS INTERDIS D'APPELER MON MARI ! VOUS M'ENTENDEZ ? MON MARI NE DOIT PAS ÊTRE AU COURANT. C'EST RIGOUREUSEMENT IMPOSSIBLE. RIGOUREUSEMENT IMPOSSIBLE. RIGOUREUSEMENT INCONCEVABLE PAR L'ESPRIT HUMAIN. SI VOUS FAITES ÇA...

Le psychiatre avait noté dans le dossier médical de Susanne qu'elle ne souhaitait pas que son mari fût informé de cet épisode. Marine avait confirmé que Susanne vivait seule, qu'elle répugnait à parler de sa vie familiale, qu'elle était très secrète sur le sujet. Le psychiatre avait demandé à Marine si elle accepterait de signer la demande de tiers.

— Elle ne peut pas rentrer chez elle dans cet état. On a besoin de votre aide. C'est dans son intérêt, puisqu'elle ne souhaite pas que l'on prévienne son mari.

Marine avait dit oui.

Une fois à la plateforme d'orientation de la Chartreuse, où elle était arrivée en ambulance à quatre heures du matin, elle avait été reçue et examinée par un infirmier et un psychiatre de garde, qui avait établi le second certificat médical réglementaire en vue de son hospitalisation en soins sans consentement. La nécessité de l'hospitalisation avait été confirmée. Susanne, après l'examen, avait fini par s'endormir. Dans la journée, après avoir été de nouveau évaluée, c'est la loi, elle avait été transférée dans l'unité de soins qui allait l'héberger, au pavillon Camille Claudel, où elle disposerait d'une chambre individuelle. Là, Susanne rencontrerait la psychiatre qui allait la suivre, Stéphanie Tourterelle. Elle recevrait un traitement d'attente, pour la calmer. Il fallait ralentir l'activité cérébrale, qui se trouvait dans une phase de périlleuse accélération, avant de traiter le problème de fond, la décompensation délirante. Des régulateurs de l'humeur ne tarderaient pas à lui être administrés, ainsi que des antipsychotiques, car son humeur n'allait pas retrouver toute seule la voie de la sérénité.

Les repas étaient pris au réfectoire. Elle devait, quatre fois par jour, aller se procurer ses pilules à l'infirmerie, en faisant la queue devant le petit bureau, comme le faisaient les autres patients du pavillon Camille Claudel. Tous les deux jours, elle s'entretiendrait avec Stéphanie Tourterelle dans une pièce impersonnelle dévolue aux consultations psychiatriques. Un peu plus tard, des médiations lui seraient proposées parmi lesquelles il lui faudrait choisir. Ateliers de dessin ou d'écriture, relaxation, musique, cirque. Elle avait choisi cirque et relaxation. Elle ne se sentait pas la force de se laisser rabaisser par l'impuissance de son esprit en essayant d'écrire, de dessiner. Stop. Vacances. Elle se remettrait à l'écriture et au dessin lorsqu'elle irait mieux, et serait en état de produire quelque chose d'intéressant. Sinon c'est sûr, la faille se rouvrirait.

Les deux premières semaines, Susanne continuerait d'être agitée, heurtée, incohérente. Elle se mêlait de tout, intervenait dans les conversations d'autrui pour donner son avis, n'arrêtait pas de faire des blagues, en particulier sur le patronyme de sa psychiatre, dont, au début de chaque séance, lorsqu'elle entrait dans son bureau, elle imitait le roucoulement.

— Vous pourriez vous faire une couleur, tout de même, docteur Merlette ! C'est quoi cette mèche grise ? Vous vous laissez aller, c'est moi qui vous le dis ! Il faut vous reprendre en main ! Je vais vous aider à remonter la pente, moi, vous allez voir !

Puis elle s'était calmée.

Son cerveau s'était refroidi.

Sa vie à la Chartreuse était maintenant tranquille et routinière.

Elle aimait bien aller voir Stéphanie Tourterelle. Stéphanie Tourterelle la fascinait. Stéphanie Tourterelle était belle et brillante, coquette, très apprêtée, à l'opposé de la représentation que l'on se fait d'une psychiatre dans l'hôpital public. Susanne adorait la façon dont se coiffait, s'habillait, se maquillait Stéphanie Tourterelle, les bijoux qu'elle portait, ses bottines à talons. Elle aimait sa gestuelle. Elles avaient sensiblement le même âge. Elle se sentit des affinités profondes avec cette femme. Son regard respirait l'intelligence. Ses phrases étaient percutantes. Elle aurait pu s'en faire une amie, si elles s'étaient rencontrées dans d'autres circonstances, en ville, à un dîner. Elle lui rappelait Delphine par certains côtés. Susanne se sentit en confiance avec elle. Elle ne voulait pas la décevoir. Malgré son état, elle faisait des efforts pour s'exprimer du mieux qu'elle le pouvait, même si sa diction était pâteuse et sa pensée ralentie. Susanne aimait la regarder. Elle allait à la consultation pour voir et admirer son visage, ses longs cheveux, ses mains, l'écouter. Elle aimait l'écouter. Elle était restée relativement silencieuse lors des premières séances. L'habitude de ne pas parler d'elle la plongeait dans une attitude réservée et pensive. Mais aussi la honte de s'ouvrir à quiconque de ce qui lui était arrivé. Elle lui avait juste dit qu'elle ne pouvait pas rentrer chez elle, qu'elle avait été exclue de sa maison par sa propre famille, que sa propre famille la maintenait prisonnière d'un silence insoutenable, c'est ce silence qui l'avait conduite à la Chartreuse. Chaque fois que Stéphanie Tourterelle essayait d'en apprendre un peu plus, Susanne se contentait d'intensifier son regard, pour paraître intelligente et métaphysique, mais elle gardait le silence. À la place, elle interrogeait Stéphanie Tourterelle sur ce qu'elle pensait de son état mental, pour essayer de savoir combien de temps sa maladie allait durer.

La psychiatre répondait de bonne grâce aux questions de Susanne.

C'était une décompensation. Mise en danger d'elle-même, pensée désorganisée, décalage avec la réalité, comportement étrange. C'est ce qui avait motivé son hospitalisation sous contrainte.

Suite à son exclusion de son propre foyer, au lieu d'être dans l'effondrement, Susanne avait été dans quelque chose de défensif qui lui avait permis de lutter contre la dépression. État maniaque, pensée qui s'accélère, effervescence, désinhibition, Susanne se situait dans cette symptomatologie-là. Dans ses formes les plus sévères, l'accélération maniaque peut aboutir à des états délirants. C'était le cas de Susanne.

Confronté à des situations graves, inattendues, éminemment déstabilisantes, d'abord le psychisme patauge un peu, ensuite il essaie d'inventer quelque chose, le délire est une tentative de solution hasardée par le cerveau face à une situation qui n'en connaît aucune. Comme il n'y a pas de solution dans le réel, le délire va en proposer une en dehors du réel.

Manger un tableau, cela s'inscrit dans le tout possible de l'accélération maniaque. Un tel acte, manger une peinture que l'on aime, traduit l'ébranlement de l'esprit. L'esprit ne peut pas ne pas être ébranlé par ce qui était arrivé à Susanne. On ne peut pas ne pas réagir, de quelque façon que ce soit, à un accident de vie aussi peu anodin, aussi insaisissable que celui-ci. Ou alors on se raconte que tout va bien, on est dans le déni.

Les traitements sédatifs, c'est vrai, ne sont pas rigolos, ils figent, ils endorment, mais ils permettent de ralentir la machine en attendant que les traitements régulateurs soient efficaces. En même temps, ils vous permettent de dormir. Vous avez besoin de dormir. D'après ce que nous a dit votre amie, vous ne dormiez plus depuis des semaines. Déjà, vous reposer va vous faire le plus grand bien.

Cet état de manie délirante est néfaste, il faut impérativement le traiter, parce que même si c'est une tentative de la tête et du corps pour ne pas s'effondrer, cet état est épuisant, même s'il vous semble que peuvent en surgir des idées, des fulgurances, des visions fortes : la sérénité ne va pas venir de cet état-là, qui va avoir tendance à s'accentuer de surcroît, et à être de plus en plus puissant. On peut en mourir. On peut devenir de plus en plus maniaque, ce n'est bon ni pour le corps ni pour l'esprit que la turbine s'emballe de cette façon.

Pourquoi je ne veux pas vous donner vos vêtements, ou que vous fassiez venir une valise de chez vous ? D'abord, quand vous irez mieux, je vous rendrai vos vêtements. Bien sûr. Ensuite, les états maniaques, bien qu'il y ait plein de façons d'envisager de les soigner en fonction des doctrines, on a quand même tous en commun l'idée qu'il faut réduire les stimulations. Pas trop de visites. Le moins possible, dans les premiers temps. Le téléphone, on va le ranger dans le placard fermé à clé de votre chambre, et vous l'utiliserez une fois par jour, pour appeler Marine par exemple. Ne pas s'habiller, c'est aussi réduire les stimulations. On n'est plus en ville, on se met en dehors du jeu social classique, on fait abstraction des questions d'apparence, de regard, de représentation de soi. On est là pour ça. Pour mettre tout ça au repos et se reconstituer. On revêt la tenue officielle de l'HP, le pyjama bleu et informe. C'est préférable. Ou un pantalon de survêt. Ensuite, quand vous irez mieux, on verra. On verra en fonction des progrès.

La durée de votre séjour à la Chartreuse ? C'est difficile

à dire. A priori quelques semaines. Six minimum. On fera un point régulier.

Susanne regardait fascinée les mains de Stéphanie Tourterelle, ses beaux bijoux en or, sa peau bronzée, ses bracelets volumineux qui dépassaient des manches de la blouse blanche.

— J'adore vos bijoux.

— Merci.

— J'ai de beaux bijoux moi aussi. Qui viennent de ma grand-mère. Ils sont chez moi.

— À Longvic ?

— Non, non, bien sûr que non, pas à Longvic, non. Non. Pas à Longvic.

— Ce n'est pas chez vous, Longvic ?

— Si. C'est chez moi. Mais j'ai un vrai chez-moi. Je vous l'ai déjà dit. Longvic, c'est temporaire.

— Vous me racontez ?

— …

— Vous me racontez, Susanne ?

— Je ne sais pas.

— Pourquoi ?

— Je ne veux pas.

— Vous ne voulez pas. Mais j'ai besoin de comprendre ce qui s'est passé…

— Pas maintenant. Plus tard.

— C'est trop douloureux ?

— Oui.

— Mais vous êtes là depuis deux semaines. On s'est vues six fois déjà. Cela vous soulagerait de me raconter ce qui vous mine, ce qui vous a conduite à cet état maniaque. Je sais seulement qu'on vous a exclue de chez vous. Pourquoi ? Comment ça s'est passé ?

— Je le ferai. Promis.

— Promis ?

— Mais pas maintenant.

— J'ai vu dans votre dossier qu'il ne fallait pas prévenir votre mari. Je ne l'ai pas prévenu. J'ai respecté votre désir.

— …

— Vous ne voulez pas que je l'appelle pour lui dire que vous êtes là ?

— Non. Surtout pas. S'il vous plaît, ne faites pas ça. S'il vous plaît.

— Ne vous inquiétez pas, je ne le ferai pas sans votre accord. Mais s'il venait, peut-être que l'on pourrait, je ne sais pas, parler, nous trois, de ce qui vous est arrivé ? Qu'est-ce que vous en dites ?

— Mauvaise idée.

— Parfois, vous savez, quand les situations sont inextricables, la présence d'une tierce personne peut s'avérer utile. Surtout dans des circonstances telles que celles-ci. Cela peut produire un déclic, une prise de conscience chez le conjoint. C'est parfois le moment idéal pour essayer de dénouer des choses, de se dire des trucs, de crever des non-dits, de dépasser des blocages, de nommer des souffrances. On pourrait le recevoir toutes les deux, et parler avec lui.

— Non.

— …

— Je ne le souhaite pas. Pas pour l'instant. Peut-être plus tard.

— Vous ne voulez pas qu'il sache que vous êtes en HP, c'est ça ? Vous avez peur qu'il vous juge mal ?

— …

— Il ne va pas s'inquiéter ?

— Il s'en fout. Ils s'en foutent tous de moi. Cela fait des mois que mon mari et ma fille n'ont plus pris de nouvelles de moi, alors... Tant qu'ils ne seront pas au courant, ils me croiront à Longvic.

— Vous avez un fils aussi, non ?

— Oui. On s'entend bien. Je lui ai envoyé un SMS hier.

— Pour lui dire quoi ? Que vous étiez ici ?

— Non ! Non, bien sûr que non ! Non, je lui ai dit que je pensais à lui, c'est tout.

— Vous n'allez pas lui dire à lui non plus ?

— Si. Je devrais.

— Il viendrait vous voir. Cela me semble important que vous soyez en lien avec votre entourage.

Elle aussi avait été charmée par la cheffe de service, à l'hôpital où ses fractures l'avaient conduite. Elle l'adorait. C'était sa seule consolation.

Il s'en souvenait. Sarah, bien sûr qu'il s'en souvenait ! D'où croyait-elle que venait cette attirance de Susanne pour sa psy ?

Implanté dans un parc à la sortie de Dijon, l'hôpital psychiatrique de la Chartreuse compte une demi-douzaine de pavillons, certains ouverts, d'autres fermés, ainsi qu'un bâtiment historique dévolu à la psychiatrie de l'enfant et de l'adolescent. Au cœur de cet ensemble, on trouve une attraction touristique de premier plan, le puits de Moïse, chef-d'œuvre incontesté du gothique international, sculpté et peint à la fin du XIVe siècle. Il avait été érigé au milieu du cloître de la chartreuse de Champmol, aujourd'hui disparu. (Son tableau, détruit lui aussi, ne figurait-il pas, par hasard, la galerie de la chartreuse de Champmol, s'était demandé Susanne à différentes reprises, cherchant un sens à son internement.) C'est à la moitié du XIXe siècle que les bâtiments d'un asile d'aliénés seront construits autour du puits, qui attire chaque jour dans l'enceinte de l'hôpital des touristes qui se promènent dans les allées du parc, entre les pavillons. Là, tenue par des infirmiers et des médiateurs, une maison blanche prolongée d'une terrasse agréable tient lieu de cafétéria aux patients. C'est un lieu très populaire. La sociabilisation favorisée par les rencontres que l'on fait à la cafétéria fait partie du soin. Susanne y avait rencontré quelques personnes avec qui elle s'entendait bien. Elle s'était confiée à deux d'entre elles, à qui elle avait raconté son histoire. En particulier Momo. On l'appelait désormais « la mangeuse de tableau ». C'est ainsi qu'on l'invectivait, avec sympathie, quand on l'apercevait dans les couloirs, ou bien lorsqu'elle venait s'asseoir à une table, au réfectoire, à la cafétéria.

— Hey ! La mangeuse de tableau, viens !

— Ah mais qui voilà qui arrive ? La mangeuse de tableau ! Viens, viens avec nous ma chérie, tu veux un Granola ?

— C'est donc vous la fameuse mangeuse de tableau ? Vous allez pas le croire, moi aussi je suis écrivaine.

— Tu lui as déjà raconté, arrête.

— Laisse-moi. Laisse-moi lui dire. Moi aussi je suis écrivaine, juge, avocate, hôtesse de l'air, je passe à la télé. En fait, je suis Elsa. Vous direz qu'on a volé son tabac à Elsa. Elsa de « Jour de neige ». Vous vous souvenez ?

— Euh, oui.

— Je vous la chante. Tout doux, tout doux, comme un rêve un peu flou. Froid dehors et chaud dedans, descendre en courant l'escalier, quand tout, même le ciel blanc, comme le papier plié d'un secret…

— Arrête ça Nathalie, par pitié ! Tu veux que les cathédrales elles nous tombent sur la tête ou quoi ?

— Vous ne me reconnaissez pas ? Même debout ? Je suis Elsa. Elsa de « Jour de neige ». Attends, pousse-toi Momo que je me lève pour lui montrer ma taille, à la mangeuse de tableau. Je suis écrivaine, juge, avocate, hôtesse de l'air, je passe à la télé. Je suis polyvalente. C'est mon père qui me prend tout.

— Ils vous bourrent de cachetons, et c'est pas les bons cachetons. Comment vous voulez que je m'en sorte ?

— J'ai fait dix heures de sieste. J'en pouvais plus. En me réveillant, j'ai encore trouvé ma porte ouverte. Je ne sais pas qui vient fouiller dans mes affaires pendant mon sommeil. T'as une idée Fabien ?

— Aucune. Moi j'aime bien la psyché. J'aime m'ouvrir et parler sur le plan des lois, sur le plan de l'amour, sur le plan de plein de choses que je pourrais être beaucoup plus enclin à réfléchir sans ces médicaments qui sont trop sédatés. Pour la psyché, c'est trop ralenti. C'est difficile de parler rapidement, d'avoir un discours suffisamment clair suivant les personnes à qui je vais être confronté. Tu comprends, Susanne ? Parce que moi j'ai besoin de mon cerveau, sinon je peux pas rendre les coups.

— T'es shooté là ?

— Non, encore là ça va.

— Pourquoi tu sors pas d'ici alors ? Qu'est-ce que tu fous là ? Tu m'as l'air très bien ! Ils disent que t'as quoi ici ?

— Je sais pas. Moi je pense que… Je sais pas s'ils m'ont dit que j'étais bipolaire, mais si c'est le cas alors je suis quadripolaire. Tekero une fois, pas tekero : tekero. Tekero deux fois, pas tekero deux fois, ben tekero au carré, tekero quatre fois. Alors tekero toujours pas au carré, ben tekero huit fois.

— Tekero ? Ça veut dire quoi ?

— Aimer. Si tu aimes pas la première fois, ben… C'est comme la moro tche-tche. Tche-teche une fois, t'es pas tche-tche ? Teche-tche deux fois. Pas teche-teche ? Teche-

teche deux fois au carré. Tche-tche quatre fois ? Pas tche-tche. Tche-tche huit fois ! Et c'est le dernier nombre infini. Donc après c'est le neuf. C'est un nombre infini le neuf. Et le trois six neuf, la loi de l'attraction. Et les oméga trois, six, neuf. *Do, ré, mi, fa, sol, la, si, do* : ça fait huit. Après il y a *do, do*, dodo. Neuf. Et le petit doigt qui reste, peuchère. Il est perdu, mais il essaie de faire ce qu'il peut pour se retrouver.

— Comme nous !

— Il y en a qui méritent de se retrouver ici, et d'autres qui le méritent moins. C'est comme Yvan Colonna. Je connais pas son histoire, j'ai juste vu sa tête à la télé, je me suis dit mais comment, il a une tête de coupable lui ? Le pauvre, il a des traits tout tristes et tu me dis que c'est un coupable ? Il y a un truc qui cloche. C'est pas logique. Je le connais pas, je sais pas de quoi on l'a incriminé ni rien…

— Il a buté un préfet.

— Ah d'accord. Bon. Mais, à sa tête, il est pas coupable. Il a plus subi dans sa vie que le préfet à mon avis ! Ça se voit à sa tête !

— J'ai un pétard, viens, on va le fumer.

— Où ?

— Derrière. Viens Momo, viens Momo. On va le faire.

— Il est où ton pétard ?

— Dans ma poche.

— Montre.

— Non. Viens. On va le fumer. Viens Momo.

— La mangeuse de tableau, elle vient avec nous ?

— Je sais pas. Qu'est-ce t'en dis, Susanne ? Tu viens ?

— Non merci. Je ne fume pas.

— Elle fume pas. Elle reste ici. Viens Momo, viens, on

va le faire. On va le faire Momo. Tu la retrouveras plus tard la mangeuse de tableau.

— Moi je m'occupe de ma famille. Intermittent du spectacle !

Excellent.

Elle n'avait pas eu la chance, elle, en traumatologie, de s'être fait des amis. En dehors de Marine qui lui rendait visite de temps en temps, Sarah n'avait vu personne pendant des semaines. Il est vrai qu'elle était immobilisée, et que ses repas lui étaient servis dans sa chambre.

Il s'était passé une chose étrange, depuis que Susanne était à la Chartreuse, une chose qui allait se révéler décisive dans les mois qui suivraient.

Il le lui racontait maintenant, ou voulait-elle avoir la surprise en lisant le livre ?

Elle préférait maintenant.

Elle détestait les surprises.

Quand elle s'était réveillée, dans sa chambre du pavillon Camille Claudel, le matin de sa première nuit, une image s'était jetée sur Susanne : elle avait été assaillie par une scène de son passé à laquelle, ces dernières années, elle n'avait plus songé que de façon épisodique. Cette scène se situait à Venise l'année où elle avait rencontré son mari. Ils sortaient ensemble depuis février. Elle avait vingt-deux ans.

Fin septembre. Elle venait de passer quatre semaines à Venise. Il raconterait plus tard à Sarah les circonstances de ce séjour. Toujours est-il que Susanne avait été attirée par un jeune Anglais rencontré là-bas, Jonathan, avec qui elle avait passé plusieurs soirées troublantes, même si elle soupçonnait Jonathan d'être sur le point de céder aux avances d'une fille belle et brillante, classieuse, anglaise elle aussi, dont il était visible qu'elle le courtisait, et par laquelle Susanne se sentait écrasée. À la place de Jonathan, elle n'eût pas hésité une seconde, c'était inespéré d'attirer sur soi ne serait-ce qu'un instant l'intérêt de cette séduisante historienne de l'art. Pourrait-elle jamais supplanter cette rosâtre et pulpeuse spécialiste de Ruskin dans le cœur et dans l'esprit de Jonathan si réellement il décidait de se laisser conquérir ?

Le dernier soir de son séjour à Venise, Susanne et Jonathan avaient dîné en tête à tête sur les Zattere. C'est dire si Jonathan accordait de l'importance à la compagnie de Susanne, pour s'être abstrait du groupe auquel il appartenait et passer la soirée avec elle.

Après le dîner, Susanne et Jonathan avaient rejoint les autres. C'était une petite bande d'étudiants en art et en histoire de l'art en résidence à Venise, tous anglo-saxons. Bien sûr, il y avait là la fille sublime aux longs cheveux blancs – blancs d'être d'un blond absolu et parfait : tout était parfait et absolu chez cette fille, Susanne n'osait pas même imaginer le tombé de sa poitrine en poire, ce devait être phénoménal, d'une gloire aussi autoritaire qu'une *Assomption* du Titien.

Au terme de la soirée, Susanne et Jonathan s'étaient retrouvés à marcher tous deux dans la nuit, ils rentraient chez eux, il y avait un tronçon commun à leurs deux itinéraires, ils empruntèrent la longue et très étroite Calle Lunga San Barnaba, dans le quartier de Dorsoduro. Au bout, un pont, un pont que Jonathan devait emprunter pour se rendre dans son quartier, aux abords de la prison, tandis que Susanne devait longer la Fondamenta San Sebastiano vers le nord, pour remonter vers le Ghetto, où elle résidait.

Leurs chemins se séparaient sur les marches de ce pont. Devant l'église San Sebastiano, l'église de Véronèse, l'église des blondes à colliers de perles, l'église des éternelles et fatidiques rivales. Le lendemain, Susanne rentrerait en France. Jonathan resterait à Venise jusqu'à la fin de l'hiver.

Moment suspendu. Susanne et Jonathan l'un en face de l'autre. Devant le petit pont. Au bas de la première marche. Susanne avait envie de l'embrasser, de l'embrasser sur la bouche, ou que Jonathan l'embrasse, qu'il la serre contre lui. Ils se dévoraient des yeux. Elle n'osa pas. Elle n'osa pas l'embrasser. Elle n'osa pas non plus le laisser l'embrasser. Silence. Le spectre de la fille idéale, supérieure, qui forcément plaisait à Jonathan, hantait les pensées de Susanne et la retint d'exaucer son désir de poser ses lèvres sur celles de Jonathan, mais aussi de donner à celui-ci la possibilité de le faire, s'il en avait envie et que sa supposée attirance pour l'hégémonique historienne de l'art n'était que le fruit des fantasmes défaitistes de Susanne. Nul obstacle ne semblait se présenter, s'embrasser paraissait aussi naturel qu'inéluctable maintenant qu'elle y repensait. C'est ce que Susanne pouvait constater, sans la moindre équivoque, vingt-quatre ans plus tard, en examinant les images de la scène du pont enfermée dans sa chambre de la Chartreuse, pensive.

Susanne, au moment de se dire au revoir, car les phrases qu'ils venaient de prononcer concluaient leur soirée mais aussi son séjour à Venise, Susanne, au lieu de s'approcher du corps de Jonathan pour lui permettre de l'embrasser, éventuellement sur la bouche, afin de satisfaire leur envie éclatante de terminer la nuit dans les bras l'un de l'autre, Susanne, craignant que tout ceci ne fût qu'une illusion, car Jonathan – qui certes estimait Susanne et appréciait sa conversation – ne pouvait que désirer l'aristocratique spécialiste de Ruskin, ce qui fait que bien sûr, bien sûr, une fois n'est pas coutume, Susanne allait s'humilier à mendier un baiser que sa seule fantasmagorie lui avait laissé croire imminent, alors Susanne, oui, cette sombre idiote, Susanne avait reculé et levé la main vers Jonathan pour le saluer d'une façon faussement joyeuse et artificiellement insouciante et elle s'était enfuie dans la nuit vénitienne, elle avait supprimé le moment des adieux solennels qui eussent pu se transformer en baiser, en étreinte, et peut-être en nuit parfaite. Elle s'était retournée une première fois, Jonathan, hésitant, gravissait lentement les marches du pont, il s'était retourné lui aussi et lui adressait un grand signe de la main. Maintenant qu'elle revoyait les images, elle le trouvait perplexe, désarçonné. Elle s'était, plus tard, retournée une deuxième fois, sentant peut-être qu'elle eût dû laisser les événements se dérouler naturellement plutôt que de les abréger brutalement, amputant son séjour vénitien de l'instant de sa floraison, et elle avait vu la silhouette de Jonathan, qui cette fois ne se retourna pas, disparaître derrière l'église San Sebastiano.

Depuis que Susanne résidait à la Chartreuse, cette image de Jonathan disparaissant derrière l'église San Sebastiano était devenue obsessionnelle. Cette scène ramenait Susanne vingt-quatre ans en arrière et la fixait à son passé comme le ferait un clou, en lui indiquant on ne peut plus déloyalement – à présent qu'il était trop tard – que s'était joué là un moment majeur de son existence. Elle ne l'avait pas vu ni compris à l'époque, ni d'ailleurs dans les années qui suivraient. Susanne réalisait maintenant seulement quelle erreur désastreuse elle avait commise. Une balle perdue, une balle venue de son passé venait de se loger dans son cerveau, inattendue. Comme si la scène s'était déroulée la veille et qu'elle eût pu téléphoner à Jonathan pour lui dire qu'elle le rejoignait, qu'elle s'excusait de ce comportement inconséquent et qu'elle l'aimait, oui, qu'elle l'aimait de tout son cœur, se disait Susanne dans sa chambre de la Chartreuse, subitement torturée par ses sentiments d'alors, absolument intacts.

Quel choc que de comprendre un événement si important avec un tel retard ! Elle était allée dans une vie qu'elle aurait pu ne pas vivre si elle avait embrassé Jonathan sur le pont cette nuit-là. Quel choc et quelle angoisse. Comment corriger ça ? Elle ressentait ce qu'on ressent au réveil quand on se souvient que la veille on a fait une connerie, sauf que cette connerie-là elle l'avait commise vingt-quatre ans plus tôt et pourtant la morsure était aussi vive ! Ça hurlait dans sa tête. Elle souffrait. Elle souffrait véritablement. C'était brûlant. Quel mystère, le cerveau ! (À moins que tout ceci ne fût décrit, dans la rubrique des effets indésirables, sur la notice en papier bible du puissant médicament qu'on lui avait prescrit ?) Elle était comme revenue au point de départ, au point de confluence. Elle comprit qu'elle avait passé les vingt-quatre dernières années à refouler la scène du pont. Ce qui domina les pensées de Susanne, dans les jours et les semaines qui suivraient, c'est la conscience qu'elle était passée à côté de sa vie à cause d'un baiser qu'elle n'avait pas donné, par peur et par lâcheté, à une personne qui l'avait attirée comme personne ne l'avait attirée jusqu'alors, à commencer par cet homme qui allait devenir son mari et qu'elle fréquentait à ce moment-là depuis seulement huit mois.

C'était donc ça, la porte métaphysique au premier plan de son tableau ?

La porte que Susanne n'avait pas ouverte mais qui dans le fond de sa mémoire était restée vibrante, à jamais actuelle ? C'était le magnétisme de ce souvenir refoulé qui s'était manifesté dans l'attraction qu'exerçait sur Susanne la porte intense et mystérieuse de son tableau ?

Peut-être en parlerait-elle à Stéphanie Tourterelle, lorsqu'elles se connaîtraient mieux. Elle aimerait bien avoir son avis sur la question.

Ça sort d'où ?

De quoi ?

Ça. Cette histoire de Venise, de baiser sur un pont.

De ma vie.

De votre vie ?

Oui. De ma vie. Je vous raconterai plus tard. Ce n'est pas le moment. Continuons à la Chartreuse.

Comme vous voulez. Continuez.

Les conversations de Susanne avec Stéphanie Tourterelle restaient tâtonnantes. Elle répugnait encore à se confier totalement.

— Je veux sortir d'ici et rentrer chez moi. Si j'ai fait cette crise, je vous jure, c'est seulement parce que je ne pouvais pas rentrer chez moi. Je n'avais jamais, de toute ma vie, pété un câble comme ça.

— Vous ne pouviez pas rentrer chez vous ? Pourquoi ?

— Mon mari ne voulait pas.

— Mais c'est chez vous, non ? Vous êtes séparés ? Divorcés ?

— Non. On n'est pas séparés. C'est chez moi, c'est mon

appartement, toutes mes affaires sont là-bas. Je suis partie quelque temps pour lui faire prendre conscience que…

— Que ?

— Que ça n'allait pas. Qu'il devait faire attention à moi et aux enfants. Et depuis ça je ne peux plus rentrer chez moi.

— On va appeler votre mari, d'accord ? On va le faire venir ici. Il doit savoir ce qui s'est passé.

— Vous me direz que je pourrais rentrer quand même, c'est chez moi après tout. Mais je ne veux pas forcer les choses. Il faut que ça vienne de lui. J'ai toujours l'espoir qu'il retrouve ses esprits. Qu'il ait envie qu'on revive ensemble tous les quatre. Sinon à quoi bon. Je déteste les conflits.

— En attendant, c'est en vous qu'il se déchaîne le conflit, ce n'est pas beaucoup mieux si vous voulez mon avis. Vous ne voulez pas qu'on appelle votre mari ?

— Ça n'a aucun sens si je rentre en forçant le passage. C'est ce que je me dis. J'ai peut-être tort. Je suis une indécrottable idéaliste. J'ai confiance en l'intelligence des gens. J'aimerais pouvoir rentrer à sa demande, et être bien accueillie, et qu'on reparte sur des bases saines.

— Vous voulez qu'on lui en parle ?

— Je ne sais pas. Il va mal le prendre, je pense, si on le met au pied du mur, en le convoquant pour un entretien, dans un hôpital psychiatrique en plus.

— Ce ne sera pas une convocation. On lui propose de venir s'informer de ce qui est arrivé à sa femme de suffisamment grave pour justifier une hospitalisation. C'est légitime non ? Ce qui serait anormal, ce serait de ne pas le prévenir.

— Je ne sais pas.

— Vous avez des échanges réguliers ?

— Aucun. Depuis que je suis partie, début septembre, il

m'oppose un silence obstiné. C'est ce silence qui m'a fragilisée. Qui fait que j'ai arrêté de dormir, de manger. C'est insupportable le silence. Ça rend fou. C'est la pire violence qu'on puisse faire à sa femme en fait. Je ne pensais pas. Pas à ce point. Mon corps s'est desséché en même temps que mon cœur. Vous avez déjà été confrontée pendant des mois à une muraille de silence ? C'est horrible.

— J'imagine.

— On ne s'est parlé qu'une seule fois, juste avant Noël. Il ne répond pas à mes SMS. Je lui ai dit un soir que j'allais m'éloigner quelque temps et depuis, plus aucune nouvelle. Rien. Pas un mot. Après vingt-deux ans de mariage. C'est fou. C'est comme s'il était mort. Ou plutôt non, c'est comme si moi j'étais morte. Je suis morte. Je n'existe plus à leurs yeux. On ne m'envoie pas plus de messages qu'à une personne décédée.

— Vos relations n'étaient pas au mieux, je suppose, quand vous avez pris la décision de vous éloigner.

— Pas du tout. Elles étaient excellentes. C'était bien ça le problème. On était amoureux. L'ambiance à la maison était géniale. On ne s'engueulait jamais. On faisait l'amour régulièrement. C'est pour ça que ça me rendait triste qu'il me néglige. Il me négligeait dans une ambiance idyllique, je ne sais pas si vous comprenez ce que je veux dire.

— Si. Très bien.

— Mais ce n'est pas parce que l'ambiance est bonne qu'il ne faut pas tirer la sonnette d'alarme quand on sent que le couple prend une mauvaise direction, vous ne pensez pas ?

— Tout à fait. Mais alors, votre mari devrait pouvoir retrouver ces excellentes dispositions, si tout allait bien entre vous au moment de votre départ ? (Si l'on fait abstraction de ce que vous aviez à lui reprocher bien sûr.)

— …

— Vous ne m'avez jamais dit ce que vous aviez à lui reprocher, d'ailleurs.

— Plus tard, pas maintenant, s'il vous plaît…

— Alors qu'est-ce qu'on fait, on l'appelle ? Vous voulez que je l'appelle toute seule, pour l'informer que vous êtes ici ?

— Je vais le faire. Je vais l'appeler. Je préfère. On verra si on le voit ensemble après.

— Comme vous voulez.

— Je voudrais rentrer chez moi. Si je peux rentrer chez moi, vous me laisserez partir ?

— C'est trop tôt, Susanne. Vraiment. Faites-moi confiance. Vous n'êtes là que depuis quatre semaines. Il vous faudra rester ici au moins un mois et demi, voire deux, je vous l'ai dit. Ce que vous avez traversé n'est pas anodin.

Depuis que Susanne était à la Chartreuse, Marine était venue lui rendre visite une dizaine de fois. Elles se voyaient à la cafétéria. Elle lui avait apporté des livres, du chocolat 92 %, des pâtes de fruits, quelques vêtements, parce que Susanne ne voulait plus porter le pyjama informe de l'hôpital, ni ne pouvait se résoudre à se balader en survêtement. Ce n'est pas qu'elle s'habillait avec soin, quoiqu'elle fît des efforts, elle le remarqua, les jours où elle savait qu'elle voyait Stéphanie Tourterelle. Mais au moins son apparence n'était pas indigne de l'idée que Susanne se faisait d'elle-même, ça restait sobre cependant, elle portait un jean, ses boots en cuir, son manteau rouge en laine bouclée, vous voyez que je pense à vous, Sarah.

Merci. J'y suis sensible.

Elle ne se maquillait pas, elle ne portait pas de bijoux, ils étaient restés à Longvic et place du Président-Wilson.

Marine l'informa qu'Aurore était repartie vivre à Toulouse.

Susanne lui demanda si elle aurait la gentillesse de chercher pour elle une nouvelle colocatrice, sinon elle aurait des difficultés à payer le loyer de l'appartement. Marine lui promit de s'en occuper.

Elles parlaient peu. Souvent, Marine lui prenait la main. Il arrivait à Susanne de pleurer. De pleurer doucement. Elles n'avaient pas besoin de se parler pour se comprendre, et pour se faire du bien l'une à l'autre. Se noyer dans son visage pudique et rationnel, si rassurant, où s'ouvraient des crevasses de sensibilité retenue, faisait le plus grand bien à Susanne.

— Tu ne te sens pas trop seule, à l'appartement ? Ça va ?

— Si ! Ça me fait drôle. Mais je vais trouver quelqu'un d'autre. Ne t'inquiète pas, je m'en occupe.

— Je vais essayer de retourner chez moi. À Dijon, dans ma famille. C'est impératif.

— C'est où ? Dans Dijon même ?

— Oui. Place du Président-Wilson. Dans le centre. Un magnifique appartement, dans un immeuble du XVIIIe. Normalement, quand je sors d'ici, je retourne chez moi.

— Normalement ? Tu veux dire que c'est pas sûr ?

— Je n'ose pas écrire à mon mari.

— Tu veux qu'on le fasse ensemble ?

— Je ne sais pas. Oui. Peut-être. Ça me forcera.

— Et quand tu seras rentrée chez toi, qu'est-ce qui va se passer, avec l'appartement de…

— De Longvic ?

— Oui.

— Je te le laisse, si tu veux. Je te transfère le bail. Ou je continue à payer le loyer et tu me fais un virement. C'est comme tu veux, tu me diras.

— D'accord. Merci. C'est vraiment gentil. Je te dirai.

— …

— Tant qu'à faire, je préférerais rester. J'ai déjà toute une histoire avec ce lieu !

Rires.

Marine et Susanne, abritées dans la cafétéria, ayant éloigné Fabien qui ne cessait de vouloir leur faire la conversation (*do ré mi fa sol la si do*, neuf, ça fait huit), ciselèrent un SMS à destination du mari de Susanne. En substance, il l'informait qu'elle avait été en proie à un épisode de décompensation délirante suite à l'angoisse dans laquelle son silence et celui de sa fille l'avaient maintenue captive depuis septembre (Susanne avait tenu au mot captive). C'était assez grave (Marine avait tenu à apporter cette précision). Elle était hospitalisée à la Chartreuse depuis quatre semaines, elle allait y rester probablement un mois et demi. Elle voulait, au terme de son séjour, pouvoir rentrer chez elle. D'autant que Luigi allait partir à Oxford en septembre, c'est du moins ce qu'elle lui souhaitait, et qu'elle voulait pouvoir profiter de son fils durant l'été, et l'aider à préparer son départ, puisqu'ils seraient séparés toute une année. Elle était convaincue que c'était ce qu'il voudrait lui aussi. Leur éloignement, elle parlait là d'eux quatre, avait suffisamment duré. Elle avait commis une erreur, elle l'admettait volontiers, mais elle pensait l'avoir assez payée. Le moment était venu de se réconcilier. De renouer avec leur amour. Il faut retrouver nos sentiments d'avant l'arrivée des desserts.

— Je ne sais pas si je peux aller jusque-là. Qu'est-ce que t'en penses, Marine ?

— Je ne connais pas suffisamment votre histoire. Mais je dirais, autant être sincère, mettre son cœur et ses tripes sur la table, non ? À quoi bon sinon ? Si tu le fais pas là, dans ces circonstances, je vois pas quand tu pourrais le faire !

— Oui. Peut-être que tu as raison. Mais, je sais pas… s'il avait dû être sensible à un possible retour de sa femme à la maison, il l'aurait manifesté avant, d'une manière ou d'une autre !

— Tu es hospitalisée, Susanne. Ce n'est pas rien. Ce n'est pas une donnée négligeable.

— Je ne veux pas qu'il soit apitoyé. Je ne veux pas de chantage à la santé mentale…

— Alors enlève la fin, dis-lui seulement que tu es à la Chartreuse et que tu souhaites pouvoir rentrer chez toi. Sobre.

— Je lui parle de Luigi ?

— Oui. Ça me semble indispensable.

— OK. Je fais sobre. Je l'informe. Je lui dis de ne pas en parler aux enfants, que je préfère le faire moi-même.

— Si j'étais toi, je donnerais le nom et le numéro de téléphone de ta psychiatre.

— Tu crois ?

— Tu l'aimes bien non ?

— Je l'adore.

— Alors donne-lui son contact. S'il veut l'appeler pour avoir des précisions.

— Tu as raison. Je vais le faire. Elle le sait, ma psy, que je veux rentrer chez moi. Elle peut m'aider. Elle va m'aider. Elle va lui en parler. C'est inenvisageable, pardon Marine, de me réenfermer à Longvic. Je ne retourne plus dans ce cauchemar.

— Je comprends. Tu es mon amie. On continuera de se voir de toute façon. Il ne pourra plus rien t'arriver avec moi dans les parages !

La différence, entre Susanne et elle, c'est que la gendarmerie avait appelé son mari dès qu'elle avait été hospitalisée, inconsciente. Sarah s'était réveillée le matin dans une chambre d'hôpital sans trop savoir ce qu'elle faisait là, son mari était déjà passé la voir tandis qu'elle dormait puis une seconde fois dans l'après-midi. Il était resté très peu de temps. Ils n'avaient su quoi se dire. Comme le pronostic vital de Sarah n'était pas engagé, et que, de l'avis des médecins, elle n'aurait aucune séquelle une fois la rééducation effectuée, accident et hospitalisation n'étaient pas de nature à modifier substantiellement les dispositions de son mari à son égard, à l'attendrir. Il était resté froid et distant. Malgré son attitude, elle lui avait dit qu'après cette épreuve, lorsqu'elle pourrait rentrer chez elle, elle désirait que ce fût dans leur maison. Son mari n'avait rien répondu.

— Oui ? Non ? Tu ne dis rien !

Son mari avait continué de ne rien répondre. Son visage était fermé. Il évitait de croiser le regard de Sarah. Il marchait dans la chambre. Il faisait les cent pas au bout du lit, inhumain et opaque, sans compassion, arrêté sur ses seuls intérêts, ce qui m'a fait penser à une scène insoutenable de ce roman de vous que j'avais tant aimé (c'est d'ailleurs parce que vous avez écrit ce livre que je vous ai contacté pour vous raconter mon histoire).

— Tu ne veux pas t'asseoir cinq minutes, qu'on parle ? Qu'on parle un peu ? Tu ne penses pas que le moment est venu de se parler ?

— Pas maintenant. Il faut que j'y aille. J'ai un rendez-vous qui m'attend, lui dit-il en consultant son bracelet-montre. Je t'appelle. Je t'envoie un SMS ce soir.

— Bon. Comme tu veux.

— Sarah, je te souhaite…

Et il était sorti de la chambre en la regardant furtivement

dans les yeux, mais ce qui s'appelle furtivement, comme s'il n'osait y attarder les siens. De peur, peut-être, de dévoiler ses intentions, de renouer leurs liens, d'ouvrir la voie à de futurs remords ? Ou par pudeur, honte, lâcheté, confort moral, par culpabilité ? Elle n'avait jamais su.

Deux jours après avoir reçu le SMS de Susanne, un SMS aussi long qu'un mémoire, rédigé avec l'aide de Marine, son mari lui avait fait savoir, par les mêmes voies, mais brièvement, qu'il lui rendrait visite le lendemain, où voulait-elle qu'ils se retrouvent ? Il avait laissé passer deux jours avant de se manifester, ce qui avait choqué Susanne (ce n'est pas rien, tout de même, d'être interné dans un HP), mais elle apprendrait plus tard qu'il avait téléphoné à Stéphanie Tourterelle pour savoir de quoi souffrait sa femme et l'informer qu'il était sur le point de lui rendre visite. Il avait refusé l'éventualité d'une rencontre à trois, affirmant qu'il devait d'abord s'entretenir avec son épouse en privé.

Comme il allait faire soleil, Susanne avait proposé à son mari de se retrouver au puits de Moïse à quinze heures précises, ils iraient se promener dans le parc et boire un verre à la cafétéria.

Susanne arriva au puits de Moïse, au cœur du centre hospitalier de la Chartreuse, à trois heures moins dix, elle en admira, une fois de plus, la surprenante configuration, l'architecture et les ornements gothiques. C'était magnifique. Son mari se présenta à l'heure, elle entendit crisser ses souliers dans le gravier, se retourna et le vit marcher dans sa direction vêtu d'une doudoune à la capuche ornée d'un ourlet de fourrure (mais qu'est-ce que c'était que ce vêtement de parvenu ? il avait donc changé de look en plus ?), elle s'approcha de lui, ils ne s'embrassèrent pas, il gardait ses distances, il s'était arrêté à deux mètres d'elle. Il avait beaucoup minci. Il était svelte comme un jeune homme, la peau hâlée. C'est elle qui parla la première.

— On ne s'embrasse pas ?

— Si.

Ils s'embrassèrent sur les joues, elle n'eut pas le choix, de toute façon il eût été incongru de faire se rencontrer leurs lèvres, même brièvement.

— Ça va ? lui demanda-t-elle.

— Ça peut aller. On marche un peu ?

— Si tu veux.

Ils marchèrent.

— Comment vont les enfants ?

— Nickel chrome.

— Je vais les appeler. Je voulais te voir avant.

— Je ne vais pas pouvoir rester longtemps.

— Ah non ? Mais… Il faut qu'on parle non ?

— Bien sûr. Tiens, asseyons-nous sur ce banc.

— Déjà ? Tu ne veux pas qu'on marche encore un peu ? Ça me fait du bien de marcher.

Déjà son mari se dirigeait vers le banc, entraînant Susanne derrière lui. Il s'assit. Elle l'imita.

— Tu veux rentrer quand à Wilson ? Cet été si j'ai bien compris.

— Non. Avant. Le plus tôt possible. Dès que je pourrai sortir d'ici.

— C'est prévu pour quand ?

— Dans un mois je pense. Quelque chose comme ça.

— Ce que tu veux, c'est voir Luigi avant qu'il ne parte s'installer à Oxford, c'est bien ça ?

— Non, pas exactement. Ce que je veux, c'est pouvoir rentrer chez moi. Et, oui, de préférence avant le départ de Luigi pour Oxford, afin que je puisse passer du temps avec lui. Je n'ai pas vécu avec mes enfants depuis…

— On va voir ce qu'on peut faire.

— On va voir ce qu'on peut faire ? On va voir ce qu'on peut faire ? Qu'est-ce que tu veux dire par là ? dit Susanne calmement, d'une voix douce et dénuée d'agressivité quoique altérée par un brusque accès d'angoisse.

— Ce n'est pas si simple.

— C'est très simple au contraire. L'expérience prend fin, je m'excuse, c'était une erreur, je rentre à la maison, on reprend comme avant, où est la difficulté ?

— Il faudrait que tu me donnes le nom d'un avocat, que je te fasse parvenir mes…

— …

— …

— Oui ? Tes ?

— La façon dont je vois les choses.

— Mais dis, dis, on est là pour ça non ? Dis-le, la façon dont tu vois les choses ! Qu'est-ce qu'on a besoin d'un avocat ?

— Faisons les choses proprement, dans l'ordre, j'allais dire dans les règles de l'art, pas comme toi tu les fais, au restaurant, entre la poire et le fromage, ou sur le banc d'un HP. C'est fini tout ça. On n'improvise plus.

— Bon. Si tu veux. Mais tu peux me dire, quand même ?

— De quoi ?

— Ben, la façon dont tu envisages les choses enfin ! Tu ne crois pas que je vais attendre cinq jours, dans l'angoisse, les bras croisés, que Monsieur fasse parvenir ses doléances à l'avocat que je… !

— Je demande le divorce.

— Tu demandes le divorce ? Tu demandes le divorce ?

— Oui. Tu as l'air étonnée. Ton étonnement m'étonne…

— Et ça sort d'où ?

— De quoi ? Mon désir de divorce ?

— Oui.

— Susanne, sérieusement, tu me demandes d'où sort mon idée de divorce ? C'est les anxiolytiques ou quoi ? Tu as oublié ? Tu veux que je te rafraîchisse la mémoire ?

— Je n'ai rien fait. C'est un terrible malentendu. Par amour, j'ai juste décidé de…

— Je connais ta version de l'histoire, on ne va pas épiloguer là-dessus cent sept ans, donne-moi juste le nom de ton avocat et le mien lui fera parvenir les papiers. Susanne, je te souhaite…, dit son mari en se levant.

— Non, non, pas déjà, attends, reste assis, rassieds-toi.

Le mari se rassit.

— Oui ? Quoi encore ? On a fini je pense.

— Je ne veux pas d'avocat. Je veux rentrer chez moi. Juste ça. Je veux vivre avec Luigi avant qu'il ne parte de la maison et ne devienne adulte. C'est la seule chose qui m'intéresse. Le reste je m'en tape. Je n'ai pas besoin d'un avocat. Je signerai tous les papiers que tu veux du moment que je peux rentrer chez moi. Faisons ça rapidement, ne perdons pas de temps, tu as les papiers sur toi ?

— Non, bien sûr que non Susanne.

— Faisons ça rapidement, je vais guérir plus vite si je sais qu'en sortant d'ici je pourrai rentrer chez moi. Un avocat c'est trop long, c'est compliqué, ça va traîner.

— Mais ce n'est pas anodin, Susanne, un divorce, on ne signe pas une lettre accord sur un coin de table ! Je dis ça pour toi !

— Moi si. Dans la situation où je suis, je préfère signer ta lettre accord sur un coin de table. La seule chose qui m'intéresse, c'est revenir chez moi avant que Luigi ne s'en aille.

— Delphine ? Peut-être que Delphine… ?

— Quoi Delphine ? Qu'est-ce que tu me parles de Delphine ?

— Tu ne veux pas que j'envoie les papiers à Delphine ?... Elle est avocate si je ne m'abuse...

— Delphine ! Je te dis que je veux rentrer chez moi et toi tu me parles de Delphine ! Delphine ! Delphine ! Qu'est-ce qu'on en a à foutre de Delphine, tu m'énerves à la fin ! Tu ne comprends donc rien ! JE VEUX RENTRER CHEZ MOI !

— Bon, bon, très bien, calme-toi, ouh là là, je disais ça pour toi tu sais ! Si tu veux que je te fasse signer les papiers à la cafet' de ton HP, on signera les papiers à la cafet' de ton HP, qu'est-ce que tu veux que je te dise ?

— À la cafet' de ton HP... qu'est-ce que tu peux être hautain et méprisant parfois...

— Moi ? Mais je n'ai rien dit ! On n'est pas dans un HP ici ? Ils auraient dû t'y mettre avant, d'ailleurs, si tu veux mon avis, ça nous aurait évité tous ces...

— Ce n'est pas *mon* HP figure-toi. Et il pourrait tout aussi bien être le tien un jour ou l'autre, qu'est-ce que tu en sais ?...

— Bon, allez, il faut que j'y aille, tu es fatiguée. Tu veux que je te raccompagne à ton ?...

— Non. Je préfère rester ici.

— Comme tu veux. Susanne, je te souhaite...

Son mari était sorti de la chambre d'hôpital après lui avoir dit qu'il reviendrait le surlendemain avec la lettre accord préalable à la convention de divorce, avait-elle une préférence pour l'heure ? Comme les antidouleurs la faisaient beaucoup dormir, elle préférait que ce ne fût pas aux heures où elle aimait s'assoupir, en fin de matinée et en début d'après-midi. Donc s'il pouvait venir vers dix-sept heures, ce serait parfait.

— Tu peux ?

— C'est parfait. Disons après-demain à dix-sept heures. On fait comme ça ? lui dit son mari.

— On fait comme ça, lui répondit Sarah avant de sombrer dans un profond sommeil.

Susanne était arrivée en courant dans la cour du monastère, elle tomba sur le gardien, un homme pâle et replet à la moustache rousse et tombante, qui tenait par son harnais un cheval noir majestueux. Il lui indiqua la porte cloutée par laquelle accéder au jardin.

— Elles vous attendent, dépêchez-vous. Il vous faudra traverser le jardin en diagonale, vers la droite, et de là vous pourrez entrer dans le bâtiment du monastère. Sœur Clotilde vous attend à l'intérieur, à l'entrée de la galerie. Si vos poursuivants arrivent, je les arrêterai, faites-moi confiance. Allez, dépêchez-vous. Je verrouillerai la porte derrière vous. Bon courage, je suis heureux de vous avoir revue. Et surtout bon voyage…

Une fois la lourde porte poussée, Susanne vit devant elle la façade latérale du monastère, percée de hautes fenêtres cintrées aux vitres de couleur. Elle se dépêcha de franchir le jardin en orientant ses pas vers la droite, le ciel était bleu, il faisait beau. Derrière la quatrième croisée, une femme se tenait, discrète et immobile, fixant Susanne d'un regard céleste et apaisé, comme si son âme se délectait de sa venue en ces lieux. Elle inclina très légèrement la tête, en signe de connivence, l'air de lui dire : *Vous voilà enfin, je vous attendais*, elle avait ouvert le battant inférieur de la fenêtre aux verres en losanges, elle était jeune, elle était belle, sa peau était rose pâle, un voile couvrait ses cheveux, elle s'adressa d'une voix sonore amplifiée par les voûtes de la galerie à une personne qui se tenait derrière elle, invisible : *La voilà, sœur Clotilde ! Préparez-vous à l'accueillir, la voilà enfin qui arrive !* tandis que Susanne voyait se rapprocher le pignon du bâtiment ainsi qu'une large allée de sable blanc bordée d'arbres. Susanne tourna le coin et se retrouva devant une porte imposante surmontée d'une imposte. La porte était ouverte, elle entra. Une fois à l'intérieur, au seuil d'une longue galerie, elle s'aperçut que l'attendait, à sa gauche, voûtée, dissimulée derrière un battant fermé, sœur Clotilde, comme annoncé par le gardien. Sœur Clotilde lui prit les mains et lui souhaita la bienvenue, ajoutant :

— Dépêchons-nous, nous n'avons pas de temps à perdre, vos poursuivants sont sur vos talons, suivez-moi, mère Rosalie vous attend.

De fait, mère Rosalie s'était détournée de la fenêtre donnant sur le jardin et s'avançait sur le carrelage à motif de damier inondé de lumière, afin de rejoindre Susanne au milieu de la galerie. Elles se regardèrent longuement dans les yeux, leurs mains s'étaient mêlées, après quoi mère Rosalie accompagna Susanne d'un pas rapide vers la porte de facture magrittienne, la porte vibrante et magnétique qui se trouvait un peu plus loin sur leur droite, percée dans l'épaisseur de la muraille. Mère Rosalie l'ouvrit. Elle l'ouvrit d'un geste lent et recueilli, imprégné de sacré. Susanne vit apparaître un monde obscur. On ne voyait pas à deux mètres. Le regard de mère Rosalie lui disait qu'elle avait de la chance d'être ainsi secourue par le destin. Cela arrive rarement que le destin accorde la possibilité d'un repentir. Peu de personnes avant vous en ont bénéficié.

— Vous allez pouvoir tout recommencer. Dépêchez-vous. Si vos poursuivants, si votre vie vous rattrape, elle ne vous le pardonnera pas. Au revoir, Susanne. Je suis heureuse que vous ayez trouvé la voie pour venir jusque chez nous. Nous sommes ravies d'être vos intercesseuses. Soyez heureuse, mon petit.

Susanne entra, la porte se referma. Elle ne voyait plus rien. Elle s'avança dans l'obscurité. Elle ne savait pas où elle se trouvait, ni comment se présentaient les lieux où elle venait de s'introduire. Mais pourtant elle marcha, elle marcha en faisant attention, les mains en avant pour ne pas heurter d'obstacle, avait-elle un autre choix que de fuir dans l'inconnu ? Bientôt, une odeur apparut, une odeur qu'elle adorait, celle des canaux vénitiens, cela lui fit plaisir. Progressivement, elle y vit un peu mieux. En fait, c'était un long, très long couloir. Plus Susanne avançait, mieux elle percevait ce qui l'entourait, exactement comme l'été on s'acclimate à la pénombre d'un espace où l'on pénètre à tâtons, qui peu à peu laisse entrevoir sa configuration. Susanne se trouvait dans une ruelle. Voilà. C'était bien une ruelle. Elle aperçut les murs distinctement, ainsi que le dallage. Elle était accompagnée. Quelqu'un marchait à ses côtés. Il se mit à faire chaud. Beaucoup plus chaud que devant le monastère. La robe qu'elle portait, légère, d'été, elle la reconnut pour avoir été sa préférée lorsqu'elle avait vingt ans, c'était toujours cette robe qu'elle choisissait dans les grandes occasions, c'est dire si ce soir-là il se passait quelque chose de prometteur. Susanne continuait d'avancer dans la nuit, la rue était éclairée par des lanternes, elle voyait mieux maintenant, elle aperçut les marches d'un pont et la façade d'une église qui se dressait dans l'étroite faille qu'offrait à son regard le débouché lointain de la ruelle. Il n'y avait qu'eux deux, il devait être extrêmement tard, ils ne se parlaient pas, perdus dans leurs pensées. Ils parvinrent devant le pont, le garçon devait le franchir et Susanne partir sur sa droite pour longer le canal vers le nord. Son cœur battait à tout rompre, ses jambes tremblaient, elle était en train de paniquer, elle avait mal au ventre, elle aurait voulu que ce moment n'existât pas, à quoi bon tenter de le vivre puisqu'elle savait qu'elle n'y arriverait pas ? Ils ne se parlaient pas, le moment de la séparation les privait de tout langage, que se dire en pareilles circonstances ? Ils se regardaient, ils se souriaient, ce fut long, ce fut doux. Qu'il était beau ! Qu'elle avait envie de poser ses lèvres sur les siennes ! Derrière lui, de l'autre côté du pont, la façade de l'église San Sebastiano. Faudrait-il qu'elle fasse le premier pas ? Était-il possible qu'il fût plus timide qu'elle ? Ou était-il réellement amoureux de la pâle et pulpeuse spécialiste de Ruskin dont on trouvait dans l'église dressée derrière lui d'admirables équivalents picturaux ? Susanne se tenait à une distance respectable du garçon et cette distance aberrante compte tenu de ce qui se passait de remuant dans ses entrailles était de son fait à elle et paraissait contredire les expressions du visage du garçon, admiratives. Alors elle fit un pas vers lui, et immobilisa son regard dans le sien. Il était temps de se séparer. Que faire ? Ils approchèrent leur visage l'un de l'autre pour s'embrasser sur les joues, comme ils l'avaient fait chaque soir depuis qu'ils s'étaient rencontrés, mais au moment où Susanne allait s'écarter il la serra contre lui et l'étreignit de longues secondes, elle sentait ses mains parcourir amoureusement son dos, caresser ses omoplates, dessiner sa colonne vertébrale. Alors elle s'écarta pour contempler son visage. Ils se sourirent. Et juste au même instant, comme au signal d'une expression réciproque que leurs regards s'étaient échangée, déclenchant un élan, leurs lèvres se rejoignirent.

12

Le surlendemain, le mari de Susanne lui envoya un SMS pour lui demander s'il pouvait lui déposer les papiers pour qu'elle les lise. Même heure que l'autre fois, devant le puits de Moïse ?

Dans ta chambre à dix-sept heures, comme on a dit avant-hier ? Et si jamais tu changes d'avis sur l'avocat, dis-moi, le mien lui enverra la lettre accord dès aujourd'hui.

Il était vêtu de la même irritante doudoune de parvenu, à croire qu'il ne la quittait plus. Elle ne put s'empêcher de lui demander d'où elle venait, lui qui était censé adorer les manteaux.

— C'est pour changer, ça fait plus jeune, plus cool, pourquoi, tu n'aimes pas ?

Elle pensa qu'elle préférait le manteau en cachemire qu'elle lui avait offert pour son quarantième anniversaire.

— Non ? Tu n'aimes pas ?

— Pas trop. Ça fait agent immobilier.

— Agent immobilier ? Mais qu'est-ce que tu as contre les agents immobiliers ?

— Ça ne te ressemble pas. Mais il faut croire que tu as changé, puisque tu es venu avec ces papiers…

— Si j'ai changé, ça je ne sais pas, ce n'est pas à moi de le dire. Ce que je sais, par contre, c'est qu'on n'est pas là pour parler chiffons, ni pour faire de la psychologie de comptoir. Tu veux qu'on aille dans ta cafet', ou sur le banc de la dernière fois ?

— Sur le banc de la dernière fois.

— Tu es certaine que tu ne souhaites pas…

— Certaine. On fait ça tout de suite. Expédions. Aucun temps à perdre.

— Susanne, ce n'est pas anodin comme… On n'est pas aux pièces tu sais ?

— Mon état mental non plus n'est pas anodin. Il y a urgence à emprunter la voie de la guérison. Je dois sortir d'ici. Rentrer chez moi. À Wilson je veux dire. Signer ces papiers va m'aider à refaire surface.

— Comme tu veux, c'est toi qui vois. Mais ne va pas, après…

— Je sais ce que je fais, je te dis. La rééducation va être longue et difficile, savoir que je vais rentrer chez moi, ça va me donner des forces.

Le mari de Sarah, qui n'avait pas retiré sa doudoune, lui tendit une pochette à élastiques de couleur rouge.

Sarah ouvrit la pochette et en sortit les documents, elle posa la pochette à côté d'elle sur le drap et entreprit de les lire. Son mari, comme la dernière fois, faisait les cent pas au bout du lit.

— Tu ne peux pas t'arrêter de t'agiter trente secondes ? Ça va être compliqué de lire ces papiers si tu… Assieds-toi s'il te plaît.

Chère Susanne,

Je souhaite te faire une proposition globale en vue de régulariser un divorce par consentement mutuel.

Tu as quitté le domicile conjugal il y a plusieurs mois, en l'occurrence le 10 septembre 2017, et exprimé le souhait de pouvoir y revenir pour y passer l'été avec l'un ou l'autre de nos deux enfants.

— Tu penses vraiment que j'ai quitté le domicile conjugal ? C'est ça que tu penses ? *Que j'ai quitté le domicile conjugal ?*

— Sarah… Qu'est-ce que tu as fait d'autre ?

— *Quitter ?* Le mot *quitter* te semble approprié ?

— Quel autre terme emploierais-tu ? Tu es restée avec nous ? Non, tu n'es pas restée avec nous.

— OK, je vois, c'est bon, laisse tomber…

Sarah reprit la lecture de la lettre.

… et exprimé le souhait de pouvoir y revenir pour y passer l'été avec l'un ou l'autre de nos deux enfants.

Je suis prêt à l'accepter dès lors qu'un accord intervient concomitamment sur l'ensemble des conséquences financières du divorce et qu'une convention de divorce est régularisée.

Ainsi, tu seras autorisée à résider dans l'ancien domicile conjugal du 30 juin au 1er septembre 2018. Sous réserve de leur accord, car ils seront tous deux majeurs au 30 juin 2018, nos enfants seront avec toi pendant cette période et je m'engage à me loger ailleurs. Tu devras me remettre les clés du domicile conjugal le 1er septembre et établir ta résidence à une autre adresse.

— C'est d'une violence… Est-ce que tu as déjà lu quelque part une phrase d'une telle violence ? *Tu devras me remettre les clés du domicile conjugal le 1er septembre et établir ta résidence à une autre adresse.*

— …

— Tu sais l'importance que cette maison revêt pour moi, au-delà du fait que c'est notre domicile familial ? Tu le sais, ça, ou pas ? Tu le sais combien cette maison est importante pour moi ? (Sarah retint des larmes. Elle ne souhaitait pas s'humilier devant celui qui sans la moindre hésitation, impitoyable, lui imposait cette inhumaine amputation.)

— Parce que ce n'est pas violent, pour toi, de se voir annoncer au restaurant que la femme que l'on aime, et en qui on avait toute confiance, a loué une maison en cachette, et qu'elle part s'y installer dans trois jours ? Ce n'est pas violent peut-être ?

— Ce n'était pas violent. Tu n'as rien compris. Je préfère ne pas répondre à ça.

— C'est toi qui as créé toute cette violence, pas moi. Ne viens pas te plaindre des conséquences de tes actes. De tes actes *à toi*.

— …

— De toute façon je ne veux pas parler de ça avec toi, c'est pour ça que je voulais que tu prennes un avocat. Je vais y aller. Je passerai prendre les papiers demain.

— Non, reste. Je vais les signer tes papiers, je veux m'en débarrasser, tu ne reviens pas demain.

Si tu t'installes dans l'ancien domicile conjugal pendant cette période provisoire, il n'y aura aucunement lieu de tenir compte d'une « réconciliation » (au sens de la loi sur le divorce) entre toi et moi. Au contraire, nous nous accordons en tout état de cause pour retenir le 25 septembre 2017 comme date de notre séparation de fait, soit la date à laquelle tu as quitté la résidence conjugale.

La convention de divorce devra quant à elle être impérativement régularisée avant le 30 juin 2018.

Par ailleurs, mariés sous le régime de la séparation de biens, nous sommes tous deux propriétaires en indivision du domicile conjugal. Celui-ci est détenu par moi-même à hauteur de soixante-quinze pour cent et par toi-même à hauteur de vingt-cinq pour cent conformément à l'acte d'acquisition.

Nous resterons en indivision pendant une période de trois ans à l'issue de laquelle je te rachèterai tes parts sur la base de deux évaluations d'agence.

— Tu vois ? Qu'est-ce que je disais ? Je me suis bien fait baiser la gueule. Angèle avait raison. Tu es un escroc.

— Un escroc ? Grands dieux !

— Exactement. Car il se passe exactement ce que tu me jurais qu'il n'arriverait jamais…

— Arrête Sarah. Je t'ai dit que je ne voulais pas qu'on parle du fond. Si c'est ça, je t'envoie mon avocate, tu t'expliqueras avec elle…

Sarah, pourquoi avoir accepté ce délai de trois ans, qui allait vous laisser sans argent ? Je ne comprends pas. Pourquoi n'avoir pas exigé le rachat immédiat de vos parts ? Cela vous aurait procuré de la trésorerie pour vous installer, vous qui manquiez d'argent. Vous étiez sans emploi, sans force et sans revenus !

Je me disais qu'il pourrait y avoir un retournement, pendant ces trois années. Ce serait toujours chez moi. Le processus serait théoriquement réversible.

En dépit du fait que vous alliez signer une convention de divorce, puis divorcer ?

On peut se remarier. Dans le cinéma américain, j'adore les comédies de remariage. Rappelez-vous *The Philadelphia Story* ! C'était aussi par rapport à mon travail, à mes trois œuvres, la tête de Francis Ponge, l'église de dentelle et le paysage illuminé. Je préférais les savoir sanctuarisées par ce délai de trois années, plutôt que de devoir envisager dès à présent leur abandon à l'inconnu du traitement que leur réserverait mon mari.

Je comprends.

Pour étonnante que puisse être cette attitude, j'avais encore l'espoir, alitée dans ma chambre d'hôpital, cette lettre honteuse entre les mains, mon mari en doudoune assis dans un fauteuil en skaï, j'avais encore l'espoir qu'il puisse changer d'avis, se réveiller et mesurer l'erreur que ce serait d'aller au bout de ce divorce. J'avais encore l'espoir que l'imminence de notre rupture la lui rende intolérable, ouvre une blessure en lui où reflueraient ses anciens sentiments.

Vos lectrices, vos lecteurs me prendront peut-être pour une demeurée. Peut-être aura-t-on envie de secouer votre héroïne. Sans doute recevrez-vous des courriers mécontents de tant d'invraisemblance et de passivité, mais en réalité je n'y croyais pas. J'ai signé ces papiers parce que je n'y croyais pas à ce divorce. Mon mari, comme dans les contes, avait été rendu méconnaissable par un mauvais sort, mais cet affreux sortilège ne pourrait qu'expirer. Forcément. Ou un moyen se présenterait, tel le baiser du prince charmant dans *La Belle au bois dormant*, de le sortir de cet envoûtement pernicieux.

Par ailleurs, et c'est là la raison principale, j'aurais signé n'importe quoi pour pouvoir passer l'été avec Luigi. Si je m'étais mise à mégoter, mon mari aurait fait traîner, l'été serait passé avant que l'on trouve un accord m'autorisant à revenir chez moi.

... pendant une période de trois ans à l'issue de laquelle je te rachèterai tes parts sur la base de deux estimations d'agence.

Pendant cette période de trois ans, j'assumerai l'ensemble des charges du domicile conjugal à titre définitif mais ne serai redevable d'aucune indemnité d'occupation dès lors notamment que les enfants résideront chez moi.

Nous ne détenons pas d'autre bien en indivision.

Enfin, tu devras renoncer à toute prestation compensatoire. En effet, la différence de revenus entre nous résulte uniquement du fait que tu as, pour convenances personnelles, décidé d'arrêter de travailler alors que tu avais des revenus similaires aux miens.

— T'es gonflé tout de même. Pour convenances personnelles... Un cancer suivi d'une opération qui a mal tourné...

— Si toutes les femmes qui avaient un cancer du sein s'arrêtaient de travailler pour faire de la poterie, je ne donnerais pas cher de notre économie. Tu aurais pu retourner travailler, Sarah, tu le sais aussi bien que moi, alors ne fais pas semblant de...

— T'es vraiment qu'un connard en fait.

— Pardon ?

— Rien. Je n'ai rien dit.

— Tu m'as traité de quoi ?

— De rien. Continuons.

— Je préfère. Fais attention Sarah. Fais attention à ce que tu dis, ma patience a des limites.

— Tais-toi maintenant. Laisse-moi lire ton papier. Qu'on en finisse.

Concernant les enfants, ceux-ci étant majeurs, il n'y a pas de mesure à prévoir au regard de l'autorité parentale. En outre, je ne sollicite rien de ta part au titre de la contribution à l'entretien et à l'éducation des enfants et j'assumerai l'ensemble de leurs frais et dépenses.

— Vous êtes bien bon, monsieur le marquis...
— ...

Je te prie de m'indiquer dans les meilleurs délais si tu acceptes cette proposition. Dans l'affirmative, mon avocate, Marianne de Méricourt, rédigera la convention de divorce, qu'elle soumettra au conseil que tu nous auras indiqué.

— Marianne de Méricourt ? C'est qui celle-là ?
— Une avocate quelle question !
— Marianne... Tu fais gérer ton divorce par ta meuf ? C'est élégant...
— Ma meuf ? Mais qu'est-ce que tu racontes ? Qui est-ce qui t'a dit ça ? C'est juste une nouvelle associée ! Ça suffit maintenant Sarah.
— Passons, on s'en fout. Je signe où ?
— Là, en bas. Tu écris bon pour accord, et tu signes.

— Stylo.
— Hein ?
— Stylo !
— Tu n'as rien pour écrire ?
— Je sais plus où je l'ai mis.

Il sortit de la poche intérieure de sa veste un imposant stylo Montblanc. Sarah n'en avait jamais vu d'aussi considérable. On eût cru un cigare. Presque un sex-toy. Elle le regarda avec ironie, le faisant tourner entre ses doigts.

— Mazette ! Il était livré avec la doudoune ?
— Quoi ?
— Le stylo. Il va bien avec la doudoune !
— Susanne, je ne comprends rien de ce que tu racontes. La psychiatre m'avait dit que tu étais fatiguée, je confirme le diagnostic, le mot me paraît faible même. Ça y est ? Tu as signé ?
— Je vais lui niquer la plume au stylo de ta marquise si je signe avec… tu es sûr que je…
— Susanne, je n'ai rien d'autre. Vas-y. On s'en fout. Tu es fatigante à la fin.
— Alors j'y vais. La plume 18 carats gardera ma prise de main dans sa mémoire, bien fait pour elle. Pour elles avec un s devrais-je même dire…
Elle lui remit stylo Montblanc et papiers signés.

— …
— Voilà. C'est fait. Tu as ce que tu voulais.
Le mari attrapa les papiers.

— N'oublie pas de me donner le nom d'un avocat. C'est indispensable cette fois. C'est la loi. Il recevra la convention de divorce dans les meilleurs délais. Je te laisse un double de ce que tu viens de signer, tiens. Tu veux garder la pochette à élastiques ?
— Non merci. Je garde ce beau courrier comme ça, à l'air libre, en feuilles volantes, je préfère…
Il se leva du banc et s'apprêtait à partir. Susanne le retint.

— Une dernière chose.

Il avait la main sur la poignée de la porte, qu'il avait déjà baissée.

— Quoi encore ?

— Je voudrais que tu parles aux enfants. Que tu leur dises. Ne compte pas sur moi pour le faire.

— Que je leur dise quoi ? Qu'on divorce ?

— Non, justement. Pas qu'*on* divorce. Que *toi*, oui, *toi*, *tu* demandes le divorce. Nuance. Que c'est *ta* décision. Que c'est *toi* qui me quittes. Que je suis contre.

— Sarah... C'est toi qui m'as quitté. Ne nous la fais pas à l'envers.

— Ils jugeront par eux-mêmes. Ils savent très bien que je ne t'ai pas quitté.

— Ça, c'est toi qui le dis.

— Ils sont pas cons, ils ont parfaitement compris. Je voudrais aussi que tu leur dises que tu m'expulses de ma propre maison en t'appuyant sur une clause contractuelle que j'ai signée les yeux fermés à l'âge de vingt-deux ans parce que j'étais amoureuse et que je me sentais en confiance. Je voudrais que tu leur dises comment tu es en train de me spolier. Donne-leur les chiffres. Parle-leur des pourcentages. Montre-leur ton vrai visage. Ce n'est pas moi qui le ferai. Bon courage.

— Moi qui pensais que...

— Oui ? Que ? Je t'écoute... Tu ne penses tout de même pas que tu vas t'en sortir comme ça, en emportant ces papiers signés si facilement !

— ...

— Le divorce c'est ton idée, me racheter la maison à vil prix c'est aussi ton idée, alors tu vas aller les leur vendre ces idées magnifiques. Bon courage mon amour.

Il se leva du banc et s'éloigna, il marchait d'un pas pressé au milieu de l'allée. À un moment, il fit dévier nettement sa trajectoire, en l'arrondissant craintivement, pour s'éloigner d'un résident immobile accroché à un déambulateur (qui il est vrai le fixait sévèrement, son mari avait peut-être craint que cette épave humaine ne lui crache au visage), puis disparut entre deux pavillons.

Sarah ferma les yeux et s'endormit.

Une fois que leurs lèvres se furent détachées, Jonathan prit Susanne par la taille et l'entraîna de l'autre côté du canal, ils dévalèrent les marches du pont avant de contourner l'église San Sebastiano. En tendant l'oreille, tandis qu'ils en longeaient la blanche abside, Susanne entendit les blondes à colliers de perles, elles d'habitude si triomphales, s'épancher en de langoureux sanglots de jalousie et de défaite.

Parvenue, rêveusement, à la cafétéria, Susanne s'assit à une table près de la fenêtre. Momo vint s'asseoir en face d'elle.

— Je peux ?

— Oui.

Il la regardait silencieusement. Susanne était pensive et épuisée. Ses yeux regardaient dans le vide à travers les carreaux. Elle avait beau l'avoir vécu avec l'ironie requise, ce rendez-vous avait été éprouvant et ses entrailles si fièrement combatives n'en étaient pas moins labourées par la colère, l'angoisse, l'humiliation.

— C'est quoi ?

Momo désignait les papiers.

— Ça ? Rien. C'est de la merde.

— De la merde ?

— En barre.
— Je peux ?
— Si tu veux.
Momo prit les deux pages et les lut.
— Ben dis donc. Tu viens de la signer ou c'est… ?
— Ancien ? Non, je viens de la signer. Tu ne vois pas la date ?
— Si. Je vois. Ça va ?
— Ça peut aller. Le principal, c'est que je puisse passer du temps avec mon fils. Il va avoir dix-huit ans en juin. Une mère ne peut pas rater l'été des dix-huit ans de son fils. C'est comme ça. C'est impensable. Quel qu'en soit le prix. Comme tu peux voir, mon mari, clément, me fait des conditions d'ami.
— Je vois ça. Il rigole pas le Manerville. Pourquoi t'as signé ça ?
— Je viens de te le dire. J'avais le choix peut-être ? Je n'avais pas le choix. Faite comme un rat. On verra bien.

Marine entra dans la chambre, réveillant Sarah en sursaut.
— Marine ? Mais qu'est-ce que tu fais là ? Pardon, je m'étais… il est quelle heure ?
— Dix-huit heures. J'étais dans le coin, un rendez-vous qui s'est fini plus tôt que prévu, alors je me suis dit… L'avantage, avec ta situation, c'est qu'on sait où te trouver !
— Je peux difficilement me débiner, exact. Pourtant, c'est pas l'envie qui m'en manque.
— Je te dérange ? Tu dormais peut-être.
— Tu ne me déranges pas. Je dors trop. C'est les médicaments. Il me font faire des rêves bizarres. C'est comme les rêves d'une autre.

— Tu connais Momo ? Je te présente Momo. Mon complice à la Chartreuse. Marine, ma meilleure amie.

Marine rougit violemment.

— Salut Marine.

— Vous parliez, je vous dérange.

— Pas du tout. On était en train de…

— Elle me montrait des papiers que lui a fait signer son mari.

— Ton mari ? Il est venu ?

— Je viens de le voir. Il m'a fait signer un papier d'une rare élégance.

— Je peux ?

— Bien sûr.

Marine lut les deux pages.

— T'as signé ça ?

— Comme tu vois.

— Et t'es d'accord ?

— Pas vraiment. J'ai le choix peut-être…

— T'as un avocat ?

— Pas encore. Je ne voulais pas. Je m'en tape en fait. Je ne vais pas m'abaisser à entrer en conflit, par avocats interposés, avec…

— Tu n'aurais jamais dû signer ça. Et la prestation compensatoire ? Tu n'as aucun revenu Susanne ! Aucun revenu !

— Ils disent que c'est de ma faute, son avocate et lui. Que je pourrais travailler. Trouver du boulot dans une agence d'architecture. De toute façon il va revenir avec moi. J'en suis certaine.

— Du 30 juin au 1er septembre ! Pas une minute de plus ! Tu te rends compte que ton mari, il profite de ce que sa femme est diminuée, abrutie par les médicaments et la douleur, pour fixer les règles, la temporalité ? Le gars, l'ordure, il fait signer des papiers à sa femme dans son lit d'hôpital, il manque pas d'air... Franchement, je trouve ça...

— Elle a raison ta copine. C'est immonde. Ce type, je le croise, je lui démonte la tête.

— Momo, arrête, dis pas ça, il te renverrait en prison.

— En prison, en prison... c'est vite dit.

— Joue pas à ça avec ces gens, ils savent mieux se défendre que nous. La preuve, tu vois bien, dit Susanne en désignant la lettre du regard.

— Tu veux que je te trouve un avocat ?

— Oui. Je veux bien. Merci Marine, c'est gentil. Pour signer la convention de divorce, qui va être établie sur la base de cette lettre accord, j'ai besoin d'un avocat. C'est la loi. Dis-lui bien, si tu penses à quelqu'un, que ce n'est pas pour négocier : juste pour signer. Il n'y aura rien à faire.

— Moi, j'aurais jamais signé ça. Tu m'as expliqué, l'autre jour, l'histoire injuste et scandaleuse des pourcentages, c'est même pour ça que tu es partie de chez toi, pour le lui faire entendre et qu'il les rectifie ! Et là tu l'acceptes !

— Je voulais qu'il le rectifie de lui-même, parce que c'était une sorte de tromperie et que c'était pour moi inacceptable, puisqu'on s'aimait. Maintenant qu'il m'a rayée de sa vie, et qu'il veut divorcer, je continue de trouver ça scandaleux mais ça me touche à un autre endroit, un endroit qui n'est plus vital. Je ne veux pas me laisser entraîner par mon mari dans ses propres bassesses, je ne veux pas que ce soit son cerveau qui définisse l'atmosphère de ce que je vais vivre à partir d'aujourd'hui. Je ne veux pas vivre dans son cerveau. Or, si je rentre dans un truc judiciaire avec lui, je vais me retrouver enchaînée à son délire à lui, il va m'imposer la laideur de ce qu'il y a dans sa tête, ça va s'infiltrer partout, dans le moindre interstice de mes pensées… et je ne pourrai pas écrire, je ne pourrai pas dessiner, je ne penserai plus qu'à ça, je serai polluée… Tu comprends ? J'ai autre chose à faire de mes prochaines années que les passer en procédures avilissantes, c'est comme ça que je vois les choses, tant pis si ça peut paraître…

— Oui ? Si ça peut paraître ?

— Je ne sais pas, d'un autre temps. Ne pas se défendre, c'est aussi, c'est plus digne d'une certaine façon.

— Je ne suis pas du tout de ton avis, Sarah, mais alors pas du tout de ton avis. Tu vas le regretter. Je suis certaine que tu vas le regretter. Réalise ! Tu vas devoir céder à ton mari, à jamais, pour une bouchée de pain, la maison où se trouvent tes trois œuvres ! Tu ne pourras plus jamais les voir !

— On verra bien. C'est loin. C'est dans trois ans. Je suis fatiguée.

— Mais justement, c'est maintenant que ça se joue ! Pas dans trois ans ! Ce sera trop tard dans trois ans ! Tu auras signé ces foutus papiers ! Qu'est-ce qu'elles vont devenir, tes œuvres ? Tu le sais ?

— Je préfère ne pas y penser.

— Tu préfères ne pas y penser… Sarah. Tu ne peux pas ne pas y penser, c'est impossible, ce sont tes œuvres, tu ne peux pas les laisser dans ce vide juridique !

— Marine. Fais-moi plaisir. Parlons d'autre chose. Ce que je préfère retenir de ce papier, c'est que je vais passer l'été avec Luigi. C'est à ça que j'ai besoin de rêver.

— Je suis d'accord avec Susanne, dit Momo. Faut faire confiance à ce qui vient de là, ajouta-t-il en montrant son plexus solaire. Je sais de quoi je parle. Le monde est conduit par le cerveau, par la raison et par des questions d'intérêt, de calcul, et on voit chaque jour où ça nous mène. À la catastrophe. Susanne a raison. Il faut savoir s'écouter. Ce qui est logique est pas forcément ce qui est le plus juste. Enfin bref je m'exprime mal mais vous m'avez compris.

— Tu es incroyable mon Momo. Il n'y a que toi que j'entends prononcer des phrases comme ça, toi l'ouvrier d'usine, l'équarisseur. N'est-ce pas Marine qu'il est parfait mon Momo ?

Susanne adorait Momo. Elle se disait qu'il était à mettre au crédit de son internement d'avoir fait la connaissance d'un homme que son existence de privilégiée dijonnaise ne lui aurait jamais permis de rencontrer d'une façon aussi intime, sincère et décisive.

Momo a passé deux ans en prison pour des faits dont il affirme qu'un ami l'a injustement accusé, et dont il fut impossible de prouver qu'il n'était aucunement responsable. L'épisode a été un tel traumatisme qu'il est incapable aujourd'hui encore de raconter de quoi on l'a incriminé.

Il avait la tête de l'emploi avec son physique d'équarrisseur, son visage mal dégrossi, sa façon d'être rudimentaire et un peu rêche. Enfin tu vois Susanne, j'ai pas fait d'études, je suis comme je suis, j'ai commencé à travailler à quatorze ans, je suis orphelin, j'ai eu une vie difficile, j'ai pas l'éducation qu'il faut, ni parfois les mots, mais je ne manque pas de sensibilité et d'intelligence, enfin je crois, il suffit de se donner la peine d'écarter un peu les branchages.

Son avocat lui a dit de plaider coupable, ainsi pourrait-il arguer des troubles mentaux de son client pour obtenir son admission en HP, d'où il ressortirait rapidement. Momo lui a dit hors de question. Il était innocent, il préférait faire de la prison en continuant de crier son innocence plutôt que de ne pas en faire et d'être considéré comme coupable, comme coupable et comme malade mental en plus ! Je veux défendre mon honneur, a-t-il dit à l'avocat. Mais on s'en bat les couilles de ton honneur ! Tu fais ce qu'on te dit ! Toi tu me payes pour que je te défende, moi mon métier c'est de t'éviter la prison, alors tu m'écoutes, tu fais ce qu'on te dit, un point c'est tout !

— Il t'a vraiment parlé comme ça l'avocat ? C'est comme ça que parlent les avocats aux ouvriers ? lui avait demandé Susanne le jour où Momo lui avait raconté son histoire, à la cafétéria de la Chartreuse.

— Je te jure. Exactement comme ça. Il me causait comme si j'étais un moins-que-rien pour qui on n'a pas de temps à perdre à expliquer les trucs, vu qu'il n'a pas de cerveau.

Momo a été condamné à quatre ans de prison. Là-bas, il s'est très bien tenu, il a été remarqué pour son comportement. Il a profité de sa réclusion pour étudier la philosophie. Il a beaucoup travaillé pour pouvoir se payer des cours. Il en avait envie depuis longtemps. Il adorait ça. À la centrale, c'était atroce, insalubre, d'une saleté invraisemblable. Il n'y avait pas de chauffage dans les cellules, ni d'eau chaude dans les douches. L'hiver, il faisait froid, l'été, ils crevaient de chaud. Au bout d'un an, on lui a proposé un bracelet électronique pour qu'il puisse bénéficier d'une liberté conditionnelle, puisque son ancien patron proposait de le reprendre. Mais il a dit non. Il voulait être libéré sans conditions, faire toute sa peine. Son nouvel avocat lui a dit qu'il n'avait jamais vu ça. Les autres détenus le prenaient pour un fou. Momo disait à qui voulait l'entendre qu'il aspirait à être entièrement blanchi, puisqu'il était innocent. Il voulait être libéré sans conditions.

— C'est incroyable. J'adore. Tu es un idéaliste mon Momo, on est deux… Regarde où ça nous a menés…

Mais depuis qu'il était sorti, il ne parvenait pas à pardonner les quatre années qu'on lui avait volées. C'était là, tout était là, disait-il à Susanne en montrant son œsophage. Il avait la haine. Il n'arrivait pas à la faire sortir. Il avait cru qu'en refusant l'aumône d'une remise en liberté conditionnelle, en restant digne et intègre, il pourrait sortir de prison l'esprit serein et reprendre sa vie d'avant, la tête haute, son honneur rétabli. Que la fierté l'emporterait sur l'amertume et le sentiment d'injustice. Mais pas du tout. Il n'y arrivait pas, il en voulait à la terre entière. Pourtant, il a fait deux enfants avec sa copine, celle-ci vient d'avoir un bébé, un bébé de lui, mais il est violent, il démarre au quart de tour.

— Violent ? Toi ? Toi Momo tu es violent ? Toi le gros nounours de la Chartreuse ? J'y crois pas.

— Oui. Une violence dont tu n'as pas idée Susanne. Je te jure. Ça m'effraie moi-même.

Il est hyper irritable. Un rien le fait sortir de ses gonds et lorsqu'il sort de ses gonds c'est un déferlement qu'il ne peut maîtriser, il distribue les ITT de quatre-vingt-dix jours à coups de poings et de manivelle. Même à la maison il est violent, à cette différence près qu'il ne s'en prend pas à sa femme physiquement, ni à son petit garçon, mais verbalement, mais à lui-même, aux meubles et aux objets, ce qui n'est pas tellement mieux il en convenait volontiers. Un détail anodin, la plus petite contrariété le précipitent dans des états de rage qu'il lui est difficile de refréner. Il ne supporte plus la contradiction. Zéro tolérance. On ne peut plus le contredire. On me contredit ? Je détruis. C'était pour cette raison qu'il avait été admis à la Chartreuse. Pour se calmer. Se reconstruire. Reprendre le dessus sur ses nerfs. Il allait y rester deux mois, il était là depuis cinq semaines, il sentait qu'il allait mieux. Si quelqu'un lui grille un stop et ne s'excuse pas, il le coince un peu plus loin, il sort de sa voiture et il le démonte. Il ne supporte plus de ne pas être considéré ou qu'on lui marche sur la gueule. Ça c'est plus possible. Pas après ce qu'il a enduré. On lui marche plus sur la gueule, ça c'est terminé. On le respecte, on lui dit merci, bonjour monsieur, on lui parle poliment, avec égard, sinon il répond plus de rien.

Elle aurait adoré faire semblable rencontre. Mais comme elle était immobilisée dans son lit, elle ne voyait personne en dehors de Marine.

Par la fenêtre de sa chambre, Sarah apercevait la façade d'une église en béton construite dans les années cinquante, hardie et harmonieuse, qu'elle aimait regarder. Elle lisait. Principalement des livres d'histoire de l'art, Daniel Arasse, Erwin Panofsky, Rosalind Krauss. Elle s'était remise à crayonner, mais comme elle redoutait que ne déferlent dans son esprit des émotions qui la fragiliseraient si elle se confrontait aux esquisses que lui avaient inspirées ses dernières nuits dans la maison sépulcrale, Marine lui avait acheté un nouveau carnet de croquis. Commencer un nouveau carnet de croquis, c'était, en l'occurrence et d'une certaine façon, repartir de zéro, commencer une nouvelle vie.

Elle avait moins mal. Un peu. Sa hanche brisée commençait à se recalcifier. Les doses de Tramadol avaient été réduites. Sarah pourrait bientôt se lever, marcher. Jusqu'alors, elle avait été contrainte à la plus stricte immobilité.

Susanne ne parvenait pas à se souvenir du patronyme de Jonathan. Or, sans patronyme, comment le retrouver ? Elle avait beau mobiliser les ressources de sa mémoire, y envoyer des sondes, la remuer de fond en comble et y penser sans cesse, puis décider de ne plus y songer dans l'espoir d'être surprise, au moment où elle s'y attendrait le moins, par le surgissement du patronyme oblitéré, il demeurait inaccessible à sa conscience.

Jonathan, Jonathan, Jonathan comment déjà ? Susanne, fais un effort quoi merde, fais remonter ce nom à la surface de ta mémoire, il doit bien se trouver quelque part au fond de ton cerveau, débrouille-toi pour que s'enclenche un mécanisme qui le fasse éclore ! Sois attentive à tes rêves, Susanne, scrute tous tes rêves au réveil, on ne sait jamais ! Il se pourrait bien que ce soit par ce moyen que ton cerveau décide de porter à ta connaissance le précieux patronyme !

Ce dont Susanne se souvenait, c'est que Jonathan, quelques jours après leur séparation, lui avait écrit une lettre de plusieurs pages. Aujourd'hui encore, elle visualisait l'écriture de Jonathan, grande et bouclée, épaisse, au stylo plume, sur un papier matiéré. Le noir de l'encre était dense et profond. Il était surprenant, elle s'en fit la remarque, que la missive de Jonathan eût laissé dans sa mémoire une empreinte photographique d'une telle précision, alors même qu'elle en avait oublié le contenu – à cette seule nuance près que le sentiment d'une profonde connivence avait résulté de la lecture de cette lettre, elle s'en souvenait distinctement. Comme si cette lettre était une lettre d'amour qui ne disait pas son nom ni n'osait s'avouer comme telle, mais dont l'insolite longueur, le soin apporté à la graphie et au choix de l'épais papier vénitien disaient on ne peut plus clairement l'importance que revêtait aux yeux du scripteur la jeune femme à qui ces phrases étaient destinées. De cela, Susanne se souvenait, son cœur en avait été soulevé et bousculé. Elle avait médité, des jours durant, une réponse qui eût exprimé le mieux possible ce qu'elle avait ressenti à la lecture de ces phrases et qui fût de nature à perpétuer la ferveur de celui qui lui avait offert le bonheur de les lui destiner, mais elle n'avait jamais envoyé cette lettre, peut-être même ne l'avait-elle jamais rédigée, c'était sorti de sa mémoire. Elle avait retrouvé à Dijon celui qui allait devenir son mari, qui lui laissait entrevoir un avenir immédiat, quand à l'inverse succomber à un homme aussi hypothétique que Jonathan, astral, vivant à l'étranger, dont elle parlait la langue imparfaitement, lui aurait donné le sentiment de sacrifier à ce qui n'était de toute évidence qu'un fantasme automnal un avenir solide et durable, sans incertitude, en compagnie d'un garçon qui prétendait vouloir faire sa vie avec elle, d'excellente naissance de surcroît. Pour revenir à la lettre de Jonathan, ce dont elle se souvenait, c'est qu'y était raconté un orage qui avait éclaté au-dessus de Venise le lendemain du départ de Susanne, une tempête impressionnante s'était déchaînée qu'il aurait voulu vivre à ses côtés, lui avait-il écrit, éveillant chez Susanne l'image et les impressions d'eux deux blottis dans le même lit à écouter gronder le tonnerre vénitien. L'encre noire, dense et profonde lui avait évoqué la nuit dense et profonde, noire, striée d'éclairs, remuée par les bourrasques, où ils se seraient tenus l'un près de l'autre si Susanne, s'étant laissé embrasser sur le pont, était restée à Venise quelques jours de plus, de cela aussi elle se souvenait. Où était cette lettre ? Où l'avait-elle rangée ? Dans la sacoche où s'étaient accumulés, au fil des ans, lettres, photos, papiers à haute valeur sentimentale, sacoche rangée dans la penderie de son bureau et dans laquelle il ne lui était plus arrivé de fouiller depuis, allez, depuis au moins quinze ans, d'autant que cette sacoche était pleine à craquer et qu'un ancien cartable de Paloma avait pris le relais où elle jetait de temps en temps des documents qu'elle souhaitait conserver ? Oui, elle en était à peu près certaine, où aurait-elle rangé cette lettre sinon ? Elle ne voyait pas où elle aurait pu la mettre à l'époque si ce n'est dans cette antique sacoche, elle ne l'avait tout de même pas jetée ou égarée ! Ainsi, la première chose qu'elle ferait, une fois rentrée à Wilson, serait, après avoir serré longuement Luigi dans ses bras, d'aller dans son bureau pour exhumer de la sacoche la missive de Jonathan, sur l'enveloppe de laquelle, bien sûr, seraient portés son nom complet et son adresse. Où habitait-il, d'ailleurs, à l'époque où ils s'étaient connus ? Susanne hésitait. Elle avait Birmingham en tête, ainsi que Manchester. Autant dire qu'elle ne savait pas.

Pardon de vous interrompre. Vous ne deviez pas me parler de Venise, de cette histoire que vous avez vécue là-bas ?

Si. Vous avez raison.

Qu'est-ce que la scène du pont représente à vos yeux, pour que vous vouliez l'introduire dans le récit que vous inspire mon histoire ?

Je vais vous dire.

C'était en juillet 1987. J'avais vingt-deux ans. Je lisais je ne sais plus quel livre dans le café situé au pied de l'immeuble où j'occupais depuis des années une chambre de bonne de sept mètres carrés que me louait un couple aisé qui résidait dans l'appartement juste au-dessous de ma mansarde. Elle était sise au 16, rue de Sèvres et le café en question s'appelait, s'appelle toujours le Sèvres Raspail. Une jeune femme était assise à la table à côté de la mienne, face aux vitres, en bordure de la rue, et se débattait avec un plan de Paris où selon toute apparence elle peinait à se localiser. Je lui suis venu en aide, lui demandant ce qu'elle cherchait, si elle était perdue. Elle était italienne, c'est ce que fit entendre à mes oreilles l'accent qui secouait la perfection de son français. Je précise, à toutes fins utiles, que ce n'est pas le physique de cette jeune femme, assez banal et anodin, quoique sympathique, qui m'avait incité à engager la conversation avec elle (m'eût-elle plu, je n'aurais pas osé lui parler), mais le goût voire l'orgueil que j'avais de mon quartier et le plaisir que je prenais à orienter les touristes égarés. La jeune femme cherchait la rue de Grenelle, je la lui indiquai sur son plan ainsi qu'à l'aide de ma main, en lui montrant par-delà les vitres les rues qu'elle devait emprunter. La jeune femme me remercia. Elle me dit qu'elle était vénitienne. Le simple nom de Venise, ville sur laquelle je fantasmais depuis longtemps, ainsi que Rome (il n'était pas de pays qui me faisait rêver davantage, et constamment, que l'Italie, depuis l'adolescence), le simple nom de Venise me la fit regarder différemment. Je n'en revenais pas que fût assise à mes côtés une Vénitienne. J'étais émerveillé. Je lui dis que Venise revêtait dans mon imaginaire une place tout simplement considérable et qu'il n'était pas de ville où je voulusse me rendre avec plus de nécessité. Elle m'a demandé pourquoi je n'y allais pas. Je lui ai dit que ce n'était pas l'envie qui m'en manquait, mais que je n'avais pas assez d'argent pour me payer le train et une chambre d'hôtel. Alors elle m'a dit que si je le souhaitais, elle pourrait me prêter, en août ou en septembre, moyennant une somme dérisoire, son petit appartement, puisqu'elle n'y retournerait que début octobre, quand rouvrirait l'université. Elle me confia le numéro de téléphone de la maison de ses parents à Vérone, je convainquis les miens de me donner suffisamment d'argent pour me payer le billet de train, rémunérer ce prêt providentiel et subvenir à mes besoins un mois durant. Car la décision avait été prise de passer à Venise la totalité du mois de septembre, seul, sans ma petite amie de l'époque, au prétexte que je partais là-bas pour écrire un livre, ce qui était en partie vrai, et que j'avais besoin de solitude.

C'est ainsi que j'allais vivre l'un des mois les plus importants, les plus retentissants, les plus décisifs de mon existence. Je sais, je peux avoir tendance à employer des mots de bronze, mais en l'espèce ces trois mots-là sont soigneusement pesés, Sarah, je vous assure. Le bronze s'impose. Ce fut pour moi une expérience marquante, à la faveur de laquelle un certain nombre de pensées, d'impressions et de données sensibles m'ont été révélées qui deviendraient plus tard la matière mentale de mes livres. J'ai procédé là-bas à quelques découvertes majeures sur moi-même et mes inclinations profondes, on pourrait dire que mon univers d'écrivain a commencé de se déployer lors de ce séjour. Ce séjour a longtemps été pour moi un point de repère culminant. 1987 rayonnait d'une aura incontestable.

L'appartement que me prêtait cette jeune femme, au sortir du Ghetto, se situait Fondamenta della Misericordia, qui n'était pas le quai branché et animé qu'il est devenu. Il était même singulièrement désert, métaphysique, je l'adorais. C'était un quartier reculé, à la lisière de la lagune, où peu de touristes s'aventuraient. Il était de ce fait d'une grande poésie, le temps paraissait s'y être figé depuis des siècles. L'appartement se composait d'une chambre, d'un salon, d'une salle de bains et d'une cuisine. Il se trouvait au rez-de-chaussée. Une fenêtre, celle du salon, donnait sur le quai, les autres sur une étroite venelle où pendait du linge et résonnaient des voix de femmes.

Je m'étais inscrit à la bibliothèque Ca' Foscari et je m'y rendais chaque matin pour écrire. C'était somptueux. La bibliothèque, lieu historique, était peu fréquentée, l'université dont elle dépendait étant encore fermée en raison des vacances. Une table, non loin des vitres, avait ma préférence, qui surplombait le Grand Canal. J'y passais des heures à piétiner dans l'écriture de mon livre.

Le roman racontait l'histoire d'un jeune homme qui un été, au mois d'août, entreprenait de desceller les tomettes de sa chambre de bonne, puis d'en percer le sol au burin, afin de s'introduire dans l'immense appartement de ses logeurs, partis se reposer sur l'île de Ré (ça leur apprendra). Le jeune homme employait, comme dans le film de Jean-Pierre Melville, un fin et long parapluie britannique introduit dans la petite percée originelle puis ouvert grâce à un mécanisme automatique dans l'espace du silencieux salon de ses voisins, afin d'en recueillir les gravats et que ceux-ci, tombant dans la coupelle de nylon noir plutôt que sur le sol, ne produisent pas de bruit dans l'immeuble (d'autant que les morceaux de plâtre eussent fracassé un service en porcelaine de Sèvres qui se trouvait, disposé avec art sur un guéridon en acajou, à l'aplomb de la trouée). Ainsi le jeune homme, poète idéaliste et romantique, ardent, fiévreux et excessif (et emphatique ! n'oublions pas de le qualifier d'emphatique surtout ! je l'étais déjà à cet âge !) allait-il passer le mois d'août dans les somptueux deux cent cinquante mètres carrés de ses voisins du dessous, y descendant grâce à une échelle de couvreur entreposée à l'étage des chambres de bonne. C'était métaphorique. Évidemment. Ma minuscule mansarde me permettrait d'accéder à des espaces plus grands qu'elle ne l'était, mais aussi à une autre existence que celle qui avait été la mienne jusqu'alors, à condition bien sûr d'avoir le courage et l'audace de creuser un passage, de travailler, de s'isoler, de prendre des risques, d'enfreindre les règles et les usages, de s'adonner à une activité secrète et clandestine, nocturne, dangereuse, qui me permettrait de déboucher quelque part et de donner lieu un jour à une œuvre, d'agrandir mon être et mon territoire. D'une petite vie craintive et étriquée, passer ou sauter dans une grande, dans une glorieuse, dans une inépuisable, parce qu'on trouverait le moyen de se révéler à soi-même ses propres ressources dissimulées dans les profondeurs de son être. Voilà ce que voulait raconter, en transparence de sa trame narrative, le livre que je voulais écrire.

Un soir, le jeune homme rencontrerait dans un café une jeune chanteuse lyrique rousse et diaphane, habillée tout en noir, qu'il inviterait chez lui. Ils descendraient par l'échelle de couvreur dans l'appartement du dessous et y vivraient une incroyable histoire d'amour, en dehors du réel et du temps. Ils s'éclairaient à la bougie, afin de ne pas attirer l'attention des voisins d'en face. Ils dînaient dans l'argenterie des propriétaires, buvaient leur armagnac 1948, dormaient et faisaient l'amour dans leur lit aux draps de satin, se prélassaient dans leur baignoire en marbre. À la fin du mois d'août, soupçonnant que le couple aisé n'allait pas tarder à rentrer, le jeune poète et la diaphane chanteuse lyrique partaient se réfugier, vers Ris-Orangis, dans un entrepôt de la SNCF où le jeune homme avait repéré qu'étaient réparés et entreposés les fameux wagons-lits Trans Euro Notte qui faisaient la liaison entre Paris et Venise. Ils décidaient, chaque nuit, de dormir dans un T2 différent, pour ne pas se faire attraper. Ils passeraient là de longs mois, dormant dans des wagons-lits immobiles. Comme Venise était pour le jeune homme le paradigme de l'ailleurs idéal, le wagon-lit TEN à la belle carrosserie bleue se trouvait être une donnée à haute teneur métaphorique, n'étant plus seulement, n'étant pas même un moyen de transport, un simple *train*, mais bien le rêve en lui-même, le rêve d'une autre vie et le moyen d'y accéder.

Naturellement, je ne suis pas parvenu à écrire ce roman,

de sorte que j'ai fini par renoncer à me rendre chaque matin à la bibliothèque de Ca' Foscari, préférant lire *La Montagne magique* sur les Zattere, à l'époque bien moins fréquentés qu'ils ne le sont aujourd'hui. Je lisais aussi Georges Bataille, en l'occurrence *Le Bleu du ciel*, et écoutais avec mon Walkman Sony de couleur rouge les *Kindertotenlieder* de Mahler et l'album *Message personnel* de Françoise Hardy. Je marchais beaucoup, j'aimais m'égarer dans Venise et le soir je me rendais Campo San Polo voir certains films de la Mostra projetés dehors sur grand écran le lendemain de leur présentation officielle au Lido. Là, une jeune femme, un soir, m'aborderait, accompagnée de trois ou quatre personnes, des filles et des garçons, pour me rappeler qu'elle m'avait croisé l'après-midi même à la collection Peggy Guggenheim, où elle veillait sur des tableaux, est-ce que je m'en souvenais ? À vrai dire, mon œil ayant été immédiatement attiré par sa personne dès que j'avais pénétré dans la salle (où se trouvait accrochée *La Forêt* de Max Ernst, tableau que j'adorais), j'étais allé lui poser une question factice afin de pouvoir lui parler. Nous avions bavardé quelques secondes, avant que ma timidité ne m'entraîne à abréger la conversation – soudain, je n'avais plus rien trouvé à lui dire – sans oser lui demander si l'on pouvait se revoir. Son audace et son esprit d'initiative, ou bien son naturel, ce soir-là, rectifièrent ce manquement lamentable. Ainsi ai-je été entraîné par la joyeuse petite bande à laquelle elle appartenait dans un café où ils allaient boire un verre après la projection du film, en l'occurrence *Maurice* de James Ivory.

Ils étaient étudiants en art et en histoire de l'art en Angleterre et aux États-Unis. Ils avaient été triés sur le volet pour participer à un programme de résidence organisé et financé par la collection Peggy Guggenheim, qui les logeait dans des palais disséminés dans le quartier de Dorsoduro. En contrepartie, ils s'engageaient à travailler chaque jour quelques heures pour le musée, où ils surveillaient les salles. Le reste du temps, ils étudiaient, ils allaient à l'Accademia copier des œuvres, suivaient des cours d'histoire de l'art ou de dessin.

Elle s'appelait Joanna. Elle était anglaise. Elle était grande et large de hanches, elle avait la peau extrêmement blanche parsemée d'un nombre élevé de grains de beauté. Châtain, elle portait les cheveux courts, ses yeux étaient noisette, j'adorais ses oreilles. Elle avait des mains magnifiques, longues et blanches, avec des ongles de la forme d'un menhir, à l'arrondi allongé et parfait, d'un ton rosâtre. Elle avait une belle poitrine. Sa silhouette, sa démarche étaient gracieuses. Ses fesses étaient assez massives. Un soir où épuisée d'avoir trop dansé elle avait retiré ses chaussures, elle lui avait révélé les plus beaux pieds qu'il avait jamais vus, il n'oublierait jamais leur forme, le profil des orteils, la longueur et l'épaisseur des ongles, ni le moment où cette révélation s'était produite, entraînant des explosions de joie, de gratitude et d'incrédulité émerveillée dans sa poitrine. Voilà que je parle de moi, Sarah, à la troisième personne, c'est bien la preuve que ce que l'on vit parfois nous propulse dans des espaces mentaux qui font de nous, de nous tous, des personnages de fiction. On se vit et on se raconte après coup comme on vivrait et comme on raconterait l'histoire d'un personnage de roman ! Joanna m'avait rejoint sur le canapé d'où je les regardais danser, elle s'était effondrée à côté de moi, essoufflée, en nage, et de deux mouvements alertes et gracieux de ses deux pieds elle me les avait montrés, se déchaussant furtivement, se rapprochant de moi sur le grand canapé. Qu'est-ce que j'étais attiré par cette jeune femme, Sarah, vous n'imaginez pas à quel point ! Elle était tout ce que j'aimais et rêvais de tenir dans mes bras, d'embrasser, de déshabiller, depuis l'adolescence. La fête avait lieu à l'étage noble d'un palais, la hauteur sous plafond était impressionnante, de sorte que les lits des résidents qui s'étaient vu attribuer cet appartement fastueux semblaient flotter, perdus, au milieu d'un vide anachronique. C'était une fête en blanc, par chance je possédais une chemise blanche ainsi qu'un pantalon en lin écru, achetés respectivement, en solde, rue de Sèvres et boulevard Saint-Germain, ce qui m'avait permis de me conformer au dress code. C'était mon dernier soir, le lendemain je repartais à Paris par le fantasmatique Trans Euro Notte. J'avais dîné au bout des Zattere, près de la gare maritime San Basilio, en compagnie de Joanna, dans un restaurant qui possédait sur les quais une grande terrasse au bord du canal de la Giudecca. Les tables étaient recouvertes de nappes blanches. J'ai constaté l'année dernière que ce restaurant existait toujours. Je n'y suis jamais retourné. Il est sorti de ma mémoire si c'était Joanna qui l'avait choisi, en raison de la proximité de son logement, ou moi. Toujours est-il que j'ai un souvenir précis de ce que je me suis dit au cours de ce dîner, c'est que la langue anglaise me décalait, c'est que la langue anglaise me permettait de dire des choses que je n'avais encore jamais dites, c'est que la langue anglaise faisait surgir à mes propres yeux un homme qui me plaisait bien davantage que celui qui s'exprimait en français. Il était plus léger. Il était plus limpide. La langue anglaise induisait un rapport simplifié au langage qui me faisait aborder ma personne d'une façon plus lumineuse. La phrase anglaise, quand je pensais tout haut, quand je parlais de moi à Joanna, créait un homme sensiblement différent de celui qui procédait de l'emploi de la langue française et cet homme était plus intéressant, je me sentais bien mieux dans sa peau que dans la mienne. Je me réinventais en quelque sorte. Je voyais bien, dans son regard, qu'aucune femme en France ne m'avait jamais envisagé de cette façon, que le rapport était différent, moi-même je commençais à me trouver des qualités. C'était peut-être la première fois que j'accédais à cet état de parfaite harmonie avec moi-même, comme si mon être et ce que j'en disais se superposaient parfaitement. C'est le souvenir que j'ai gardé de ce repas, qui a été et est resté dans ma mémoire un véritable moment de grâce.

Aussi, quelle ne sera pas ma déception, ma souffrance, mon désappointement, quand, après ce dîner miraculeux, qui paraissait m'avoir ouvert des perspectives enchanteresses, Joanna, une fois nos amis retrouvés dans un bar, passera en compagnie de Peter la quasi-totalité de la soirée puis de la fête. Pour être exact, ce n'était pas Joanna qui s'était précipitée sur Peter, mais Peter sur Joanna, dont il semblait manifeste qu'il avait entrepris de la séduire, se l'accaparant avec d'autant plus d'efficacité qu'il avait à sa disposition des moyens que j'étais loin de posséder, moi l'être à peine esquissé, complexé, embryonnaire. Flou et flottant. Aisément submersible. Sujet à de sévères revirements d'humeur. J'avais senti depuis le début que Peter me percevait comme un rival, il paraissait jaloux que Joanna m'eût réservé une partie de la soirée, il avait manifestement décidé de sortir l'artillerie lourde, ne serait-ce que pour me donner une leçon (me suis-je dit plus tard) et rendre mes manœuvres de séduction plus difficiles à faire aboutir que je semblais me l'être imaginé. Peter, éminemment séduisant, brun à la peau pâle, la raie sur le côté, était une sorte de Bryan Ferry de l'histoire de l'art, spécialiste de Ruskin et vedette incontestée du programme Peggy Guggenheim pour avoir été pensionnaire au prestigieux collège d'Eton avant de rejoindre Cambridge où il excellait. Autrement dit, son personnage réunissait haute naissance, culture et capacités intellectuelles hors du commun, corps et prestance de sportif, humour et assurance, ce qui fait que je n'étais pas de taille à lutter. Mais alors pas du tout. Moi le banlieusard, fils d'un représentant en informatique qui avait passé son existence à accumuler les déconvenues, et qui s'était systématiquement attiré la sentence de l'échec toutes les fois qu'il avait entrepris quelque chose d'ambitieux ! J'étais comme lui en vérité, la malédiction paternelle se perpétuait à travers ma personne, voilà que déboulait l'ami l'échec alors même que je croyais la partie gagnée ! Mon humeur s'est obscurcie. J'ai sombré dans un gouffre insondable. Je ne pouvais pas rivaliser. J'étais dans les ténèbres. J'aurais voulu que Joanna me marquât un attachement inconditionnel. Que notre soirée continuât d'être magique, exclusive et romantique, que l'on montrât aux autres, à tous les autres, jalousement, en demeurant fièrement l'un contre l'autre, qu'il se passait entre nous quelque chose de rare et d'unique. Ma voix s'était éteinte, les mots qui sortaient de ma bouche avaient l'aspect de tomates confites. Peter voulait coucher avec Joanna, c'était incontestable, celle-ci était flattée d'être l'objet des convoitises du garçon le plus populaire de la bande, on pouvait aisément le concevoir, mais rien ne laissait entendre, dans son comportement, qu'elle était disposée à préférer à l'attirance qu'elle avait paru éprouver pour moi lors de notre dîner aux chandelles les assauts réussis du play-boy spécialiste de Ruskin. Ce n'était pas parce qu'elle riait à ses plaisanteries, ce n'était pas parce qu'elle ne me rejoignait pas que Joanna n'était plus amoureuse de moi, si elle l'avait jamais été. Il fallait être suprêmement immature, je l'étais, pour se faire ce type d'idées et en laisser découler le reste de la soirée – voire de ma vie tout entière, ainsi que je me le suis parfois dit. Je n'ai pas osé l'embrasser. Sur le pont je veux dire. Devant l'église San Sebastiano. C'est ce qu'elle attendait de moi, pourtant, ainsi que je peux le constater sans la moindre équivoque quand j'examine les images qui m'en sont restées, et comme en témoignerait la lettre que je recevrais d'elle quelques jours plus tard et à laquelle, étrangement, inexplicablement, je n'ai jamais répondu.

En rentrant à Paris, j'ai découvert, à peine débarqué, comme giflé par l'air de la ville, tout un registre de sensations que j'allais bientôt approfondir et cultiver et auxquelles je resterais indéfectiblement attaché comme aux principes fondamentaux de mon univers d'écrivain aussi bien que de ma vie sensible. C'est puissant ce qui s'est produit quand descendant du Trans Euro Notte, le surlendemain matin, j'ai marché sous la grande verrière de la gare de Lyon, en ce premier jour d'octobre. L'arrière-saison. Être arrivé à Venise, fin août, quand tout le monde commençait à en partir, y rester tout un mois et sentir les soirées se rafraîchir, voir le ciel et les lumières perdre leur éclat estival, marcher des heures dans une ville qui se dépeuple et dont l'on sent qu'elle s'enfonce de jour en jour un peu plus dans son passé éternel, se densifiant, devenant grave et silencieuse, grelottante, presque morbide, puis, au terme de ce séjour, un mois plus tard, début octobre, rejoindre Paris chargé de ce climat crépusculaire, débarquer à Paris alors que tout le monde est déjà rentré depuis longtemps, la conjonction de ces deux sensations-là, parfaitement complémentaires, délimiterait un lieu mental, découvert ce matin-là, que j'aurais toujours plaisir à retrouver, c'est peut-être même le territoire où je me sens le mieux. L'arrière-saison. La beauté déchirante du concept d'arrière-saison. J'ai adoré survenir à Paris un mois après la rentrée, quand la machine tournait déjà à plein régime, et me glisser à pas de loup dans le spectacle déjà commencé, me trouvant un siège libre d'où tout observer, à l'écart, affranchi des injonctions raisonnables, des contraintes du devoir. Cet écart-là, la perception de ce décalage entre soi et les autres, entre soi et la ville, entre soi et la réalité sociale et sa temporalité conventionnelle, ce n'est rien d'autre que l'espace qui rend possible la vie poétique.

On peut dire que c'est sous le grand hall de la gare de Lyon, dans la lumière particulière qu'il prodiguait en ce matin précis d'octobre, blanche et filtrée, intérieure et extérieure tout à la fois, métallique et cristalline, que j'ai écrit mes plus beaux livres. C'est sous cette grande verrière automnale que se fait entendre mentalement ce que j'ai de plus profond à transmettre à mes lecteurs. La grande verrière de l'automne, la grande verrière de l'arrière-saison, concept que je découvrirais ce matin-là en marchant vers le métro. Ce fut une fulgurance. Une lente, douce et profonde fulgurance, qui continue d'ailleurs de se perpétuer, à l'étouffée, comme si celle-ci ne devait jamais prendre fin, une fulgurance à laquelle on peut dire que j'ai confié ma vie. La densité métaphysique de l'automne a commencé de se dévoiler à mon esprit pour la toute première fois ce matin-là et je m'y suis introduit comme dans un refuge. Serais-je passé à côté de cette sensation, donc en quelque sorte à côté de ce qui allait devenir ma vie, ma vie sensible, ma vie d'artiste et d'écrivain, si j'avais embrassé Joanna sur le pont, étais resté avec elle à Venise quelques semaines supplémentaires et avais ainsi raté la décisive épiphanie de ce matin d'octobre 1987, sous la grande verrière de la gare de Lyon, cheminant vers mon avenir dans cette vaste et énigmatique lumière grise ?

13

Le 1er juillet, sa vieille 106 étant à la casse, Sarah avait chargé son matelas, avec son aide, dans la voiture de Marine (d'où il dépassait par le coffre à moitié ouvert), mais l'antique Volkswagen était tombée en panne après avoir roulé trois mètres. Marine essayait de la redémarrer, en vain.

— Ben qu'est-ce qui se passe ? Allez, ma petite Polo ! C'est vraiment pas le jour pour me lâcher !

— Tu crois que je dois y lire un signe ?

— Mais qu'est-ce que tu racontes Sarah ! Et un signe de quoi en plus ? N'importe quoi. C'est juste qu'elle date de 2003… Putain, allez, allez, sois mignonne ma choupette, redémarre, redémarre… (Marine tournait la clé de contact en appuyant sur la pédale d'accélérateur, le moteur toussotait, simulait de se mettre à tourner (espoir !) puis patinait de nouveau.) On va attendre trois minutes, j'ai peur de la noyer.

— Ben je sais pas, le signe que je dois rester ici ? Que ma maison ne veut plus de moi ?

— Arrête de dire n'importe quoi Sarah, concentre-toi plutôt, aide-moi…

— Tu veux que j'essaie de pousser la voiture ?

— Dans ton état ? C'est le contraire qu'on va faire. Je vais pousser et toi tu vas essayer de la démarrer.

— Non, laisse tomber. Elle va rester au milieu du chemin. On aura bonne mine.

— On fera venir une dépanneuse, c'est pas grave.

— Elle ne va pas démarrer c'est évident. Je vais appeler mon mari pour qu'il me prête sa voiture.

Sarah sortit de la Polo et téléphona à son mari. Depuis qu'ils avaient divorcé, quelque dix jours plus tôt, il répondait à ses appels. Elle lui expliqua la galère où elles étaient. Elle lui demanda s'il pouvait venir la chercher, ainsi que son matelas, à l'heure du déjeuner. Il refusa catégoriquement : « Et puis quoi encore. Débrouille-toi. Tu as voulu revenir, à la bonne heure… tu noteras à ce sujet que je ne t'ai mis aucun bâton dans les roues, mais ne compte pas sur moi pour assurer le transport par contre, là ça va pas être possible », avant de raccrocher abruptement, au prétexte qu'il était en réunion.

Sympa.

Sarah retourna à la Polo.

— Alors ?

— Alors rien. Il ne peut pas. Il faut qu'on se débrouille. On fait quoi ? Ça c'est un comble tout de même ! J'attends ce moment depuis des mois et il faut que ce soit ce jour-là que ta voiture tombe en panne !

— Sarah, non, tu ne vas pas pleurer, pas aujourd'hui ! C'est juste un contretemps, un contretemps de vingt minutes, non, allez !

— …

— C'est un jour heureux !

— Non mais c'est pas possible…

— Écoute, je vais appeler un taxi. Je t'offre le taxi. Pendant ce temps je préviens mon assurance, ils vont m'envoyer une dépanneuse et le garagiste me prêtera une voiture. D'accord ? Je t'apporte le matelas ce soir. Comme ça tu me présentes ton fils et on boit un coup dans ta maison ! Allez, Sarah, souris, c'est rien !

C'est ce qu'elles firent.

Le taxi s'arrêta entre le chêne centenaire et la façade aux grandes et aux nombreuses fenêtres. Une puissante émotion s'empara d'elle. Luigi ouvrit la porte d'entrée et se précipita vers sa mère. Ils s'étreignirent avant de s'embrasser.

Peu après, Sarah retourna seule dans son jardin et sur ses terres, alla jusqu'à la tête de Francis Ponge. Elle était tellement heureuse... Tellement heureuse de retrouver son œuvre, d'arpenter de nouveau cet endroit ô combien sacré, d'apercevoir au loin l'église de dentelle sous un ciel bleu catégorique. Les douces prairies qui ondoyaient, bordées de haies, l'énorme noyer qu'elle adorait, les châtaigniers majestueux... C'était bien là le cœur de son univers. Elle revenait à la vie, plante assoiffée que l'on arrose enfin. Il n'y avait pas de lieu plus juste pour sa personne que celui-ci. Elle était à sa place. Ce qui se déchaînait dans sa poitrine fut si ardent et impérieux que Sarah s'allongea sur le sol et en mangea la terre.

Elle en avait la bouche emplie, elle la mâchait.

— Maman, je file, j'ai un pote à voir, il part en vacances ce soir, je vais pas le voir pendant un an, je serai là dans deux heures. On dîne ensemble ?

— Bien sûr qu'on dîne ensemble ! Tu sais mon Luigi, je vais pas te lâcher moi pendant ces deux mois !

Luigi sortit de l'appartement. Alors Susanne se rendit dans son bureau et se précipita vers la penderie pour en sortir la vieille sacoche en cuir. Elle en répandit le contenu sur le parquet avant de se mettre à fouiller fébrilement dans l'amoncellement de papiers, d'enveloppes de toutes tailles, de feuilles volantes et de pochettes de négatifs, de mini-albums photos plastifiés et de passeports périmés. Fébrilement : elle se disait que dans quelques minutes elle connaîtrait le patronyme de Jonathan, que quelques secondes plus tard elle serait devant son ordinateur à taper son nom complet, avant de voir apparaître enfin son visage, son beau visage vieilli de vingt-quatre ans. Et cette pensée diffusait dans son corps une sensation d'ivresse et de bien-être comme elle n'en avait plus éprouvé depuis longtemps.

Mais elle ne trouva rien. Elle eut beau retourner cet amas en tous sens, regarder dans chaque enveloppe, vérifier entre chaque document, la lettre de Jonathan restait introuvable.

Merde. Mais qu'est-ce que j'en ai fait ? Susanne, c'est pas possible, tu n'as pas pu perdre cette lettre, c'est inimaginable ! Réfléchis, où est-ce que tu l'as mise cette lettre il y a vingt-quatre ans ? Si elle n'est pas là, dans ta vieille sacoche, où peux-tu l'avoir rangée ? Fais un effort de mémoire quoi Susanne merde ! Qu'est-ce que tu dis ? Chez papa et maman ? En Alsace ? Ah mais oui ! Mais oui, bravo, bien joué ! Mais c'est ça ! Dans le tiroir de ton secrétaire d'adolescente, le tiroir du bas, celui où tu rangeais tes premiers écrits ! Oui, tu as pu l'avoir rangée avec tes premiers textes, avec le livre que tu essayais d'écrire à la bibliothèque Ca' Foscari ! Voilà, c'est bien ma grande, tu vois que quand tu te donnes la peine de faire un effort… La lettre de Jonathan elle est avec le manuscrit de ton premier roman avorté. Logique. Tout a été avorté durant ce séjour, les attestations d'avortement ont été regroupées, tu as mis ensemble ce que tu n'avais pas terminé. D'ailleurs, si tu retrouves la lettre de Jonathan, et par conséquent Jonathan lui-même, peut-être que tu pourras reprendre ce texte et le finir ? D'une pierre deux coups, vingt-quatre ans plus tard ! Susanne, finis dans la fleur de l'âge ce que tu n'avais pas eu la force et la maturité de mener à bien quand tu étais jeune fille !

Sarah n'allait pas lui raconter par le menu le bonheur de ces deux mois d'été en compagnie de son fils : il pouvait aisément se le représenter. Luigi et elle ne s'étaient pas quittés. Ils passaient leurs journées ensemble et Luigi n'avait jamais semblé s'en rassasier.

Comme elle s'y était attendue, son mari n'avait rien dit à leurs enfants du divorce qu'il lui avait imposé, ni du fait que Sarah devait quitter la maison le 1er septembre. Pourquoi tu pars le 1er septembre ? Je ne comprends pas, avait demandé Luigi un jour où elle évoquait la date de son départ. Pourquoi tu ne restes pas quand papa revient ? Sarah fut très embarrassée. Elle dit à Luigi qu'elle n'avait pas le choix. Il lui demanda pourquoi, arguant du fait qu'on avait toujours le choix dans l'existence. Sarah sourit. Elle sourit de son ingénuité. Elle lui dit qu'elle avait signé un papier qui lui imposait de quitter la maison le 1er septembre. Quoi ? Qu'est-ce que tu dis ? Papa te chasse d'ici ? Mais au nom de quoi il te chasse de ta propre maison ? C'est quoi ce papier qu'il t'a fait signer ? Il est où ce papier ? Silence. Regard insistant. Lueur de crainte ou de fureur dans l'œil. Mais pourquoi tu as signé un papier ? Pourquoi tu ne me l'as pas montré ? J'aurais pu te donner mon avis ! Mais maman pourquoi tu as signé ce papier qui te fait partir d'ici ? Je ne veux pas, moi, que tu partes d'ici ! Je ne veux pas ! C'est chez toi ! Et tes œuvres ? Tu vas t'éloigner de tes œuvres pour toujours ?

La violence de cet ultimatum injuste et révoltant l'affectait profondément.

C'est pas ton choix ce papier, si ? demanda Luigi après quelques secondes de silence. Non, tu as raison, ce n'est pas mon choix. Disons que ton père profite de la situation pour pousser ses pions plus loin qu'il ne le devrait. Mais j'ai bon espoir. J'ai bon espoir qu'il change d'avis. J'espère que ton père changera d'avis durant l'été, et qu'il déchirera ce papier. Le fait qu'il ne t'ait rien dit est plutôt bon signe. C'est qu'il n'est pas tout à fait sûr. J'ai bon espoir qu'il change d'avis. Ne va pas gâcher ton été avec ça mon Luigi, tu as besoin de te reposer. Après l'année que tu as passée, tu ne vas pas te tourmenter avec nos histoires ! Bac avec mention très bien, admission à Oxford haut la main, et tu devrais passer l'été à t'angoisser à cause de tes parents ?

Elle était dans le déni. Ce divorce n'avait aucune réalité. Elle refusait d'y croire. Son mari allait bientôt regretter de le leur avoir imposé. Elle reviendrait vivre dans sa maison. La preuve, il n'avait rien dit à ses enfants.

La vérité, c'est que son mari était lâche, il n'y avait pas à chercher plus loin, et qu'il n'avait pas eu les couilles de leur révéler ce qu'il avait infligé à leur mère. D'ailleurs, en septembre, lorsqu'il se confirmerait que Sarah devait quitter la maison familiale, et que les intentions de son mari n'avaient nullement évolué, ce serait elle qui parlerait de leur divorce à Luigi et Paloma, pas lui, et Sarah avait présenté leur séparation comme le résultat d'un souhait commun et partagé. Elle n'avait pu ou su faire autrement. Il lui était inconcevable d'apparaître aux yeux de ses enfants comme une victime, ou comme une femme spoliée par son mari. Alors elle leur dit qu'ils étaient arrivés au bout de leur histoire d'amour, qu'eux deux en avaient fait l'amer constat, et qu'elle quittait le domicile conjugal pour des raisons notariales et financières qu'il serait fastidieux de leur exposer.

D'un bout à l'autre son mari s'en est tiré sans être jamais éclaboussé. Ses enfants n'ont toujours pas été dessillés sur sa personnalité. Aujourd'hui encore, ils ignorent ce que cet homme lui a fait endurer.

Par contre, Sarah devait en être avertie, Susanne ne sera pas dans le déni. Il ne souhaitait pas que le livre qu'il allait écrire décrive une femme dans le déni, et dans l'attente que son mari lui rouvre les bras, certainement pas. Susanne prendra la décision de sauver sa peau, quitte à tout perdre sur le plan financier. On s'en fout du fric, la vie est ailleurs. L'injustice commise à son endroit était un piège de colère et de ressentiment dans lequel il fallait éviter de s'attarder. C'est ce qu'elle se dira. Du jour où Susanne reviendra vivre à Wilson pour deux mois, elle reniera son mari à jamais. Ainsi qu'elle l'avait expliqué à Marine à la cafétéria de la Chartreuse, elle refusera de se laisser souiller par la bassesse de cet homme.

Elle n'avait pas eu cette force, Sarah en convenait volontiers. Elle le regrettait. Car espérer vainement, voir ses attentes déçues et piétinées l'avait détruite. Elle en voulait à son mari non seulement d'avoir fait ce qu'il avait fait, mais aussi de ne pas avoir senti que Sarah avait continué de s'illusionner pendant un temps déraisonnablement long, ce qui eût dû lui arracher un peu d'empathie s'il avait eu ne serait-ce qu'une once d'humanité. Elle n'en serait pas là aujourd'hui, dans cette misère humaine et financière, sociale, sentimentale, si elle n'avait pas perdu un temps précieux à se laisser bercer par de vaines espérances.

Le soir, une fois la nuit tombée, Luigi et elle allaient boire un verre dans la cahute crânienne. Grâce à la petite pièce de mille lires tenue entre le pouce et l'index et glissée dans la fente du vieil horodateur caravagesque, ils éclairaient le paysage. Ils remettaient une pièce dans la machine à intervalles réguliers, au rythme de leur désir, un verre de vieux calva à la main, devisant de choses et d'autres. Cette œuvre conçue pour procurer une expérience méditative, Sarah en éprouvait la dimension ludique et conviviale – et ce versant lui plaisait tout autant.

— On ne peut pas le bloquer cet horodateur ? Il n'y a pas un système qui permet que ça reste allumé ?

— Non mon Luigi, l'apparition du paysage est pensée pour ne pas durer, et l'état de voracité rétinienne du regardeur pour être précaire et incertain, borné dans le temps. C'est ça le truc. Mais si tu veux, demain, je peux essayer de modifier le système, ça ne doit pas être bien compliqué de brancher directement l'installation sur le secteur, sans passer par l'enfer de ce...

— Non, c'est bien comme ça, tu as raison. C'est plus fort. Comme ça on profite à fond du moment présent, quand c'est éclairé.

— Un peu comme on profite l'un de l'autre pendant ces deux mois tu veux dire ?

— Exactement.

— Tu as raison. Je n'y avais pas pensé. Ces deux mois, c'est un peu comme la pièce de mille lires, ça va passer comme passent deux minutes trente... Le 1er septembre, hop... je...

— N'y pensons pas, ma petite maman. Chaque chose en son temps. On n'est pas bien, là ?

— Si. Si, on est très bien mon Luigi.

— Elle est vraiment sublime cette œuvre. Tu n'es pas

mauvaise comme artiste tu sais ! Avant, j'étais trop jeune pour m'en rendre compte. Ou alors je n'avais pas le recul. Je suis bluffé en fait. Cette tête est dingue.

— C'est vrai ? Tu penses vraiment ce que tu dis ? Tu l'aimes vraiment, mon Luigi, cette cabane-coquillage ?

— J'ai l'air de te mentir peut-être.

— Non. Bien sûr que non. Ça me touche que tu dises ça. Moi aussi je l'aime beaucoup ma cahute crânienne. Allez, on remet une pièce ! Il t'en reste une ?

— J'en ai deux.

— Alors vas-y.

Luigi glissa la pièce de mille lires dans la fente du vieil horodateur caravagesque. Le paysage surgit. Ce fut la dernière fois que Sarah fut heureuse.

Vous le serez de nouveau bientôt, Sarah, j'en suis certain.

Vous êtes gentil. Merci. Je touche du bois.

Là, sur le tabouret, mettez-y vite vos doigts, voilà, c'est parfait. Ouf !

Toutes les fois qu'on dit je touche du bois, je ne sais pas si vous avez remarqué, il n'y a jamais de bois. Heureusement qu'il y a ce tabouret !

C'est cet été-là que vous m'avez envoyé un message sur Facebook. La dernière semaine d'août.

Tout à fait.

Pour quelle raison ?

Vous raconter mon histoire.

Vous permettez que je regarde ce que vous m'avez écrit ce jour-là ? Je prends juste mon téléphone, pour ouvrir Messenger…

Ça va me faire drôle !… Quand je pense que j'ai eu l'audace de faire ça, je ne sais pas ce qui m'a pris de vous écrire.

Vous ne le savez pas ?

Non. Je ne le sais plus. Honnêtement, je ne sais pas ce qui m'a pris de vous écrire ce message. La solitude dans laquelle je me trouvais ? La peur de ce qui m'attendrait quand à l'expiration de ces deux mois j'allais être littéralement recrachée hors de ma maison ? Vous envoyer ce message m'a procuré l'espoir d'une forme de compagnie mentale, de protection. Si nous étions connectés l'un à l'autre par le désir que vous attraperiez d'écrire un livre inspiré de mon histoire, rien de ce que je vivrais ne serait à déplorer puisque au moins mes infortunes serviraient à nourrir une œuvre. Maigre consolation vous me direz.

Vous employez le mot expiration, vous venez de me dire : à l'expiration de ces deux mois. Vous souvenez-vous de l'intitulé du mail que vous m'avez envoyé ?

Non.

Inspire.

C'est drôle. Je ne m'en souvenais pas. Joli lapsus. Je voulais vous inspirer, et prendre aussi mon inspiration. Inspirer avant d'avoir de nouveau la tête sous l'eau, à l'expiration du délai de deux mois.

Le message que vous m'avez envoyé sur Facebook disait, je le lis : « Bonjour, est-il possible de vous contacter via mail ?... merci beaucoup. »

Je l'ai écrit un soir dans la cahute crânienne. Ce soir-là, redoutant de devoir abandonner mes œuvres à l'arbitraire du bon vouloir de mon mari, si celui-ci, le 1er septembre, réaffirmait son désir de me voir réellement partir, et à jamais probablement puisque nous avions divorcé en juin, je glissais de temps en temps une pièce de mille lires dans l'horodateur caravagesque, afin de contempler le paysage nocturne. À bien y réfléchir, c'est, je pense, ce qui m'a donné envie de vous écrire ce message. Pour que mes œuvres soient au moins sauvées de la destruction par le souvenir qu'en garderait un livre.

Je vous ai répondu le jour même : « Pourquoi pas... mais de quoi s'agit-il ? En deux petits mots... Bien à vous... »

J'ai été touchée que vous réagissiez. Honnêtement, je ne pensais pas que vous vous donneriez cette peine.

Vous m'avez alors écrit : « Je suis une femme de 45 ans. J'ai lu vos deux derniers romans. Je vis une histoire douloureuse et silencieuse qui me donne l'impression d'être dans un de vos livres... » À la lecture de ce message, je vous ai envoyé mon adresse mail, en vous disant : « Voilà. À bientôt alors. Vous me raconterez. »

Le mail que j'ai reçu de vous sous l'intitulé Inspire et qui résumait ce qui s'était passé durant les onze derniers mois m'a profondément impressionné. En achevant la lecture de ces deux pages, j'ai su que mon prochain roman reposerait sur votre histoire.

J'ai beaucoup aimé les échanges que nous avons eus dans les mois qui ont suivi. Ils m'ont aidée à surmonter mes difficultés. C'était pour moi comme un ballon d'oxygène de pouvoir me dire que le soir, après ma journée de travail, une fois rentrée chez moi, je répondrais probablement à une batterie de questions, par écrit, afin que vous puissiez élaborer votre roman. La chambre en ville où j'avais échoué était sordide et minuscule, j'ai tenu en partie grâce à nos échanges. Nous sommes aujourd'hui le 10 février 2019, cela fait seulement cinq mois que nous nous envoyons des mails, et il me semble que ça fait des années tellement il s'est passé de choses durant cette courte période.

Pourquoi n'avoir pas voulu que l'on se rencontre avant cette semaine ?

Je ne sais pas. J'avais peur.

Peur ? Mais de quoi ?

De vous décevoir ? Je ne suis pas tellement à mon avantage ces temps-ci. Je suis une survivante, comme vous pouvez le constater. Une survivante d'un certain type de violence que je n'arrive pas encore à définir.

Aujourd'hui, pourtant, on se voit, vous avez accepté.

Oui. Parce que vous m'avez dit que c'était important pour vous de me raconter le livre que vous aviez l'intention d'écrire, avant de vous mettre au travail. J'étais curieuse de découvrir ce que vous alliez faire de mon témoignage. Vous m'aviez prévenue, il y aurait des variations, vous inventeriez des scènes et des péripéties, Susanne ne serait pas Sarah mais une sorte de double ou de sœur jumelle. Une héroïne à la Janus bifrons : d'un côté de sa tête, mon visage, de l'autre, celui de Susanne. Alors j'étais curieuse.

Et ?

Ça me va. J'aime bien Susanne, si j'en juge d'après ce que vous m'en avez dit ces deux derniers jours. Chaque fois que quelque chose m'a déplu, comme le fait que vous vouliez éluder l'addiction de mon mari aux vidéos pornographiques, je vous en ai fait part. Je vous ai raconté ce que j'avais vécu de mon côté tandis que Susanne vivait autre chose du sien, peut-être cela aura-t-il une incidence sur l'écriture de votre roman quand vous serez au travail, nous verrons bien. De toute façon je vous l'ai dit, je vous laisse une entière liberté. C'est votre livre. C'est vous l'écrivain, pas moi. Il ne fallait pas que je m'adresse à vous si je voulais que mon histoire soit racontée à la lettre. Dans ce cas, il aurait fallu que je le fasse moi-même, or je ne sais pas écrire. Je ne suis pas une écrivaine. Alors faites ce que bon vous semble.

À l'expiration du délai de deux mois, vous avez travaillé dans une boutique…

Oui. Une boutique de fringues. Expérience de sinistre mémoire.

Le 31 août à dix heures du matin, un mail comminatoire de l'avocate de mon mari me somme de quitter les lieux le lendemain avant midi. Naïvement, j'avais nourri l'espoir que mon mari revienne à la maison le 1er septembre, que l'on s'y croise et qu'il me propose de prolonger mon séjour le temps de trouver un logement, quitte à dormir dans deux chambres séparées. Mais c'était compter sans sa perfidie, sa lâcheté, et sa suprême inélégance : il avait fait intervenir Marianne de Méricourt, que je supputais être sa maîtresse, pour s'assurer de mon absence le jour où il entendait revenir.

Une semaine plus tôt, sur mon insistance, Luigi était parti rejoindre un ami sur la Côte d'Azur, où il devait rester quinze jours avant de revenir en Bretagne préparer son départ pour l'Angleterre. Il avait été convenu entre eux deux que ce serait mon mari qui l'accompagnerait, pour veiller à son installation. Puisque c'était lui qui finançait les études de Luigi à Oxford, il n'y avait pas lieu de s'y opposer, surtout qu'ils avaient été séparés tout l'été (au motif officiel assez peu crédible que la comtesse de Manerville, qui avait fait un AVC sans gravité, avait besoin d'avoir son fils près d'elle durant l'été, mais personne dans la famille n'avait cru bon de creuser plus avant cette fiction hypocrite ni de s'interroger sur ce que pouvaient bien dissimuler de sordide ces douteux arrangements estivaux).

Aurais-je dû ne pas obtempérer à la mise en demeure de l'avocate et rester cloîtrée dans ma maison à l'expiration du délai de deux mois ? C'est sans doute ce que d'autres femmes n'auraient eu aucune difficulté ou hésitation à entreprendre, n'ayant pas peur des situations conflictuelles, mais j'ai senti qu'il serait au-dessus de mes forces d'affronter héroïquement mari et avocate, a fortiori sans conseil juridique (je n'en avais plus les moyens), et de camper belliqueusement sur des positions certes humainement défendables mais répréhensibles sur le plan de la loi puisque j'avais bel et bien signé ce papier. La guerre me terrorisait. J'en aurais perdu le sommeil, ainsi que tout plaisir à m'attarder dans ma maison. Par ailleurs, je ne souhaitais pas que mon mari puisse jamais se prévaloir d'un manquement de ma part à un quelconque engagement que j'aurais pris, je voulais être de bout en bout irréprochable et pouvoir l'établir sans la moindre ambiguïté.

Vous connaissez ma position sur le mensonge et la parole donnée. J'avais dit que je partirais le 1er septembre, je suis partie le 1er septembre.

Il ne me restait que quatre-vingt-cinq euros sur mon compte en banque. Je continuais de toucher cent vingt-cinq euros par mois d'allocation pour les études de Luigi.

Par précaution, pour le cas où mon mari ne me proposerait pas de rester, j'avais mis une option sur une chambre en ville de sept mètres carrés trouvée sur un journal de petites annonces.

Pourquoi n'être pas retournée dans la maison sépulcrale ?

Rigoureusement impossible. J'aurais préféré dormir sous un pont que retourner dans cette maison qui à elle seule condensait toute la mémoire amère des douze derniers mois.

Me revient alors à l'esprit le nom d'un magasin de vêtements employant pas mal de personnel situé dans une localité voisine – j'y étais allée m'acheter des habits, du temps de ma splendeur. J'envoie un mail. Un homme m'appelle dans la journée pour me dire de me présenter le mardi

4 septembre à neuf heures. J'ai l'impression de dormir les yeux ouverts. Je rêve ou me voilà réduite à devenir vendeuse de vêtements pour pouvoir me nourrir et payer mon essence ? Avant mon accident, aucune de mes démarches n'avait abouti, c'était resté abstrait.

Je n'ai jamais aimé les magasins de vêtements en plus.

Malgré tout, je suis soulagée d'avoir trouvé un emploi. Cela me retire un poids considérable. Où serais-je allée avec quatre-vingt-cinq euros sur mon compte bancaire ? Le mardi 4 septembre 2018, à quelques jours de mon quarante-cinquième anniversaire, mais aussi des vingt-deux ans de Paloma, j'observe comment les autres vendeuses plient les vêtements. Ironiquement, le premier rayon que l'on me demande de ranger est celui des chemises hommes.

Je rejoins la confrérie des femmes abandonnées lâchement et légalement, après des années de bons et loyaux services et d'enfantement. Mon devoir est terminé, les enfants sont élevés avec brio alors dehors maman, dehors l'épouse, pas un merci. Limogée sans le moindre égard.

Ma sœur, qui vit à Rouen, m'a prêté une vieille voiture cabossée aux roues qui se dégonflent trop vite.

Contrat précaire à la journée : je suis payée au minimum. Les autres femmes me disent : « Bienvenue au club. » Elles me racontent leurs histoires. Je m'attache à l'une de mes collègues qui me confie que son mari était semblable au mien et qu'un beau jour il est arrivé au magasin avec un immense bouquet de fleurs. Je me raccroche à cet espoir. *The Philadelphia Story*… On ne se refait pas…

Je ne cesse de dire à Luigi, au téléphone, par SMS, que tout va bien, que je suis heureuse d'avoir trouvé un logement et un travail. Le désir me brûle de lui révéler, ainsi qu'à Paloma, combien leur père est inhumain.

Alors que rien ne m'aurait plus aidée à retrouver

confiance en moi que de créer, je dois revêtir chaque matin une tenue de vendeuse et me composer un personnage affable et enthousiaste (jolie coiffure, lèvres rouges, yeux maquillés), puis m'avilir à servir des individus qui ne me voient même pas. Je suis devenue invisible. Je n'ai plus d'existence propre. C'est encore pire que pendant ma réclusion dans la maison sépulcrale.

Une fois de temps en temps, je dîne avec Marine. Elle essaie de me secouer. Peine perdue. Je ne vois pas de quelle façon m'en sortir.

Noël approche. Paloma me fait savoir qu'elle passera les fêtes avec son père chez les Manerville. Luigi me demande si je souhaite qu'il me rejoigne pour le repas de Noël, mais je ne veux pas qu'il se sacrifie pour sa mère alors je lui dis non, je lui dis qu'il doit fêter Noël en famille et qu'on trouvera un moment dans la semaine pour dîner en tête à tête.

Depuis que j'ai commencé dans ce magasin, je travaille les jours fériés, non seulement c'est mieux payé mais de cette façon je me sens aussi moins seule qu'enfermée dans ma chambre insalubre… Ainsi, le lundi 24 décembre, je suis à la caisse et jamais de toute mon existence je n'ai reçu autant de « joyeux Noël » que ce jour-là, un comble pour moi qui aime tellement Noël et m'en vois cruellement privée pour la deuxième année consécutive. Pour me donner du courage, je repense au film de Lubitsch *The Shop Around the Corner*. Je ferai la fermeture, allez sauve-toi, vas-y, c'est moi qui rangerai, disais-je à celles de mes collègues qui pour avoir travaillé un 24 décembre afin de gagner davantage d'argent devaient tout de même se dépêcher de rentrer chez elles ou chez leurs parents, pour retrouver leurs enfants, le sapin illuminé. M'eût-on invitée, par charité, à un quelconque réveillon, que j'aurais refusé : impossible d'intégrer une famille ce soir-là, mon psychisme ou le peu qui me restait de verticalité n'y auraient pas résisté. Marine avait eu la délicatesse, avant de prendre le train pour rejoindre ses parents à Royan, de m'apporter un foie gras artisanal parfumé à la rose, une bouteille de champagne et une boîte de chocolats. J'en aurais pleuré si pleurer n'avait pas été interdit à cause du visage épanoui que l'on se doit de présenter à la clientèle en toutes circonstances, c'est stipulé par le règlement. Avoir les yeux bouffis par des sanglots nocturnes n'est pas toléré, j'en ai fait l'humiliante expérience un matin où je me suis vu refuser d'œuvrer en caisse parce que j'avais l'œil rouge et les paupières gonflées : direction les stocks, à faire de la manutention.

C'est extrêmement dur de se retenir de pleurer face à l'injustice, à la violence, au chagrin, à la solitude et à la peur.

Je me suis effondrée lorsque avant les soldes, en janvier, il y a deux semaines, on a dû repeindre les armoires du magasin. Moi, artiste ! Moi, architecte ! Ramper sur le sol pour passer des coups de pinceau sur un mobilier commercial ! Tout à coup, je me suis revue, quelques années plus tôt, joyeuse et pleine d'avenir, peignant des meubles chinés dans une brocante et que j'allais installer dans la cahute crânienne, et des sanglots sont montés dans ma poitrine. Quelle déchéance et quelle dégringolade ! Mais qu'est-ce qui s'est passé au juste pour que je sois tombée aussi bas ! J'étais à quatre pattes avec un pinceau et un pot de peinture, des étudiantes m'entouraient que cette activité extravagante faisait marrer mais moi je n'avais pas du tout envie de rire. Alors soudain ça n'a plus été possible, je me suis redressée, dans toutes les acceptions du terme, je me suis levée, j'ai rendu ma blouse de peintre et mon tablier de vendeuse et je suis partie sans préavis.

C'était il y a un peu moins de quinze jours, c'est très

récent. Depuis, je vis chez ma sœur à Rouen, sœur plus âgée dont je n'ai jamais été proche, c'était donc de ma part une forme de mendicité et de la sienne une forme de charité que de consentir à se retrouver toutes les deux sous le même toit. Je vais tâcher que ça ne dure pas. Mais au moins nous sommes-nous rapprochées, tant mieux (l'éloignement des sœurs est toujours à déplorer), et ne l'ai-je pas trouvée aussi détestable que ce que je m'étais toujours imaginé.

Voilà où j'en suis. Je ne sais pas trop ce que je vais faire. J'ai besoin de réfléchir.

Mais parlez-moi plutôt de Susanne, monsieur l'écrivain ! Ce sera plus gai j'imagine. Qu'est-ce qu'elle va faire, elle ? Allez, racontez-moi…

Dans les derniers jours du mois d'août, peu avant son départ de Wilson, Susanne avait reçu un appel de Momo. Momo était sorti de la Chartreuse en juin, il venait de rentrer de vacances, il ne s'était pas mis en colère une seule fois durant l'été, est-ce que ce ne serait pas une bonne idée de déjeuner ? Susanne avait été ravie de cet appel téléphonique, Luigi était parti sur la Côte d'Azur et elle se sentait seule. Elle avait dit oui et ils s'étaient donné rendez-vous chez Bruno, là même où avec Delphine, du temps de leur amitié, elle aimait à savourer des bouteilles de bourgogne.

Momo avait d'emblée précisé à Susanne qu'elle serait son invitée. Il avait commandé un saint-romain. Ils avaient mangé des sardines, du boudin noir, une crème au chocolat. Beaucoup parlé.

Après avoir déjeuné, tandis qu'ils se promenaient, Susanne vit arriver vers eux, sur le même trottoir, qui devisaient paisiblement, son mari accompagné de Marianne de Méricourt. Susanne reçut un coup violent à la poitrine, les battements de son cœur s'accélérèrent, ses jambes flanchèrent, elle crut qu'elle ne pourrait jamais soutenir leur rencontre, là, en pleine rue, à deux jours de l'expiration du délai impitoyable qu'avait fixé son mari. Celui-ci aperçut Susanne au moment où les deux couples allaient se croiser, il s'arrêta et Susanne fit de même. Ils se dirent bonjour, Marianne et Momo se toisant du coin de l'œil comme deux animaux dont les milieux naturels respectifs ne sont pas censés les faire jamais se croiser, gazelle et ours polaire. Susanne et son mari, puisqu'ils y étaient acculés par le hasard, se demandèrent l'un à l'autre comment ils se portaient, la réponse fut poliment positive des deux côtés, après quoi son mari lui demanda, presque incidemment, sur un ton désinvolte, à quelle heure elle avait l'intention, samedi, de quitter les lieux. Il avait dit *quitter les lieux*, ce qui fut pour Susanne d'une brutalité insoutenable : l'expression signifiait que depuis qu'elle avait signé cette convention de divorce son bel appartement avait déchu du rang de logement, de nid, d'abri chéri, à celui de simple *lieu*. Il eût même été mieux assorti à la pensée ignoble de son mari de lui demander à quelle heure elle avait l'intention de *vider les lieux*.

— Je ne sais pas, je ne me suis pas encore posé la question.

— Tu me diras. Envoie-moi un SMS. Avant midi ce serait parfait. Je voudrais pouvoir me réinstaller complètement ce week-end avant de reprendre le boulot lundi. Je n'ai pas que ça à faire moi.

— On ne va pas se croiser ?

— Quand ?

— Ben, samedi…

— Je préfère pas.

— Ah bon ? Ce serait mieux, non ? Qu'on parle un peu, je ne sais pas ?…

— On s'est déjà tout dit, Susanne. Ne m'oblige pas à…

— Non mais mon déménagement, je ne peux pas déménager mes affaires maintenant, je ne sais pas encore où je vais habiter. J'ai besoin d'un peu de temps pour débarrasser ce qui m'appartient, j'aurais voulu qu'on en parle. On ne peut pas boire un café samedi à Wilson ?

— Écoute, Susanne, on ne va pas revenir sur ce qui a été décidé en juin, et puis on ne va pas ennuyer nos amis avec nos histoires, alors tu fais ce qui a été convenu un point c'est tout. J'exige que tu aies quitté les lieux samedi avant midi, je ne peux pas être plus clair. Ne m'oblige pas à employer… ma patience a des limites.

— Eh, oh, doucement là, surveille ton langage, tu lui parles pas comme ça à Susanne OK ? On discute là, on discute tranquillement. Calmos. Elle a le droit de te poser des questions. Je vais t'apprendre la politesse moi.

— Momo, s'il te plaît, te mêle pas de ça.

— Je ne vous ai pas demandé votre avis, à vous, alors vous me laissez régler avec Susanne des points de détail qui ne regardent que nous. D'accord ? Vous serez gentil. Laissez-nous maintenant, ça suffit. (À Susanne :) Où est-ce que tu l'as trouvé, ce gus ?

— Qu'est-ce que t'as dit ? Attends… Qu'est-ce que t'as dit ? Répète ?

— Momo, arrête, c'est inutile, te laisse surtout pas entraîner là-dedans, viens, on y va…

— Gus, c'est bien ça que j'ai entendu ? Non mais vas-y, répète ! Tu peux me le dire en me regardant dans les yeux ?

— Écoutez, j'ai passé l'âge des bagarres de bac à sable. Alors maintenant vous êtes gentil vous vous mêlez de ce qui vous regarde, attendez-nous un peu plus loin, on en a pour quelques minutes. Allez, allez. (À Susanne :) Il m'a pas l'air d'une immense subtilité ton nouveau fiancé.

— Arrête, je t'interdis de dire des choses comme ça, c'est mon ami.

— Je vois ça, je vois ça... Momo est un collègue d'hôpital je suppose ?...

— Viens Momo on s'en va, ces gens sont répugnants, te laisse pas atteindre surtout...

— Non mais qu'est-ce que tu viens de dire là ? Attends Susanne, je peux pas laisser passer ça.

— Je ne crois pas que vous sachiez à qui vous parlez, ni où vous mettez les pieds, dit à Momo Marianne de Méricourt.

— Si, ça je le sais, dans de la merde, et j'en ai plein les semelles d'ailleurs. (Au mari de Susanne :) On me parle pas comme ça à moi. On me respecte. Tu me connais pas, tu me parles pas comme ça. Alors tu vas t'excuser, je crois que c'est mieux pour tout le monde, je t'assure, et on reprend tranquillement nos vies respectives. On va faire calmement redescendre la température, d'accord ? Parce que là je sens que la température elle monte et je suis pas certain que ça soit vraiment dans ton intérêt...

— Des menaces maintenant ? Ton Momo il est en train de me menacer ou je rêve ?

— Momo, viens, laisse tomber, ils sont horribles, tu vois bien qu'ils sont horribles, tu vas pas te laisser entraîner là-dedans, c'est un piège, tu vois bien qu'il veut te faire tomber dans un piège !

— Tu as chu bien bas ma pauvre Susanne. Quand je pense que j'ai fait deux enfants avec toi. Viens Marianne, laissons-les.

— Où tu vas toi ? Hep hep, tu restes ici. Tu penses tout

de même pas que tu vas pouvoir te casser tranquillos après ce que tu viens de dire à Susanne, si ?

— MOMO, ARRÊTE, NON ! Viens, je t'en supplie, rentre pas là-dedans. (À son mari :) Et toi barre-toi putain, tu vois pas qu'il va te démolir ? Tu prends ta pute et tu te casses, OK ? T'as assez fait de dégâts comme ça. TU PRENDS TA PUTE ET TU TE CASSES !

— Il va me démolir ? Là, en plein Dijon ? En pleine rue ? Un jeudi après-midi ? Diantre ! J'ai peur ! Qu'est-ce que j'ai peur ! Tous ces muscles et cette petite cervelle ! Je m'enfuis en courant !

— Putain, Susanne, je te jure, je vais pas pouvoir.

— Et tu te permets de traiter Marianne de pute ? Charmant… Tu as basculé dans la délinquance Susanne ? Genre punk à chien ? Ton Momo et toi vous allez vous offrir un rottweiler et vous promener dans Dijon avec des packs de Budweiser ?

— Putain, Susanne, aide-moi, dis-lui d'arrêter à ton mari, je vais pas pouvoir me contenir, c'est en train de monter, je vais lui casser les dents. S'il te plaît, aide-moi Susanne. S'il me fait pas des excuses là dans les deux minutes…

Susanne se mit à pleurer. Elle cria :

— Mais tu vas t'excuser pauvre con ? Tu comprends pas ? T'as de la merde dans les yeux ou quoi ? Tu le vois pas qu'il va te démolir ? Tu comprends pas que tu vas passer les trois prochains mois chez l'orthodontiste ? Alors tu vas lui dire, à mon ami, que tu es désolé de lui avoir parlé comme à un moins-que-rien. Tu leur parles comme ça aux industriels et aux notables pour qui tu fais de l'optimisation fiscale, aux autres avocats de ton cabinet, aux amis aristos de ta nouvelle… ? Non, tu leur parles pas comme ça, tu les respectes, alors tu fais pareil avec Momo. Tu t'excuses et après on s'en va.

— Susanne, sache une chose, jamais je ne m'abaisserai à faire des excuses à un individu pareil. Si on se met à céder aux primates qui te font du chantage en pleine rue, mais où va-t-on ? D'autant qu'il m'a traité de merde. C'est l'HP qui se moque de la charité !

— Primate ? Putain, tu retires ce que tu viens de dire ou je te massacre, je compte jusqu'à trois ! Un… deux…

— N'y comptez pas, et sachez que je n'ai jamais eu peur des menaces physiques.

— Trois…

Et ?

Alors ?

Je vois que cette scène vous réjouit, Sarah, j'en suis heureux !

Oui ! J'ai un peu honte de l'avouer, parce que se faire justice soi-même ou se réjouir du malheur de ses ennemis n'a pas lieu d'être dans une société civilisée comme la nôtre, mais qu'est-ce que j'aurais aimé que mon mari fasse semblable rencontre !

Je vais vous dire : le mari de Susanne a perdu, rue Chaudronnerie, la plupart de ses dents de devant, à quelques mètres seulement de la vitrine de l'antiquaire où Susanne était tombée amoureuse de son tableau monastérien. D'ailleurs c'est chez lui que fut transporté l'avocat fiscaliste tombé dans les pommes, le temps que les pompiers arrivent. Ah vous voilà vous ! s'était de nouveau exclamé, tout de blanc vêtu (on eût cru un tennisman des années trente), le vénal et jaloux négociant, avant de manquer défaillir en voyant dodeliner derrière sa cliente, soutenu à bout de bras par deux piétons musculeux, un homme à la bouche emplie de ténèbres. Il ne fallut pas trente secondes, d'ailleurs, pour que la tenue immaculée de l'antiquaire fût tachée du sang de l'ex-époux, parce qu'il s'était précipité pour avancer vers le blessé la gracile assise Napoléon III. Non, pas celle-ci, lui dit Susanne, je la connais cette chaise, elle est trop inconfortable, approchez-nous plutôt le gros fauteuil, ce que fit docilement l'expert en arts décoratifs (elle ne l'avait jamais vu aussi obéissant).

Certes, l'ex-mari avait eu ce qu'il méritait, mais Momo, qui se serait bien passé de cette fatale conversation de rue et de hasard, avait écopé de huit mois de prison avec sursis assortis d'une obligation de soins (il était retourné direct à la case Chartreuse) suite à la plainte déposée contre lui par le comte de Manerville.

Susanne en voulait à Momo. Elle avait refusé de lui adresser la parole pendant plusieurs semaines, tout en se reprochant son absence de clémence. Car enfin si son ex-mari ne s'était pas permis de mal lui parler (à elle) puis de tenir devant Momo, comme s'il n'avait aucune existence établie, des propos pour le moins insultants à son égard, celui-ci n'aurait pas eu à combattre (sans résultat notable) ses pulsions destructrices. Ce n'était donc pas tout à fait de sa faute, on ne pouvait pas dire non plus qu'il n'avait prévenu personne qu'il se contenait difficilement. Mais en aucune façon elle ne pouvait cautionner la violence, de quelque origine qu'elle fût, pathologique ou pas, irrépressible ou non.

— Bien fait pour sa gueule, avait dit à Susanne une Marine singulièrement remontée. Moi je lui aurais déboîté la mâchoire, en plus de lui péter les dents.

— La mâchoire ?

— Exactement. C'est vraiment dommage qu'il ait pas pensé à lui déboîter la mâchoire tant qu'il y était. Je le dirai à Momo la prochaine fois que je le verrai. Il aurait eu la mâchoire qui pend, comme ça, regarde, toute de travers et disloquée, il y aurait eu des filets de bave, regarde, comme ça, tu as vu ?

Susanne avait éclaté de rire, s'ébrouant de ses scrupules de femme mesurée.

— Après, je l'aurais attrapé par les deux oreilles, là, de face, et d'un seul coup, comme avec les languettes des paquets de café, j'aurais tiré de toutes mes forces. Il est musclé Momo ? Il est gros OK, mais il est musclé aussi non ?

— Oui, très. Il est gros et musclé, c'est une force de la nature, un ours.

— Bon, très bien, alors j'aurais tiré de toutes mes forces et les oreilles elles seraient venues avec la moitié de la peau du cou et du crâne. Momo il se serait retrouvé avec dans chaque main une oreille prolongée de lambeaux sanguinolents.

Susanne avait ri de plus belle.

— On va le laisser rentrer chez lui là non ? Il a eu son compte, tu crois pas ? avait dit Susanne qui commençait à avoir un fou rire.

— Hein ? Quoi ? Son compte ? Tu trouves qu'il a eu son compte là ? Mais ça va pas la tête !

— Mais qu'est-ce que tu lui aurais fait d'autre ?!

— Après, j'aurais mis mes deux énormes pouces dans sa bouche délicate d'avocat fiscaliste… il a des pouces comment déjà Momo, énormes non ?

— Oui, gigantesques. Genre la moitié de ma main.

— Alors écoute, j'aurais mis mes deux gigantesques pouces, bien gras et bien salés, avec un arrière-goût de sardine, dans la bouche de ton connard d'ex-mari, bien profond, et je lui aurais caressé longuement l'intérieur des joues, genre prélèvement ADN, pour le faire flipper tu vois, en le regardant bien dans les yeux. T'imagines l'angoisse là ? La gueule de ton ex, enfin ce qu'il en reste, avec les pouces de Momo qui lui caressent tendrement l'intérieur des joues ? Je te montre Susanne, laisse-toi faire, regarde, non mais ça va, t'inquiète, je vais pas les rentrer dans ta bouche, c'est pour de faux, je te montre juste de l'extérieur, comme ça, tu vois ? Et là, d'un coup, j'écarte les deux pouces le plus fort que je peux, pour que la bouche, genre canal de Suez, elle se déchire et rejoigne les cratères des deux oreilles disparues, tu vois ?

— Oui, je vois, je vois très bien !

— Bon, ensuite, le nez, fastoche, un petit coup de boule, pour se détendre, pour que Momo reprenne des forces à la mi-temps. Une douce caresse de sa solide boîte crânienne sur la cloison nasale de ton ex-mari et on n'en parle plus, à ce seul détail près… merde quoi Momo t'aurais pu faire un peu attention tout de même, c'est quoi ce travail ? Regarde ce que tu as fait ! À ce seul détail près, donc, que ton bouffon d'ex-mari en aura pour deux ans de rééducation, parce qu'un os du nez lui est remonté dans le cerveau, provoquant une hémorragie cérébrale suivie d'une sévère hémiplégie. Tu y es allé peut-être un peu fort sur le coup de boule là Momo tu crois pas ?

— Arrête, Marine, arrête ou je vais faire pipi dans ma culotte.

Ainsi les deux copines s'étaient-elles déchaînées pendant vingt minutes en se décrivant l'une à l'autre l'état de plus en plus lamentable du comte de Manerville à mesure que grimpaient, vin blanc aidant, les enchères de violence moyenâgeuse infligée par les deux femmes sur le corps bientôt pantelant et incomplet de l'ex-époux.

— Marine, qu'est-ce que ça fait du bien ! Il y a longtemps que ça ne m'était plus arrivé de rire comme ça, j'ai bien fait de venir te voir, merci…

Il ne va pas pouvoir accompagner son fils à Oxford, alors ? C'est Susanne qui va y aller à sa place ?

Non. Je dois appeler mon dentiste cette semaine (j'hésite à lui téléphoner, j'ai peur que ce bon Dr Pericchi n'en profite pour me forcer à venir le voir pour une visite de contrôle, la dernière a eu lieu il y a… non mais je préfère ne pas vous le dire Sarah, vous en seriez horrifiée, parlons d'autre chose), j'ai prévu d'appeler mon dentiste, donc, disais-je, pour savoir si en pareil cas, huit dents perdues d'un coup d'un seul, la possibilité existe de se faire faire dans des délais raisonnables un dentier provisoire. Partons du principe que l'ex-mari se rend à Oxford avec en bouche une éclatante prothèse dentaire.

Je dois aussi préciser que Susanne avait reçu un appel téléphonique de Paloma qui lui avait hurlé dessus en la traitant de chienne, oui, de chienne, vous m'avez bien entendu Sarah, avant de raccrocher brutalement sans lui permettre de s'expliquer.

Même Luigi il avait été difficile de reconquérir son affection. Il pensait que Susanne avait joué un rôle dans cet épisode de pure barbarie, ne serait-ce que par le fait que le monstre Momo avait été présenté par le résumé paternel comme le petit ami de leur mère. Mais elle était parvenue à convaincre Luigi qu'elle avait condamné cette agression de la façon la plus catégorique (d'ailleurs, depuis, la preuve, elle n'avait plus reparlé à Momo), ajoutant que pour autant, il lui semblait primordial de le préciser, son père n'avait rien fait pour s'éviter la déconvenue de cette enclume assourdissante s'abattant sur son sourire supérieur. Il l'avait bien cherché et son comportement, à bien des égards, avait été tout aussi condamnable, par sa violence verbale et symbolique, que celui de son camarade Momo. Finalement, le 1er septembre, Luigi et Susanne s'étaient séparés réconciliés, après deux jours de froid.

Ce qu'avait fait Susanne, une fois la porte de Wilson claquée derrière elle, c'est qu'elle était allée en Alsace, par le train, se réfugier chez ses parents.

Son père était venu la chercher à la gare. Comme d'habitude, ils s'étaient peu parlé durant le trajet, son père ne trouvait jamais les mots pour communiquer avec sa fille, surtout que ce soir-là elle semblait engloutie dans de l'humain – l'humain n'était pas trop la spécialité de son père, lui son truc c'était plutôt le rationnel et les moteurs – et traverser une épreuve douloureuse. Mais il ne savait pas que sa fille allait bien, que ce divorce l'avait libérée d'un joug, et qu'elle envisageait l'avenir avec sérénité, avec même une forme de voracité, de gourmandise adolescente. Elle se sentait impatiente, comme elle l'avait été à dix-sept ans lorsque s'était ouverte devant elle la vaste étendue théorique de son avenir, s'était-elle dit dans le TGV. Mais son père supposant sa fille dévastée, et n'ayant l'idée d'aucune phrase pour lui dire la tristesse que cet état supputé lui inspirait, il se taisait et sa fille n'allait tout de même pas lui dire, dans le silence de l'habitacle (silence rompu seulement par les légers jurons qu'il adressait de temps en temps aux autres automobilistes, mais qu'est-ce qu'il fout ce con, il peut pas se rabattre sur la droite ? il roule comme un escargot, je me demande où tous ces gens ont appris à conduire) : *Mais papa, je vais bien tu sais, une nouvelle vie commence pour moi, ne t'en fais pas, je suis heureuse, ce divorce est la meilleure chose qui pouvait m'arriver en réalité*, il eût été absurde de lui asséner cette confidence alors même qu'il ne lui avait rien dit ni demandé.

La première chose que fit Susanne, après avoir embrassé sa mère – qui venait tout juste d'achever la confection d'un gratin de courgettes, immémoriale spécialité maternelle (oh ! maman, un gratin de courgettes, ça alors ! quelle bonne idée ! avait dit Susanne sur un ton irrépressiblement venimeux) –, fut de se précipiter dans sa chambre pour visiter de fond en comble les tiroirs du secrétaire, et plus particulièrement celui du bas, celui de ses premiers écrits.

Elle y trouva des pelotes de laine, un nécessaire à couture, des aiguilles à tricoter, des catalogues Phildar.

Putain c'est quoi ce bordel ? Mais putain ils sont où mes manuscrits, mes papiers ?

Elle se précipita dans la cuisine, où sa mère était en train de verser le contenu d'une boîte de maïs Bonduelle dans un saladier thermoformé des années soixante-dix dont l'esthétique pouvait faire songer à l'engin spatial de *Cosmos 1999* – oh, une salade de maïs, ça alors, quelle bonne idée, mais comment tu as eu l'idée ?! eût été la phrase urticante que Susanne n'eût pas été en mesure de se dispenser de prononcer si une autre observation, beaucoup plus urgente et essentielle, n'était en train de lui brûler le cœur et les lèvres :

— Mais putain qu'est-ce que vous avez fait des papiers qui se trouvaient dans le tiroir du bas de mon secrétaire ?! Il s'est transformé en mercerie ! C'est quoi ce bordel ? Vous avez touché à mes affaires ?

— Si on a touché à tes affaires ? Mais de quelles affaires tu parles ma chérie ?

— Celles qui se trouvaient dans les tiroirs de mon secrétaire ! Vous ne les avez pas jetées au moins ? Vous n'avez pas fait ça tout de même !

— Si on a jeté tes affaires ? Ça je ne crois pas ma chérie, on ne se serait pas permis, mais demande à ton père, il va peut-être s'en souvenir.

— Il est parti. Il est où d'ailleurs ?

— À son club mycologique. Tiens, passe-moi le vinaigre là sur la desserte, merci.

— À son club muquologique ? Mais qu'est-ce que c'est que ça ? Il étudie les muqueuses ??!! À son âge ?

— MYCOLOGIQUE. Les champignons. Qu'est-ce que tu es bête… tu ne peux vraiment pas t'en empêcher. Je me demande quand va cesser ta crise d'adolescence.

— Vous êtes gonflés tout de même d'avoir viré mes papiers. Vraiment, vous gênez pas, faites comme chez vous ! C'est ma chambre quoi merde, un peu d'intimité !

— Tu es partie il y a combien d'années maintenant, pour fonder ton foyer ? Vingt-deux ans, c'est bien ça ? Ne mange pas les câpres comme ça à même le pot, avec les doigts, enfin Susanne où est-ce que tu as vu jouer ça, va te passer les doigts sous l'eau, dépêche-toi, tu vas en mettre partout. On est samedi, je refais pas le ménage avant jeudi.

— …

— Tu comptes rester combien de temps ?

— Je ne sais pas. Quelques jours je pense. Tout va dépendre de…

— Oui ? De ?

— Je sais pas. D'un papier que je comptais trouver dans le tiroir du bas de mon secrétaire.

— Tu en fais, un de ces mystères… Enfin bon tu as toujours été comme ça. Susanne, je te déconseille fortement de mettre cet anchois dans ta bouche, après ça tu vas boire huit litres d'eau et passer la nuit à faire pipi. Je te rappelle que la chasse d'eau elle réveille ton père.

— Putain, ça lui est pas passé ce truc ? Je vais devoir pisser en sourdine et ne pas tirer la chasse ?

— Qu'est-ce que tu veux que je te dise. Il a toujours été comme ça, et ça ne s'arrange pas avec l'âge.

— Et tu crois que tu... pardon, c'est peut-être pas le moment, mais en même temps, je me dis...

— Oui ? Si je ?...

— Eh bien, si tu, si vous...

— Susanne ! Crache le morceau !

— Je peux avoir un truc à manger, je crève la dalle en fait.

— On mange dans un quart d'heure. Contiens-toi. C'est pas ça que tu voulais me demander tout de même ?

— Non. Non. Bien sûr que non. Je voulais savoir si vous pouviez m'avancer un peu d'argent. Je n'ai plus d'argent.

— Ah bon ? C'est nouveau ça. Je croyais que tu...

— Eh bien non. Je n'ai plus rien.

— Mais ton ex-mari, il ne te donne pas une ?...

— Prestation compensatoire ? Non.

— Mais pourquoi, puisque tu as arrêté de travailler ? Elle a changé, la loi ? C'est plus comme avant ? De mon temps, quand une femme... d'ailleurs Mme Bonnemaire, tu te souviens de Mme...

— Je ne sais pas et je m'en fous. C'est comme ça, je ne touche rien, et je n'ai pas envie d'en parler.

— Tu t'es lavé les mains ?

— Non, pas encore.

— Alors va le faire. L'huile de câpres, c'est terrible. Il n'y a rien de pire. Impossible à détacher.

— Vous pourriez pas acheter des vrais savons ? Ces trucs liquides à bouton poussoir, c'est vraiment déprimant. Je déteste. Ça mousse pas en plus. Ou alors ça mousse faux.

— Ça mousse faux ?

— Oui, pas comme un vrai savon quoi, c'est artificiel.

— Il n'y a vraiment que toi pour dire des choses pareilles. Pour l'argent, j'en parlerai avec ton père. Tu aurais besoin de combien ?

— Je te dirai demain. Il faut que je fasse des calculs. Que je réfléchisse à ce que je vais faire.

— Je crois que tes papiers, ils sont dans un carton au grenier. Ça me revient maintenant.

— Au grenier ? Et on y monte toujours par la trappe au garage ?

— Oui. Toujours.

— On mange dans combien de temps ?

— Dès que ton père est là. Dans un quart d'heure.

— Je peux pas attendre, on mangera plus tard, c'est meilleur réchauffé le gratin de courgettes, tu lui remettras un petit coup de four à la dernière minute !

— Mais tu feras ça demain Susanne ! Demain c'est dimanche ! Tu verras ça avec ton père ! Il va être furieux s'il apprend que tu es montée toute seule au grenier ! Je te rappelle qu'il faut marcher seulement sur les solives, si tu mets le pied entre deux solives tu es sur le placo, ton pied va passer au travers !

Susanne se précipita hors de la cuisine.

— Susanne, non, reviens ! Tu feras ça demain !

Au garage, où étaient entreposés les outils, la tondeuse à gazon, les vélos familiaux, elle retrouva, avec délectation, son demi-course Motobécane bleu ciel à double plateau. Elle avait tenu, adolescente, à ce qu'on lui offrît un vélo masculin, sous les sarcasmes de sa sœur aînée qui trouvait ridicule qu'une fille pédalât courbée sur le guidon, avec une barre horizontale qui compliquait le port de jupes. Une éternité qu'elle n'était plus montée dessus, elle qui allait tous les jours au collège avec. Elle fit tinter la sonnette, dont la sonorité fit affluer dans son esprit toute l'atmosphère de son adolescence.

Après avoir installé l'échelle sous la trappe, et branché sur le secteur la lampe de chantier dont il fallait se munir pour s'éclairer, elle se hissa sous les combles et s'avança, mettant un pied l'un devant l'autre sur les solives, vers, au fond, ce qu'elle percevait comme étant un amoncellement de cartons de déménagement.

Parvenue aux archives familiales (des vélos familiaux, des archives familiales), elle posa sur une caisse sa lampe déambulatoire et entreprit de déchiffrer ce qui était écrit, au marqueur noir, sur le dessus de chaque carton (elle reconnut l'écriture paternelle), les déplaçant sur les grandes plaques d'aggloméré qui dans cette zone du grenier permettaient de déambuler sans danger pour les plafonds. Dans la plupart des cartons, de vieilles revues d'aviation appartenant à son père, des magazines d'économie dont les plus anciens dataient du premier choc pétrolier (quelle drôle d'idée de conserver une documentation sur des questions si volatiles !), jusqu'à ce que Susanne tombât sur son prénom apposé au marqueur noir sur le dessus de trois cartons, qu'elle s'empressa d'ouvrir.

Dans le premier, des livres de poche d'auteurs mineurs.

Dans le deuxième, des bulletins scolaires, des cahiers d'écolier, des copies qui lui avaient valu d'excellentes notes (en philo et en français, que Susanne mit de côté pour les descendre et les relire).

— Susanne ! Ton père est arrivé, on mange ! On t'attend, dépêche-toi, tu continueras demain !

— J'arrive maman ! J'en ai pour une minute ! Commencez sans moi si vous avez faim !

Il ne restait qu'une caisse, c'était sa dernière chance. Elle avait du mal à respirer. Elle suffoquait. Si la lettre était absente de cet ultime carton, elle s'imaginait mal se remettre rapidement de ce qui s'imposerait sans conteste comme une écrasante déception.

Elle ouvrit le carton et reconnut immédiatement les quelques papiers qu'elle cherchait, le manuscrit de la bibliothèque Ca' Foscari, la petite boîte de cigarillos (à l'époque, elle en fumait, la boîte était très plate, en fer sérigraphié) dans laquelle était rangé un poème rédigé Campo Santa Margherita sur une serviette en papier de trattoria (elle s'en souvenait, elle le relirait plus tard) et enfin, à l'intérieur d'une grande enveloppe en papier kraft, parmi deux billets Trans Euro Notte, un ticket d'entrée pour la collection Peggy Guggenheim, des sous-verre Gelateria Nico, des tickets de cinéma pour la Mostra, elle eut enfin entre les mains, dans une enveloppe de belle facture, épaisse, bleu pâle, la lettre de Joanna, que Susanne porta à ses lèvres, les yeux fermés. Enfin. Enfin tu es là toi. Dieu soit loué. Je t'ai tellement cherchée, je t'ai tellement rêvée, je t'ai tellement espérée, chère lettre… Son cœur battait très fort. Elle rouvrit les yeux, vit l'écriture ample et bouclée, naturellement autoritaire, intelligente et sensorielle, noire, dense, au stylo plume, par laquelle avait été portée à la connaissance des postes italiennes et françaises l'adresse de la destinataire, Susanne Sonneur. Susanne retourna la lettre : Joanna B. 56 Kensington Avenue Newcastle.

Susanne mit de côté la lettre et tous les documents qu'elle voulait redescendre dans l'année 2019, referma les cartons, passa son corps par la trappe, se retrouva dans le garage, rangea l'échelle, traversa la cuisine où ses parents s'impatientaient, attablés, un verre de rosé à la main, puis se précipita dans sa chambre.

— Susanne, mais qu'est-ce que tu fais ?

— J'arrive ! Une urgence ! Commencez sans moi ! leur

hurla-t-elle tout en ouvrant fébrilement son ordinateur, assise sur son lit à une place, son lit d'adolescente.

— Tarvrac ! cria sa mère. Tarvrac... !

Susanne tapa sur Google Joanna B. et vit apparaître, sous l'intitulé « Images correspondant à Joanna B. », une mosaïque de dix-huit visages où parmi une majorité de blondes et de femmes bien plus jeunes qu'elles deux ne l'étaient désormais elle reconnut le beau visage intelligent de Joanna. Brune et les cheveux courts, elle n'avait pas changé, elle eut sur elle exactement le même impact qu'autrefois, lorsqu'elles marchaient dans Venise et que Susanne n'osait pas l'embrasser. Susanne cliqua sur le visage, de sorte qu'il apparut, agrandi, sur la colonne de droite (choc dans la poitrine), accompagné d'un lien avec la page où avait paru ce portrait. Susanne regarda Joanna dans les yeux, le portrait était légèrement flou, comme nimbé par la distance des décennies et les approximations du souvenir, un peu comme si Joanna la regardait depuis l'été 1994, mais avec son visage d'aujourd'hui, son magnifique visage vieilli d'aujourd'hui. Elle avait le buste légèrement incliné vers la droite, et adressait à Susanne un fin sourire pensif et résolu, sans injonction ni reproche. Indulgents et doux, ses yeux disaient à Susanne qu'elle ne lui en voulait pas de l'avoir fait patienter tant d'années, elle qui attendait toujours la réponse à sa lettre orageuse et nocturne.

— Susanne ! Ça suffit maintenant ! Ça va être froid ! C'est bien la peine que je me donne du mal si tu... !

— Oui maman ! J'arrive je te dis ! J'en ai pour une minute !

D'après ce qu'on pouvait lire sur LinkedIn, Joanna était actuellement Lecturer à l'université de Birmingham + Artist + Researcher. Consultant son parcours professionnel, Susanne apprit qu'elle était « Freelance artist », qu'elle avait été artiste en résidence et chercheuse à l'université de Nottingham, chercheuse à l'université de Loughborough et avant cela Associate Lecturer à l'université de Sheffield. Putain, la meuf, la tronche ! Tu n'avais pas tiré le mauvais numéro, Susanne, ma vieille, en 1994 ! Ça crevait les yeux de toute façon qu'elle était supérieurement intelligente… Qu'est-ce que j'ai pu être conne ! Qu'est-ce qui m'a pris putain de pas oser l'embrasser, tout ça pour rejoindre l'autre petit vicomte à Dijon, tu parles d'un projet, si j'avais su…

À l'époque où elles s'étaient rencontrées, LinkedIn informa Susanne que Joanna étudiait le graphisme à l'université de Newcastle et que l'année suivante, en 1995, elle était rentrée au prestigieux Royal College of Art, à Londres, en illustration.

Le cœur de Susanne battait fort. Elle avait envie d'ouvrir la fenêtre et à l'instar de Lélia de crier dans la nuit.

Où est-ce que c'est, Birmingham ?

Ce qui était étrange, c'est que l'autre nuit, à Wilson, quand elle avait tenté de se souvenir dans quelle ville Joanna habitait, elle avait hésité entre Manchester et Birmingham, et il se trouvait que depuis 2014 elle enseignait à Birmingham…

Comment Susanne en avait-elle été informée ? Il se passe des choses étranges, parfois, dans nos cerveaux…

Susanne regarda sur la carte et constata que Birmingham était située dans les Midlands de l'Ouest, entre Londres et Manchester, pile entre les deux, au milieu de l'île, pas loin de Leicester. Susanne scrutait la carte proposée par Google. Elle ne cessait de zoomer et de dézoomer. Birmingham était indubitablement le nombril de l'Angleterre. S'il avait fallu qu'elle désigne un point de l'île pour y placer ventre et nombril (l'équivalent britannique de 63610

Besse-et-Saint-Anastaise), c'est Birmingham qu'elle aurait spontanément désignée.

Elle se rendrait donc, la semaine prochaine, au plus profond de ses souvenirs, dans le ventre de son monde intérieur, dans le nombril de l'Angleterre, pour rouvrir son passé, et s'ouvrir son avenir.

Et elle en profiterait pour passer par Oxford et rendre visite à Luigi.

Alors elle referma le laptop, sortit de sa chambre et rejoignit ses parents à la cuisine.

— Ah ben c'est pas trop tôt ! Je te sers ? Tu aimes ça la salade de maïs aux câpres et aux anchois non ?

— Si j'aime ça ? Mais bien sûr que je l'aime ta légendaire salade de maïs *Cosmos 1999* ! (et elle fit un clin d'œil à son père.)

— Pourquoi *Cosmos 1999* ? Il faut toujours qu'on me tourne en ridicule dans cette maison. Moi qui ai parlé à ton père, pour t'éviter d'avoir à le faire, tu parles d'une récompense !

— Putain, si on peut plus rigoler…

— Bon, maman m'a dit effectivement. On est d'accord, on va te donner de l'argent. Combien tu veux ?

— C'est vrai ? Oui ? Oh, merci… Vous pouvez pas savoir comme je…

— Tu as besoin de combien ?

— Je ne sais pas. Je vous dirai demain. C'est pour faire un voyage.

— Un voyage ? Un voyage !! Tu penses vraiment que c'est le moment de faire un voyage ?! Avec tous les soucis que tu as ? Je ne sais pas moi, tu ne ferais pas mieux de te trouver un travail ? un logement ? Parfois, je me demande si tu as les idées en face des trous.

— Ça se dit, ça, les idées en face des trous ? dit le père. Tu es sûre ?

— Enfin tu vois quoi, je ne vais pas vous faire un dessin.

— Je comprends. Tu as raison maman. Je vais le faire. Je vais chercher un travail et un logement.

— Ah, je préfère.

— Ta mère a raison tu sais Susanne…

— Mais avant cela, avant cela, laissez-moi parler…

— Ah mais on te laisse parler nous, ouh là là, on te laisse parler, on ne t'a jamais empêchée de parler Susanne, ça fait bientôt quarante-cinq ans que tu parles tu sais, alors ne va pas… D'ailleurs tu nous diras ce que tu veux pour ton anniversaire… J'avais l'intention de faire un poulet aux moines…

— Oui, bon, je peux en placer une ?

— Patricia, mets-la en sourdine deux minutes tu veux ? Susanne, on t'écoute. Tu disais.

— Qu'il y a un voyage, avant toute chose, que je dois faire absolument. C'est impératif. Je dois régler quelque chose. Quelque chose que j'ai bêtement laissé en plan. Je ne pourrai rien entreprendre de nouveau avant d'être allée vérifier que… Je ne sais pas. Rien ne sera possible pour moi si je ne fais pas ce voyage.

— Vérifier ? Vérifier quoi ? Vérifier où ?

— …

— Susanne. Vérifier quoi ? Vérifier où ?

— Un truc. Un truc que je… À Birmingham.

— Où ça ?

— À Birmingham.

— À Birmingham ? C'est où ça déjà Birmingham ?

— En Angleterre. Pile au milieu de l'île. Dans les Midlands.

— Birmingham ? Mais quelle idée ? Qui va à Birmingham ?

— Ta fille. Tu sais bien qu'elle n'a jamais rien fait comme tout le monde...

— Tu connais des gens qui sont allés à Birmingham toi Jean-Pierre ? Moi jamais.

— Aucun.

— Eh bien il y aura moi. Je pars lundi. J'y resterai quelques jours. Disons une dizaine. De toute façon ça me dépaysera, j'en ai besoin. Je vais regarder combien ça va me coûter. Je vous dirai demain quelle somme il me faut, d'accord ?

— Bon... Si c'est ça que tu...

— Votre fille est heureuse.

— Comment ?

— Votre fille est heureuse. Vous le savez ça ? Vous m'entendez ? Votre fille est heureuse ! Elle est heureuse putain ! Mais heureuse ! Je n'avais plus été heureuse comme ça depuis tellement d'années !

— Écoute, je... si tu le dis... on ne va pas s'en plaindre ! Jean-Pierre, si elle le dit...

— Heureuse ? Eh bien... donc, si... en..., commença à balbutier son père, qu'une notion aussi étourdissante que le bonheur assénée l'air de rien en plein dîner faisait totalement paniquer.

— Vous avez fini ? Saucez bien vos assiettes. Rassieds-toi Susanne, cesse de courir dans cette cuisine, tu n'es plus une enfant, je vais servir le gratin de courgettes.

— Ah, chic, un gratin de courgettes ! Un gratin de courgettes ! Je crois bien que c'est la première fois que j'en mange !

— Un jour, à force d'essuyer vos sarcasmes, mon cœur flanchera, je m'écroulerai sur le carrelage de cette cuisine, vous viendrez pas vous plaindre ensuite que le frigo est vide, vous n'aurez plus que vos yeux pour pleurer.

— Mais non ma petite maman, dis pas ça, je t'aime, c'était pour rire ! C'est parce que je suis heureuse !

— Et arrête de danser, tu m'énerves à la fin, où est-ce que tu as vu jouer ça ? Surtout dans les, dans les… où tu…

— J'ai envie de danser ! Je suis si heureuse !

— Heureuse, heureuse… on se demande bien de quoi. Allez, mangez, ça va être froid.

ÉPILOGUE

M., le 27 octobre 2021

Très cher,
Monsieur l'écrivain,

J'espère que vous me pardonnerez ce long silence. J'ai bien reçu, en juin dernier, en avant-première, *La Mangeuse de tableau*, et vous en remercie. J'ai lu d'une traite votre roman le jour où je l'ai trouvé dans ma boîte aux lettres. Mais sa lecture m'a profondément déstabilisée, pour ne pas dire angoissée, pardon pour ma franchise. Il m'a été difficile de lire ce livre en prenant de la distance. Susanne est certes un personnage de fiction, mais, pour moi, c'est mon reflet dans une glace.

Vous deviez être étonné de ne pas avoir de mes nouvelles et je m'en excuse. Je voulais relire votre roman avec plus d'attention avant de vous faire mes commentaires, mais je n'y arrivais pas et aujourd'hui encore c'est trop oppressant, chaque page est une brûlure, comme un fer chaud porté à même mon âme. Vous savez, lire sa vie écrite noir sur blanc dans un livre, je n'imaginais pas que cela pourrait me faire cette impression. Bizarrement, le fait que vous ayez décalé

Susanne de ma propre expérience rend l'histoire de cette dernière encore plus troublante et douloureuse que si vous vous étiez contenté de raconter scrupuleusement la mienne. La fiction fait effet de levier sur mes propres souvenirs et les rend encore plus difficiles à soutenir.

En tout cas, je suis heureuse du succès que votre livre rencontre, cela m'a l'air de très bien se passer, j'aimerais bien être dans votre peau pour en ressentir l'effet, ça doit être tellement exaltant ! Début septembre, à *La Grande Librairie*, vous avez parlé de ce mail que je vous ai envoyé en 2018 et de notre rencontre à Paris en février 2019, il y a plus de deux ans et demi. Cela m'a touchée que vous l'évoquiez à la télévision. C'est un moment que j'ai également apprécié, sachez-le, même si je suis restée silencieuse depuis cette date et n'ai jamais répondu à vos messages, j'en suis navrée mais vous n'êtes pas sans savoir que je suis une animale sociale un peu spéciale (on peut dire que vous me connaissez bien à présent !) et j'avais beaucoup de choses à régler (je vous dirai lesquelles dans la suite de ma lettre). En vous regardant à la télévision, je me suis dit que j'avais tout de même été très « gonflée » de vous envoyer ce message sur FB, moi la parfaite inconnue, pour savoir s'il vous intéresserait d'écrire un roman à partir de mon histoire. J'y pense souvent. J'ai pris le risque de le faire malgré la peur et la gêne que j'éprouvais. Vous avoir inspiré ce livre est miraculeux, je suis ravie que vous m'ayez entendue, j'ai beaucoup de chance. Je ne regrette pas de vous avoir contacté, puisque ce roman aidera sans doute des lectrices – et pourquoi pas des lecteurs ! – à se demander si elles sont à leur place dans la vie qui est la leur, et s'il ne conviendrait pas de se *déplacer*, pour retrouver du sens à leur existence, quel qu'en puisse être le prix. Il ne faut pas se résigner. Jamais. La résignation : non, c'est ce que m'a enseigné cette douloureuse – mais finalement vertueuse – mésaventure. Peu de personnes ont le cran de se réveiller quand elles constatent, parfois sans oser se l'avouer vraiment, que quelque chose ne va plus dans leur vie, sous de doux dehors. C'est ce que j'ai fait, j'ai secoué mes plumes et pris le taureau par les cornes (mais c'est quoi ces métaphores animalières qui s'empilent ? J'ai bien fait de ne pas écrire moi-même mon histoire !) et ça non plus je ne regrette pas de l'avoir fait, malgré les épreuves que cette décision aura entraînées. Oui, je veux bien que vous m'envoyiez les coupures de journaux. Je ne lis plus trop la presse et vous remercie d'avance.

Figurez-vous, monsieur l'écrivain, que j'ai de bonnes nouvelles à vous annoncer, ce qui me conforte dans l'idée que j'ai bien fait d'attendre avant de répondre à vos mails ! (Bon, j'avoue, cet argument m'arrange, par lequel je tente de me déculpabiliser, car sachez que je culpabilisais de laisser vos gentils messages sans réponse… et plus je culpabilisais, plus il devenait difficile pour moi d'oser vous écrire, etc.)

En mai 2019, j'ai rencontré, à Rouen, chez ma sœur, lors d'une fête entre voisins, une avocate fantastique, spécialiste en droit de la famille et féministe militante. Elle m'a plu immédiatement, un peu comme la psychiatre Stéphanie Tourterelle séduit et fascine Susanne dans *La Mangeuse de tableau*. D'ailleurs, elles portent le même prénom, j'adore quand des signes de cette nature circulent ainsi comme des poissons (encore un animal !) de la fiction vers la réalité et inversement… et montrent que le chemin est juste. Je me suis sentie suffisamment en confiance pour lui raconter mon histoire. On s'est revues deux jours plus tard, à sa demande, à son cabinet, et elle m'a proposé de me défendre.

Du point de vue de Stéphanie, dans la mesure où le divorce à l'amiable m'avait été arraché par mon ex-mari à la faveur d'un chantage ignoble, sur un lit d'hôpital et au terme d'une torture psychologique impitoyable qui avait duré dix mois, qui m'avait affaiblie et rendue on ne peut plus vulnérable, il était tout à fait envisageable de dénoncer la convention de divorce. Elle m'a proposé d'intenter une action pour vice du consentement. Article 1130 du Code civil : « L'erreur, le dol et la violence vicient le consentement lorsqu'ils sont de telle nature que, sans eux, l'une des parties n'aurait pas contracté ou aurait contracté à des conditions substantiellement différentes. Leur caractère déterminant s'apprécie eu égard aux personnes et aux circonstances dans lesquelles le consentement a été donné. »

Vous êtes bien placé, monsieur l'écrivain, pour savoir que mon cas entre parfaitement dans ce cadre, et que j'ai bel et bien été manipulée. Mon ex-mari a commis une violence psychologique à mon égard, et je n'étais pas en état, moi, alors, de résister à cette violence, de sorte que le contrat que nous avons signé ne pouvait être aucunement considéré comme le fruit des volontés de deux personnes en état de contracter.

J'ai trouvé la fin de votre roman délicieusement lubitschienne, vous allez voir que ce qui m'arrive l'est encore davantage. Comme vous, j'aime tellement Lubitsch !

Stéphanie, mon avocate, a assigné mon ex-mari afin d'obtenir l'annulation du divorce pour vice du consentement, au motif qu'il avait abusé de ma faiblesse. Et figurez-vous que la juge, après avoir pris connaissance des plaidoiries des deux parties, a tranché en ma faveur !

Mais attendez la suite, vous n'êtes pas au bout de vos surprises ! Moi aussi je sais jouer la corde du suspense romanesque, faut pas croire ! Car non seulement la juge a considéré que la convention de divorce devait être annulée, mais elle a estimé que j'avais droit à une prestation compensatoire, compte tenu de la disparité de nos revenus et patrimoines.

Pour votre gouverne et vos archives, laissez-moi vous recopier l'article 274 du Code civil : « Le juge décide des modalités selon lesquelles s'exécutera la prestation compensatoire en capital parmi les formes suivantes : 1/ Versement d'une somme d'argent [...] ; 2/ Attribution de biens en propriété [...], le jugement opérant cession forcée en faveur du créancier. »

Vous voyez où je veux en venir... je sens chez vous une pointe de jalousie pour le génie de Stéphanie, car je suis certaine que votre imagination n'aurait même jamais pensé possible un dénouement de cette nature ! Oui, à titre de prestation compensatoire, la juge m'a accordé, en vertu de l'article 274 qui lui en donne la possibilité, soixante-quinze pour cent de ma maison, ce qui m'en rend la pleine propriétaire. Vous vous rendez compte ? J'en suis encore tout incrédule quand je vous écris cette phrase. Elle a fondé cette décision sur les revenus et le patrimoine de mon ex-mari, qui lui donnaient la possibilité de se reloger facilement, mais aussi sur le fait que trois de mes œuvres étaient implantées dans cette propriété et qu'il était plus logique, du coup, que le capital auquel j'avais droit me soit versé de cette façon plutôt que par une somme d'argent. Que je l'aime, cette juge ! D'autant que Stéphanie s'était renseignée auprès d'un avocat spécialiste en propriété intellectuelle et que celui-ci avait considéré qu'en dehors de l'obligation où se trouvait mon ex-mari de me permettre de récupérer mes œuvres pour les installer ailleurs (ce qui me faisait une belle jambe puisque je n'avais pas de terrain où les poser), un juge ne m'accorderait rien d'autre à l'aune du droit d'auteur.

Me voilà donc virtuellement propriétaire de ma maison adorée, moi qui n'en possédais que vingt-cinq pour cent, ce qui ne cesse de me ravir, comme vous pouvez vous l'imaginer. Que j'en suis heureuse ! Je peux enfin me projeter ! Enfin ! J'ai des idées d'œuvres dont je vous parlerai quand nous nous reverrons. Naturellement, mon ex-mari a fait appel. L'appel est suspensif de la décision et les procédures sont longues, ce qui fait qu'il occupe toujours la maison et l'occupera pendant encore de nombreux mois, jusqu'à ce qu'il perde, car il perdra, Stéphanie en est absolument convaincue. Je vous tiendrai au courant, c'est promis, et vous viendrez me rendre visite, afin de voir en vrai la tête de Francis Ponge, l'église de dentelle et le paysage illuminé.

Comme cette décision de justice m'a boosté le moral et redonné confiance, j'ai trouvé du travail, je bosse maintenant dans une jeune agence d'architecture pas loin de chez moi. Ce n'est pas encore très bien payé mais j'y crois dur comme fer à cette petite équipe, ils sont hyper doués et je suis sûre qu'ils vont percer. Ils m'ont promis de m'intégrer comme associée s'ils grandissaient, on a remporté un gros concours récemment et on passe un oral pour une autre consultation la semaine prochaine, je touche du bois… merde, comme d'hab il n'y a pas de bois autour de moi, malédiction, ah si voilà, ouf ! Vous voyez, je n'ai pas tellement changé…

Une autre nouvelle qui a son importance. Mais je serai brève, je ne vais pas vous embêter avec ma famille, ils sont exaspérants ces parents qui s'imaginent que leurs enfants sont à ce point exceptionnels que les gens peuvent écouter à leur sujet des récits interminables… Ma fille, l'année dernière, est venue me voir chez moi le jour de son anniversaire. Elle ne m'avait pas prévenue. J'ai ouvert la porte, c'était elle, elle était là, je ne l'avais plus vue depuis trois ans, on est tombées dans les bras l'une de l'autre. Depuis, on ne se quitte plus. On ne s'est pratiquement rien dit sur ce qui nous avait séparées durant ces trois années, je crois qu'elle a fini par comprendre qui était réellement son père et l'horreur de ce qu'il m'avait imposé. Elle déteste la femme irrespirable qui dans le livre s'appelle Marianne de Méricourt et avec qui je vous annonce qu'il vit maintenant cent pour cent du temps, sous mon toit ! Ma fille connaît le jugement qui a été rendu, elle sait que je dois récupérer la maison, elle m'a dit qu'elle en était heureuse. Elle a essayé de dissuader son père de faire appel et ne désespère pas qu'il ait l'élégance de jeter l'éponge, ne serait-ce que pour ne pas déplaire à ses enfants, mais je crois bien qu'il s'en fout. On se voit souvent avec ma fille. On s'entend merveilleusement bien. C'est une femme maintenant, et une femme fantastique.

Une dernière chose très importante et après promis je vous laisse. Je vous en parle de cette chose car je vous la dois, ou plutôt je la dois à votre livre, mais n'y aurait-il pas une forme de logique, pour ne pas dire de justice, que ce livre qui me doit tant (sans fausse modestie !) m'apporte en retour quelque chose que sans lui, je n'aurais jamais obtenu ? J'adore cette idée…

Le dénouement de votre roman m'a beaucoup plu. Le voyage de Susanne à Birmingham, le fait qu'elle arrive là-bas mi-septembre alors que la rentrée universitaire n'a pas encore eu lieu (mais pourquoi est-elle partie si tôt ? Quelle écervelée ! Je me reconnais bien là…), alors elle prend ce travail de serveuse dans un pub et attend le mois d'octobre avant de se débrouiller pour rencontrer Joanna, dans son bureau à l'université. C'est magnifique ce qui se passe entre elles à ce moment-là, j'en ai pleuré d'ailleurs, c'est rare que je pleure en lisant des livres, j'avais déjà pleuré en lisant votre avant-dernier mais parce que c'était triste et poignant alors que là, dans *La Mangeuse de tableau*, c'est tout l'inverse, on peut dire que la vie de Susanne redémarre à la dernière page du roman. C'est tellement beau quand elles se promènent dans Birmingham, la nuit, après avoir dîné au restaurant, et qu'elles s'embrassent dans la rue, une rue sans pont et sans église, comme elles auraient dû le faire en septembre 1994…

Du coup je me suis rappelé que moi aussi j'avais été éperdument amoureuse d'un garçon à qui je n'ai jamais osé le dire, quand j'étais jeune. Alors Laurent a réapparu dans mon esprit, comme Joanna dans celui de Susanne pendant son séjour à la Chartreuse. Laurent. Je me suis mise à penser sans cesse à Laurent et à me demander ce qui se serait passé si j'avais osé lui avouer mon amour au lieu de le garder au fond de moi comme un secret honteux. Laurent le beau métis, musclé, racé, à la démarche si élastique, si élégant, une vraie panthère, je ne vous mens pas, hyper doué en maths en plus. Nettement au-dessus de mes moyens ! Alors, un soir, quelques semaines après avoir fini *La Mangeuse de tableau*, j'ai tapé son nom sur Google, je suis allée sur sa page Facebook et sur son compte Instagram (il est moderne en plus) et j'ai vu à quel point il était resté attirant. Il avait si peu changé ! Je lui ai écrit, et il m'a répondu. Il m'a dit, comme Joanna à Susanne dans votre livre, qu'il se souvenait de moi bien sûr, qu'il pensait à moi de temps en temps. Il y a quelques années, il avait vu dans la presse locale un article sur l'une de mes œuvres. Depuis, nous nous écrivons plusieurs fois par jour, des messages de plus en plus intimes… Il est divorcé, il habite à une trentaine de kilomètres de chez moi, nous avons décidé de nous voir vendredi pour dîner. C'est pourquoi je vous écris aujourd'hui, je préfère vous raconter cette histoire alors qu'elle en est encore aux prémices, dans sa phase virtuelle, pleine de promesses et de potentialités fabuleuses…

Je croise les doigts pour les prix littéraires, j'ai vu que vous étiez encore en lice pour quelques-uns…

Si vous passez par la Bretagne, faites-moi signe.

Je vous embrasse,

Sarah

P.S. Je ne vous ai pas envoyé ce mail mercredi, je voulais me relire (on se relit deux fois plutôt qu'une lorsqu'on s'adresse à un écrivain !) et je n'en ai pas eu le temps. On est samedi. J'ai passé la nuit avec Laurent. Je suis follement heureuse. Merci pour ce déclic qui sans Susanne ne se serait jamais produit… Je vous écris plus longuement plus tard… Je vous embrasse affectueusement. Votre Sarah.

Remerciements

La tête de Francis Ponge et l'église de dentelle sont directement inspirées de deux œuvres de l'artiste et architecte flamand Gijs Van Vaerenbergh. Qu'il en soit ici chaleureusement remercié.

L'abri-sculpture *Lover* trouve sa source dans l'œuvre *La Vouivre* de Candice Pétrillo, érigée en 2013 à Ambès, dans le parc de Cantefrêne. Qu'elle en soit, elle aussi, vivement remerciée.

La présence de ces trois œuvres dans mon roman doit être perçue comme un exercice d'admiration.

Merci aux Dres Hélène Pigeon et Stéphanie Toy-Riont, psychiatres, de m'avoir généreusement accueilli au centre hospitalier Valvert, à Marseille, et d'avoir si brillamment répondu à mes questions. Stéphanie Tourterelle doit beaucoup à ces deux grandes professionnelles.

Merci au Dr Pierre Besse de m'avoir fait visiter le centre hospitalier La Chartreuse, à Dijon.

Merci à Véronique Masson, à Agathe Lévy-Sebaux, à Stéphane Colombet mais surtout à Stéphanie Travade-Lannoy, avocates et avocat, pour m'avoir éclairé et conseillé sur les questions juridiques.

Merci à Angélique Courgibet, généalogiste, de m'avoir si bien parlé de son métier.

Merci à Laurent Bazin pour nos conversations sur la pulsion scopique.

Merci à Guillaume Faroult, conservateur en chef au département des peintures au musée du Louvre, de m'avoir indiqué le roman de George Sand *Lélia*.

Merci à l'historien de l'art Jean-Michel Leniaud, ainsi qu'à Christine Peltre, professeure d'histoire de l'art à l'université de Strasbourg, pour m'avoir si bien parlé du tableau monacal que j'avais soumis à leur sagacité.

Merci à Philippe Pierrelée pour m'avoir autorisé à reprendre le concept des dessins tous identiques.

Merci à Valérie Donzelli pour nos précieux échanges pendant le tournage de *L'amour et les forêts*.

Merci à Virgil Vernier de m'avoir remis en mémoire le film de Luis Buñuel *Cet obscur objet du désir*, dont le personnage féminin principal est joué par deux comédiennes.

Mes amitiés à Georges.

Composition Nord Compo
Achevé d'imprimer par
Normandie Roto Impression s.a.s 61250 Lonrai,
en juin 2023.
Dépôt légal : août 2023
Numéro d'imprimeur : 2302312

ISBN 978-2-07-294589-2 / Imprimé en France

394854